곁으로

문학의 공간

곁으로

문학의 공간

김응교

문학에세이

1991–2015

새물결플러스

"바보는 방황하고, 지혜로운 자는 여행한다."

_T. 플러

"걸으면서 얻는 생각만이 가치 있다."

_니체, 『우상의 황혼』, 34번

"여행은 생각의 산파다. 움직이는 배나 기차보다 내적인 대화를 쉽게 이끌어내는 장소는 찾기 힘들다. 우리 눈앞에 보이는 것과 우리 머릿속에 떠오르는 생각 사이에는 기묘하다고 말할 수 있는 상관관계가 있다. 때때로 큰 생각은 큰 광경을 요구하고, 새로운 생각은 새로운 장소를 요구한다. 다른 경우라면 멈칫거리기 일쑤인 내적인 사유도 흘러가는 풍경의 도움을 얻으면 술술 진행되어나간다."

_알랭 드 보통, 『여행의 기술』(이레, 2004), 83면

곁으로

이 노래는 인터넷 유튜브에서 '김응교 곁으로'를 검색하면 들을 수 있다.

| 차 례 |

'곁으로'의 구심력

2015년 | 토포필리아

1 별이 비추는 길

루쉰 「고향」

모든 글의 제목 위에 이처럼 글을 썼던 시기를 표시해놓았다. 아무것도 아닌 숫자 같지만, 이 연도 표기는 단 한 순간의 아우라를 증언하는 기호다. 과거에 갔던 장소 그 순간, 있는 그대로 그때 풍경이 중요하기에 고치지 않았다.

별이 빛나는 창공을 보고, 갈 수가 있고 또 가야만 하는 길의 지도를 읽을 수 있던 시대는 얼마나 행복했던가? 그리고 별빛이 그 길을 훤히 밝혀주던 시대는 얼마나 행복했던가? 이런 시대에서 모든 것은 새로우면서도 친숙하며, 또 모험으로 가득 차 있으면서도 결국은 자신의 소유로 되는 것이다.

_게오르그 루카치, 『소설의 이론』(심설당, 1985)

별을 길잡이 삼아 바닷길이든 육지길이든 맘껏 다녔던 낭만의 시대가 있었다. 옛사람들은 별과 대화할 수 있었다. 그 시절은, 별빛을 보고 가고자 하는 길을 읽을 수 있었던 『일리아스』, 『오디세이아』의 서사시 시대였다. 별빛이 가야 할 길을 선명히 밝혀주던 행복했던 아담과 하와의 창세기 시대였다. 인간이 자연과 일체가 되었던 시대, 자아와 세계, 대상과 인식이 하나였던 서사시 시대는 어디에 있는가.

지금 이 시대는 어떠한 이성이나 가치도 우리의 길을 인도해주지 않는다. 도시의 황홀한 불빛은 별빛을 가려놓았다. 우리의 길을 인도하는 것은 별이 아니라 내비게이션이다. 내비게이션이 있어야 길을 찾을 수 있는 기계적인 소설의 시대다. '진격의 거인' 닮은 대재앙이 느닷없이 덮쳐오는 '신(神)에게 버림 받은' 시대다. 빛이 없는 시대, 가야 할 길을 잃어버린 세계 속에서 불안을 품고 끊임없이 구두끈을 고쳐 매며(사무엘

베케트, 『고도를 기다리며』) 견디며 살아갈 수밖에 없는 우리는 이제 어디로 가야 할까.

뛴다. 모두 일단은 뛴다. 어디로 가야 할지도 모르면서 일단 뛰는 거다. 별빛이 인도하는 길이 아니라, 가로등이 비추는 조깅길을 뛰어다닌다. 건강을 위한다는 이유로 뛴다. 하지만 솔직히 말하자면 상품으로서 나의 가치를 높이기 위해서다. 이 길 저 길 헤매며 다양한 가치를 얻기 위해 묵상하는 것이 아니라, 자본주의의 도구로 살아야 할 몸을 위해 악착같이 뛴다. 뛰어야 산다.

걷는다. 왜 걸어야 할까. 걸으면서 이야기 나눈다. 오랜 길벗인 나무나 바람과 대화 나누고, 불암산의 편백나무 자작나무 숲길과 눈길을 나눈다. 올레길을 걸으며 숲과 대화하면 놀랍게도 잠자고 있던 또 다른 내가 깨어난다. 걷는 것은 내면을 쉬게 하는 것이며 떠들썩한 침묵의 텍스트에 밑줄 치고 독서하는 것이다. 칸트, 톨스토이, 니체, 윤동주, 솔제니친도, 수많은 영성가들도 산보를 즐겼다. 그래서 조깅길보다 중요한 것이 올레길이다. 올레길을 걸으면 대화할 수 있고, 묵상할 수 있고, 상상할 수 있다.

1.

무당의 아들이었던 공자는 끊임없이 스승을 찾아 걸었고, 스스로 스승이 된 이후에도 걷고 또 걸었다. 카필라바스투(Kapilavastu)라는 조그만 성읍 국가에서 태어난 석가도 원시공동체의 추장처럼 구도(求道)의 여행을 했다. 로마 식민지 아래 압박받고 소외된 나사렛 청년 예수는 제자들과 함께 유랑하고 마지막에 떠나기 위해 예루살렘으로 입성했다. 부활해서는 가장 가난한 변두리 갈릴리를 향해 걸었다. 이들은 모두 변두리를 걸었다.

변두리에서 태어난 공자는 철저하게 늪을 '기어 넘어'[포월, 匍越] 현인의 자리에 오르고, 공자 아카데미의 효시가 되었다. 하층민 공자에서 군자 공자, '루저 공자'에서 '업그레이드 공자'가 된 것은 철저한 학습(學習) 때문이었다. 습(習)이라는 한자, 스스로[自] 좋아서 날갯짓[羽]하듯 공부했던 사람이 공자였다. 공자 아카데미는 이렇게 이 나라 저 나라 걷는 걷기와 스스로 좋아 몰두했던 독서로 축조되었다.

예수께서 "나는 길이요"라고 했던 길을 찾으려면 스스로[自] 걸어야 한다. 스스로 부닥칠 때 화관을 쓴 머리[首]가 될 수 있고, 그 자세로 달팽이처럼 기어갈[辶] 때 어느 순간 뒤돌아보면 내 길[道]을 만날 수 있다. 발로 체험하지 않고, 눈물과 노동의 손을 맞잡지 않고, 혀로만 설교하는 미소를 나는 신뢰하지 않는다. 현자는 여행에서 태어나고, 진리는 거리에서 잉태된다. 그래서 니체(Friedrich Nietzsche, 1844-1900)는 핵심을 꿰뚫는 직설(直說)을 남겼다.

> 가벼운 발이 신성의 첫 속성이다(die leichten Füße das erste Attribut der Göttlichkeit).
>
> _니체, 『우상의 황혼』

내가 낸 책 중에 만족하는 책들은 많이 걸어서 쓴 책이다. 엉겅퀴로 덮여 있는 현장을 찾아가 얻은 영감으로 쓴 글이 진짜 작품이다. 눈물과 웃음이 있는 저 망루, 광장, 탄광, 감옥에서 쓴 메모야말로 집필 자료다. 중국 연변 시내 큰 도서관이 아니라, 화장실 문짝이 부서진 연변의 어느 변두리 도서관을 찾아가 구석에 박혀 있는 자료를 찾아 쓴 글이 진짜 글이다. 그러니까 발로 써야 한다. 구두가 몽상하고, 구두가 산문을 쓰고, 구두가 시를 쓴다. 생각은 걸으면서 얻고, 문장은 골방의 고독에서 새겨진다.

2.

꾹 눌러앉아 끈기 있게 쓰는 것이 정신에 유익하지 않다며 니체는 '걷기'야말로 정신의 출발이라 했다.

> 꾹 눌러앉아 있는 끈기야말로 성스러운 정신을 거스르는 죄다. 걸으면서 얻는 생각만이 가치 있다(Das Sitzfleisch ist gerade die Sünde wider den heiligen Geist. Nur die ergangenen Gedanken haben Wert).
>
> _니체, 『우상의 황혼』, 34번

걸으면서 어떻게 생각을 얻을 수 있을까. 발터 벤야민(Walter Benjamin, 1892-1940)은 비행기 여행과 걷는 여행을 비교하며 니체의 생각을 발전시켰다. 책을 읽을 때 베껴 쓰면서 읽지 않는다면 그저 도시 위를 비행기 타고 지나가는 것과 마찬가지라고 했다. 좀 길지만 읽어보자.

> 국도는 직접 걸어가는가 아니면 비행기를 타고 그 위를 날아가는가에 따라 다른 위력을 보여준다. 텍스트 역시 그것을 읽는지 아니면 베껴 쓰는지에 따라 그 위력이 다르게 나타난다. 비행기를 타고 가는 사람은 자연 풍경 사이로 길이 어떻게 뚫려 있는지를 볼 뿐이다. 그에게 길은 그 주변의 지형과 동일한 법칙에 따라 펼쳐진다. 길을 걸어가는 사람만이

그 길의 영향력을 경험한다. 비행기를 탄 사람에게는 단지 펼쳐진 평원으로만 보이는 지형의 경우 걸어서 가는 사람에게 길은 돌아서는 길목마다 먼 곳, 아름다운 전망을 볼 수 있는 곳, 숲속의 빈터, 전경(全景)들을 불러낸다. 마치 전선에서 지휘관이 군인들을 불러내듯이. 이와 마찬가지로 베껴 쓴 텍스트만이 텍스트에 몰두하는 사람의 영혼에 지시를 내린다. 이에 반해 텍스트를 읽기만 하는 사람은 텍스트가 원시림을 지나는 길처럼 그 내부에서 펼쳐 보이는 새로운 풍경들을 알 기회를 갖지 못한다. 그냥 텍스트를 읽는 사람은 몽상의 자유로운 공기 속에서 자아의 움직임을 따라갈 뿐이지만, 텍스트를 베껴 쓰는 사람은 텍스트의 풍경들이 자신에게 명령을 내리기를 기다리기 때문이다. 따라서 중국에서 필경사(筆耕士)는 문자문화의 비할 바 없는 보증인이며, 필사, 즉 베껴 쓰기는 중국의 수수께끼를 푸는 열쇠다.

_발터 벤야민, 「중국산 진품들」, 『일방통행로』(길, 2007)

한 권의 책을 읽는 것은 하나의 여행과 같다. 표지를 넘기는 것은 판타지의 세계로 들어가는 순간이다. 비행기를 타고 도시 위를 지나치면 도시의 전경을 볼 수는 있으나 사람을 만날 수는 없다. 기록하지 않고 읽는 것은 비행기 타고 도시 위를 지나치며 책의 편집 레이아웃만 구경하는 꼴이다. 땅에서 걸어야 사람을 만날 수 있다. 슬리퍼를 신고 이 골목 저 골목 기웃거려봐야 사는 모습이 보인다. 독특한 향료 냄새도 맡을 수 있고, 아이들 뛰어노는 모습이나 벽에 그려진 낙서도 볼 수 있고, 비록 못 알아들을지언정 곰살갑게 다가오는 사투리나 이국어도 들을 수 있다.

기록하는 것은 걷는 것과 같다. 속도를 줄이고 걷는 여행만이 발견을 체험할 수 있다. 느린 시간을 즐기며 걸어야만 세상의 텍스트를 결결이 읽을 수 있다. 책을 읽는 것도 걷는 행위처럼 해야 한다. 걷는 여행은 움직이는 독서다. 걷는 여행은 사유의 연장이다. 발로 걷지 못하면 정신으로라도 현실을 걸어야 한다.

걸어가듯 읽으면서 해야 할 첫 번째 일은 '필사'(筆寫)라고 벤야민은 권한다. 천천히 걸어가듯 읽다가 얻은 문장, 체험한 사유를 반드시 기록하고 있는지. 사유의 기록들을 베껴 쓰며 필사하고 있는지. 그는 반드시 손으로 쓰라고 권한다. 손가락으로 키보드를 치면 뇌의 일부분만 움직일 뿐이다. 손으로 쓰면 종이의 위치를 생각해야 하고, 글씨 크기 등을 계산하면서 뇌 전체가 활발히 움직인다. 그래서 수업 시간에 나는 첫 보고서는 반드시 손으로 써서 내게 한다. 발터 벤야민은 중국인의 붓글씨가 그래서 무섭다고 했다. 필사를 멈추는 순간 사유는 썩는다.

필사는 머릿속에 좋은 구절을 새겨놓는다. 다만 이것이 문제가 될 때가 있다. 필사했던 문장이 머릿속에서 오래 묵으면 머릿속에 좋은 구절이 복제되는 수가 있다. 자기도 모르게 외웠던 남의 문장이 자기 문장에 섞여 나올 수 있다. 잘못하면 표절의 원인이 될 수도 있다. 그래서 필사보다 더 권하고 싶은 것은 낭송(朗誦, recitation)이다. 낭송은 문장의 흐름과 이미지를 몸으로 체험하게 한다. 낭송은 문장의 리듬을 호흡으로 일치시키는 묘한 육체적 반응을 유도한다. 필사는 기억으로 남고, 낭송은 호흡으로 남는다.

3.

“별이 빛나는 창공을 보고, 갈 수가 있고 또 가야만 하는 길의 지도를 읽을 수 있었던 시대는” 사라졌다던 게오르그 루카치(1885-1971)는 이 글을 쓰고 3년 뒤 별빛을 찾아 혁명 정당에 가입해 활동한다. 정당 활동은 그의 길을 인도했던 별빛이었을까. 그렇다면 우리는 어떤 별을 향해, 어떤 희망을 향해 걸어야 할까.

누구나 사랑하는 공간이 있다. 그러한 공간에 대한 사랑을 토포필리아(topophilia, 空間愛)라고 한다. 사람들은 특정 공간을 사랑하여 그 공간을 찾아가고, 그 공간에 관해 산수화를 그리고, 기행록을 남긴다. 이 책에 실린 많은 공간은 공간에 대한 사랑을 발생시킨 장소다. 저 많은 공간에 갈 때마다 나는 루쉰(魯迅, 1881-1936)의 단편소설 「고향」(1919)을 떠올리곤 했다. 이 소설이 사랑하는 공간을 찾아갔다가 거기에 얽힌 이야기를 쓰고, 그 공간을 떠나는 기행문학의 구조를 갖고 있기 때문만은 아니다.

일본 유학생활을 마치고 거의 20여 년 만에 루쉰은 자신이 태어난 ‘고향’을 찾아간다. 오랫동안 잊지 못했던 공간애의 장소였을 것이다. 그런데 그곳은 모든 것이 변해 있었다. 흉년에다 세금이 가혹하여 살기 어렵게 된 것도 문제였지만 무엇보다도 사람이 변했다는 사실이 루쉰에게는 충격이었다. 가장 또렷이 기억나는 인물은 루쉰 집의 농사일을 도와주던 사람의 아들 룬투였다. 어릴 적에 룬투는 흰 눈이 내리는 날 덫을 놓아 새를 잡는 명수였다. 루쉰은 룬투에게 바닷가의 오색찬란한 조개 이야기며, 수박 한두 개 서리하는 사람들은 그냥 두고 수박을 갉아먹는 두더지나 고슴도치를 작살로 잡는 이야기를 들었다. 세상에 신기한 것들은 무엇이든 가르쳐주었던 룬투가 이십여 년 만에 돌아온 자신에게 느닷없이 "나으리"라고 부르며 굽신거리는 모습에 루쉰은 충격을 받는다. 봉건사회의 착취와 계급적 압박에 길들여진 룬투는 어느새 의식이 마비된 노예로 변했던 것이다.

> 오싹 소름이 돋는 듯했다. 우리 사이엔 이미 슬픈 장벽이 두텁게 가로놓여 있었다. 나는 아무 말을 할 수 없었다.
>
> _루쉰, 「고향」, 『외침』(그린비, 2011), 97면

모든 것이 변하고, 특히 자유롭던 인격마저 굴종하는 노예로 바꾸어버린 공간에서 루쉰은 과연 희망이 있는가 묻는다. 희망이란 "나 자신이 만들어낸 우상이 아닐까"라고 묻는다.

루쉰(1881-1936).

> 몽롱한 가운데 바닷가 푸른 모래밭이 펼쳐져 있고 그 위 검푸른 하늘엔 노란 보름달이 걸려 있었다. 생각해보니 희망이란 본시 있다고도 없다고도 할 수 없는 거였다. 이는 마치 땅 위의 길과 같은 것이다. 본시 땅 위엔 길이 없다. 걷는 이가 많아지면 거기가 곧 길이 되는 것이다.
>
> _루쉰, 위의 글, 101면

루쉰이 쓰는 희망이라는 단어는 일반 사람이 쓰는 그 의미와 다르다.

쉽게 말하는 '긍정의 힘' 같은 값싼 희망이 아니다. "절망이 허망한 것은 바로 희망이 그러함과 같다"(「희망」)는 말처럼, 루쉰은 절망을 절망하며 가까스로 희망을 희망한다. 루쉰이 가까스로 쓴 표현은 희망이 보이지 않더라도 그것을 향해 나아가면 길이 생긴다는 말이다. 걷는 이가 많아지면 거기가 곧 길이 된다는 말이다.

이것은 막연한 말인가. 아예 희망이 없다는 말인가. 아니다. 루쉰은 바로 위 문장에 썼다. 고향 상실과 변해버린 인격에 실망한 루쉰은 자신의 눈앞에 "바닷가 푸른 모래밭이 펼쳐져 있고, 그 위 검푸른 하늘엔 노란 보름달이 걸려 있었다"고 쓰고 있다. 이 문장은 의도적으로 삽입한 문장임이 틀림없다. 바둑알 하나 놓듯 정확하게 문장을 집어넣은 것이다. 이 문장에 대한 보다 구체적인 답은 바로 그 앞 문장에 숨어 있다.

> 저들이 의기투합한답시고 나처럼 고통에 뒤척이며 살아가진 말기를, 또 룬투처럼 고통에 시달리며 살아가진 말기를, 또 다른 이들처럼 고통에 내맡기며 살아가진 말기를, 저들은 새로운 삶을 가져야 한다. 우리가 일찍이 경험하지 못한 삶을.
>
> _루쉰, 위의 글, 100면

여기서 '저들'이란 룬투의 아들 수이성과 루쉰의 조카인 훙얼을 말한다. 루쉰은 수이성과 훙얼이 노는 모습에서 흐릿한 희망을 보았던 것이다. 어린아이들에게 놓인 미래에 희망을 가졌던 것이다. '저들'을 보며 루쉰이 「고향」에 기록한 진짜 '희망'은 네 가지였다. 첫째는 자신의 후대 사람인 수이성과 훙얼이 나처럼 고통에 뒤척이며 살아가지 말기를, 둘째는 후대 사람들이 룬투처럼 고통에 시달리며 살아가지 말기를, 셋째는 다른 이들처럼 고통에 내맡기며 살아가진 말기를, 마지막으로 새로운 삶을 가져야 한다고 루쉰은 썼다. 곧 일찍이 경험하지 못한 삶을 살아야 한다고 썼다. 루쉰은 절망과 환멸의 시대에 미래의 중국은 '새로운 삶'을 살아야 한다는 의지를 강하게 표현했다. 시인 이육사가 1933년에 루쉰의 「고향」을 우리말로 번역했던 것도 바로 이러한 의지에 공감했기 때문일 것이다. 루쉰은 그 희망을 위해 룬투와 수이성과 훙얼 '곁으로' 다가갔다. "모두에게 틈이 생기지 않기를"(100면) 바라며 평생 저들 '곁으로' 다가가고 또 다가갔다.

4.

사방이 콱 막힌 산을 슬쩍 넘어갈 수 있는 숲길을 만드는 사람이 있다. '모든 것이 끝났다'고 하는 바로 그 순간에 '살리는 죽음'으로 하늘과 땅에 길을 만드는 사람이 있다. 승산이 없더라도 걷고 또 걸으면 새로운 길이 생긴다. 걷되 어디로 걷느냐 하는 방향도 중요하다. 낭만 있는 방랑도 좋겠으나, 어느 곁으로 가겠는가도 중요하다. 누가 곁에 있는가도 중요하고, 내가 곁이 될 수 있는지도 중요하다.

뛰어가지 말고 내비게이션에 맡기지 말고, 서나서나 걸어간다. 때때로 쉬고 때때로 대화하며 걸어간다면 루카치 말대로 이 세계는 "친숙하며, 또 모험으로 가득 차 있으면서도 결국은 자신의 소유"가 될 것이다. 루쉰이 말한 대로 앞에 길이 없어도 희망이 없어도 스스로 길이 되어 길을 떠나면 뒤에 길이 생기며 '새로운 삶'을 향해 갈 수 있을 것이다. 별빛은 어디에 있는가. 우리가 걸어가면 걸어간 머리 위로 별이 떠 있을 것이다. 가야만 하는 길이 있다. '곁으로' 가는 어두운 길을 별빛이 비추고 있다.

(2015)

2015년 | 광주, 광화문, 세월호

2 '곁으로'의 구심력

발터 벤야민 『일방통행로』, 한강 『소년이 온다』,

박민규 「눈먼 자들의 국가」, 서경식 『시의 힘』

오전 광화문 세월호 텐트 곁, 중국인 관광객들이 신기한 듯 구경한다. 2014년 4월 16일 세월호 참사가 일어난 지 1년이 지난 봄날 아침 10시, 이 시간에 벌써 1인 시위에 나선 분들이 계시다. 유가족은 물론이요, 유가족의 아픔에 공감하는 이들은 자기 시간을 쪼개서 세월호 사건의 문제점을 알리러 광화문에 나선다. 역사의 바퀴를 돌린다는 것은 대로를 달리는 자동차들처럼 떠들썩하고 어수선한 것 같지만 사실은 이렇게도 지난하고 적막하고 때로는 쓸쓸하다.

역사의 흐름은 보이지 않고 더디기만 하다. 프랑스혁명은 백 년 걸렸다 하고, 대한민국은 올해 해방 70주년을 맞이했다. 광화문 광장에 모였던 유족과 시민들의 상처가 무엇을 한들 아물 수 있을까. 그래도 조금이라도 위안이 되었으면 해서 이 아침에 1인 시위 하시는 이들이 있다. 꽃핀 봄 산을 끌어오려고 1인 시위에 나섰던 이들이 조용히 교대하며 인사를 나눈다. 초면이지만 덤덤하게 인사한다. "수고하셨습니다." 산길에서 만난 등산객처럼 같은 산을 오르고 있는 사람들이다. 산이 있어 산으로 간다고 하지만, 이런 이들의 삶은 '곁'이 있어 사람 '곁으로' 가는 여행이다. 이제 '곁으로' 가는 사람들의 이야기를 쓰려 한다. 이 글을 광화문 광장에 쪼그려 앉아 쓰는데, 입을 굳게 다물고 함부로 희망을 말하지 않는 발터 벤야민이 생각났다.

다른 나라를 침략하고, 안으로는 유대인을 학살하는 나치의 파시즘

속에서 발터 벤야민은 지식인으로서 자신이 무엇을 해야 할지 고민했다. 아도르노(Adorno, 1903-1969) 등 유명한 친구들은 모두 미국으로 가버려, 벤야민은 철저하게 홀로 독일에 남아 히틀러에 저항해야 했다. 돈이 없어서 짧게 메모만 했던 그의 글, 도피하면서 메모 쪽지들을 모아냈던 그의 책들은 인간이 가야 할 길에 대한 고민의 산물이다. 희망이라는 단어를 도저히 떠올릴 수 없는, 과연 희망이 뭔지 잊어버린 절체절명(絶體絶命)의 비극 속에서 발터 벤야민은 이런 짧은 구절을 남겼다.

> 피렌체 세례당
> |
> 교회 현관에 안드레아 피사노의 '희망'(Spes)이 그려져 있다. 그 희망은 앉아서 손에 닿지 않는 어떤 열매를 잡으려고 팔을 들어올리고 있지만 잡지 못한다. 그럼에도 그 희망은 날개를 갖고 있다. 어떤 것도 이보다 진실할 수 없다.
>
> _발터 벤야민, 『일방통행로』(길, 2007), 128면

처음 이 문장을 대했을 때 무슨 뜻인지 도통 이해할 수가 없었다. 우선 '피렌체 세례당', '안드레아 피사노'를 찾아보았다. 안드레아 피사노(Andrea Pisano, 1270년경-1348년경)는 14세기 이탈리아의 가장 중요한 조각가다. '피렌체 성당' 건물 내부의 모자이크와 청동조각 등이 유명하다. '안드레아 희망'으로 검색해봤지만 나오지 않았다. 알파벳 'Andrea Pisano Spes'을 검색했더니 그때야 많은 사진이 나왔다.

언뜻 그림을 보면 날개 달린 천사가 공중에 떠 있는 희망을 잡으려

하는 것 같다. 피할 수 없는 중력이란 절망은 우리에게 비애(悲哀)를 준다. 무릎만 세운다면 앞에 보이는 저 무엇이 손에 닿을 만도 한데 손가락 바로 앞에서 닿지 않는다. 치렁치렁한 옷이 덮고 있는 저 무릎은 몹시 무거워 보인다. 양팔을 뻗어보지만 닿기는 커녕 저 무엇은 더 멀리 달아날 성싶다. 마지막으로 기대를 걸고 싶은 것은 등 뒤의 날개다. 날개가 조금만 펄럭여준다면 저 희망을 잡을 수 있을까.

여기서 반전이 일어난다. 저 천사가 따려는, 공중에 떠 있는 저 무엇이 나는 희망인 줄 알았다. 그런데 아니다. 공중에 떠 있는 저 물건이 아니라 날개를 가진 저 존재가 희망이다. 발터 벤야민이 "희망은 날개를 갖고 있다"고 했으니 날개를 갖고 있는 저 인물이 바로 희망이다. 왜 희망일까. 무엇인가 '곁으로' 다가가기 때문일 것이다. 희망이 되려면 '곁으로' 움직여야 한다. 손에 닿지 않더라도 '곁으로' 움직이는 순간, 날개 달린 존재는 희망이 된다. '곁으로' 움직이는 순간, 거기에 진실이 있다. 희망에게 날개가 있다는 것, 그것만이 마지막 진실이라고 발터 벤야민은 써놓았다. 조금만 '곁으로' 가면 된다. 더 이상 힘이 없을 때 날개가 퍼덕이는 생각하지도 못했던 사건이 일어날 수도 있다.

광주, 곁의 소설

|

한강 장편소설 『소년이 온다』

소설 제목만 대해도 여간 부담스럽지 않았다. 한강의 소설이라면 무엇이든 믿고 읽으려 했는데, 2014년 4월 16일 세월호 사건 한 달 후인 5월 19일에 출판된 책 제목이 『소년이 온다』다. '소년'이라는 단어가 물 속에서 사라져간 아이들과 겹쳐져 책상 위에 두고도 거의 1년간 읽을 수가 없었다. 첫 문장 세 줄만 읽어도 가슴이 먹먹했다.

> 비가 올 것 같아.
>
> 너는 소리 내어 중얼거린다.
>
> '정말 비가 쏟아지면 어떡하지.'
>
> _『소년이 온다』(창비, 2014), 7면

"비가 올 것 같아"라는 소설 첫 문장은 어떤 사태가 다가오는 상황을 예감하게 한다. 다음 행 "너는 소리 내어 중얼거린다"는 문장에서 '너'가 누군지를 독자는 찾아야 한다. '너'는 누구일까. '너'를 부르는 주체는 작가일까, 누구일까. 1장에서 '너'는 도청에 남아 죽어가는 중학생 동호이고, 2장에서 '너'는 동호가 부르는 '죽은 정대'다. 2장에 이르면 1장에서 '너'를 호명하는 화자가 유령 곧 죽은 정대라는 사실을 알게 된다. 각 장의 서술자가 바뀌며 겹쳐 보이는 효과다.

> 누나는 죽었어. 나보다 먼저 죽었어. 혀도 목소리도 없이 신음하려고 하자, 눈물 대신 피와 진물이 새어나오는 통증이 느껴졌어. 눈이 없는데 어디서 피가 흐르는 걸까.
>
> _위의 책, 50면(밑줄은 인용자)

작가는 시체가 하는 말을 독자에게 전한다. 시체는 "나보다 먼저 죽"은 누나 이야기를 한다. 그래서 이 소설을 읽으려는 사람들은 그날 총 맞아 죽은 아이의 목소리를 직접 듣는 그로테스크 리얼리즘을 경험하게 된다. 이 소설이 독특한 것은 사자(死者)를 화자로 설정한 점에 있다. 물론 이러한 설정이 그리 새로운 것은 아니다. 가령 오키나와 소설가 메도루마 슌[目取真俊, 1960-]의 소설집 『혼 불어넣기』(아시아, 2008)에 실려 있는 「이승의 상처를 이끌고」에서도 유령이 말하는 설정이 나온다. 2차 세계대전 이후 마지막 식민지처럼 여성들이 강간당하고, 또 본토 일본에서 독립을 주장하다가 잡혀가는 남자의 친구라는 이유로 주인공 여성은 강간당하고 죽는다. 그런데 바로 이 여성의 시신이 소설의 처음부터 끝까지 내레이터로 등장하는 구성이다. 작가는 상처받은 유령 '곁으로' 다가가 우리에게 그 목소리를 전한다. 죽어서도 아직 지상을 떠나지 못하는 중음신(中陰身)들은 가장 선한 사람들의 가장 억울한 설움을 토로한다. 이 중음신들의 설움을 '곁에서' 받아 적은 소설이 『소년이 온다』다.

『소년이 온다』에 등장하는 주인공은 여럿이다. 화자를 한 명이 아니라 여러 명으로 삼은 것은 독자로 하여금 하나의 현실을 다양하게 생각하도록 인도한다. 소설의 화자를 '시체들' 혹은 피해자로 설정했으니 독자는 피해자들의 아픔을 그들의 입으로 직접 듣게 된다. 그들의 말을 직접 듣도록 소설가는 구축해놓은 것이다. 작가 한강은 소설가를 넘어 영매(靈媒) 역할을 하는 샤먼이 된다.

> 당신이 죽은 뒤 장례식을 치르지 못해,
> 내 삶이 장례식이 되었습니다.
>
> _위의 책, 99면

두 문장은 이 소설의 의미를 함축한다. 여러 명의 주인공들은 그 비극으로부터 어느 누구도 탈출하지 못하고 있다. 한 인물의 이야기가 끝나 그의 고통을 끝내려 할 때, 다른 인물(실은 시체)이 화자로 등장하여 고통은 이어지고 옮아간다. 그 마음은 독자에게도 이어진다. 소설을 읽는 시간은 거대한 장례의 시간이 된다.

> 네가 죽은 뒤 장례식을 치르지 못해, 내 삶이 장례식이 되었다. 네가 방수 모포에 싸여 청소차에 실려간 뒤에. 용서할 수 없는 물줄기가 번쩍이며 분수대에서 뿜어져 나온 뒤에. 어디서나 사원의 불빛이 타고 있었다.
>
> _위의 책, 102면

광주 민주화항쟁이든 세월호 사건이든 갑자기 죽어간 영혼들, 특히 시신을 찾을 수 없는 경우, 장사(葬事)를 지낼 수가 없는 것이다. 그런데 그 아픔에서 벗어나지 못하는 사람들의 일상과 꿈속에서는 아직도 소년이 온다. 살아 있는 사람들에게도 그 고통은 지울 수 없고 유예(猶豫)되어 있기 때문이다. 시대와 국가는 죽음을 감추려 하고, 감추라 한다. 세월호 사건도 돈으로 해결하고 더 이상 죽음을 말하지 말라 한다. 바로 이러한 시기에 한강은 30여 년 전 사건을 빌려 죽어간 '너'의 고통을 우리에게 전한다. 지금 여기에 『소년이 온다』며 다시 애도(哀悼)를 말한다.

『소년이 온다』가 역사를 다루는 방식은 독특하다. 이 소설은 30여 년 전 한 도시에서 일어난 특정 사건을 얘기하는 것 같지만 실은 죽음의 비극이 계속 반복되고 있다는 것을 생각하게 한다. 책의 출판 시기도 그렇거니와 이 책은 동시대적 읽기를 이렇게 노골적으로 권한다.

> 2009년 1월 새벽, 용산에서 망루가 불타는 영상을 보다가 나도 모르게 불쑥 중얼거렸던 것을 기억한다. 저건 광주잖아. 그러니까 광주는 고립된 것, 힘으로 짓밟힌 것, 훼손된 것, 훼손되지 말았어야 했던 것의 다른 이름이었다. 피폭이 아직 끝나지 않았다. 광주가 수없이 되태어나 살해되었다. 덧나고 폭발하며 피투성이로 재건되었다.
>
> _위의 책, 에필로그, 207면

용산의 한 건물 망루에서 죽어간 철거민들, 남녘 바다 세월호에서 죽어간 아이들도 모두 '소년'과 함께 호명되고 있다. 한강은 억울하게 죽어간 죽음들을 "아무도 모독할 수 없도록"(211면) 단단히 기록으로 남겼다. 그녀는 죽어간 소년들, 피해자들 곁으로 가서 애도하고 있다. 우리에게

"소년이 온다"고 일깨우고 있다. 아직 장례식이 끝나지 않았다고. 저들이 온다고. 곁으로 가라고.

세월호 참사와 사회적 영성

2014년 11월 14일 토요일, 무척 쌀쌀한 휴일 오후에 사람들이 광장에 모였다. 이날 세월호 참사의 원인과 진실을 밝히려는 시민들이 광화문에서 피해자 학생들을 상징하는 304개의 의자들을 광화문 광장에 쌓는 퍼포먼스를 했다. 희생자가 가장 많았던 안산 단원고등학교에서 실어온 책상이었다. 하나하나 망루처럼 책상을 쌓고 가족들이 책상 위로 올랐다. 그리고 아이들 이름을 불렀다. 아이들 이름을 나도 따라 호명하며 '기다리는 책상들'이라는 메모를 했다.

© 김응교

304개 우주
304개 빈 책상
학생들 이름을 쌓는다
잊지 않으려 기억을 쌓는다

여기 서서 기억하는 한

304명 아이들 기억 속에 살아 있다

망각과의 싸움

절망의 바닥에서

가만 있지 않겠다

잊지 않으려 설움을 쌓는다

희망 없는 환멸의 시대에 과연 우리는 무엇을 할 수 있단 말인가. 다음 정권에서는 이 문제를 국가에서 조사해줄 수 있을까. 다음 정권이 그렇게 해준다는 보장도 없다.

이러한 상황에서 할 수 있는 일은 곁에서 함께하는 일이다. 내가 할 수 있는 것은 세월호 유족들에게 한 끼라도 식사 대접하는 자리를 마련하는 일이었다. 날짜를 잊었다. 2015년 봄날 유가족 몇 분을 모시고 식당으로 갔다. 그날 내 앞자리에서 앉아 있던 다윤이 엄마를 잊기 힘들다. 너무 마르고 병약해 보이는 분이 앞에 있으면 시선을 어디에 둬야 할지 할 말을 잊곤 한다. 영상으로 보았을 때보다 실물이 너무 야위었을 때는 당혹스럽다. 다윤이 엄마는 영상보다 훨씬 초췌해 보였다.

"속상했던 것은 세월호 실종자 아홉 명 학생 모두 예수님 믿던 아이들이었다는 거예요. 스님들이 삼보일배로 바닥을 기면서 함께해 주시는데, 아이들이 다니던 교회는 1년 동안 무엇을 했는지요. 교회 다니던 아이들 아홉 명을 못 찾았기에 교회가 나서줄 줄 알았어요. 그런데 많은 교회는 외면했어요."

말할 기운을 잃은 다윤이 엄마는 아주 천천히 말씀하셨다. 유가족들은

"기억하자"를 외치지만, 다윤이 엄마 같은 실종자 가족은 "찾아달라"가 급하다고 한다. 청와대 앞에서 1년 이상 피케팅을 하고 있는 다윤이 엄마는 지금 병에 걸려 있다. 위험한 상황이라고 한다. 실종자 가족들은 살아 있지만 거의 죽은 존재라고 한다. 말 한 마디 한 마디 힘겹게 내셨다.

"다 예수님 믿던 아이들이라고요. 목사님께 부탁드리고 싶어요. 도와주세요. 온전하게 아홉 명 아이들 찾을 수 있도록 도와주세요. 알려주세요. 제발 알려주세요. 저희들은 미수습 가족이 아니라, 유가족 되는 게 꿈이에요."

가끔 '미수습'(未收拾)이라는 낯선 단어를 쓰셨다.

세월호를 추모하는 사람들은 미수습 가족이 아니라 유가족만을 위한 구호를 외친다고 미수습 가족은 생각한다. 400일 추모제를 하는데 미수습된 아홉 명의 가족들은 추모할 수가 없다. 추모할 아이들을 못 찾았기 때문이다.

"그래도 하나님 원망을 하지 않았어요. 그런데 하나님이 너무 미웠어요. 기도하는데 하나님께서 미안하다고 하시고 침묵하시더라구요."

다윤이 엄마와 은화 엄마는 한 명이라도 더 세월호 비극을 알려달라 눈물로 당부하셨다. 유가족은 "진실을 알고 싶다"고 하는데, 미수습인 가족은 "자식을 찾아달라" 말한다.

세월호 참사는 정치적인 문제가 아니다. 좌우의 문제가 아니다. 바로 우리 가족과 함께 밥 먹고 웃고 우는 이웃가족의 문제다.

그날 나는 가장 고통스러운 점심 식사를 했다.

세월호 문제에 대해 많은 글들이 있었지만 나는 소설가 박민규의 「눈먼 자들의 국가」(『눈먼 자들의 국가』, 문학동네, 2014)가 다른 어떤 글보다도 더 절실하게 느껴졌다. 박민규는 그저 겉핥기로 위로의 글을 남긴 것이 아니라, 꼼꼼하게 세월호 문제를 지적하고 항의하고 또 저항했다.

전부 거짓말이었다.

참패를 예상했던 여당이 선거에서 기대 이상의 성적을 거두자 상황이 급변했다. '세월호 침몰사고 진상규명을 위한' 국정조사가 시작되자 이를 가로막은 것은 정부였다. 국회의 거듭된 요구에도 청와대는 자료제출을 거부했다. 청와대 담당자는 "자료제출을 하지 말라는 지침을 받았다"고 했고, 지침을 내린 자가 누구인지도 끝내 밝히지 않았다. 조사를 하지 말라는 얘기였다. 청와대가 그러하니 다른 기관들의 자세도 성실할 리 없었다. 당신 누구야? 여당 의원은 유가족에게 호통을 쳤고 조사는 무엇 하나 제대로 이뤄지지 않았다. 새로운 '도대체, 왜?'가 성립되는 순간이었다. '구조에 최선을 다하겠다 해놓고 왜 구조를 하지 않았나?'란 질문에 '진상규명에 최선을 다하겠다 해놓고 왜 이를 가로막나?'란 질문이 추가된 것이다. 몇 가지 성과가 있긴 했다. 이미 버린 몸(해체) 해경이 제출한 사고 당시 청와대와의 통화내역을 통해 당시의 정황을 알 수 있었고 어렵게 모셔온 비서실장의 입을 통해 사고가 난 당일 대통령의 행적에 문제가 있다는 사실이 밝혀졌다. 무엇보다 476명이 탄 선박이 침몰한 참사가 일어났는데 아무런 대책회의가 없었으며, 그 위중한 일곱 시간 동안 비서실장은 대통령이 어디 있었는지 "모른다"는 답변을 했다. 그날 국가는 없었다는 가설이 사실이 되는 순간이었다.

박민규는 의혹을 만들고 키운 것은 정부였다고 지적한다. 유병언 한 사람만의 문제가 아니라, 이 거짓말들을 총체적으로 합리화시키고 있는 모든 사회 구석구석을 질타한다. 원고 청탁 받고 그냥 쓴 글이 아니다. 중간 제목만 일별해도 박민규의 문제의식이 핵심을 짚고 있다는 것을 확인할 수 있다.

- 타서는 안 될 배였다.
- 그런 배를 탔다는 이유로 죽어야 할 사람은 아무도 없었다.
- 바다는 잔잔했다. 그래서 더, 잔혹했다.
- 구조는 국가의 업무죠.
- 실은 매우 이상한 거짓말이다.
- 전부 거짓말이었다.
- 공공의 적이 공공일 때 공공의 적인 공공에게 어떤 혐의가 있을 때 그 공공을 심판할 수 있는 건 누구냐고 묻고 싶다.
- 지금 누군가가 세월호가 으리으리한 사고로 정리되기를 간절히 바라고 있다.
- 만약 이 나라가 침몰한다면 그 원인은 의리일 거라 나는 믿는다.
- 안다. 대통령이 직접 TV에 나와 눈물을 흘렸다는 걸 안다. 탈영병들도 모두 눈물을 흘린다.
- 사고로 위장된 사건은 있어도 사건으로 위장된 사고는 존재하지 않는다.

박민규는 마치 자신이 세월호 참사의 희생자 혹은 유가족이 된 듯이 하나하나 따진다. 소설가 한강처럼 박민규도 피해자 '곁에서' 아파하고 있다. 그리고 억장이 막혀 눈물만 흘리는 다윤이 엄마 같은 유가족의 설움과 분노와 울혈(鬱血)을 대언(代言)하고 있다.

박민규는 결국 "세월호는 선박이 침몰한 '사고'이자 국가가 국민을 구조하지 않은 '사건'이다"라고 정의한다. 국가가 국민을 구조하지 않은 '사건'이란 말이다. 마침내 "국가가 국민을 지켜야 하는 의무를 저버렸을 때 국가는 어떤 처벌을 받아야 하는 걸까"라며 엄중한 질문을 던진다.

박민규의 태도는 성경 누가복음 10장에 나오는 착한 사마리아인에 빗댈 수 있겠다. 바리새인 같은 존재들은 강도당한 '슬픈' 존재를 피해간다. 자기 일이 아니라고 생각한다. 그렇지만 사마리아인만은 멈추어 선다. 느닷없이 나타난 강도에게 구타당하고 쓰러져 있는 피해자를 "불쌍히 여기는" 마음이 들었기 때문이다. 이는 피해자의 고통을 자기의 고통으로 받아들일 때 가능한 마음이다.

여기서 "불쌍히 여기다"라는 헬라어 원어는 스플랑크니조마이(σπλαγχνίζομαι, splanchnizomai)다. 이 말은 창자가 뒤틀리고 끊어지는 아픔을 느낄 정도로 타자의 아픔을 공유한다는 말이다. 내장학(內臟學)이라는 의학용어 스플랑크놀로지(splanchnology)도 이 단어에서 나왔다. 내장이 찢어질 것 같은 아픔, 곧 스플랑크니조마이라는 단어는 예수가 많이 쓰던 단어였다. "불쌍히 여기사"라는 말은 "애간장이 타는 듯했다"는 '단장'(斷腸, 창자가 끊어지다)의 아픔을 말한다.

스플랑크니조마이, 곧 피해자의 아픔에 장이 끊어지는 듯이 공감하는 마음을 박민규의 글에서도 나는 읽었다. 예수는 슬퍼하는 자들과 함께 거해야 한다고 제자들에게 가르쳤다. 작은 자, 빈자(貧者), 약한 자에 대한 예수의 심려(心慮)는 곧 자기에게 행하는 것과도 마찬가지 마음으로 표현된다. 예수는 슬픔 '곁으로' 다가가는 인물이었다. 박민규의 마음도 유족의 아픔 '곁으로' 다가가고 있다. 그것은 곧 자기만의 이득을 생각하는 것에 갇혀 있지 않고 열린 마음으로 이웃을 생각하는 '사회적 영성'일 것이다.

『홍길동전』을 쓴 저자 허균은 호민론(豪民論)을 주장하면서, 변혁의 주체는 백성이라고 했다. 무슨 일을 하든지 백성을 위해 공공성(公共性)에서 출발해야 한다고 말했다. 허균의 태도도 사회적 영성과 비교해볼 수 있겠다. 외롭고 슬픔에 젖어 있는 이웃과 함께하거나, 소외된 지역에 도서관을 짓거나 더불어 살기 위해 김치공장 같은 사회적 기업을 만드는 일도 '사회적 영성'을 실천하는 예라고 할 수 있겠다.

사회적 영성이란 타자의 존재를 의식하는 일로부터 시작된다. 그에 비해 사회적 영성과 대립되는 삶은 타자의 아픔이나 기쁨에 관여하지 않는 태도다.

2차 세계대전 당시 6백여만 명의 유대인을 학살했던 아이히만이 법정에 섰을 때 한나 아렌트는 아이히만을 가리켜 "자기가 무슨 일을 하고 있었는지 전혀 깨닫지 못했던 자"(한나 아렌트, 『예루살렘의 아이히만』, 한길사, 2006, 391면)라고 썼다. 한나 아렌트는 이 책 마지막 문장에 딱 한 번 '악의 평범성'(The banality of evil)이라는 표현을 썼다. 여기서 '평범성'이라고 번역한 banality는 '진부성'이나 '일상성'으로도 번역할 수 있다. 이런 삶을 살아가는 사람들은 자기가 속한 조직에 '성실' 혹은 '충성'만을 강조하는 진부한 단어를 헐벗게 반복한다. 굳이 평범성으로 번역하는 이유는 악이란 너무도 평범(平凡)한 일상생활에서 나오기 때문일 것이다. 악의 평범성, 그 구조 안에서 성실하게 살아가면 정말로 자기가 무슨 일을 하고 있는지 모른다. 주변에서 누가 죽어가는지도 모르고, 누가 망루로 올라 호소하고 있는지도 들리지 않는 상황, 그것이 '악의 평범성' 속에서 살아가는 삶이다.

동심원의 패러독스

2015년 7월 10일 저녁 자이니치[在日] 서경식 선생의 신간『시의 힘』 북콘서트가 열렸다. 이 모임을 진행했던 나는 이 책에서 주목되는 내용 중 하나를 '동심원의 패러독스'로 보았다.

> 위험한 지역에 그대로 머무르는 사람들은 스스로 위로받기 위해 '만들어진 위로의 진실'에 매달리려는 경향이 있다. 현장에서 거리가 떨어진 이들은 상상력을 발휘할 수 없고, 거리가 가까운 이들은 '고통스러운 진실'에서 눈을 돌린다. 나는 이런 현상을 '동심원의 패러독스'라고 부른 적이 있다. 이런 구조는 진상을 은폐하고 피해를 경시하게 만든다. 책임을 회피하고 이윤이나 잠재적 군사력 보유를 위해 원전을 유지하려는 사람들, "치명적인 천둥의 방자한 관리인들"(프리모 레비)을 이롭게 할 따름이다.
>
> 피해의 진원지에서 멀리 떨어진 사람일수록 피해의 진실에 스스로 상상력을 발휘하려 노력하고, 피해의 진원지에 가까운 이들일수록 용기를 내어 가혹한 진실을 직시해야만 한다. 증언자(표현자)는 '표상의 한계'를 넘어서는 증언(표상)에 도전해야만 하고, 독자는 스스로 '상상력의 한계'를 넘어서는 상상력을 발휘하려고 애써야만 한다. 더없이 어려운 일이

지만, 참극의 재발을 막기 위해 이 시대가 우리에게 요구하는 바다.

_서경식, 『시의 힘』(현암사, 2015), 230면

이 부분을 읽고 어떤 마음으로 쓰셨냐고 물었을 때 선생님의 답은 이러했다.

"후쿠시마 원전 사고가 터지고 난 뒤, 한 두세 달 이후에 글 하나 쓰라는 청탁이 왔어요. 당시 제가 일본에서 벌어지고 있는 상황을 많이 생각한 끝에 '동심원의 패러독스'라는 표현이 생각났습니다. 사람들이 눈앞에서 이런 일이 벌어지고 있는데도 왜 이렇게 무시하고 사고를 정지하고, 모두 왜 새빨간 거짓말에 빠지는 건지 말입니다. 후쿠시마가 도쿄에서 불과 이백여 킬로미터밖에 안 떨어져 있어요. 그런데 도쿄 사람들은 후쿠시마와 아무 상관없다고 생각하는 겁니다. 그건 상상의 산물이지 상관없을 리가 없지요. 남의 일이라며 외면할 수 있는 그런 마음 말입니다. 그걸 넘어설 수 없으면 도저히 우리는 이길 수가 없다고 생각했어요. 후쿠시마 원전 사고는 지금 '완전히 관리'(completely under control)되어 있다고 했지요. 이건 거짓말이에요. 거짓말인지 모르는 게 아니에요. 일본 사람들 대다수는 거짓말인 줄 알고 있어요. 거짓말인 줄 알면서도 그런 정부를 지지하는 겁니다. 그런 지지는 국가주의이기도 하고, 일본주의이기도 하고, 사고 정지이기도 하지요. 그런 문제를 '동심원의 패러독스'라고 쓴 것이죠. 그런데 생각하면 할수록 그것이 일본에만 있는 것이 아니죠."

동심원의 패러독스, 그것은 동심원에서 멀어질수록 자기와 상관없다고 생각하는 원리이기도 하다. 서경식 선생은 이어서 말했다.

"제가 늘 프리모 레비(Primo Levi, 1919-1987) 얘기를 하는데, 아우슈

비츠에서 살아남은 분이죠. 프리모 레비는 '왜 너희들 유대인들은 그 비극 전에 도망치지 않았냐? 왜 망명하지 않았느냐?'는 질문을 항상 받았대요. 그때 프리모 레비는 '그 전'이 언제냐고 반대로 물었지요. 그런 질문을 하는 사람들은 고통의 진앙지에 있는 유대인들의 상황을 모르는 것이죠. 다수자의 둔감함에 지치고 자살하는 것이죠. 우리가 지금도 그런 상상에 친해지고 있는 상황 아닌지요. 이런 문제에 대해 로고스적인 반론도 중요하지만, 동시에 아픔, 분노, 슬픔, 그런 정서를 일으키고, 다시 생각하게 하고 공감을 일으키는 우리 쪽의 힘이 필요하다고 생각했어요. 그것이 '시의 힘'이 아닌가 하는 것이 제 생각입니다."

여기까지 말하자 이 책의 번역자 서은혜 교수(전주대)가 이어 말했다.

"동심원의 패러독스를 말씀하시니까 생각나는 것이, 2011년 3월 11일에 후쿠시마 원전 사태가 있고 나서 제가 바로 서경식 선생님께 이메일을 드렸습니다. 선생님, 빨리 동경을 벗어나서 큐슈 정도라도 피난을 하시거나 오키나와 정도로 가시면 어떨까요, 라고 말씀드렸습니다. 저는 굉장히 멀리 떨어져 있었기 때문에 더 위기감을 느꼈던 거 같아요. 물이나 공기도 정말 염려가 됐거든요. 그랬는데 선생님께서는 동경을 떠나시기는커녕 11월에 후쿠시마에 가셨어요. '동심원의 패러독스'라는 것이 대부분 사람들에게는 진앙지에 가까울수록 위험을 느끼지 않으려고 하는 심리지만, 진앙지를 찾아가려는 분들도 계신다는 것을 확인했습니다."

"그런 건 뭐라 해야 하나요?"

내가 물었다.

서경식 선생은 웃으면서 답했다.

"한국에 오라고 하는 고마운 사람도 계신데, 그것도 동심원의 패러독스인데 한국이 그렇게 안전할까요?"

객석이 모두 웃었다.

"한국도 원전이 많이 있고, 휴전선도 있고, 언제 전쟁이 터질지 모른다는 것을 항상 얘기하고 사는 사회지요. 더 큰 위험이 있을 수 있는데 그것도 동심원의 패러독스지요. 그리고 저는 특히 글 쓰는 사람이니까 증언(證言)하고 싶은 마음이 있습니다. 보고 나서 증언하고 싶다는 마음이 제게는 있지요. 그래서 거기에 갔지요. 근데 사람들은 자신이 있는 장소가 가장 안전하다고 믿는 경향이 있어요. 그게 과연 그럴까요? 문제일 수 있지요."

웃음이 터졌던 객석은 다시 조용해졌다. 위험한 상황, 동심원의 중앙에 살면서도 한국인은 의식하지 못하고, 아니 망각하고 사는 것이다.

진행자는 자기 의견을 최대한 억제해야 하는데, 이날 처음 내가 하고 싶은 이야기를 꺼냈다. 마지막 부분이기에 클로징 멘트처럼 간단히 말했다.

"선생님, 저는 구심력(求心力)과 원심력(遠心力)을 생각해봤어요. 아픔이 있는 진앙지에 찾아가는 '곁으로의 구심력'이 있는 사회가 건전한 사회가 아닌가 생각했어요. '곁으로의 구심력'으로 서로가 서로를 위했던 순간이 파리 콤뮨이고, 3·1독립운동 때 평양 기생들이 치마를 찢어 태극기를 만들던 순간이고요, 광주 민주화항쟁 때 몸을 팔던 여인들이 헌혈하고 시체를 치워주었던 순간이지요. 아픔의 진앙지로 찾아가는 순간들 말입니다. 저는 그것에 대해 '곁으로'라고 표현합니다. 원심력을 따라 진앙지에서 도망가는 사회가 되면 안 된다는 생각을 했어요. '곁으로의 구심력'이 강한 사회가 건전한 사회(Sane Society)가 아닌가 생각했습니다.

곁으로, 곁으로

비극이 벌어지면 다들 그 상처 곁으로 모이려 하지 않고 멀리 도망친다. 상처 안에 있는 사람은 너무 고통스러우니까 환상을 꿈꾸고, 다른 이들은 회피하며 멀리 도망간다. 이때 서경식은 "작가는 증언해야 하고, 독자는 아픔의 진앙지를 상상해야 한다"고 권한다.

> 증언자(표현자)는 '표상의 한계'를 넘어서는 증언(표상)에 도전해야만 하고, 독자는 스스로 '상상력의 한계'를 넘어서는 상상력을 발휘하려고 애써야만 한다. 더없이 어려운 일이지만, 참극의 재발을 막기 위해 이 시대가 우리에게 요구하는 바다.
>
> _위의 책, 230면

2차 세계대전 때 나치즘을 피해 프랑크푸르트 학파의 많은 학자들이 미국으로 가서 대학 교수 노릇을 했다. 그러나 발터 벤야민은 다른 프랑크푸르트 학파 학자들처럼 미국으로 가지 않고 마지막까지 히틀러의 나치즘에 저항하는 글과 역사에 대한 묵상을 쓰고 사망했다.

디트리히 본회퍼(1906~1945).

역시 나치시대 때 독일의 신학자 디트리히 본회퍼(Bonhoeffer, Dietrich)는 미국으로 도피할 기회가 있었는데도 독일을 떠나지 않고 히틀러 암살 계획에 참여했다가 사형당했다. 나는 본회퍼가 남긴 『나를 따르라』(*Nachfolge*)라는 책을 '곁으로의 구심력'으로 읽었다. 본회퍼는 고통 곁에서 떠나지 않는, 고통 곁으로 다가가는 삶을 '값비싼 은혜'(expensive grace)라고 표현했다.

'곁으로'의 천사들, 쉽게 웃지도 쉽게 울지도 않는 사람들이 거짓과 전염병 곁에서 떠나지 않는다. 충격을 받은 사람들은 억장이 무너져 말을 못하고 문장을 구성할 수 없다. 그들이 할 수 있는 표현은 눈물이며 아우성이며 욕설이다. '곁으로' 간 사람들은 고통받은 자들을 대신해서 말해주고 글을 써주고 피케팅을 해준다. 한강 장편소설 『소년이 온다』는 죽은 시신들 '곁으로' 가서 그 아픔을 대신 말해주는 소설이다.

꿈을 잃은 사람은 몸을 관리하지 못한다. '곁으로' 가는 사람들은 몸 관리를 하도록 도와준다. 가족이 갑자기 사고를 당한 사람들은 곡기(穀氣)가 끊어져 어떤 것을 먹기는커녕 씹을 힘도 없다. '곁으로' 간 사람들은 미음을 만들어 떠먹여준다. 박민규의 글은 쌀밥 같은 글이다. 아픔의 진앙지와 함께하는 '곁으로의 구심력'에 참여하는 그들은 눈에 잘 보이지 않는다. 스스로를 드러내지 않고, 다만 풀처럼 같이 눕고 같이 일어서고 같이 울고 같이 웃는다.

'곁으로' 가는 이들은 무엇을 얻는가.

'곁으로' 여행 가는 것은 사랑의 총량을 최대한 키우는 행복한 시간이 아닐까. 고대 인도의 철학서 『우파니샤드』(*Upanisad*)는 Upa(가까이)와 nisad(앉는다)라는 두 단어의 합성어다. 『우파니샤드』는 스승 가까이 가서 앉을 때 '참 자아' 곧 아트만(atman)을 깨닫는다고 가르친다. 자연도 큰 스승이다. 거대한 사막이나 숲 '곁으로' 가까이(Upa) 가서 앉을

(nisad) 때 우리는 큰 누리와 하나 되는 작은 누리가 된다. 세상의 모든 설움과 고통이, 우주의 오묘한 바람결이 우리를 깨닫게 할 것이다.

철학자 한병철은 『피로사회』에서 성과사회를 '도핑(doping)사회'라고 표현한다. 많은 사람들이 끼니때마다 약을 먹고 힘을 얻어 일한다. 내게도 일주일에 몇 번씩 영양제 링거를 맞고 일하던 미친 시절이 있었다. '도핑사회'에서는 성과를 내기 위해 몰입하고 자신을 스스로 착취하며 영혼을 경색(梗塞)시킨다. 이러한 피로를 극복하기 위해서 한병철은 페터 한트케(Peter Handke, 1942-)의 이론을 빌린다.

> 자아 피로가 고독한 피로이고 세계가 없는, 세계를 없애버리는 피로라면, 한트케의 피로는 세계를 신뢰하는 피로이다. 이것은 자아를 개방하여 세계가 그 속에 새어 들어갈 수 있는 상태로 만든다.
>
> _『피로사회』(문학과지성사, 2014), 68면

> 한트케의 피로는 자아 피로, 즉 탈진한 자아의 피로가 아니다. 한트케는 오히려 우리-피로라고 말한다. 이때 나는 너한테 지치는 게 아니라, 한트케의 표현대로 말하자면 너를 향해 지치는 것이다.
>
> _위의 책, 71면

한트케의 피로는 자기 스스로 착취하는 자아 피로, 즉 탈진한 자아의 피로가 아니다. 한트케는 오히려 '우리-피로'라고 말한다. 그것은 "너를 향해 지치는 것"이다. 나만을 위해 나 자신을 착취하는 피로가 아니라, 양

로원이나 약자를 도우며 느끼는 피로는 보람을 동반하여 '즐거운 피로'가 된다. 이러한 '우리-피로'는 치유의 형식, 나아가 회춘(回春)의 피로가 되기도 한다고 했다. 물론 한병철의 방식은 사회 구조 자체를 변화시키는 정치적 변혁에는 이르지 못하고 있다는 비판을 받고 있지만, 한트케의 '우리-피로'를 제시한 것은 의미 있는 방식이라고 생각한다. 아울러 한트케의 '우리-피로'를 '곁으로의 구심력'과 비교해볼 수도 있겠다.

그런데 과연 '곁으로' 가는 것은 쉬운 일인가.

'곁으로' 가면 지혜를 깨닫고, '곁으로' 가면 늘 '우리-피로'의 엔돌핀이 치솟을까. 아니다. '곁으로'는 '곁으로'일 뿐이다.

슬픔의 진앙지에는 말할 수 없는 아픔이 있다. 그 진앙지에서 찢겨진 부분을 보는 사람의 마음은 말로 표현하기도 어렵다. 이 글을 마무리할 즈음 어느 분과 나눈 메시지의 한 부분이다. 이분은 '곁으로' 간 분이 아니라, 아예 성매매경험자(8장)와 함께 사시는 분이다.

"마음 아픈 소식이 있어요. 경자 언니(가명)가 3월 말까지 웰빙반찬에서 일하다가 그만두시고 최근에 돌아가셨어요. 화장이 끝난 후 가족들에게 연락이 와서 알게 되었어요."

"가장 나이 드신 분이요? 마르고 열심히 들으시던 분이요?"

"네, 선생님 강의를 가장 열심히 들었던 분이요. 가난해서 장례식도 못 치르고 무연고자로 돌아가시자마자 화장터로 갔어요."

"이런…."

"그분의 죽음으로 제 마음이 복잡합니다."

"……."

"이럴 때 하느님과 맞짱 뜨고 싶어요. 대천덕 신부님이 그러셨죠 '구주'(救主)란 문제를 해결하는 하나님이라고. 문제 해결이 정말 어려워요. 그분들이 처한 상황을 조금이라도 해결해보려고 발버둥 치며 가고는 있지만…, 정말 도망가고 싶어요."

"고통의 핵심에 있는 센터장님 같은 분들이 너무 힘드실 거예요. 얼마나 힘드세요."

"아침부터 여러 가지 문제로 머리가 뽀개질 거 같아요. 징징거리며 대화하고 울었더니 이제 괜찮아졌어요. 경자 언니가 살던 집 정리하러 가요. 조심조심 갈게요."

고통받는 자와 함께 머무는 일은 고통받는 자보다 더 고통스럽다. 자기 것이 아닌 남의 고통을 당해야 하기 때문이다. 머리가 부서질 것 같고 지긋지긋하여, 고통의 중심에서 멀리 도망가고 싶은 것이다. 고통과 함께 있는 사람은 이렇게 쓰라리고 괴롭다. 그래서 이분을 돕는 자가 많아야 하고 또 때때로 충분한 휴식이 주어져야 한다.

이런 문자를 보면 '곁으로' 간다는 것은 구경꾼에 지나지 않은가 하는 생각을 하게 된다. 맞다. 곁으로 간다는 것은 아픔 곁에 있다는 뜻이지 아픔 자체가 되기는 어렵다.

다만 곁으로 가고자 하는 사람으로 인해 '중심'에 대한 생각이 바뀔 수 있다. 중심이란 무엇일까. 제국주의와 파시즘의 원리는 세계의 중심을 권력과 자본으로 고정시키는 것이다. 모든 억압적 권력은 중심을 자신으로 빨대처럼 빨아들인다. 힘이 지배하는 곳, 돈이 많은 곳을 세상의 중심이라고 강요한다.

그런데 중심에 대한 고정관념을 전복(顚覆)시킨다면 어떤 변화가 일어날까. 세상의 중심을 권력이나 자본으로 정하지 않고, 이 세상의 중심을 상처받은 곳에 둔다면 어떤 결과가 일어날까. 권력과 돈을 보기 전에 세상의 중심인 상처받은 곳부터 본다면 그 순간부터 이 세상은 사랑과 혁명을 경험하게 될 것이다.

그렇다면 큰 나라만 중심이 아니라 아주 작은 섬나라 가령 동티모르 같은 작은 나라, 국제사회에서 외면받고 있는 타이완도 중요한 국가로 인정해야 할 것이다. 비싸고 화려한 꽃만 꽃이 아니라, 들에 피는 찔레꽃, 민들레꽃, 쑥부쟁이꽃도 모두 중심으로 모셔야 할 일이다. 어떤 여행이든 그 종착점이 새로운 중심, 곧 설움 '곁으로' 향하는 여행이라면, 그 길은 순례의 길이요, 축복의 길이 될 것이다. 순례자의 종착지는 설움이 있는 곳이며, 그것이 세상의 중심이다.

중심 쪽으로 간다 하더라도 그것은 '곁으로' 가는 것이다. 그 말은 중심이 아닌 '곁에' 있다는 말이기도 하다. 다만 '곁'이라는 표현은 '겉'이라는 표현보다는 더욱 중심에 다가가고자 하는 능동성이 느껴진다. 곁이나 겉에서 고통의 중심에는 가보지도 않고 고작 몇 가지 자료로 가본 척, 전체를 아는 양 판단하는 자세를 나 스스로 경계하고 경멸한다. 진짜 아픔을 아는 증언자는 쉽게 글을 쓰지 못한다. 인터뷰 몇 번 하고, 혹은 자료 몇 개 읽고 전체를 판단하는 방식을 나는 무시한다. '곁으로' 가는 척만 하는 나는 절대 중심까지 가지는 않는다. 중심에서 어느 정도 거리를 둔 '곁으로' 간다. 그러니까 말로만 '곁으로'이지 실은 '곁으로' 돌고 있는 격이다.

반대로 진정 순수한 마음으로 다가가는 사람을 이용하려는 사람이 있다. 절대 손가락 하나 까딱이지 않고 빌어먹기만 하려는 이가 있다. 어떻게 하든 그 발걸음을 자기만을 위해 이용하려고 하는, 구걸이 몸에 밴 사람들이 있다. 이런 지긋지긋한 일을 한 번이라도 겪으면 혐인증(嫌人症)이 생겨 '곁으로' 다가갈 마음이 영 사라지고 만다.

그래도 '곁으로' 가야 할까.

솔직히 내가 겨우 깨달은 것은 나는 진정 '곁으로' 갈 수 없다는 것이다. 나는 나의 한계를 안다. 고통의 진앙지, 그 고통에 공감하여 함께 창자가 끊어지는 고통을 체험하는 스플랑크니조마이의 단계로 살아가는 것은 쉽지 않다.

내게 위로가 있다면 발터 벤야민이 좋아하던 **안드레아 피사노의 '희망'**(Spes)이 주는 저 메시지다. '곁으로' 가는 저 방향성이야말로 나 자신을 희망이 되게 하는 유일한 방법일 것이다. '곁으로' 가겠다는 생각, 방향성만이라도 우리는 희망이 될 수 있다. 소설가 한강과 박민규, 자이니치 사상가 서경식 선생은 자신이 동의하든 말든 저 방향을 찾아 스스로 희망이 되는 선택을 한 존재들이다. 서경식 선생은 말한다. 고통의 진앙지에 가지 못하면 '증언'이라도 하라고, '상상'이라도 하라고, 그래야 참사를 막을 수 있다고 권한다. 그래서 루쉰은 "걷는 이가 많아지면 거기가 곧 길이 된다"(이 책, 20면)고 썼다.

비록 고통의 중심에는 갈 수 없는 곁이나 곁이라 할지라도 '곁으로'

가겠다는 상상만이라도 방향성만이라도 가지면 의미 있는 여행을 할 수 있을 것이다. 방향만이라도 저쪽을 향해 걷는 순간, 저 날개 달린 천사의 흉내만이라도 내는 순간에 나는 깊은 수면에서 깨어난다. 곁으로든 곁으로든, 거기로 간다. 이 길이 나 자신을 '희망'이 되게 하는 행복한 여행길이니까.

(2015)

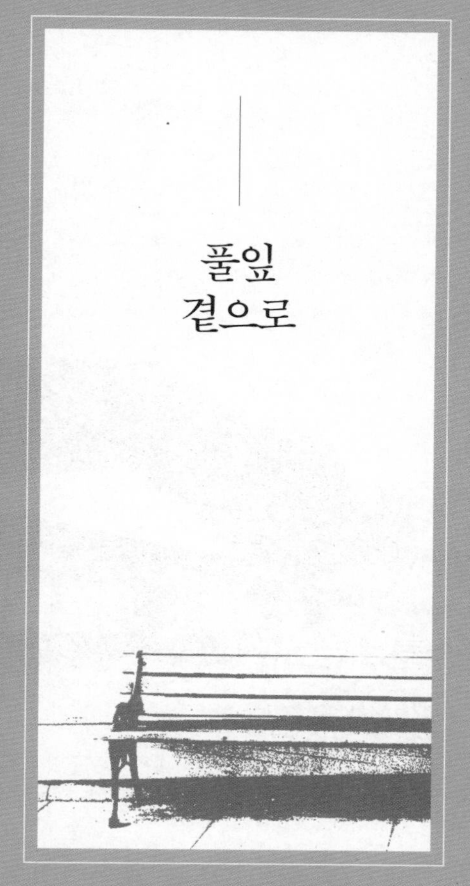

풀잎 곁으로

2013년 | 광양시

3 윤동주 시집을 숨겼던 양조장

윤동주 시집 『하늘과 별과 바람과 시』

유튜브에서 '정병욱 가옥'을 검색하면 필자가 출연한 윤동주와 정병욱에 관한 이야기를 들을 수 있다.

윤동주 시집이 고전(古典)이 되는 과정에는 규암(圭巖) 김약연 선생과 고종사촌 송몽규, 벗 문익환이 있었다. 그런데 연희전문에 입학한 윤동주가 더할 수 없이 중요한 글벗을 만났으니 그가 정병욱이다. 윤동주의 단 한 권의 시집 『하늘과 별과 바람과 시』가 남기까지에는 특별한 사연이 있다. 통째로 사라질 뻔했던 육필 원고 묶음을 바로 후배 정병욱이 보관하여 세상에 알린 것이다.

섬진강이 흘러 남해와 만나는 하구(河口)의 서쪽, 전남 광양시 진월면 망덕리 바닷가에 술 만드는 양조장이 있었다. 어부들이 술을 즐겨 했던 까닭인지 양조장은 번창했고, 정병욱(1922-1982)은 그리 큰 돈 걱정 없이 경성으로 유학 갈 수 있었다. 윤동주는 후배 정병욱에게 시집 원고를 맡겼다. 윤동주는 정병욱을 얼마나 신뢰했기에 자신의 영혼이 담긴 『하늘과 별과 바람과 시』를 맡겼을까.

2013년 11월 21일(목)에 이 집이 있는 광양시에서 윤동주 시인과 정병욱 교수를 기리는 강연회가 열렸다. 고려대 김흥규 명예교수님께서 윤동주 시인에 대해 강연했고, 나는 「윤동주의 영원한 글벗, 정병욱」이란 주제로 발표했다. 이제 두 사람의 인연, 그리고 양조장 집에 얽힌 이야기를 풀어보려 한다.

윤동주가 찾아오다

1922년 4월 22일 경남 남해군 설천면 문항리에서 태어나 하동초와 동래고보를 졸업한 열아홉 살의 정병욱은 1940년 연희전문에 입학했다. 입학하자마자 2년 선배이자 다섯 살이나 많은 윤동주가 찾아왔다. 윤동주를 만난 것이 아니라, 윤동주가 '찾아왔다'는 것은 어떤 의미일까. 상상치도 못한 순간을 맞이했던 정병욱은 그 순간을 생생하게 회고한다.

> 1940년 4월 어느 날 이른 아침, 연전 기숙사 3층, 내가 묵고 있는 다락방에 동주 형이 나를 찾아주었다. 아직도 기름 냄새가 가시지 않은 조선일보 한 장을 손에 쥐고,
>
> "글 재미있게 읽었습니다. 나와 같이 산보라도 나가실까요?"
>
> 신입생인 나를 3학년이었던 동주 형이 그날 아침 조선일보 학생란에 실린 나의 하치도 않은 글을 먼저 보고 이렇게 찾아준 것이었다. 중학교 때에 이미 그의 글을 읽고 먼발치에서 그를 눈여겨 살피고 있던 나에게는 너무도 뜻밖의 영광이었다. 나는 자랑스레 그를 따라나섰다.
>
> _정병욱, 「동주 형의 편모」, 『바람을 부비고 서 있는 말들』(집문당, 1980), 25면(밑줄은 인용자)

이 인용문에서 놀라운 사실은, 중학생이던 정병욱이 이름을 기억할 정도로 윤동주의 발표작들은 이미 널리 알려져 있었다는 사실이다. 지면으로만 읽어온 동경하던 학생 시인이 찾아왔을 때 정병욱은 뜻밖이었고, 그래서 "찾아주었다"고 썼다. 그냥 찾아온 것이 아니라 자신을 "찾아

주었다"는 것이다. 이 용언에는 곡진한 감사의 뜻이 포함되어 있다.

정병욱은 윤동주의 첫인상을 "오똑하게 솟은 콧날, 부리부리한 눈망울, 한 일(一)자로 굳게 다문 입, 그는 한마디로 미남이었다. 투명한 살결, 날씬한 몸매, 단정한 옷매무새, 이렇듯 그는 멋쟁이였다. 그렇지만 그는 꾸며서 이루어지는 멋쟁이가 아니었다. 그는 천성에서 우러나는 멋을 지니고 있었다. 모자를 비스듬히 쓰는 일도 없었고, 교복의 단추를 기울어지게 다는 일도 없었다. 양복바지의 무릎이 앞으로 튀어나오는 일도 없었고, 신발은 언제나 깨끗했다. 이처럼 그는 깔끔하고 결백했다. 거기에다 그는 바람이 불어도, 눈비가 휘갈겨도 요동하지 않는 태산처럼 믿음직하고 씩씩한 기상을 지니고 있었다"(정병욱, 「잊지 못할 윤동주 형」, 위의 책)라고 적고 있다.

1917년생인 윤동주, 1922년생인 정병욱은 이렇게 만났다. 북쪽 두만강 너머 용정에서 온 선배가 남쪽 섬진강 하구에서 온 후배를 찾아왔던 것이다. "너무도 뜻밖의 영광"을 체험한 정병욱의 기쁨은 평생 유지된다. 그가 윤동주에 관해 남긴 종요로운 여섯 편의 글들은 수상집 『바람을 부비고 서 있는 말들』(1960) 앞부분에 모아져 있다. 그 후 거의 2년간 정병욱과 동행한 윤동주는 19편의 시를 엮은 육필 시집 원고를 정병욱에게 맡기고 일본 유학을 떠난다.

길벗 영벗 글벗

첫째, 윤동주와 정병욱은 2년 이상 생활을 함께했던 길벗이었다.

두 사람은 지금의 종로구 누상동에 있던 소설가 김송의 집에서 하숙을 한다. 그러다 경찰이 들락거리는 김송의 집이 불편해서 두 사람은 북아현동으로 하숙집을 옮긴다. 윤동주가 3학년일 때 기숙사에서 함께 지냈고, 또 윤동주가 4학년이던 시절에 함께 하숙집을 전전했던 정병욱은 우리에게 윤동주의 많은 일상을 전해주었다.

> 문학, 역사, 철학, 이런 책들을 그는 그야말로 종이 뒤가 뚫어지도록 정독을 했다. 이럴 때 입을 꾹 다문 그의 눈에서는 불덩이가 튀는 듯했다. 어떤 때에는 눈을 감고 한참 동안을 새김질을 하고 나서 다음 구절로 넘어가기도 하고, 어떤 때에는 공책에 메모를 하기도 했다. 그러나 그는 읽는 책에 좀처럼 줄을 치는 일은 없었던 것으로 기억된다. 그만큼 그는 결벽성이 있었다.
>
> 태평양전쟁이 벌어지자 일본의 혹독한 식량 정책이 더욱 악랄해졌다. 기숙사의 식탁은 날이 갈수록 조잡해졌다. 학생들이 맹렬히 항의를 해보았으나, 일본 당국의 감시가 워낙 철저하기 때문에 어쩔 수 없다고 했다. 1941년, 동주가 4학년으로, 내가 2학년으로 진급하던 봄에, 우리는 하는 수 없이 기숙사를 떠나기로 했다. 마침 나의 한 반 친구의 알선이 있어서, 조용하고 조촐한 하숙집을 쉽게 얻을 수 있었다. 우리는 그곳에서 매우 즐겁고 유쾌한 하숙 생활을 누릴 수 있었다. 그러나 우리는 하숙집 사정으로 한 달 후에 그 집을 떠나야만 했다.
>
> 그해 5월 그믐께, 다른 하숙집을 알아보기 위해, 아쉬움이 가득 찬 마음으로 누상동 하숙집을 나섰다. 옥인동으로 내려오는 길에서 우연히, 전신주에 붙어 있는 하숙집 광고 쪽지를 보았다. 그것을 보고 찾아간 집은 문패에 '김송'(金松)이라고 적혀 있었다. 설마 하고 문을 두드려보았

윤동주와 정병욱.

더니 과연 나타난 주인은 바로 소설가 김송, 그분이었다.

_정병욱, 「잊지 못할 윤동주 형」, 위의 책

정병욱은 윤동주가 4학년 시기에 썼던 대표작들은 거의 바로 김송 선생 댁에서 쓰여진 작품들이라고 증언한다. 또한 그는 윤동주가 살아갈 길에 평생 동행하는 길벗이 된다.

둘째, 정병욱은 윤동주와 함께 성경 공부를 하기도 했다.

지리산 기슭 산골에서 교회당 구경을 해본 적이 없던 정병욱은 윤동주에 이끌려 "주일날이면 영문도 모르고 교회당"에 가야 했다.

우리가 다니던 교회는 연희전문학교와 이화여자전문학교 학생들로 이루어진 협성교회로서 이화여전 음악관에 있는 소강당을 교회당으로 쓰고 있었다. 거기서 예배가 끝나면 곧이어서 케이블 목사 부인이 지도하는 영어 성서반에도 참석하곤 했었다.

_정병욱, 「잊지 못할 윤동주 형」, 위의 책, 14면

정병욱은 윤동주가 단순히 영어 공부를 하려고 케이블 목사 부인의 성서반에 가지는 않았다고 한다. 그는 영어 성서반이 끝나면 반드시 그 의미에 대해 대화하고 싶어 했다고 증언하고 있다. 그리고 거기서 윤동주 시인이 좋아했던 것 같은 여학생도 목격한다. 또한 정병욱은 윤동주의 신앙생활에 대해서도 구체적인 증언을 남겼다.

그가 어려서부터 닦아온 종교적인 신앙심은 두터웠다. 그러나 기독교 학생회나 그가 나가는 교회에서 어떤 부서의 일을 맡아 하는 것은 그리 원하지 않았다. 일을 맡는 것이 귀찮아서가 아니라 역시 그의 겸양한 성격 탓이었을 것이다. 그리고 그는 결코 세속적인 신자는 아니었다. 남의 앞에 나서서 남을 이끌기보다는 조용하고 성실한 주일을 보내기를 좋아했다.

_정병욱, 「동주 형의 편모」, 위의 책, 29면

그렇다고 윤동주가 늘 소극적인 신앙을 가지지는 않았다고 한다. 교인인 척하면서도 세속적인 사람을 비판하기까지 했다고 한다. 속물들을 탐탁하게 생각하려고 들지도 않았다. 교인이면서 술 담배를 꺼리지 않았다는 것도 특이한 기록이다. 술은 매우 조심스레 마셨고, 술 마시지 않았을 때와 달라지는 일은 별로 없었다고 한다.

셋째, 정병욱은 윤동주 시를 평가할 수 있는 글벗이었다.

명시 「별 헤는 밤」이 정병욱의 지적에 의해 수정되었다는 증언은 널리 알려져 있다. 정병욱이 느낌을 말했을 때, "그렇다고 자기의 작품을 지나치게 고집하거나 집착하지도 않았다"고 했다. 「별 헤는 밤」에서, 끝부분 "따는 밤을 새워 우는 벌레는/ 부끄러운 이름을 슬퍼하는 까닭입니다"라는 끝부분을 읽고 정병욱은 윤동주에게 자기의 의견을 전했다.

첫 원고를 끝내고 나에게 보여주었다. 나는 그에게 넌지시 "어쩐지 끝이 좀 허한 느낌이 드네요" 하고 느낀 바를 말했었다. 그 후, 현재의 시집 제 1부에 해당하는 부분의 원고를 정리하여 「서시」까지 붙여 나에게 한 부를 주면서 "지난번 정 형이 「별 헤는 밤」의 끝부분이 허하다고 하셨지요. 이렇게 끝에다가 덧붙여보았습니다" 하면서 마지막 넉 줄을 적어 넣어 주는 것이었다.

그러나 겨울이 지나고 나의 별에도 봄이 오면
무덤 우에 파란 잔디가 피어나듯이
내 이름자 묻힌 언덕 우에도
자랑처럼 풀이 무성할 게외다.

이처럼, 나의 하찮은 충고에도 귀를 기울여 수용할 줄 아는 태도란, 시인으로서는 매우 어려운 일임을 생각하면, 동주의 그 너그러운 마음에 다시금 머리가 숙여지고 존경하는 마음이 새삼스레 우러나게 된다.

_정병욱, 「잊지 못할 윤동주 형」, 위의 책, 21-22면

정병욱의 의견을 윤동주가 받아들였고, 결정적으로는 1948년 윤동주 시집을 낼 때 정병욱이 교정을 보면서 원전과 다른 부분이 보인다. 홍장학 선생은 "윤동주의 시 「초 한 대」의 육필 초고에는 연필로 쓴 퇴고 흔적이 보인다. '간'을 '한'으로 바꿨다. 그런데 이 글씨는 윤동주의 것이 아니다. 정 교수의 필체다. 동시 「봄」의 원고에서 '가마목'을 '부뜨막'으로 고친 것도 정 교수가 한 것으로 보인다. 정 교수가 남긴 필체와 윤동주의 필체를 대조해보면 '부뜨막'은 정 교수의 글씨"(홍장학, 『정본 윤동주 전집 원전 연구』, 문학과지성사)라고 지적하고 있다. 이렇게 지적했던 이유는 윤동주가 사용한 함경도 사투리를 표준어로 바꾸는 과정에서 주로 생겼다고 한다. 윤동주의 시를 중앙문단에 알리고 싶은 마음에서 그랬으리라고 짐작된다.

넷째, 정병욱은 윤동주 시인이 남긴 단 한 권의 시집을 보관했다.

윤동주는 육필 원고 묶음을 세 부 만들었다. 한 부는 지도 교수였던 이양하 선생에게 드리고, 다른 한 부는 정병욱에게, 그리고 남은 한 부는 윤동주 자신이 가지고 1942년 2월 일본으로 유학을 떠났다.

> 동주가 졸업 기념으로 엮은 자선 시집 『하늘과 바람과 별과 시』의 자필 시고(詩稿)는 모두 세 부였다. 그 하나는 자신이 가졌고, 한 부는 이양하 선생께, 그리고 나머지 한 부는 내게 주었다. 이 시집에 실린 19편의 작품 중에서 제일 마지막에 수록된 시가 「별 헤는 밤」으로 1941년 11월 5일로 적혀 있고, 「서시」를 쓴 것이 11월 20일로 되어 있다. 이로 보아 그는 자선 시집을 만들어 졸업 기념으로 출판하기를 계획했던 것 같다. 그

러나 이 시고를 받아보신 이양하 선생께서는 출판을 보류하도록 권하였다 한다. 「십자가」, 「슬픈 족속」, 「또 다른 고향」과 같은 작품들이 일본 관헌의 검열에 통과될 수 없을 뿐만 아니라, 그의 신변에 위험이 따를 것이니, 때를 기다리라고 하셨다는 것이다. 그러나 그는 결코 실망의 빛을 보이지 않았다. 선생의 충고는 당연한 것이었고, 또 시집 출간을 서두를 필요도 없다고 생각했기 때문이었을 것이다.

_정병욱, 「잊지 못할 윤동주 형」, 위의 책, 22-23면

이 글로 보아 윤동주가 정병욱에게 원고를 넘긴 때는 1941년 11월 5일 이후부터 1942년 2월 사이로 추정된다. 정병욱도 1943년 12월(1944년 1월이라는 설도 있다)에 학병으로 끌려간다. 그는 징집되기 직전 어머니에게 원고를 넘기며 보관해달라고 신신당부했다고 한다. 징집당해 일본군이 되었던 정병욱이 1945년 2월 후쿠오카 감옥에서 윤동주 선배가 29살의 짧은 생을 마쳤다는 사실을 알 리가 없었다. 정병욱의 어머니는 원고를 항아리에 담아 마룻바닥 아래 묻어둔다. 남해바다를 마당 삼은

광양 망덕포구의 한 양조장 집 마룻바닥 아래에 말이다.

다시 양조장 집 앞에서

|

광양 망덕포구를 마주한 곳에, 상점 겸 일본식 양조장이 야트막한 산을 등진 채 낮게 누워 있었다. 당시 정병욱의 아버지 정상철은 1930년 8월 28일 망덕에서 조선탁주와 조선약주 제조를 허가받아 양조장과 정미소를 함께 운영했다. 연희전문을 다닐 때 정병욱은 방학 때면 아버지가 계신 집에 찾아와 섬진강 나루 혹은 바다를 보며 꿈을 키웠다.

이 사진은 50여 년 전인 1962년의 양조장 전경이다. 선착장 앞에 바로 붙어서 싱싱한 미역이며 바다생선을 마음껏 먹었을 저녁 밥상을 떠올려본다. 정병욱이 징용에서 돌아왔을 때는 그 밥상에 우럭조개 맛조개 등 더 맛있는 반찬들이 올랐을 것이다.

지금 보기엔 누추하기만 한 집 마루 밑에 묻혀 있었던 영혼의 기록은

1948년 당시 경향신문 기자였던 강처중이 가진 원고와 합쳐져 유고시집 『하늘과 바람과 별과 시』로 간행된다. '진월면 망덕리 외망마을 23번지'에 1925년에 지어진 저 양조장 집은 이렇게 아마득한 사연을 품어왔던 것이다.

정병욱은 너무도 존경했던 선배의 시 「흰 그림자」의 제목을 한자말로 고쳐 백영(白影)이라는 호를 스스로 지어 썼다. 「흰 그림자」에서 '흰'은 다름 아닌, 시 「슬픈 족속」에 등장하는 조선 백의민족이었다.

흰 수건이 검은 머리를 두르고
흰 고무신이 거친 발에 걸리우다.

흰 저고리 치마가 슬픈 몸집을 가리고
흰 띠가 가는 허리를 질끈 동이다.

_윤동주, 「슬픈 족속」(1938. 5.)

일본에서도 '흰' 우리 족속을 잊지 못하여 '그림자'로 어른거린다고 썼던 윤동주의 마음을 정병욱은 호로 삼았다. 선배의 넋을 사랑을 열정을 자신의 호칭으로 삼았던 것이다.

그리고 정병욱의 장녀 정덕희는 윤동주 시인의 남동생인 윤일주와 결혼하여 윤동주 시인의 제수가 된다. 이제 후배였던 정병욱은 윤동주 시인과 실제 친척이 된 것이다. 선배의 시집을 목숨처럼 보존하고 알려온 정병욱은 서울대 국문학과 교수로 임용되어 『국문학산고』, 『시조문학사전』, 『구운몽 공동 교주』, 『한국고전시가론』, 『한국의 판소리』 등을 냈고, 1974년 판소리학회의 초대 회장을 역임하며, '3·1문화상'을 수상하는 등 국문학계 거목으로 기록된다. 그리고 그는 겨우 환갑의 나이에 존경하던 선배 윤동주를 따라 아마득히 먼 여행을 떠났다.

아득한 이야기를 풀어보았다.

이렇게 저 허름한 집에는 큰 거목의 영혼이 깃들어 있다. 지어진 지 82년이 지난 2007년 7월 5일 뒤늦게 이 공간의 중요성을 깨달은 문화재청에서 이 집을 '윤동주 유고 보존 정병욱 가옥'이라는 문화재로 등록한다.

이 사실의 중요성을 아는지 모르는지 횟집을 찾아나서는 관광객들은 그 집을 스쳐 지나간다. 집 앞 문화재 안내판에 청년 윤동주와 정병욱이 나란히 찍은 흑백 사진이 있다.

2013년 10월 이 글을 마무리하려는 아침나절에 정병욱 교수의 차남이신 정학성 교수님(인하대 국문학과)께서 전화를 주셨다.

"지금 교수님 아버님에 대한 글을 쓰고 있어요."

"그렇군요. 자료가 필요할 텐데…. 참, 그런데 이번에 새로 나온 어떤 역사교과서에 일제가 오히려 한글을 장려한 것처럼 쓰여 있는 책이 있대요. 당시 한글로 쓰인 원고 묶음 자체가 얼마나 위험했으면 마룻바닥에 숨겼겠어요. 그걸 생각하면 상상도 할 수 없는 말이지요. 시집 원고를 넘겼던 1941년 말에도 이미 출판하는 것이 위험하다고 했을 정도였는데, 어떻게 일제가 한글을 장려했겠어요. 저런 교과서가 나오다니 너무 놀랐어요."

교학사에서 나온 검정을 통과한 한국사 교과서를 말씀하시는 것이다. 이 책은 3·1운동 직후 1922년 일본이 제2차 조선교육령을 통해 한국인에게 한국어를 필수과목으로 배우게 했다고 쓰고 있다. 일시적으로 맞는 얘기지만 2차 교육령 이후 실제 조선어 수업은 감소했고, 일본어 교육이 강화되었다. 일제가 한국어 교육을 금지한 1938년 이야기가 강조되지 않아, 마치 일제가 식민지 기간 동안 한국어를 필수로 가르친 것처럼 오인될 수 있다는 문제점이 지적되고 있다. 1940년대에 윤동주의 한글 육필 시집은 일제의 시각에서 보면 불온문건이었다.

우리말을 지키기 위해 목숨을 바칠 것을 각오하고 숨죽여 시집 한 권을 숨겨야 하는 가족이 있었던 데 반해, 일제가 한반도를 근대화시켰다느니 혹은 친일인물들을 버젓이 근대화의 영웅인 양 적고 있는 교과서가 있다. 아직도 기억해야 할 이름, 영원히 잊지 말아야 할 이름들, 김약연, 송몽규, 윤동주, 정병욱이 있건만, 친일파를 오히려 영웅처럼 표현하고 있는 황당한 교과서다.

혹시 전라남도 광양에 가시거든 섬진강 전어회만 맛보지 말고, 반드시 저 허름한 영혼의 집, 윤동주와 정병욱의 영혼이 깃든 집에 들러 저분들의 영혼을 기억해주시면 한다. 해괴한 친일 역사교과서가 출판된 이 비루한 시기에, 1955년 2월 15일 발행한 윤동주 시집 『하늘과 별과 바람과 시』(정음사) 말미에 게재된 정병욱의 글을 읽어본다.

> 슬프오이다, 윤동주 형(尹東柱 兄). 형의 노래 마디마디 즐겨 외우던 '새로운 아침'은 형이 그 쑥스러운 세상을 등지고 떠난 지 반 년 뒤에 찾아왔고, 형의 '별'에 봄은 열 번이나 바뀌어졌건만, 슬픈 조국의 현실은 형의 '무덤 위에 파란 잔디가 피어나'게 하였을 뿐, '새로운 아침 우리 다시 정답게 손목을 잡자'던 친구들을 뿔뿔이 흩어버리고 말았습니다.

그러나 형의 '이름자 묻힌 언덕 위에는 자랑처럼 풀이 무성'하였고, 형의 노래는 이 겨레의 많은 어린이, 젊은이들이 입을 모아 읊는 바 되었습니다. 조국과 자유를 죽음으로 지키던 형의 숭고한 정신은 겨레를 사랑하는 모든 사람들의 뼈에 깊이 사무쳤삽고 조국과 자유와 문학의 이름으로 당신의 이름은 영원히 빛나오리니 바라옵기는 동주 형(東柱兄), 길이 명복하소서. 분향(焚香).

(2013)

2015년 | 도봉산

4 “우리에게는 김수영이 있다”

김수영 「풀」

어디서든 지하철을 타고 한 시간 안에 산에 오를 수 있다는 사실이 얼마나 그리웠는지.

풍수지리설로 축조된 한국의 도시들 둘레엔 맑은 돌산이 있어 반갑다. 대부분 화강암으로 이루어진 저 이마들에서 서울의 단단한 고독이 느껴진다. 저 돌바위들을 감싸고 있는 숲들이 구순하게 느껴지는 까닭은 고독을 감싸는 정감으로 느껴지기 때문일 것이다. 잠시 귀국하면 주말마다 찾아가던 '불수도북', 서울을 싸안고 있는 불암산, 수락산, 도봉산, 북한산은 이 도시에 살고 있는 사람들에게 큰 복이다.

우중산행이든 불볕더위든 올 6월에는 꼭 가기로 한 곳이 있다. 간단히 갈 수 있는 길을 에둘러 고생하며 가야 했다. 곡절이 깊은 묘지를 찾아가는 길은 늘 이렇게 간단치 않다. 강진에 다산 정약용이 유배되었던 집을 오르는 숲길도 에둘러 가야 한다. 윤동주를 만나려면 명동마을에 가는 것보다 늪처럼 질척이는 묘소에 가봐야 윤동주의 삶을 땀범벅으로 인식하게 된다. 망우리의 이중섭 묘지도 초행길에는 정말 찾기 힘들다. 그들의 삶만치 묘지 가는 길도 굽이굽이 쉽지 않다. 그러다가 찾으면 잃어버렸던 사진을 찾은 것처럼 더욱 반갑다.

'서울시 도봉구 도봉동 국립공원 내 김수영 시비.'

지하철 1호선 도봉산역에서 내려 건너편으로 건너자마자 '만남의 광장'이라는 간판과 함께 먹거리촌이 줄지어 있는데, 이것은 식당 간판일 뿐 진짜 만남의 장소가 아니다. 만남의 광장은 훨씬 위쪽으로, 10분 정도 도봉산 국립공원 쪽으로 올라가야 한다.

1968년 6월 16일에 운명했던 김수영 시인을 기려 6월에는 꼭 김수영 시인 시비에 가자며 시인 임동확 형이 재촉을 했다. 조정 시인, 노혜경 시인, 이민호 시인, 전비담 시인, 송주원 무용가와 함께 답사를 가는 날, 전염병 메르스에 날씨가 30도를 치돋는 험악한 날이었다.

김수영 묘소 가는 길은 다들 초행이라, 왼쪽 길로 갔다가 다시 오른쪽으로 갔다, 가던 길을 돌아 내려왔다가 또다시 오르기를 두어 번 헤맸다. 내려와서 도봉산 안내소에서 확실히 물은 후에 다시 올라가려 했지만 지도와 게시판이 달라 또 헤맸다. 가장 확실한 것은 오직 도봉서원을 찾아 오르는 것이다. "이제 나는 바로 보마"(「공자의 생활난」)라 했던 그의 말마따나 허튼 생각 하지 말고 도봉서원만 찾아가면 될 것을 바로 보지 않아 헤맨다. 헤매면서 문득 생각했다. 누가 말했을까.

"이 더운 6월에 과연 돌덩어리 하나 본다고 무슨 큰 깨달음이 있을꼬. 인터넷에도 시비 사진이 많은데 뭣 하러 이 해괴한 고생을 할까요. 그래도 시비를 보면 뭔가 기쁘겠죠. 그쵸?"

오른쪽으로 맑은 산물이 흐르는 계곡을 따라 오른다. 도봉동문(道峰洞門)을 지나 오르다 보니 우암 송시열(1607-1689) 선생의 친필이 이정표처럼 놓여 있다. 10분쯤 걷다 보니 소설가 이병주 선생의 시비가 도봉산 입구 서원터 밑 소공원에 세워져 있다. 문득 김수영 시인의 마지막 날이 떠오른다. 그날 이병주 선생은 김수영 시인과 함께 있었다.

1968년 6월 16일 밤에 김수영 시인은 시인 신동문, 소설가 이병주, 신문기자 정달영과 술을 마셨다. 김수영 시인은 자기가 술을 사겠다면서 도서출판 신구문화사 주간인 신동문으로부터 원고료를 가불했다. 이날 이병주에게 "돈 많이 벌어 잘난 척하는 XX"라며 목울대 높이던 김수영은 평소보다 술을 많이 마셨다. 술 마신 뒤 취해 걷다가 버스에 받쳐 사망, 마흔여덟 살의 요절이었다.

> 아침 8시, 의사가 산소호흡기를 벗겼다. 가느다란 싸움도 포기한 김수영의 얼굴은 풀리고 고요해졌다. 김현경(미망인—인용자)이 흐느끼면서 두 눈을 감겨주었다. 그의 삶이 끝난 것이다. 1968년 6월 16일, 48년의 길지 않은 생애를 끝내고 김수영은 조각처럼 희고 단정한 얼굴로 무(無) 속으로 들어갔다.
>
> _최하림, 『김수영 평전』(실천문학사, 2001)

갑자기 시비가 눈앞에 보였다.

계곡을 따라 걷다 꺾이는 산길 오른쪽 공간에 말끔하게 서 있는 돌덩어리였다.

도봉서원 터 아래 너른 잔디 위에 놓여 있었다. 받침대 없이 흙 위에 놓여 있는 시비를 풀들이 포근히 감싸안고 있는 형국이다. 사람들이 많이 다니는 등산길 바로 옆에 자리하여 등산객들이 한 번씩 마주보고 지나가게 되어 있다. 고아하게 신선처럼 떨어져 있는 존재가 아니라, 저자거리에서 던지는 일상어를 시어(詩語)로 쓰곤 했던 김수영 시인에게 적절한 위치인 것 같았다. 누가 만들었을까. 필시 민초와 함께 머물던 시인의 시세계를 잘 이해하고 있는 인물이 만들었을 것이다.

이민호 시인이 먼저 설명했다.

“본래 이 시비는 1969년 1주기 때 김수영 묘소에 세웠었는데 이후 1991년 시비만 옮겨왔다고 그러네요. 그리고 이후에 여기 시비 아래 유골도 모셨다 그러네요.”

“정말?”

“그럼, 시비 아래 김수영 시인 유골이 있는 거예요?”

시비 아래 김수영 시인의 유골을 모셨다 하니 느낌이 새로웠다. 시비이며 묘비이기도 하다. 문득 ‘시묘비’(詩墓碑)라는 있지도 않은 조어를 만들어본다. 내가 죽으면 누군가 저렇게 해주시면 좋겠다는 생각이 스쳤다.

시묘비 앞에서 돌아가면서 한 명씩 김수영 시인과 얽힌 자기 얘기를 했다. 임동확 형은 좋아하는 시를 낭송하고 설명했다. 조정 시인은 김수영 시인보다 실은 서정주 시를 더 많이 읽었다는 이야기, 노혜경 시인은 연애 중에 파트너가 김수영 시집을 사줬다는 얘기, 이민호 시인은 김수영 시인이 너무 신비화되는 것은 문제가 있다는 이야기, 전비담 시인은 김수영 시인이든 누구든 내 앞에 어떤 우상을 두고 싶지 않았다는 이야기, 무용가 송주원 선생은 말없이 몸으로 시비 앞에 길게 누웠다. 얘기가 끝나자 임동확 형이 한 마디 남겼다.

“이렇게 척박하지만 그래도 김수영 시인이 있기에 그나마 희망이 있는 것이요. 김수영 시인이 지식인이 어떻게 자유인으로 살아야 하는지 보여준 게지. 그치. 우리에게는 김수영이 있단 말이제.”

동확 형은 습관처럼 “우리에게는 김수영이 있다”고 말했다.

시묘비에는 죽기 보름 전 1968년 5월 29일에 썼던 유작시 「풀」 2연만

새겨져 있었다. 나는 시비를 한참 쓰다듬어보았다. 내 손바닥에 저 시구절이 찍혀 나오지 않을까 생각도 해보고, 시비 앞에 기대어 풀처럼 누워보기도 했다.

풀이 눕는다
비를 몰아오는 동풍에 나부껴
풀은 눕고
드디어 울었다
날이 흐려서 더 울다가
다시 누웠다

풀이 눕는다
바람보다도
더 빨리 눕는다
바람보다도
더 빨리 울고
바람보다
먼저 일어난다

날이 흐리고 풀이 눕는다
발목까지
발밑까지 눕는다
바람보다 늦게 누워도

바람보다 먼저 일어나고

바람보다 늦게 울어도

바람보다 먼저 웃는다.

날이 흐리고 풀뿌리가 눕는다

이 시는 3연으로 짜여 있다. 1연 2행에 비를 몰고 오는 "동풍"(east wind, 東風)이라는 단어는 복잡한 얼개를 푸는 실마리다. 2, 3연의 각 행에서 첫 단어로 여덟 번이나 주술처럼 반복되는 "바람", 그 대표격으로 지시된 "동풍"이라는 단어는 이 시에서 무시할 수 없는 어휘다. "동풍"은 무엇일까.

첫째, "동풍"을 대부분 민중을 압제하는 외세나 독재정권으로 본다.

시대 배경이 1960년대이니 박정희 정권에 대항하는 민중을 '풀'로 보는 태도다. 교과서 해설서들은 대부분 이 시를 시대적 배경에 일치시켜 해석한다. 이 시에서 동사의 시제를 보면 1연의 "울었다", "누웠다"라는 과거형을 제외하고는 모두 현재시제로 쓰여 있기에 현재성이 두드러진다. 그래서 김수영 시가 갖고 있는 현재성이 강조되면서 당연히 부패한 정권에 대항하는 민중의 의지를 표현하는 시로 읽혀왔다.

이때 '풀'은 여리지만 질긴 생명력을 지닌 민초, 민중으로 해석되었다. '눕다'↔'일어나다', '울다'↔'웃다'라는 역동성을 보여주는 시의 주체가 민중이라는 해석이다. '눕는다/일어난다', '운다/웃는다'라는 '부정/긍정'이 살아 있는 내면적인 주체가 풀이며 민중이라는 해석이다.

4·19 이후 사회 현실과 시대적 상황에 대한 치열한 저항의식을 보여

주었던 김수영이기에 이렇게 이해할 여지가 충분히 있다. “어서어서 썩어빠진 어제와 결별하자”고 쓰여 있는 시 「그놈의 사진을 떼어서 밑씻개로 하자」에 비하면 「풀」은 대단히 차분한 작품이다.

다만 이러한 해석이 전부인 양 교육하고 있는 현 상황에 대해 나는 우려하는 입장이다. 시대적 배경 이전에 문학적 관습이 있고, 문학적 관습 이전에 작가가 있으며, 작가 이전에 텍스트가 있다. 독자는 텍스트만 보고 상상력을 발휘해야 한다. 사회적 배경을 그대로 텍스트에 대입해서 해석하면 시가 주는 상징의 의미를 좁히고 만다. 가령, 일제 식민지 시절에 쓰였다는 이유로 김소월의 모든 시를 슬프고 수동적인 여성 화자의 시로 해석하거나, 한용운의 「님의 침묵」에 나오는 ‘님’을 무조건 조국으로 해석하는 경우들도 위험하다. 작품을 시대적 의미에 못 박아 교육하는 것은 학생들의 창조력에 못을 박는 행위일 수 있다.

둘째, “동풍”을 긍정적인 시련으로 보는 해석이다.

이 시의 주어는 ‘풀’이다. 울든 웃든 눕든, 풀은 능동적으로 자신이 판단해 움직이고 있다. 1연의 “나부껴”를 고통이 아니라 새로운 모험으로 읽는 이가 있다면 시는 전혀 다른 의미가 된다. 빗물도 재앙이 아니라 풀을 자라게 하는 자양분이 된다. 그렇다면 ‘운다’는 의미는 성장통으로 해석되겠고, 풀을 흔들고 있는 동풍은 풀의 뿌리를 단단케 하는 긍정적 시련으로 볼 수 있다. 우리나라 말 중 ‘동풍’은 시련을 뜻할 때가 많다. “동풍에 곡식이 병난다”는 말은 낟알이 익어갈 무렵 때아닌 동풍이 불면 못쓰게 된다는 뜻이다.

2연에서 풀은 바람이라는 물리적 구속에서 벗어난다. 오히려 ‘바람’

을 이용하는 모습이다. 바람에 흔들려서, 바람을 이용해서 뿌리를 깊게 박는 것이다. 바람이야 어찌하든 결국 풀은 자기 뜻대로 한다. 이제 '풀'은 '바람'과 대립관계가 아니라 호응관계가 된다. 새로운 희망으로 "일어난다"는 극복과 적응을 볼 수 있다. 게다가 "더 빨리"라는 수식어가 붙어 있는 것도 보인다. '더 빨리' 눕고 '먼저' 일어나는 아이러니가 여기서 발생한다. 동풍의 고난이 존재를 더욱 강하게 만드는 것이다.

3연에서 "발목까지 발밑까지"라는 뜻은 치명적으로 다가오는 시련으로 볼 수 있다. 그러면 차라리 '눕는다'는 의미는 넉넉한 결단으로도 해석할 수 있다. 이렇게 본다면 「풀」이라는 시는 주체가 깨닫지 못하는 잠재력의 가능성을 일깨우는 시가 될 수도 있다.

이런 식으로 보면 '풀'은 패배자의 초상이 아니라 오히려 어떤 시련의 늪을 기어가는 기쁨, 곧 주이상스(Jouissance)로 극복해내는 주체로도 볼 수 있다. 가령 '풀'을 실연당한 여성적 화자로 보거나, 쉴 새 없이 모의시험을 쳐야 하는 고3 학생, 직장에서 은퇴하여 새로운 '바람'을 맞이해야 하는 은퇴자, 혹은 직장을 잃고 길거리를 헤매는 노숙인으로도 본다면 어떨지. 고독한 개인이 운명에 맞서는 비장함이 융기하지 않는가.

김수영 시의 핵심 중 하나는 '자유의지'다. 그는 100퍼센트 완벽한 창작과 언론의 자유를 희구했다. 자유를 획득하기 위해서는 개인과 사회에 냉엄한 자기 수련(修鍊)이 있어야 한다고 했다. 그 주장을 생각해볼 때, 모든 행동을 스스로 판단하는 '풀'은 단독자(singularity)의 초상이다. 이렇게 본다면 동풍은 대단히 '긍정적인 시련'을 뜻한다. 동풍이 불어와도 "바람보다 늦게 울어도/ 바람보다 먼저 웃는다/ 날이 흐리고 풀뿌리가 눕는다"라는 대목에서 넉넉한 명랑성도 느껴진다.

작년부터 나는 도봉구청 건물 글자판 선정위원을 맡고 있는데, 2015년 여름 글자판으로 선정한 시가 바로 「풀」이었다. 이 시에서 선정한 부분은 "바람보다 늦게 누워도/ 바람보다 먼저 일어나고/ 바람보다 늦게 울어도/ 바람보다 먼저 웃는다"는 부분이다. 이 시에서 가장 쉬운 부분일 것이다. "웃는다"가 딱 한 번 나오는데 이 시의 알짬이기에 이 부분을 선정했다. 사실 다른 부분은 격렬하다.

도봉구청 청사에 게시 중인 '도봉문화글판' 여름판.

김수영 시 전체의 언어를 분석해보면 '웃다'라는 동사가 17편의 시에서 33번 사용(최동호 편, 『김수영 사전』)된 것을 볼 수 있다. 김수영이 명랑성을 얼마나 중시했는지 알 수 있는 대목이다. '부정의 시인'으로 불리지만 그의 부정에는 '웃는다'라는 명랑성이 개입되어 긍정에 이르게 된다.

셋째, '동풍'을 하이데거의 시각에서 풀 수도 있다.

당연한 말이지만 김수영 시에는 그의 생활이 배여 있다. 그의 시에는 삶 자체가 그대로 보이는 경우가 많다. 그가 본 TV 연속 드라마 〈원효〉, 미국 영화, 역사책 등이 시에 그대로 나타난다. 그는 '온몸으로' 자신의 생각과 무의식과 생활을 그대로 썼다. 김수영 시인이 특히 하이데거(Martin Heidegger, 1889-1976) 철학을 좋아했다는 사실은 잘 알려져 있다. 그는 닭을 팔아서 번 돈으로 신간 『하이데거 전집』을 사들고 좋아라 하며 귀가하곤 했다. 따라서 김수영 시 속에 녹아 있는 '하이데거'라는 코드를 무시할 수 없다.

김유중 교수의 『김수영과 하이데거』(민음사, 2007)는 김수영과 하이데거 사상의 관계를 자세하게 밝혔다. 김 교수는 이 책에서 '바람'(동풍)을 하이데거 식의 '거부할 수 없는 운명'으로 해석했다. 하이데거는 일상적인 삶의 세계는 죽음과 관련이 없다는 일반적인 인식을 반박하고 인간 현존재를 '죽음을 향한 존재'로 규정했다. 죽음이 언제 닥칠지 모르므로 항상 죽음을 인식하는 인간은 뭔가 다르다고 했다. 이런 인간은 현재 스스로의 삶을 끊임없이 반성하므로 삶의 매 순간을 소홀히 보낼 수 없게 된다. 하이데거 식으로 본다면 "위험이 커질수록 구원의 가능성 또한 그에 비례하여 커진다. 이미 밝혔듯이 '최고의 위험'은 곧 '최고의 구원 가능성'이기도 한 까닭"(김유중, 위의 책, 258면)이다.

풀이 바람(동풍)이라는 운명에 '초연한 내맡김'(Gelassenheit)을 하여, 그 위험을 역설적으로 초극하는 자세를 보여준다는 것이다. 현존재 인간을 하이데거가 식물로 인용한 문장이 있다.

> 우리는 식물이라네—우리가 기꺼이 인정하고 싶든 아니든 간에, 우리는 지상에 꽃을 피우고 결실을 맺기 위해 흙에 뿌리를 내려 그 흙에서 자라야 하는 식물이라네.
>
> _마르틴 하이데거, 「초연한 내맡김」, 『동일성의 차이』(민음사, 2000), 187면

헤벨(J. P. Hebel, 1760-1826)이 쓴 구절을 하이데거는 이렇게 인용하여 설명한다. 하이데거에 따르면 현존재 인간은 모두 땅에 뿌리내리고 있는 식물이며 '풀'이다. 풀뿌리처럼 흙 속에 뿌리내리고 있는 능동적 수동 상태가 인간 존재의 모습이라는 것이다. 하이데거가 주장했던 '겔라센하이트'(Gelassenheit) 곧 '그대로 놓아둠' 혹은 '내맡김'은 운명에 맞짱 뜨는 '풀'의 역설적인 속성일 수 있다. 겔라센하이트는 원래 태연하고 침착하다는 뜻인데 하이데거는 이 단어를 '내맡김'이라는 뜻으로 썼다. 운명에 자신을 내던지고도 태연하게 견디는 모습이 인간 혹은 풀의 모습이다. 김수영이 거대한 '뿌리', '씨', '꽃', '풀'로 인간을 상징했다는 것과 연결되는 부분이다.

이외에 김수영 시에 종교적 상상력이 작용했을 수도 있다. 거제도 포로수용소에서 보낸 3년간 그가 성서에 의존하여 살았다는 자료를 참조해 보자.

> 거제도에 가서도 나는 심심하면 돌벽에 기대어서 성경을 읽었다. 포로 생활에 있어서 거제리 야전병원은 나의 고향 같은 것이었다. 거제도에 와서 보니 도모지 살 것 같은 마음이 들지 않았다. 너무 서러워서 뼈를 에이는 설움이란 이러한 것일까! 아무것도 의지할 곳이 없다는 느낌이 심하여질수록 나는 전심을 다하여 성서를 읽었다.
>
> 성서의 말씀은 주 예수 그리스도의 말씀인 동시에 임 간호원의 말이었고 부라우닝 대위의 말이었고 거제리를 탈출하여 나올 때 구제하지 못한 채로 남겨두고 온 젊은 동지의 말들이었다.

_김수영, 「시인이 겪은 포로수용소」, 《해군》, 1953년 6월호(근대서지학회, 《근대서지》 2호, 소명출판, 2010), 409-414면에서 재인용(밑줄은 인용자)

포로수용소에서 겪었던 설움 속에서 기댈 것이 없었던 김수영에게 성서는 적지 않은 힘을 주었던 것이 확실하다. "아무것도 의지할 곳이 없다는 느낌이 심하여질수록" 그는 "전심을 다하여 성서를 읽었"던 것이다. 그의 시에서 성서의 구절과도 비슷한 대목이 적지 않다. "풀은 아침에 꽃이 피어 자라다가 저녁에는 시들어 마르나이다"(시편 90:3-7) 같은 구절이 그러하다. 김수영의 여러 시편에서 성서적 상징과 겹치는 구절이 보인다. 김수영 시의 근저에 있는 '숨은 신'(Hidden God), 그 종교적 상상력과 성찰은 현재 연구 과제로 남아 있다.

한편 "풀이 눕는다/ 바람보다 더 빨리 눕고/ 바람보다 더 빨리 일어난다"는 구절은 『논어』의 「안연」 편에 나오는 "풀에 바람이 가해지면 풀은 반드시 눕는다"는 구절과도 비교된다.

季康子問政於孔子曰: 如殺無道, 以就有道, 何如?
孔子對曰: 子爲政, 焉用殺? 子欲善, 而民善矣!
君子之德風, 小人之德草, 草上之風, 必偃.

계강자가 공 선생께 정치를 물었다. 만약 무도한 자를 죽여 도로 나아간다면 어떤가요? 공 선생이 대답했다. 그대가 정치를 하는데 왜 하필 살인을 사용하나요? 그대가 선을 바라면 백성이 선해지죠! 군자의 덕은 바람입니다. 소인의 덕은 풀입니다. 풀 위에 그 바람이 있으면 풀은 반드시 눕죠.

_공자, 『논어집주』(전통문화연구회, 2013), 352면

이렇게 그의 작품에 드러난 다양한 이미지를 인간의 무의식적 욕망 혹은 초자아와 더불어 김수영이 읽었을 여러 책과 비교해서 읽는다면 새로운 시각을 얻을 수도 있다.

날이 흐리고 풀뿌리가 눕는다.

마지막 한 행을 읽는다. "날이 흐리고 풀뿌리가 눕는다"는 윤동주의 "오늘 밤에도 별이 바람이 스치운다"라는 실존론적 의미로도 읽을 수 있다. 삶이 어떻든 시련은 계속 닥쳐오는 것이다. 풀은 쓰러져도 뿌리는 살아 있다는 말이다. 이렇게 본다면 '풀'은 자존자립(自尊自立)의 생명력을 뜻하는 상징이 된다. 중요한 것은 동풍을 없앨 수는 없다는 사실이다. 인간에게 다가오는 시련 자체를 없앨 수 없다는 말이다.

도봉산 근처에 살고 있으면서도, 도봉산 국립공원 앞 식당에서 여러 번 식사했으면서도 정작 국립공원 안으로 걸어가본 일은 두 번뿐이다. 그런데 도봉산역에서 30분만 걸어가면 김수영 시비를 만날 수 있다니 새로운 기쁨이었다. 이제 자주 올 것 같다. 그의 곁에 있을 때는 설움도 긍지가 되기 때문이다. 하산하면서 김수영의 목소리가 자꾸 마음에 울리는 듯했다.

모든 전위문학은 불온하다. 그리고 모든 살아 있는 문화는 본질적으로

불온한 것이다. 그것은 두말할 것도 없이 문화의 본질이 꿈을 추구하는 것이고 불가능을 추구하는 것이기 때문이다.

_김수영, 「실험적인 문학과 정치적 자유」(1968)

시인은 전위문학, 아방가르드의 전사다. 눈치 보지 말고 가장 앞서 나가야 한다고 김수영은 말했다. 그런데 나는 지금 어떤 눈치를 보고 살고 있는지. 하산하며 생각해보니 마음속에 가장 무거웠던 돌멩이를 김수영 시비에 하나씩 풀어놓고 온 듯싶다.

언제부터였을까, 삶이 버거울 때 김수영 시를 읽곤 했다.

서울 번화가 종로구 관철동 탑골공원 건너편 시사영어사 앞에 '김수영 선생 집터'라는 작은 비석을 보아도 정신이 들겠으나, 아무래도 계곡물 흐르는 산길 따라 오르며 저편에서 기다리고 있는 저 아방가르드의 시혼(詩魂)과 마주하면 정신이 더 맑아질 게다. 풀과 몸을 섞은 채 단아하게 놓여 있는 저 시묘비는 난삽하지 않고 격조 있다. 나지막하여 권위를 내세우지는 않았으나 정직하고 정답다. 가끔 지칠 때 이곳에 와야지. 풀이랑 누워봐야지.

김수영만치 올곧고 정직했던 시인이 몇이나 있을까. 김수영처럼 비루한 시대를 일갈하는 인물이 많았으면 좋겠다. 칠흑 어둠 속에서도 별이 있다면 갈 길을 가늠할 수 있다. 이 땅의 시인들에게 김수영은 작은 별빛이 아닐까. 이 곁으로 오면 울기도 하고, 웃기도 하며, 설움에서 긍지를 얻을 수 있으니 다행이다. 우리에게는 김수영이 있으니까.

(2015)

ⓒ 전비담

부드러운 버팀목들, 단단한 숨결들

풀 위에 이슬이랑 누워본다.

풀이랑 흔들리고 풀이랑 일어서고.

1991년 | 공주, 부여, 곰나루

5 사랑과 혁명의 시인

신동엽 「산에 언덕에」

서사시 「금강」을 발표하던 패기만만한 시절에 신동엽은 주말마다 자주 등산을 즐겼다. 북한산 백운대에서.

내 일생을 시로 장식해봤으면,

내 일생을 사랑으로 채워봤으면,

내 일생을 혁명으로 불질러봤으면,

세월은 흐른다. 그렇다고 서둘고 싶진 않다.

_신동엽, 「서둘고 싶지 않다」(1962)

슬픈 전설이 묻혀 있어 그럴까.

산세가 부드러운 공주와 부여에는 정적인 느낌이 든다. 왠지 정답고 바람 속에도 사람 목소리가 묻어 있다. 조용하고 살 만한 땅이다. 동행했던 누군가가 바람처럼 흘려 말했다.

"다음에 태어나면 여기서 살고 싶군그래."

완만한 산처럼 나직하게 말하는 사람들이 사는 백제의 땅 공주와 부여.

고대의 유물이 생생하게 남아 있는 신화의 땅이다. 그렇지만 유물에 담긴 신화의 내용이 그리 즐겁지만은 않다. 유물뿐만 아니라 공기나 바람, 아니 사람들의 말씨와 눈빛에도 고즈넉한 이야기가 녹아 있다.

이 여행길을 함께 떠나는 여러 시인들, 소설가들은 공주 쪽으로 가면 갈수록 모두 고대의 깊은 늪 속에 소리 없이 빠져들고 있는 듯, 고즈넉한 분위기들이다.

만하루 곁 밭터에서 발굴된 깊이 15미터 정도의 못터. 저수지는 아닐 테고 인신제(人身祭)를 지낸 못이 아닐까 추측은 하지만, 아직까지 신비에 싸여 있는 수수께끼 못이다.

바람 속에도 고대의 냄새가

황톳길 양 켠에 소나무와 아까시 숲이 무성한 공주산성은 조용하고 아늑하다. 무슨 잡목이 저리 많은지, 무슨 멧새가 이리 많은지.

공주산성 뒤곁에 있는 만하루(挽河樓)에 가면 마치 남미의 잉카제국에서나 볼 법한 엄청난 연못 같은 유적이 있다. 저수지도 아니고 제사터도 아니고, 대체 무슨 못터일까. 신비롭기만 하다.

원래 밭터였는데 공주사범대 학생들이 발굴했다고 한다. 못터가 있는 언덕 쪽은 고대의 풍취가 그대로 간직돼 있는 반면, 강 건너엔 고층 아파트가 즐비하다. 강 하나를 사이에 두고 현대와 고대가 대비되어 있는 야릇한 풍경이다.

"산성 안 집터에 옛 백제촌을 만들려 했지만 예산이 없어서 아직 만들지 못하고 있다죠. 참, 재미있는 얘기도 있는데, 인절미 아시죠? 인조대왕 인 씨네가 떡을 해바쳐서 '인절미'라는 말이 여기서 나왔다죠."

공주 문화재관리위원 조재훈 시인(56세, 공주사대 국문과 교수)이 눈웃음 지으며 말했다. 충청도 시인들의 대부라고 불리기도 하는 조 시인은 현재 계룡산 발굴단장이기도 해서 많은 얘기를 들려주었다. 마침 공주 산성에서 내려온 일행의 버스가 계룡산을 스쳐 지나가는 참에 계룡산에 대해 들을 수 있었다.

"계룡산은 도(道)와 연결된 '신의 산'입니다. 노을 질 무렵에 계룡산 등줄기를 옆에서 보면 꼭 닭벼슬 같습니다. 그래서 '계'(鷄)이고 그 닭벼슬이 용처럼 승천한다 해서 '룡'(龍)이고, 합쳐서 계룡산인 겁니다."

꽤 재미있는 얘기다. '닭'은 서민에게 먹거리를 제공하는 새요, 새벽을 가르는 여명의 새로 표현되기도 한다. 이육사의 「광야」라는 시에서 "어디 닭 우는 소리 들렸으랴"라는 표현처럼. 그리고 '계화룡'(鷄化龍)이라는 말마따나 '언젠가는 닭이 용이 된다'는 민중의 꿈이 담긴 민중사관의 옛말도 있지 않은가.

"『택리지』에 보면 마니산에서부터 시작된다는 계룡산은 자기가 돌아온 쪽을 되돌아봅니다. 회룡고조(回龍顧祖)하는 산이죠. 그리고 계룡산을 중심으로 하는 『정감록』은 단순한 도참사상이 아니라 역사는 전진하고 권력이 바뀌면서 생성한다는 진보적인 역사철학이 담겨 있습니다. 그 『정감록』의 유토피아적 사상이 계룡산과 연결되기도 하죠."

이곳 사람들은 계룡산을 한국의 중심으로 보고 나아가 세계의 중심으로도 본다. 사람의 신체로 보면 '위'에 해당하는 위치라나. 그래서 계룡산 신도 안에는 일제시대 때 일제가 들어가지도 못했고, 전쟁 후 미군 부대가 세워졌다가도 미군 한 명이 호랑이에 물려 미군 기지가 철수했다는 얘기도 있다. 그러나 계룡산 신화는 아직도 꽃피지 않았다.

곰나루 아우성만 남고

"곰나루는 평민들의 삶터였던 나루텁니다. 6·25 때도 공주 사람들이 하얀 도포를 입고 곰나루로 피난 가 살았지요. 거기서 모두들 흰옷을 입고 있으면 미군들이 폭격을 하지 않을 거라는 생각이었고. 일종의 민간 신앙이죠."

강물이 공주에서 부여 쪽으로 휘도는 곳. 신동엽의 시 「금강」과 「껍데기는 가라」 때문에 유명해졌다는 곰나루. 금강은 상류에서부터 여러 이름으로 기록돼 불렸으며, 공주에 이르면 웅진강(熊津江)으로 불렸다고 한다. 곰나루란 바로 웅진강의 나루터란 뜻이다.

백제시대 때는 당나라 군사들이 곰나루를 따라 들어오기도 했다. 한국전쟁 당시 피난 내려올 때도 곰나루를 통해 내려왔다고 한다. 또한 이곳은 50년대 말까지만 하더라도 도포 입고 갓 쓴 사람들이 북적거렸단다. 그래서인지 여기엔 숱하게 많은 민초들의 이야기가 숨어 있다.

곰나루 언덕을 따라 서 있는 배나무 과수원 끝에는 '곰나루 사당'이 지어져 있는데, 그 내력을 들어볼 것 같으면 무척 재미있다. 그러니까 아주 오랜 옛 민담이다.

곰나루 맞은편 산을 연미산이라고 하는데, 바로 그 산자락 밑에 곰 굴이 하나 있었단다. 그 굴에 암곰 한 마리가 살았다고 한다. 그 암곰이 연미산으로 나무하러 온 나무꾼을 끌어다가 연분을 맺고 아이 둘을 낳았다. 그러던 어느 날 인간세계를 그리워한 나무꾼이 곰나루를 건너 도망쳤다. 그 뒤 사내를 그리워하며 이 강 언덕에서 처량하게 눈물을 떨구던 곰이 마침내는 아기를 강에 버리고 자기도 강에 빠져 죽었다는 구슬픈 얘기다.

이후에 풍랑이 잦고 배를 타면 사건이 많아 그 암곰을 위로하기 위해 웅신(熊神)을 모신 '곰나루 사당'을 지었더니 물이 잔잔해졌다고 한다. 지금도 연미산 밑동에는 비를 피할 수 있는 굴 하나가 있을 거라고 한다. 그런데 금강의 수면이 높아져 물에 잠겼다는 말도 있다.

"물론 비슷비슷한 전설이 많기는 한데, 이 얘기는 아마 삼국시대 이전에 만들어진 얘기 같아요. 마한시대 때 만들어진 전설이 아닌가 싶은데, 전혀 기록이 없는 완전한 구전입니다. 또 나무꾼과 곰의 관계는 백제의 지배족과 마한의 토착족과의 관계를 상징하는 얘기가 아니었나 짐작해보기도 하죠"라고 조재훈 교수는 말한다.

우리의 여러 민담에도 곰은 우리 민족의 모성을 상징하기도 했거니와, 역사적으로도 곰나루는 중요한 의미를 갖고 있다. 공주를 옛날엔 웅진이라 했는데, 그것은 바로 곰을 뜻하는 '웅'(熊)과 나루를 뜻하는 '진'(津)의 합성어인 것이다. 바로, 공주라는 도시는 '곰나루'를 중심으로 사람이 모여 살기 시작하면서 형성된 도시가 아닌가 하는 추측이 가능해진다. 그러나 이런 정보에 잔뜩 기대를 품고 곰나루에 가면 곧 실망할 것이다.

몇 년 전에 나는 이곳을 다녀간 적이 있다. 그때는 아무것도 없었다. 곰나루 맞은편 연미산 허리에는 일제가 만든 신작로가 걸쳐져 있고, 강물을 따라 잡초와 잔디, 모래밭이 펼쳐져 있고, '곰나루'라고 쓰인 버스 정류장 표지판만 기우뚱 서 있을 뿐이었다.

그런데 지금은 조금 다르다. 저쪽 연미산 허리께에 또 다른 아스팔트 도로가 만들어지고 있어 경관을 해치고 있다. 뿐만 아니라 '곰나루 관광단지'를 개발하려는 움직임이 부산하다. 땅을 뒤엎고 산을 허물어 호텔을 짓고 위락단지를 조성한단다. 그래, 돈 많은 사람들은 무척 바쁘다.

우금치 산마루에

|

16만 채의 초가집이 나당연합군에게 기습을 당해 불살라진 터, 무려 2만이나 되는 유민들이 백마강을 통해 당나라로 잡혀갔던 땅, 그 가족들이 잡혀가면서 울부짖던 그 울음.

부여 출신의 소설가 김중태 선생은 말한다.

"백제가 망한 데에는 명분이 신라에 있지만, 실제로는 당나라에 의해 초토화된 거죠. 지금 생각하면 우습기 짝이 없죠. 다른 나라 백성들을 데려다가 동족들을 이토록 처참하게 초토화시킬 수가 있습니까? 한국전 때 다른 나라를 데려다가 초토화시킨 사실과 별반 다를 바 없죠."

비단 한국전쟁까지 올라가지 않더라도, 우금치에만 가도 백제의 한은 아직도 풀리지 않은 느낌이다.

우금치 길. 공주에서 부여로 넘어가는 길에 우금치라는 좁은 고갯길이 있다. 낮에는 흰옷 입은 사람들이 모여 흰 뱀이 되고, 밤에는 횃불 든 사람이 모이면 꽃뱀이 되어 논산에서 우금치까지 기나긴 구렁이처럼 꿈틀꿈틀 움직이던 길, 지금은 2차선 아스팔트 도로가 나 있다. 하지만 이 길은 흰 옷 입은 동학군들이 죽어 산을 이루던 고갯길이다. 영화 〈개벽〉에서 일본군의 기관총에 사람들이 쓰러지는 피비린내 짙은 장면이 나오는데, 촬영은 딴 데서 했겠지만 그것이 바로 여기서 벌어졌던 장면이다.

"근처 골짜기에 아직도 남아 있는 많은 숲길들과 공터가 당시 전략적인 길목이었죠. 그 길을 따라서 탐사를 하고 지표 조사를 해야 하는데…."

동학혁명군 위령탑 앞에서 조재훈 선생이 한 말이다.

이 기념탑은 박정희 전 대통령의 명으로 지었는데 우습게도 비문에는 대통령 박 아무개라는 글씨가 누가 그랬는지 흉측하게 쪼아져 있었다. 누가 역사의 썩은 부위를 도려내려 했을까.

우금치 옆에는 '송장개미'란 이름의 논배미가 있다. 소가죽을 갖고 다니면서 주먹밥을 지어 먹었다던 동학농민군이 많이 쓰러져 죽어 있었다는 터란다.

"콩밭을 매다 보면 호미에 사람 뼈가 자주 걸려유. 여직두 여기저기서 일본군의 왜총 탄피가 수두룩하게 발견된다니께…, 쯧쯧."

이곳에서 콩 농사를 짓는다는 한 노인(75세)의 말이다.

우금치 고개 옆에 선 동학혁명위령탑.

여기뿐만 아니라 당시 공주 땅에는 동학농민들의 송장이 가을날 낙엽처럼 펼쳐져 있었다고 한다. 게다가 이곳은 한국전쟁 때 인민군과 국방군 그리고 미군들의 격전지이기도 했다고 한다. 얼핏, "우금치 산마루에 통곡소리 들리고"라는 노래 〈부활하는 산하〉(이성지 작사·작곡, 1985)가 귀에 돋는다.

농촌이 무너지믄

"우리 동네는 예순다섯 살 이하가 삼 분지 일도 안 돼유. 여기저기 공장이 오니께, 젊은 것들은 다 갔지유. 젊은 놈덜 한 달 일하믄 여덟 마지기 가지구 일 년 일한 거보단 난데 뭣하러 농사 짓것슈. 제초 작업하는데 두 젊은이덜이 필요한데 클났슈. 힘들어 죽겄슈."

예산군 삽교읍에 산다는 강 아무개(61세) 씨는 담배 연기를 길게 내뱉었다.

농사 짓는 터전의 여기저기 사람이 없어 버려진 땅이 수북하다. 빈집이 폐가가 된 채 을씨년스레 놓여 있다. 인건비 때문에 땅을 버리고 산 너머 공장에 나가는 실정이란다. 그렇게, 도시의 뿌리이고 먹거리의 공급지인 농촌은 죽어가고 있었다. 예당평야, 그 넓은 땅의 40퍼센트 이상이 서울 등지에 사는 부재지주의 소유란다. 누가 죽어 상여를 메게 될 때도 60-70대 노인들이 메는 일이 흔하다.

"생각해봐유. 우리 농촌이 무너지믄 버러지들두 안 먹는 농약 묻은 외국쌀을 먹어야 되잖아유."

강 씨의 입술은 깊게 일그러졌다. 그 얼굴이 오랫동안 지워지지 않을 듯싶었다.

저물녘, 방영웅의 장편소설 『분례기』(1967)의 배경이 되는 예산군 예산리 호롱골을 가봤다. 마을 사람들이 방영웅 선생을 알아보고 '양반들의 터전인 예산 땅을 더럽게 작품화시킨 이'라고 예산 땅이 자랑하는 작가에게 농을 치기도 했다는 곳이다.

"스물다섯 살 때 쓴 소설인데, 지금은 어떤 내용인지 잘 생각도 안 나요. 용팔이 성격을 잘 형상화해내지 못했다는 기억만 남아 있죠."

방영웅 선생은 그렇게 말했다.

그날 저녁 일행은 밤새도록 술을 마셨다. 백제 유민들의 아픔과 동학도들의 죽음, 그리고 지금도 그 질곡에서 벗어나지 못하고 있는 농투성이들을 잊으려는 양 발버둥 치듯이 마셔댔다. 방영웅 선생은 전혀 흐트러짐 없이 예산 양반의 모양새를 지닌 채 밤새 술을 들었다. 그는 술을 들면서 나직한 저음으로 〈백제성〉을 아주 천천히 불렀고, 나는 빠르게 받아 적었다.

따뜻한 봄날에
동무들과 백제의 서울 찾아드니
무심한 구름은 오락가락
바람은 예대로 부는구나

부소산 얼굴은 아름답고
구름재 소리 즐거웁고나
황토는 지금도 파멸이란다
바람은 예대로 부는구나

그의 쉰 목소리에 막걸리 냄새가 묻어났다. 지식인 냄새를 찾을 길 없이 농투성이의 주름살만 깊게 패인 방 선생의 얼굴에는 낮에 만난 강 씨 할아버지의 텁텁한 표정이 묘하게 겹쳐지고 있었다.

금강의 시인들

다음날, 일행은 신동엽(1930-1965) 시인의 생가에 갔다. 한 달에 참관인이 수백 명씩 다녀가는 민족시인의 메카로 현재는 유가족이 관리하고, 그 명의로 돼 있지만 일단 지금은 이곳의 젊은 시인들이 관리하고 있다.

"1954년 무렵에 신 선생님을 따라 여기에 와 살았죠. 정림사지에서 잠깐 앉았다 가자 해서 거기 가서 앉았더니, 풀잎을 뜯어서 뒷머리를 묶어주더군요. 그때 제 머리는 긴 머리였는데 어른들이 긴 머리를 싫어한다는 거예요.…신 선생님이 열아홉인가 스물인가 하는 나이에 썼던 일기장을 보면 그의 세계관이, 이미 그 나이에 다 정리됐다는 생각이 듭니다. 천재성이라고 인정하지 않을 수 없죠. 어린 나이에 일찌감치 이념의 과정을 겪었지만 거기에 갇히지 않는 사람이었죠."

시인 인병선 여사의 말에는 신동엽 시인을 남편이 아니라 선생으로 보는 애정이 묻어 있었다.

"제가 전공하고 있던 서양철학보다는 여기 부여에서 한국사를 몸으로 체험하면서 가령 고구마, 감자 캐는 일이 진정한 철학이라고 말하곤 했어요."

말을 끝낸 그녀는 눈꼬리에 살짝 손수건을 댔다.

신동엽이 그렇게도 좋아했던 부여 땅. 공기나 바람, 사람들의 눈빛과 웃음 속에도 고대의 숨결이 녹아 있는 곳. 바로 이런 곳에서 자랐기에 신동엽의 시에는 고대와 현대가 끊임없이 혼합되어 있는 것이 아닐까. 고대사회의 농경적 이미지를 지닌 원수성(原數性), 그 평화로운 공동체를 파괴시킨 차수성(次數性), 그것을 다시 원수성으로 복귀시킨다는 귀수성(歸數性)이란 나름의 개념(『시인정신론』, 1961)과 더불어 그 모성적 이미지의 형성도 이런 풍토에서 연유한 것이 아닐까.

사실 그의 생각을 담은 그의 시세계는 한 치의 변함이 없이 원수성 세계, 즉 평화로운 공동체를 지향하는 세계를 향해 탄탄하게 엮이어 있다. 시비가 있는 금강 쪽으로 걸음을 옮기면서 그의 시세계를 생각해보았다.

그는 체질적으로 전통적인 서정에 서 있던 시인이었다. 사실 전통적인 서정에 한 번 몸담으면 그 상투성에서 벗어나기 힘들어 '갇혀 있다'고 표현하기가 쉽다. 그러나 그는 과거의 틀을 그대로 차용하지 않고 그 서정 맛을 여러 장르를 통해 시적으로 변용시켰다. 서정단시집 『아사녀』와 여러 편의 장서, 서사시 「금강」, 시극 「그 입술에 파인 그늘」, 오페레타 「석가탑」 등 다양한 장르를 실험했던 전위적인 시인이었다.

얼마 뒤, 생가에서 1킬로미터쯤 지나 금강 곁에 있는 화강암으로 된 선생의 시비에 이르렀다. 시비에는 「산에 언덕에」(시집 『아사녀』, 1963)라는 시가 새겨져 있다.

그리운 그의 얼굴 다시 찾을 수 없어도
화사한 그의 꽃
산(山)에 언덕에 피어날지어이.

그리운 그의 노래 다시 들을 수 없어도
맑은 그 숨결
들에 숲속에 살아갈지어이.

쓸쓸한 마음으로 들길 더듬은 행인(行人)아.

눈길 비었거든 바람 담을지네
바람 비었거든 인정(仁情) 담을지네.

그리운 그의 모습 다시 찾을 수 없어도
울고 간 그의 영혼
들에 언덕에 피어날지어이.

금강 옆 언덕에 있는 신동엽 시비.

시인은 영원히 산다. 시인은 시로써 영원히 산다. 시인의 숨결은 생가나 약력에 있지 않고 시에 있다. 그래서인지 일행들은 생가에서보다 신동엽 시비 앞에서 비로소 숙연해진다.

시비에 천천히 절을 했다. 공광규, 정원도, 이소리 선배들이 절을 했고, 박가연 시인, 소설가 방영웅 선생도 조용히 묵념하면서 한 시인의 정결한 영혼을 만나려 했다.

문득 그의 시집을 복사해서 가슴에 품고 다니면서 숨죽여 읽던 저 짐승스럽던 80년대 초반이 떠올랐다. 80년 후반이 돼서야 그의 시집을 책방에서 사 읽을 수 있었다. 나는 그를 오랫동안 짝사랑하다가 그가 이룬 산맥을 피할 수 없었다. 그래서 그 언저리에서 쓴 글이 『신동엽 시 연구—장르적 특성을 중심으로』(연세대학원, 1987)라는 석사논문이다. 시간이 흐르고 그 논문을 다시 보았을 때, 많이 부끄러웠다. 처음부터 다시 그를 만나보고 싶었다. 이런 과정에서 쓴 책이 『금강을 노래한 민족시인, 신동엽』(사계절, 1994)이란 인물전이다. 이 작업은 시작에 불과하다. 나에게 신동엽은 넘지 못할 산맥마냥 아직도 까마득하다.

이제 신동엽 시인은 더욱 빛나는 시인으로 평가되고 있으며, 현재 시 「산에 언덕에」는 중학교 3학년 국정교과서에 실려 있다. 그러나 정작 그의 고향에서 그는 아직 해금되지 않은 인물이다. 시비 옆에는 시비를 찍어 누를 듯이 몇 배나 큰 거대한 반공순국지사기념비가 세워져 있다. 신동엽은 사회주의자가 아니었고, 아나키스트였는데도 말이다. 이런 을씨년스런 풍경들이 충남 지역의 보수성을 대변하는 게 아닐는지.

"빨리 껍질을 벗어야지. 암!"

누군가가 크게 말했다.

다행히 껍질을 벗으려는 작가들이 연이어 나오고 있다. '금강의 시인' 신동엽과 '눈물의 시인'으로 알려진 박용래(1925-1980), 아울러 한성기와 조재훈으로 이어져 오는 공주·부여권의 문학줄기는 80년대에 활발히 활동했던 '삶의 문학' 동인으로 이어진다. 다시 그 흐름을 김홍수, 김백겸, 조재도, 이강산, 윤형근, 이은봉, 이재무, 이정록 시인, 그리고 소설가 방영웅, 김중태, 강병철 등이 잇고 있다. 신동엽 시인이 쓰려다 채 마무리하지 못했던 서사시 「임진강」의 시세계는 남은 이들의 몫이 아닌가 생각해본다.

(1991)

2015년 | 종로

6 '종삼'의 배경학

신동엽 「종로5가」, 서경식 「종로4가」

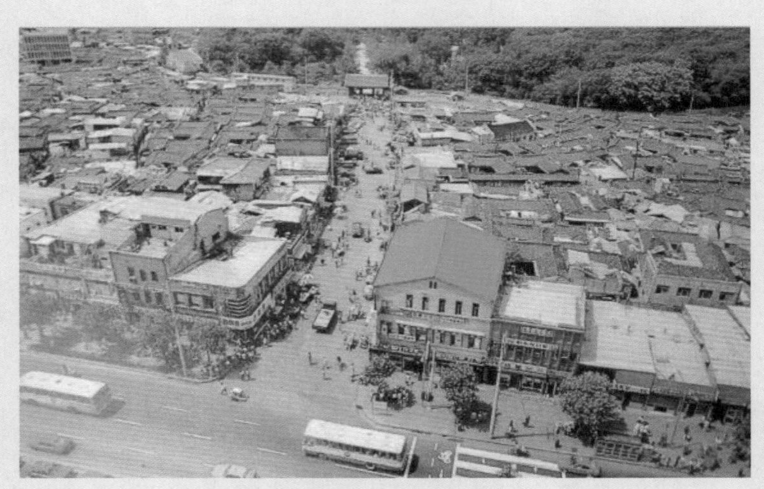

ⓒ 서울시

'종삼'(종로 3가)으로 불렸던 종묘(宗廟) 집창촌(集娼村), 1967년경.

여행을 떠나듯

우리들은 인생을 떠난다.

이미 끝난 것은

아무렇지도 않다.

_1969년 4월 7일 시인 신동엽 장례식 때
제자가 낭송했던 서사시 「금강」 7장

신동엽 시가 담고 있는 주제는 좁지 않다. 아름다운 풍경을 그린 서정시도 있고, 남녀 간의 사랑을 그린 애정시도 있으며, 분단된 조국을 아프게 그린 현실적인 시도 있다. 이 중에 사회적인 주제를 담은 그의 시는 거칠지만 두 가지로 나누어볼 수 있겠다.

첫째는, 전형적(典型的)인 소재를 선택한 서사시 혹은 장시다. 둘째는, 현실구조의 본질적인 모순을 인식하여 그것을 상징적으로 지적한 상징시로 나눌 수 있겠다. 전자처럼 전형적인 인물과 전형적인 장소를 담고 현실의 모습을 담아낸 대표적인 시로는 「종로5가」(鍾路伍街)가 있다.

이슬비 오는 날,

종로 5가 서시오판 옆에서

낯선 소년(少年)이 나를 붙들고 동대문(東大門)을 물었다.

밤 열한 시 반,
통금에 쫓기는 군상(群像) 속에서 죄 없이
크고 맑기만 한 그 소년의 눈동자와
내 도시락 보자기가 비에 젖고 있었다.

국민학교를 갓 나왔을까.
새로 사 신은 운동환 벗어 품고
그 소년의 등허리선 먼 길 떠나온 고구마가
흙 묻은 얼굴들을 맞부비며 저희끼리 비에 젖고 있었다.

충청북도 보은 속리산(俗離山), 아니면
전라남도 해남땅 어촌(漁村) 말씨였을까.
나는 가로수 하나를 건다 되돌아섰다.
그러나 노동자의 홍수 속에 묻혀 그 소년은 보이지 않았다.

그렇지.
눈녹이 바람이 부는 질척질척한 겨울날.
종묘(宗廟) 담을 끼고 돌다가 나는 보았어.

그의 누나였을까.
부은 한쪽 눈의 창녀(娼女)가 양지쪽 기대 앉아

속내의 바람으로, 때 묻은 긴 편지 읽고 있었지.

그리고 언젠가 보았어.

세종로 고층건물 공사장,

자갈지게 등짐하던 노동자(勞動者) 하나이

허리를 다쳐 쓰러져 있었지.

그 소년의 아버지였을까.

반도(半島)의 하늘 높이서 태양(太陽)이 쏟아지고,

싸늘한 땀방울 뿜어낸 이마엔 세 줄기 강물,

대륙의 섬나라의

그리고 또 오늘 저 새로운 은행국(銀行國)의

물결이 뒹굴고 있었다.

남은 것이 없었다.

나날이 허물어져 가는 그나마 토방 한 칸.

봄이면 쑥, 여름이면 나무뿌리, 가을이면 타작마당을 휩쓰는 빈 바람.

변한 것은 없었다.

이조(李朝) 오백 년은 끝나지 않았다.

옛날 같으면 북간도(北間島)라도 갔지.

기껏해야 빼스길 삼백 리 서울로 왔지.

고층건물 침대 속 누워 비료광고(肥料廣告)만 뿌리는 그머리 마을,

또 무슨 넉살 꾸미기 위해 짓는지도 모를 빌딩 공사장,

도시락 차고 왔지.

이슬비 오는 날,
낯선 소년이 나를 붙들고 동대문(東大門)을 물었다.
그 소년의 죄없이 크고 맑기 만한 눈동자엔 밤이 내리고
노동으로 지친 나의 가슴에선 도시락 보자기가
비에 젖고 있었다.

_「종로5가」, 《동서춘추》(1967. 6.)

이 시는 국민학교를 갓 나온 듯한 소년이 종로5가에 서서 비에 젖어 있는 화자(話者)에게 동대문이 어디인가를 묻는 질문에서 시작한다. 이 소년은 "봄이 가고 여름이 오면 부황 든 보리죽 툇마루 아래 빈 토끼집"에 "머리 쥐어뜯으며 쓰러져 있는"(「주린 땅의 지도원리」) 어린 동생일 수도 있고, "눈이 오는 날" "쓰레기통을 뒤"지다 미군의 총에 맞아 죽은 어린 소년일 수도 있다. 중요한 것은 이 소년에게 "맑고 큰" 눈동자가 있고, 시인은 이 소년을 빌려 모순된 사회를 딛고 대두하는 민중세력의 씨앗을 제시하고 있다는 사실이다.

'종삼'(鍾三)의 배경

「종로5가」에는 소년과 더불어 두 사람이 더 등장한다. 소년의 아버지일지 모르는 허리 다쳐 쓰러진 노동자, 소년의 누이일지 모를 부은 한쪽 눈의 창부(娼婦)가 등장한다.

그렇지.

눈녹이 바람이 부는 질척질척한 겨울날.

종묘(宗廟) 담을 끼고 돌다가 나는 보았어.

그의 누나였을까.

부은 한쪽 눈의 창녀(娼女)가 양지쪽 기대 앉아

속내의 바람으로, 때 묻은 긴 편지 읽고 있었지.

"종묘 담을 끼고 돌다가" 화자는 "부은 한쪽 눈의 창녀"를 본다.

왜 한쪽 눈이 부은 창녀일까. 잠을 못 잤다면 양쪽 눈이 부었을 텐데, 한쪽 눈이 부었다면 눈병이 걸렸거나, 아니면 누군가에게 폭행당했기 때문일 것이다. 그런데 이 창녀는 왜 "종묘 담" 근처에 있을까.

이 시가 발표되던 1967년의 종묘 앞에는 2천 채가 넘는 판잣집과 사창가가 뒤섞여 슬럼을 이루고 있었다. 종묘와 사창가. 전혀 어울리지 않는 조합이지만 외람스럽게도 한국전쟁 이후 20년 동안 종묘 앞에는 '종삼'(鍾三)이라는 이름의, 세계 최대 규모의 집창촌이 기생하고 있었다. 1966년 그때로 되돌아가 보면 종묘 앞에서 대한극장에 이르는 너비 50미터, 길이 1킬로미터에 무려 4만 9,586제곱미터(약 1만 5,000평)의 공지에 2,200여 동의 무허가 판잣집과 집창촌이 자리 잡고 있었다. 판잣집이라기보다 천막집이라는 표현이 더 맞을지도 모른다. 세운상가가 들어선 바로 그 자리다. 청량리의 '588', 인천의 '옐로우 하우스'와 함께 '종삼'은 당시 대표적인 사창가였다.

1968년 '종삼'을 정리하려는 '나비 작전'이 펼쳐졌을 때 '종삼'의 범위는 종로3가와 4가, 단성사 뒷골목, 종묘 앞 일대를 중심으로 낙원동, 봉익동, 훈정동, 와룡동, 묘동, 권농동, 원남동은 물론이고 길 건너 남쪽의 관수동, 장사동, 예지동까지 암세포처럼 퍼져 있었다. 1950년 초 종묘 앞에 국회의사당을 짓는 계획이 문화재관리국의 반대로 무산되면서 어떤 식으로든 정리가 불가피한 상황이었다. 문화재관리국이 조선왕조의 정신적 고향인 종묘 앞에 국회의사당을 지을 수 없다고 주장하자 전주 이씨 양녕대군파인 이승만 대통령이 이를 수용해 남산 조선신궁 자리에 건립하도록 지시했던 것이다.

당시 서울시가 현재의 낙원상가부터 종로5가까지 조사해보니 윤락여성이 1,368명, 포주가 11명, 바람잡이가 170명에 이르렀다고 한다. 이 지역은 낙원동 등 고급 한옥지구, 종묘 앞 등 하급 무허가 건물지대, 최하급 종묘 건너편 소개도로 터 등 3등급으로 분류됐다. 이 지역을 현장 답사하던 김현옥 시장과 중구청장 일행에게 윤락여성이 접근해 유객 행위를 했다는 웃지 못할 에피소드도 있다.

"추워요. 나를 따뜻하게 안아줄 수 있는 혼자

온 남자손님 없나요? 안아만 주면 돼요. 돈은 필요 없어요"라는 대사는 근대화에서 소외된 인물의 아픈 상처를 보여준다. 영화 〈영자의 전성시대〉(감독 김선호, 조선작 원작, 1975)에서 버스 차장을 하다 사고로 팔이 잘려 영자가 몸을 파는 곳이 바로 '종삼'의 골목이다. 아직도 주변 골목에 그 흔적이 일부 남아 있다. 3년간 월남에 파병되어 전쟁터에서 지내다가 돌아온 창수는 3년 전 사랑했던 영자를 경찰서 보호소에서 만난다. 영자와 창수는 1970년대 밑바닥 인생들의 서글픈 전형(典型)을 보여준다.

바로 이러한 시기에 신동엽은 자신의 시에 노동자, 이농소년, 창녀라는 전형적인 세 인물을 등장시켜, 1950-1960년대의 사회문제로 중요하게 지적되어온 도시빈민 문제를 담아내고 있다. 그런데 단지 거리를 방랑하는 가난한 자들의 묘사와 그들에 대한 연민만으로 리얼리즘이 가진 진실성의 높이에 도달하기는 어렵다. 이때 현실에 대한 열정 이상으로 시인이 시에 쏟아 붓는 시 언어에의 열성은 중요하다.

그런데 당시 '종삼'을 본 것은 시인 신동엽이나 소설가 조선작, 최인호만이 아니었다. 자이니치[在日] 작가 서경식이 고등학교 3학년 때 개인 소장판으로 낸 시집 『8월』에 「종로4가」라는 시가 실려 있다.

서울의 밤은 어둡다

쉰내 나는 길 밀감빛 가로등 아래서

내 소매를 잡아끌고

놀라서 잔걸음 치는 내 등 뒤에서

지금 히스테릭한 웃음을 쏟아내는 너

종로4가에 사는 여인아
조금만 더 기다려다오
차디찬 온돌방 구석에서
네가 늘어놓는 신세타령에
나도 귀를 기울이고 싶지만
종로4가의 여인아
조금만 더 기다려다오
나는 아직 열여섯도 못 되었으니
(서울의 밤은 어둡다)
지금은 그것으로
내 창백한 머릿속이 꽉 차 있다

_서경식, 「종로4가」(1968), 『시의 힘』(현암사, 2015), 69면

ⓒ 김용교
자이니치 작가 서경식.

조국을 찾아왔던 15세의 서경식이 본 "서울의 밤은 어둡다"(1행, 14행)였다. 나는 2015년 2월 10일 서경식 저서 『시의 힘』 북콘서트를 진행하면서 선생께 물었다.

"선생님, 이 시가 재미있었어요. 처음 창녀를 보고 아픔을 느끼면 시인이 된다는 말이 있죠. 어머니와 같은 높은 존재로 보이던 여성이 몸을 파는 창녀가 된다는 사실은 큰 충격이지요. 발터 벤야민은 유년 시기에 거리의 창녀를 보고 계급적 차이와 아픔을 느꼈습니다. 벤야민은 창녀에 대해 생각하며 프롤레타리아 문제에 대해 처음 인식하지요. 시인 이상은 금홍이를, 시인 백석은 자야를 보고 전혀 다른 차원의 시인이 됩니다. 선생님도 이 나이에 세계를 인식하고 시인의 길에 들어선 것이 아닐

까요?"

"그렇다고 볼 수도 있구요. 역시 디아스포라적인 면이 있지요. 그래도 지금은 우리말로 얘기하고 있는데요. 그때는 한 마디도 못하는 상태였어요. 열다섯 살 그때는 우리말을 못해서 신세타령을 해도 대화할 상대가 없는 겁니다. '조금만 더 기다려다오'라는 말은 내가 우리말도 배우고 나이가 들면 대화하고 싶다는 뜻이지요."

"그러니까 낮은 자, 주변인에 대한 관심은 이때부터 이미 있는 것이죠."

"그래요. 열다섯 살 때 한국에 처음 갔다가 낙원상가 근처에 친척이 살아서 그 집에서 지냈는데 거기서 '종삼'에 대한 이야기를 들었어요."

"'종삼'이라는 단어에 대해 나중에 어떤 생각을 하셨나요?"

"김지하 시인의 「서울로 가는 길」 같은 시를 읽고, 당시 1970년대 한국의 이농현상에 대해서 알게 되었어요. 그리고 시골에서 온 어린 소녀들이 여공이 되고, 버스 안내양이 되거나, 사창가에 간다는 사실을 알게 되었어요. '종삼'이라는 단어는 바로 그 시대의 아픔을 드러내는 단어라는 것을 그때 알았지요."

소년을 찾아서

자이니치 소년 서경식은 '종삼'의 여인과 대화하고 싶어 했다. 신동엽 시 「종로5가」에 등장하는 소년은 어떠한 소년일까.

소년이 갖고 있는 도시락에는 "먼 길 떠나온 고구마가/ 흙 묻은 얼굴들을 맞부비며 저희끼리 비에 젖고 있었다"(3연). 이 표현에는 당시 이농현상이 도시빈민을 형성하고 있는 풍경이 상징적으로 재현되고 있다.

여기서 그는 부자연스러운 이미지나 비유의 사용을 억제하면서 산문적인 리듬을 사용하고 있다. 구체적으로 상황을 많이 제시하고 있는 이 시는 등장인물의 개별적이며 전형적인 특성을 잘 표현하고 있다. 이 서정시는 서사적인 객관성을 토대로 하여 운문성(韻文性)이 갖고 있는 약점을 극복하고, 현실 세계를 정확하게 반영하는 미를 갖고 있다.

그런데 여기서 이 소년은 누구일까. 소년은 단지 한쪽 눈이 부은 창녀를 등장시키기 위한 보조적 인물에 불과할까. 마지막 연을 읽어보자.

> 이슬비 오는 날,
> 낯선 소년이 나를 붙들고 동대문(東大門)을 물었다.
> 그 소년의 죄없이 크고 맑기만 한 눈동자엔 밤이 내리고
> 노동으로 지친 나의 가슴에선 도시락 보자기가
> 비에 젖고 있었다.

화자를 붙들고 동대문을 묻고 있는 이 낯선 소년, 시골에서 서울로 올라온 이 소년은 1970년대를 열어가는 새로운 노동 계층의 등장을 말할 것이다. 1960년대 말 청계천 평화시장에서는 열네 살부터 아직 스물이 안 된 청소년들이 닭장처럼 좁은 공간에서 천 먼지를 마시며 미싱 시다를 하고 있었다. 삼백여 명의 아이들이 몇 시간에 십여 분 주어지는 한 번의 휴식 시간에 두어 칸밖에 없는 화장실에 뛰어가 오줌 누기를 기다리다가, 다시 종이 치면 미처 소변을 보지 못하고 미싱 시다를 하다가 바지에 오줌을 싸고, 그 오줌이 피부병을 일으키고 습진으로 고생하며 살아야 했던 시대였다. 빗물이 아니라 자기 오줌에 젖은 채 미싱을 돌려

야 했던 소년들이 이 시대에 있었다.

전태일(1948-1970).

신동엽이 알았을 리 없지만 우리는 전태일 같은 인물을 떠올리게 된다. 이 시가 발표되었을 때 전태일은 19살의 청년이었다. 청계천 평화시장에서 시다와 제봉사로 일하면서 '바보회'를 만들어 억압된 노동환경을 개선하고자 했던 청소년이었다. 자기 돈 30원으로 풀빵 열댓 개를 사서 소년들에게 나누어주고 자기는 쌍문동 판잣집까지 뛰어가곤 했던 전태일의 모습이 이 시를 읽을 때마다 당시 전태일 또래의 아이들 모습과 아스라이 겹쳐지곤 한다. "먼 길 떠나 온 고구마가/ 흙 묻은 얼굴들을 맞부비며 저희끼리 비에 젖고 있었다"는 표현은 바로 이러한 소년들의 상징이 아닐까.

신동엽은 시대의 모순을 바르게 보고 그 원인을 작품에 담아낸 예언자를 닮은 시인이다. 그는 당시의 문학적인 과정을 정확히 인식했고, 그 내용에 맞는 적절한 장르를 선택했던 1960년대의 실험적이고 신중한 중요한 시인이다.

신동엽이 그려낸 소년은 전태일 나이 또래의 아이였고, 사창가 여인의 동생이었을지도 모른다. 그들 곁에는 누가 있는가. 사창가의 여인과 대화하고 싶다며 "나도 귀를 기울이고 싶"다던 15세의 자이니치 소년 서경식은 이제 육십 대의 작가가 되어 그 마음 변치 않고 소수자 곁에서 그들의 고통을 대언(代言)하고 있다.

'종삼' 근처에 사는 낮은 자들 곁에서 그들의 이야기를 썼던 시인 신동엽의 마음은 이렇게 자이니치 작가 서경식에게로 이어진다. 그들은 아픔 '곁으로' 다가가라고 권하고 있다. 아픔에 연대하는 마음은 잘 보이지는 않지만, 이렇게 확실히 희미하고 가느다랗게 연결되어 있다.

(2015)

필자가 쓴 신동엽 시인에 관한 책 세 권. 인물 이야기 『민족시인 신동엽』(사계절), 평전 『시인 신동엽』(현암사), 논문집 『사랑과 혁명의 시인 신동엽』(글누림).

맑고 가난한 친구

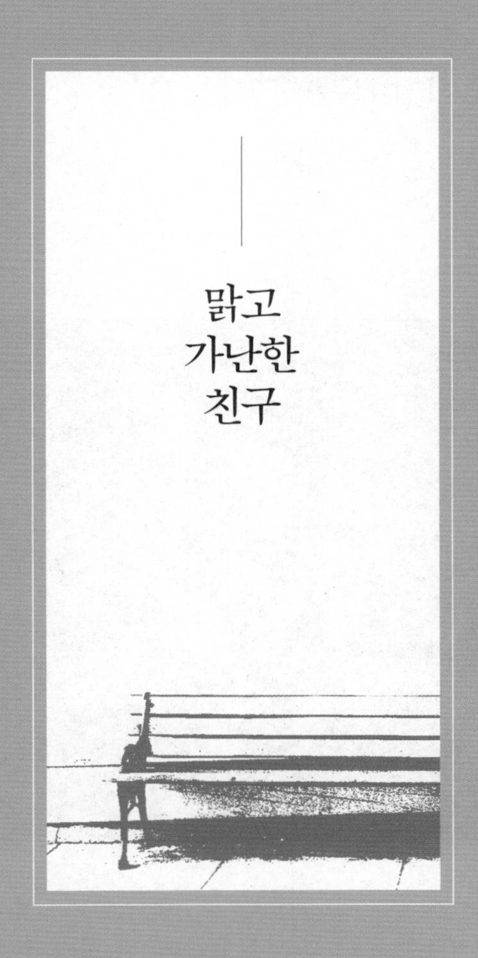

2014년 | 서울역

7 노숙인, 민들레 문학교실

톨스토이 『참회록』, 백석 「가무래기의 낙(樂)」

빈센트 반 고흐(1853-1890)가 귀를 자르고 생레미 정신병원에 입원해 있었을 때 동생 테오가 아들을 낳았다는 소식을 듣는다. 자신의 이름을 따 빈센트라고 이름 지은 조카를 보러 갈 수 없었던 고흐는 1890년 봄날 "아몬드 꽃"(Almond Blossom, 1890)을 그린다. 이른 봄에 피는 아몬드 꽃처럼 겨울 같은 고통을 이겨내고 활기 있게 살아가라는 메시지였을까. 이 그림을 남기고 고흐는 7월에 먼 여행을 떠났다. 현재의 설움을 이겨내기를 바라면서 "아몬드 꽃"을 올린다.

곡우(穀雨)

|

단 1초도, 단 한 순간 한 찰나도 나 스스로 똑똑하다고 생각한 적은 없다. 평생 '나는 바보'라는 콤플렉스의 굴레에 묶여 살아왔다. 그러니 미물에게 학생들과 교실을 맡겨주신 학교들에게 미안하고 감사해서, 그냥 오래 앉아 책 읽고, 오래오래 앉아 글을 쓴다. 오래오래, 이 방법밖에 도리가 없다.

이런 미물에게 노숙인 대상으로 문학 강연하라는 당부가 와서 "무조건 하겠다"고 답했고, 곧 '민들레 문학특강'을 시작했다. 노숙인들이 4주간(2013년부터 10주로 바뀌었다) 문학 강연을 듣고 자기 얘기를 글로 써내면, 서울시와 한국문화예술위원회와 월간지 《빅이슈》가 공동 주최하는 '민들레 문학상'을 수여하는 프로그램이다. 수상한 노숙인분들께 임대주택을 제공하고, 서울시에서 일자리를 준다.

민들레 문학특강에는 정말 좋은 작가들이 강사로 참여했다. 지훈상과 현대문학상 받은 시인 김기택, 백석문학상 받은 김해자 시인, 시인 황규관, 소설가 이시백, 사계절문학상 받은 소설가 홍명진, 믿음직한 평론가 고영직, 한번 만나고 싶은 김소연 시인 등 모두 울림이 있는 문사들이다. 문학이 상품화되는 세태가 비판받고 있지만, 아직 우리 사회의 낮은 분들과 함께하는 작가들이 있다.

민들레 문학특강은 80년대에 노동자 문학교실에 참가했던 내가 할 수 있는 작은 일이다. 당시 노동자 문학모임에서 대화하고 나서 나는 '백민'이라는 가명으로 『문답으로 풀어본 문학 이야기』(현장문학사, 1988)라는 책을 냈었다. 사실 노숙인에게 문학이나 인문학을 강연하는 것은 명확히 나 자신을 위해서다. 내 문학을 구원하기 위해서다. 내 수업을 듣는 학생들에게 좀 더 '삶에 밀착된 강의'를 하고 싶어서다. 지금 내 나이와 같은 쉰 살 때 톨스토이가 『참회록』에 이렇게 썼다.

> 나는 내가 속한 계층의 삶을 거부했다. 왜냐하면 그것은 삶이 아니라 단지 삶의 모방일 뿐이라는 것을 인식했기 때문이다. 우리의 예외적인 삶인 기생충 같은 삶이 아니라 땀 흘려 일하는 순박한 민중의 삶을 이해해야만 한다.
>
> _톨스토이, 『참회록』(지만지, 2012), 105면

내가 노숙인들 곁으로 가지 않는다면 나는 내가 자라온 계급적 한계에 고착될 것이다. 뭣도 모르고 매주 토요일 이태원에 있는 물 좋은 '라이브러리'(디스코장 이름이었다)에 꼬박꼬박 갔던 이십 대 초반 젊은 시절을 반성해야 한다. 황폐하게 젊은 시절을 보냈던 톨스토이는 또 이렇게 썼다.

> 나는 무식한 농민 순례자의 신, 신앙, 삶, 구원에 관한 이야기에 귀를 기울이곤 했다. 나는 삶과 신앙에 대한 민중의 의견을 들으면서 그들과 가까워졌고, 그들에게 가까이 갈수록 진리를 더욱더 잘 이해하게 되었다.
>
> _위의 책, 117면

1828년 9월 9일에 태어난 톨스토이는 쉰 살부터 농민과 노숙인들과 함께 지내며 『참회록』(1880), 『부활』(1899)을 썼다. 나도 홀수 금요일에는 연구실에서 가까운 강연장에서 한 시간 정도 노숙인들께 배운다. 높은 하늘 반대편에 있는 밑바닥의 뿌리를 보면 더욱 큰 가르침을 만난다.

레프 니콜라예비치 톨스토이(1828-1910).

이 글은 2011년부터 2014년까지 3년간 참여해온, 서울 지역 노숙인을 위한 '민들레 문학교실' 이야기다. 4호선 숙명여대 입구역 1번 출구로 나가면 20미터 앞에 우태하 피부과 병원이 있다. 그 골목으로 10미터쯤 오르면 오른쪽에 '다시서기센터'가 있다. 그곳에서 있었던 몇 가지 순간을 여기에 담는다.

단독자의 분노

오전에 학교 수업하고, 연구실에서 조금 쉬다가 '민들레 문학교실'에 갔다. 지하교실에 들어가 보니 딱 한 명만 앉아 있었다. 지난주부터 와 앉아 있던 분인데 얼굴에 화상을 입었는지 험하게 벗겨진 흰머리의 권○○ 씨다. 다른 이들은 4시로 알고 있다는 것이다.

복사해온 함민복 시인의 시 「눈물은 왜 짠가」, 「말랑말랑한 힘」을 같이 읽으며 얘기를 시작했다. 「눈물은 왜 짠가」를 읽다가 권 씨는 나에게 물었다.

"이게 시인가요?"

"산문시라고 하지요."

"제가 쓰는 시는 좀 다르거든요."

뜻밖에 '제가 쓰는 시'라니 약간 과장처럼 느껴졌다. 순간, '뭘 안다고' 하는 생각이 스쳤지만, 멈칫, 하는 느낌이 들었다.

"서울역에서 종일 할 일이 뭐 있습니까? 그냥 시만 썼습니다. 어디서 시집 구하면 읽고 또 읽었지요. 나중에 노숙인 쉼터나 용산시립도서관이나 어디든 시집이 있으면 닥치는 대로 읽었어요. 그리고 쉼터 컴퓨터실에 들어가 네이버 카페에 올리기 시작했는데 시가 백 편이 넘었어요."

전 주와 달리 나와 둘만 있자 말문이 터졌는지 그는 연신 말했다.

"성 프란치스코 인문학교실에서도 글을 써냈더니 잘 쓴다고 몇 번 잡지에 발표하고 원고료를 받은 적도 있어요. 근데 내 글이 어느 정도인 줄 몰라요."

그냥 달게 들어주었다. '시를 좋아하는 정도겠지', '써봤자 낙서겠지'라고 생각하면서 고개를 끄덕이다가 내가 말했다.

"내가 이 노트북에 받아 적을 테니 이번에 주제로 정한 '집'에 대해 말해보세요."

뜻밖에 그는 무척 반가워했다.

"너무 고맙습니다. 정말 제가 바라던 것이었어요. 제가 글 쓰는 게 어느 정도인지, 글을 직업적으로 쓰는 선생님 같은 분에게 직접 듣고 싶었어요. 남이 글을 어떻게 쓰는지 정말 궁금했어요."

"…아…, 그러세요. 그럼 말씀하세요. 제가 컴퓨터로 쳐 드릴게요."

그는 아이처럼 웃는 듯하더니 한 마디 한 마디 털어내기 시작했다.

그의 말을 받아 적기 시작했다.

"집 없이 사는 삶은 비굴합니다. 집이라는 단어 앞에서 인간은 인간이 아닙니다. 우리는 하룻밤 잠자리를 얻기 위해 쉼터 앞에서 세 시간 이상 줄을 서서 기다립니다. 하룻밤에 150명만 잘 수 있기 때문에 그 안에 들려고 일찍 와서 줄 서 있어야 하니까요. 내 분신이 될 온갖 물건을 줄 위에 세워둡니다. 낙오자의 상징인 쭈그러진 깡통, 패배자 닮은 뭉개진 종이컵 같은 걸 자기 대신 세워두죠. 그리고 겨우 하룻밤 잘 수 있지만, 150명 안에 못 들어 표를 받지 못하면 다시 서울역으로 돌아가야 합니다."

여기까지 썼을 때 노트북 화면을 보던 그가 말했다.

"선생님, 걍, 제가 쳐볼게요. 아무래도 나는 시밖에 못 쓰나 봐요. 이렇게 길게 쓰니까 재미없어요. 제가 써볼게요."

그 무렵 방문이 열리고 몇 분이 더 들어왔다. 모임이 오후 4시인 줄 알고 지금 왔다는 것이다. 그러고 보니 한 시간 동안 권 씨하고 일대일

로 대화했던 것이다.

둘이서만 대화했던 한 시간 동안 권 씨의 얼굴은 환했다.

"이렇게 작가랑 대화해보기는 처음이에요."

나와 개인 대 개인으로 대화했다는 것이 그렇게 소중했던 모양이다. 글을 직업적으로 쓰는 사람과 일대일로 대화해보고 싶었다고 한다. 내가 그를 단독성(singularity)으로서 대우했다고 느꼈던 모양이다.

사실 내가 단독성을 갖고 살고 있는지가 요즘 나에게는 하나의 화두다. 단독성이란 사고팔 수 없는 '나'만의 가치를 말한다. '다른 무엇과 바꿀 수 없는' 나만의 고유함을 누리고 있는지, 그래서 타자의 단독성도 외면하지 않고 포옹하는 보편성(universality)을 누리며 살고 있는지. 그런데 권 씨는 내가 그를 단독성으로 우대하며 손을 잡고 함께 글을 썼다고 기뻐하는 것이었다.

권 씨는 사무실에서 설치해준 노트북의 자판을 톡톡 두드려 쓰기 시작했다. 그동안 나는 다른 이들이 써온 글을 하나하나 읽어주고 글을 보충해주고 고쳐주었다. 몇 사람의 글을 고쳐주고 다시 권 씨가 노트북에 입력한 글을 읽었다.

순간, 나는 믿기지 않았다.

정말 이 사람이 방금 쓴 글일까.

종이에 「존재의 궁전」이라고 썼던 권 씨는 제목을 「분노의 궁전」으로 바꾸어놓았다. 일부분만 여기에 옮긴다.

1.

묻지 마라

그 잔인한 이빨로 비양거리듯

그냥 방이라 하자

그거

이 쉰밥 같은 회색빛 기적도시에서

집은 가장 확실한 계급장이지

지키기 위해

살아남기 위해

그 앞에 많이 비열했고 많이 구겨졌었지

2.

서울역을 우리는 둥지라고 한다.

지친 꿈과 버거운 육체의 날개가 쉴 수 있는 유일

그도 물청소로 쫓아내면

버려진 산업의 껍데기 보루바꾸가 있지

보루바꾸

이는 존재의 황금의 궁궐입니다.

우주의 중심이며 생존의 마지노선이지

가장 확실한 인생 비애의 스승이지

3.

하나 더,

존재의 존엄을 위한 방이 있지

다시서기센터 지하주차장 꿈자리표 대기실

세 시간 전부터 일단의 무리가 몰린다.

오열 종대로

쭈그러진 우유팩 그리고 딱지며 앞줄엔 그런대로 모양세를 갖췄지만 나중에는 자신을 대신 상징한 자신을 닮은 온갖 잡동사니들이 총동원된다.

뒤쪽은 그나마도 찢어지고 젖은 신문지며

떨거둥이 모습들을 너무나 닮은 표상의 확실한 표대 방표 딱지

_권○○, 「분노의 궁전」

10번까지 이어지는 「분노의 궁전」이라는 긴 시의 3번까지만을 여기에 옮겨 쓴다. "버려진 산업의 껍데기 보루바꾸(종이 박스, 골판지)가 있지/ 보루바꾸/ 이는 존재의 황금의 궁궐입니다"라는, 체험이 아니면 도저히 쓸 수 없는 구절들이 눈에 든다.

15년 이상 서울역에서 살아오며 쓴 시의 제목 「분노의 궁전」을 설명하면서 그의 목청이 조금 올라갔다.

"노숙인들이 다 게을러서 노숙인이 된 게 아니에요. 나라 정책이 잘못되어 세입자가 졸지에 노숙인이 되는 경우도 있고, 소 키우다가 나라에서 갑자기 소 값을 지렁이 값만도 못하게 내려 자살하거나 서울역에 와서 노숙인이 되는 경우도 많아요. IMF야말로 국가가 국민 중 약한 이들을 낙오자로 잘라버린 '국가적 살인'이죠. 쌍용 해직자나 비정규직을 거쳐 노숙인이 돼요. 버려진 우리에게 서울역은 그나마 궁전이에요. 보루바꾸 궁전이에요."

이제 그의 말이 가볍게 혹은 거짓말로 느껴지지 않았다. 눈물이 나와

야 정상일 텐데, 젠장, 나는 눈물이 마른 냉혹 인간이다. 그가 뭐라고 한참 애기하는 중에, 말허리를 자르고 내가 뜬금없이 말했다.

"글 쓰셔야 할 거 같은데요."

놀랐는지 그가 멈칫 하더니 나직이 말했다.

"그간 결핵에 걸려서 시를 쓰지 못했어요."

말을 듣자마자 흠씬 놀란 나는 그의 얼굴과 약간 거리를 두었다.

"이젠 약을 먹으며 치료하고 있어요. 쉼터에 있으면서 쉼터 컴퓨터에 쳐서 기억나는 대로 블로그에 올려놓았어요."

일단 그와 벗이 되기로 했다. 내 가방엔 습관처럼 시집이 있는데 그날은 함민복 시집이 두 권 있어서, 다른 문학책과 함께 그에게 주었다. 그리고 내 연락처를 적어주었다.

"선생님께서 내 시를 계속 읽어주시는 거죠. 정말 좋습니다."

그의 얼굴이 밝아졌다. 수업을 마치고 밖으로 나가려 할 때, 그는 쉼터 사무실 직원들에게 얼굴 근육을 실룩이며 말했다.

"있잖아, 선생님이 나 글 잘 쓴대. 그쵸! 선생님."

어린애처럼 자랑하고 있었다. 얼굴에 난 온갖 흉한 흉터가 햇살 받은 들꽃처럼 장글장글 빛나고 있었다.

민들레 문학교실을 마치고 양재역으로 향했다. 저녁에 초중고교 선생님들을 대상으로 윤동주 시인에 대해 강의하기로 했다. 지하철 플랫폼에 서 있는데 배가 쓰렸다. 생각해보니 종일 먹은 것이 김밥 하나였다. 그래도 나는 뭔가 사 먹을 돈이 있다.

교사 강연회를 마치고 후배와 간만에 만나 한 시간 동안 대화하다가 귀가했다. 심야 12시 30분, 집에 들어오자마자 권 씨가 시를 모아두었다는 블로그를 검색해서 들어갔다. 그의 글을 읽어보았다. 다듬어지지 않은 원광석들이 백여 개 뒹굴고 있었다.

빈센트 반 고흐가 이랬겠지. 고흐가 살아 있을 때 그를 알아본 자는 동생 테오밖에 없었지. 권 씨가 충분히 작가적 수준에 도달해 있다는 것을 확인했다. 얼굴에 흉터가 많고 누군가를 죽일 것 같던 사람이었는데, 사실은 엄청난 체험을 시어로 바꾸어놓을 수 있는 재능 있는 시인이었다. 그가 쓴 시를 문화평론가 이윤호에게 보냈을 때 윤호는 짧은 메시지를 나에게 보냈다.

"채광석 선생이 박노해를 발굴한 것처럼, 김응교가 보물 하나 만들겠네."

늘 나를 격려해주는 친구. 그런데 "만들겠네"가 아니라, '이미 원광석'이었다.

내가 편집위원으로 있는 계간지에 그를 등단시킬까 하는 생각도 아주 잠깐 스쳤다. 그렇지만 그것은 보석을 상품으로 만들 우려가 있다. 그저 나는 아무도 모르는 보석을 만난 것이다. 예술의전당이나 박물관에서 만나지 못할 보석과 대화한 것이다.

명랑은 힘이 세다

노숙인을 위한 민들레 교실은 10주에 걸쳐 진행된다.

첫째 주는 글을 어떻게 써야 하는지 강의하고 서로 인사한다. 마음을 열기 위해 내가 쓴 글을 나누기도 한다. 문장을 쓰고, 문단을 나누는 기본적인 방식을 강의한다.

둘째 주부터 무조건 쓰기 시작한다. 다른 작가 글 안 읽고 그냥 쓰냐고? 그렇다. 그냥 쓴다. 그냥 자기 이야기를, 자기 상처를 정면으로 직시하고 쓰는 것부터 시작한다. 유명작가 글을 읽으면 지레 포기할 수도 있고 모방하기 시작하니까. 일단 자기 자신의 이야기를 써보자고 한다.

셋째 주부터 1교시에는 작가가 쓴 작품이나 다른 이들의 좋은 작품을 읽고, 2교시에 자기 글을 계속 쓰고 합평회를 한다. 요즘은 도서실이 있는 쉼터도 있어 최인호, 무라카미 하루키, 조정래, 이문열 등 장편소설이나 여러 시집을 독파하신 노숙인도 있다. 어떤 작품을 권하시겠는가. 나는 백석(1912-1996)의 시를 권한다. 백석은 일본 유학을 다녀오기도 했지만, 1938년 이후에 사직하여 경제적 어려움을 겪고, 1941년 만주 신경에 가서 경제국 관리를 1년도 안 되어 때려치우고 거의 빈궁한 노숙인으로 지내다가 해방을 맞는다. 10주 과정에서 최소한 세 개의 글을 완성하도록 함께 글을 다듬는다. 이 과정에서 셋째 주에 함께 읽는 시는 백석 시인의 「가무래기의 낙(樂)」이다.

가무락조개 난 뒷간거리에
빚을 얻으려 나는 왔다
빚이 안 되어 가는 탓에
가무래기도 나도 모도 춥다
추운 거리의 그도 추운 능당 쪽을 걸어가며
내 마음은 웃줄댄다 그 무슨 기쁨에 웃줄댄다
이 추운 세상의 한구석에

맑고 가난한 친구가 하나 있어서

내가 이렇게 추운 거리를 지나온 걸

얼마나 기뻐하며 락단하고

그즈런히 손깍지베개 하고 누어서

이 못된 놈의 세상을 크게 크게 욕할 것이다

_「가무래기의 낙」,《여성》3권 10호(1938. 10.)

먼저 시를 한 줄씩 돌아가면서 읽는다. 한 번만 읽으면 안 된다. 좋은 시는 두 번 이상 읽어야 명작에 대한 예의다. 그리고 첫 번째 질문을 올린다.

"이 시 엄청 재밌는 신데요, 먼저 가무래기가 뭔지 아세요?"

"가무래기?"

모두 갸우뚱한다. 얼른 핸드폰으로 이미지를 검색해서 보여준다.

"이거예요."

"오오, 모시조개네요."

"네, 큰 대합조개나 홍합조개가 아니라, 국 끓여먹는 바지락조개가 아니라, 까맣고 테두리가 하얀 조개를 가무래기 혹은 가무락조개라고도 해요."

노숙인들이 고개를 끄덕인다.

두 번째 질문을 드린다.

"빚에 쪼들리신 적 있으세요? 이 시는 돈이 궁했던 백석 시인 자신의 이야기인데요, 골 때리게 웃겨요. 친구에게 돈을 빌리러 갔다가 못 빌리고, 가무래기라는 '맑고 가난한' 새 친구를 만난다는 판타지를 시로 만든 거예요. 가난한 백석이 뒷거리(뒷간거리)에 빚을 얻으러 갔다가 빚을 얻지 못하고 추운 거리를 배회하다가 응달(그늘, '능당'은 응달의 오자)에 있는 가무래기를 발견해요. 응달진 그늘에 있다는 것은 벌써 외로운 처지를 상상케 하지요. 응달에 누워 있던 가무락조개들도 갯벌에서 떠나왔으니 외롭고 추웠겠죠. 맑고 가난한 친구들인 조개들이 이 세상을 대신 비웃어주며 세상을 욕한다는 판타지 시예요."

"백석 시인은 왜 저때 가난했어요?"

"백석 시인이 이 시를 발표했던 때는 1937년 12월 영생고보 교사직을 사임하고 서울로 돌아왔던 27살 때였어요. 다시 직장을 갖게 된 것은 1939년 3월 《여성》지의 편집주간을 맡게 되면서부터예요. 그러니까 교사직을 사임하고 거의 1년간 돈벌이가 없었던 거죠. 이후 백석은 정말 궁했어요. 그리고 1941년 만주국 수도 신경에 가서는 경제국 관리로 취직했다가 1년도 안 넘겨 사직해서 해방되기까지 거의 노숙인으로 지내요. 그때 진짜 노숙인 문학이라 할 수 있는 「남신의주 유동 박시봉방」처럼 빈궁한 시를 쓰죠. 그럼, 여러분은 혹시 빚을 얻어보신 적 있으세요? 빚 때문에 고생했던 적 있으세요?"

백석(1912-1996).

이 말을 듣는지 마는지 다른 노숙인 한 분은 방 천장만 쳐다보며 멀뚱히 앉아 있다. 말은 안 하지만 비슷한 신세들이다.

세 번째 질문을 올린다.

이 시에서 가무락조개와 시인이 환유적 관계를 띠고 있다는 말은 너무 어렵다. 일단 백석이 왜 빚을 얻어야 했을까를 설명한다.

"이 시를 읽고 난 뒤 어떤 느낌을 받으셨을까 하는 질문이에요. 그럼, 이 시를 읽고 느낌을 나눠보죠. 어떠셨어요?"

올해 환갑이 되신 할아버지 노숙인은 간단하게 말씀하셨다. 늘 노트에 가득 필기하시는 분이다.

"동병상련이랄까요."

간단한 평가지만, 깊은 공감을 나타내고 있는 표정이다.

왕년에 레스토랑을 경영했다던 여성 노숙인 박진아 씨(가명)가 차분하게 말했다.

"모든 것을 다 놓으신 분의 말씀 같아요. 그런데 이상하게 위안이 되네요. 위로가 돼요."

나는 이 말을 기다렸다는 듯이 물었다.

"왜 위로가 되셨어요? 저에게도 위로가 되었거든요."

그때 평소 별로 말이 없는 48세의 김유득(가명) 씨가 입을 열었다.

"뭔가 가볍고 쾌활해요."

답이 나왔다. 명랑성(明朗性)이다.

"맞아요. 4행까지 우울한 현실을 노래하다가 시인은 5행에서 엉뚱한 얘기를 하죠. '가무래기도 나도 모두 춥다.' 엉뚱하지 않아요? 가무락조개가 나와 함께 춥다는 겁니다. 약간 이상하다 싶은데 그다음에 그늘 쪽으로 걸어가다가 느닷없이 '내 마음은 우쭐댄다, 그 무슨 기쁨에 우쭐댄다'라고 말해요. 돈을 꾸지도 못했는데 비극적 상황에서 갑자기 가무락조개를 보고 마음 자세가 달라진 거죠. 그리고 이런 비참한 기분을 조성하는 세상을 오히려 배척해야 한다고 자신 있게 말하고 있어요. 이런 자세가 옳은 자세일까요? 조금 어려운 얘기인데요. 발터 벤야민이라는 사람은 당시 나치의 독일 자본주의가 가난한 사람들에게 '수치의 구조'를 세뇌시킨다고 『일방통행로』라는 책에서 말했어요."

『일방통행로』 표지와 발터 벤야민.

자칫 어려울 수 있는 '수치의 구조'라는 표현을 어떻게 쉽게 설명할 수 있을까.

"당시 독일 자본주의는 가난한 자들에게 '수치의 구조'를 세뇌시켰죠. '내가 노숙인이 된 것은 더럽고 게으르기 때문이다'라는 식으로 모든 잘못을 나 자신에게 몰아붙였던 것이죠. 물론 내가 잘못했거나 가족이 가난하기 때문이기도 하겠지만, 발터 벤야민은 당시 유럽의 노숙인들이나 프롤레타리아가 모두 게으르기 때문은 아니라고 말하고 있어요. 가령 여러분 중에 IMF 때 밀려나 지금까지 노숙인으로 살아가는 분들이 계시듯이, 구조조정에 의해 느닷없이 밀려난 경우도 있는 겁니다. 전쟁이나 물난리나 지진으로 거지가 되듯이 천재지변 같은 구조조정으로 빈자가 형성되는 경우도 많습니다. 쌍용 해직자 문제 같은 것도 게으르기 때문이 아니죠. 그런데 가난한 것은 모두 실력이 없고 게을러서 그렇다고 자본주의는 '수치의 구조'를 암기시키는 겁니다."

일반인들에겐 관심 없는 말일 수 있으나 노숙인들은 눈을 반짝이며 들었다.

"그런데 그 '수치의 구조'를 깨부수는 것은 바로 명랑성이고 연대성입니다. 안으로는 스스로 명랑해야 하고, 밖으로는 좋은 친구들을 만나야 하겠죠. 명랑성은 가무락조개를 친구로 볼 수 있게 하고요. 연대성은 '맑고 가난한 친구'를 만나게 해요. 그래서 '맑고 가난한 친구가 하나 있어서/ 내가 이렇게 추운 거리를 지나온 걸/ 얼마나 기뻐하며 락단하고/ 그즈런히 손깍지베개 하고 누워서/ 이 못된 놈의 세상을 크게 크게 욕할 것이다'라고 말하게 하죠."

내가 이렇게 추운 거리를 지나온 걸
얼마나 기뻐하며 락단하고

"이 구절이 명랑해요. 우리가 지금 노숙인으로 가난하게 사는 거, 그거야말로 '추운 거리를 지난다'고 말할 수 있겠죠. 이럴 때 손깍지베개를 하고 느긋하게 누워 있는 가무락조개를 보는 겁니다. 가무락조개를 자세히 보세요, 손깍지베개 하고 있는 모습이죠. 청빈의 즐거움을 넘어서는 어떤 명랑성이 있지요.

백석 시인은 시 「선우사」에서도 '우리들은 가난해도 서럽지 않다/ 우리들은 외로워할 까닭도 없다/ 그리고 누구 하나 부럽지도 않다// 흰 밥과 가재미와 나는/ 우리들이 같이 있으면/ 세상 같은 건 밖에 나도 좋을 것 같다'(「선우사」, 《조광》 3권 10호, 1937. 10.)라고 했어요. '세상 같은 건 밖에 나도 좋을 것 같다'라는 말, 일종의 단독자(單獨者, singularity) 선언이지요.

시 「나와 나타샤와 힌당나귀」에서는 '산골로 가는 것은 세상한테 지는 것이 아니다/ 세상 같은 건 더러워 버리는 것이다'(《여성》, 1938. 3.)라고 하기까지 하죠. 세상 같은 건 더러워서 버리는 것이다. 얼마나 우습고 통쾌한 표현이에요.

자본주의가 강요하는 '수치의 구조'에 굴복하지 않고 '외롭고 높고 쓸쓸하니 살아가겠다'라고 당찬 의지를 보여주죠. 게다가 백석 시인이 살던 당시의 일본 자본주의는 창씨개명과 천황 중심의 교육칙어를 강요하는 거부할 수 없는 초자아였어요.

물론 이러한 태도에 대해서 다른 의견을 가질 수도 있어요. 하지만 일단 백석은 외부적 가난에 대한 문제도 냉소하면서, 반대로 영적인 풍요를 명랑성으로 극복하려고 하는 거죠. 백석은 밖으로는 냉소하고, 안으로는 명랑성으로 영적 풍요를 누리고 있어요."

사실 이번 수업에서 '명랑성'에 대해 깊이 있게 대화 나누고 싶었다. 명랑성이라는 단어가 미학의 관념으로 추앙받은 것은 니체가 28살 때 쓴 『비극의 탄생』 덕분이다. 그리스인들은 비극을 많이 써냈지만 늘 즐거워하는 명랑성을 갖고 있었다. 비극 속에서 웃으며 살 수 있는 힘, 이 명랑성은 우리 판소리 마당극에서 발견할 수 있는 해학(諧謔)이기도 하다. 명랑성이란 이유 없이 깔깔대는 방정맞은 개그가 아니다. 비극을 체험한 이들이 그 비극을 관통해서 자아내는 익살이며 유머다.

필리핀 결혼 이주자인 어머니와 난쟁이 아버지 사이에서 태어난 꼴통 아들의 이야기 『완득이』(창비, 2008)는 정말 눈물 배꼽 다 빠지도록,

울다가 웃다가 어디가 어떻게 될 정도로 명랑하지 않던가. 니체는 『비극의 탄생』에서 명랑성에 대해 여러 번 언급했고, 명랑성은 그의 평생을 관통하는 중요 개념이기도 하다.

> 지금 '그리스의 명랑성'에 대해 말해도 좋다면, 그것은 어려운 것을 책임지지 않고 원대한 꿈을 추구하지 않으며, 지나간 것이나 미래에 올 것을 현재 있는 것보다 높이 평가하지 않는 노예들의 명랑성인 것이다.
>
> _니체, 『비극의 탄생』(책세상, 2012), 92면

> 이 명랑성은 과거 그리스인들의 멋진 '소박성'과는 정반대다. 이 소박성은 앞에서 교정했듯이 어두운 심연으로부터 자라나온 아폴론적 문화의 꽃이며, 그리스적 의지가 미의 거울을 가지고 고통과 고통에서 얻은 지혜와 대적하며 거둔 승리다. '그리스적 명랑성'과는 다른 형태의 명랑성 가운데 가장 고귀한 형태는 알렉산드리아적 명랑성인데, 이 명랑성은 이론적 인간의 명랑성이다.
>
> _위의 책, 133-134면

니체가 초인으로 본 것은 '놀이할 수 있는 창조적 아이'였다. 그리고 니체는 그가 거의 마지막에 쓴 『차라투스트라는 이렇게 말했다』(4부 87면)에서 이렇게까지 썼다.

> 나는 웃음이 신성하다고 말했다. 그대들보다 높은 인간들이여, 내게 배워라—웃음을!

사실 백석 시 「가무래기의 낙」의 알짬은 명랑성일 것이다. 명랑한 글을 쓰는 것도 저 빈곤을 이겨낼 수 있는 방법이라고 생각한다. 가장 힘들 때 춤을 추었던 탈춤의 해학, 비극 속에서 웃었던 그리스인들. 하루 끼니를 걱정해야 하는 노숙인들이 명랑한 글을 쓸 수 있을까.

이제 이 글을 읽은 분에게 다시 묻는다. 이분들에게 위안을 주고, 웃음의 위력을 줄 만한 글은 무엇이 있을까. 실패하고 절망한 사람에게, 노숙인에게, 막 자살하려고 하는 사람들에게 힘이 될 만한 문학작품은 무엇이 있을까.

(2014)

덧말) 인터넷 유튜브에서 '김응교 승리자'를 검색하면 2014년 4월 12일에 노숙인과 함께한 콘서트 〈쪽방에 봄날이 오다〉에서 부른 노래를 들을 수 있다.

2013년 | 어느 항구도시

8 성매매 경험자의 설움과 사랑

김수영 「여자」

일본 TV 방송에서 가끔 방영되는 한국 비하 내용, “매춘으로 GDP의 5%”, “로스앤젤레스 매춘부의 90%가 한국인”

일본에서 살 때 술집에서 일하는 분들을 많이 만났다. 그분들이 내가 강의하던 모임에 오시곤 했다. 용산 미군 부대 가까운 곳에서 자라나 양색시 아줌마를 누이처럼 가깝게 보고 자란 나에게 술집 여자란 이상하게 어릴 적 누이 같은 느낌이 있었다. 그래서 그런지 그분들은 친구들과 함께 내가 강의하는 곳에 자주 오곤 했다. 한국의 미녀들은 모두 일본에 온 듯, 눈 마주치기 어려울 정도로 예쁜 여자들이 일본에 건너와 술집에서 일하고 있었다.

몇몇 분은 마음에 숨겨온 얘기들을 해주곤 했다. 20대 초반에 일본에 와서 남자들에게 술을 따르고 웃음을 팔다가 오십 줄에 들어선 여성도 잊을 수 없다.

"스무 살 때는 얼마나 예뻤는지 몰라요. 지금은 이렇게 나이 들어서 마사지 배우고 호텔에서 일해요."

이분은 내가 강연하러 가면 나를 차로 태워다주곤 했는데, 차 안이 담배 냄새로 절어 어지러울 정도였다. 절대 그녀의 방에 들어가면 안 된다며 한국에서 좋다는 여대를 나오신 분들은 나에게 경고를 보내곤 했지만, 그녀 방에 초대받은 나는 오래 묵은 얘기도 듣고, 그녀가 한 손에는 담배를 떼지 못하고 읽었다던 담뱃내에 찌든 성경책도 보았다. 의사 한 분을 소개해드렸는데, 의사 말로는 그녀 몸속을 병균이 회전하고 있다고 했다.

"술을 너무 많이 마셔서 간이 벽돌처럼 굳었어요. 간경화에다가 담배를 너무 많이 피워서 폐도 까맣게 엉망이고, 게다가….”

니코틴에 술에 온갖 병균이 몸속에서 돌아다니고 있다는 말이었다. 그녀는 그것을 아는지 악착같이 성경을 읽으며 그 악의 회전을 막으려 했다. 내 연구실에 찾아와서 소설이나 종교 서적을 빌려가곤 했다.

그녀가 한국에 강제 추방되어 빌려간 책들을 돌려받을 길은 사라졌다. 다음은 그녀 이야기를 쓴 시가 「비행기」라는 시다.

술집을 전전하다가
나이 들어 더 이상 탱탱한 알몸이 아니기에
동네 남자들에게 속살 팔다가
호텔에서 마사지하며 지내다가
담배에 찌든 시꺼먼 간장 덩어리,
괄약근 늘어진 할망구 웃음, 급기야
불심검문에 잡혀, 그저께 한국으로 강제 송환된
그녀의 빈 방에서

아내 팬티도 갠 적 없는 내가
가슴에 못만 박힌 여자 팬티를
비행기 접어 상자에 넣을 때,
주민등록상으로 쉰 하고도 넷에게서
국제전화가 왔다.

선생님, 스커트나 구두나 침대나 냉장고는

유학생이나 없는 사람들한테 나눠주시고요
옷장 위 박스에 제 방을 들락거리던 남자들 옷이 있어요
그건 북한돕기운동 하는 데 보내주세요

아내 팬티도 갠 적 없는 내가
낚시터의 미끼처럼 버려진 여자의 과거를
비행기 접어 하늘 창고에 날린다
_김응교, 「비행기」, 《창작과비평》(2005년 봄호)

내 친구가 소개해줘서 그녀는 대구의 어느 고아원에 보모로 갔다. 가서 자기가 살아온 아픈 세월을 고아들과 나누며, 일본어도 가르쳐주고 싶다 했다. 이제부터는 의미 있는 삶을 살자고 한참 전화로 얘기했건만 이후 소식이 끊어졌다. 요즘 어떻게 사실까 궁금하다.

"로스앤젤레스에서 체포된 매춘부의 90%가 한국인"
"매춘으로 한국의 GDP 5%"

일본 TV에 가끔 나오는 한국인 여성들의 매춘 행위에 대한 방송은 한국 여성의 이미지를 매춘으로 끌어내리고, 그런 논리에서 극우 논자들은 "군위안부는 지금처럼 당연히 매춘부였다"고 TV 토론에서 말하곤 한다.

이제부터 쓸 글은 한국 국내의 이야기다.

내가 10회에 걸쳐 인문학을 강의했던 어느 카페에 얽힌 이야기다.

이 글에 등장하는 지명 이름, 인물 이름은 모두 가명이다. 지명을 써

서도 안 되고, 당사자 이름을 써서도 안 된다. 프라이버시가 철저히 보장되어야 할 공간이고 존재이기 때문이다. 여기가 어디인지 아시려 하지 마라. 문장에 나오는 인물이 누구인지 아시려고 하지 마라.

만일 지명이나 책임자 이름을 여기에 써놓는다면, 새로운 것을 취재하려고 애쓰는 기자분들이 가만있지 않으실 것이다. 이런 일들이 알려져서 더 많은 동역자들이 생기면 좋겠지만, 아직 그 단계는 아닌 것 같다. 그래서 모든 실명을 가명으로 해서 써보려 한다.

직업여성의 재활을 돕는 곳

직업여성(職業女性)이란 직업을 갖고 있는 여성을 말한다. 다만 우리나라에서 이 단어는 커리어 우먼(career woman)이 아니라 유흥업에 종사하는 여성을 완곡하게 표현한 단어다. 직업여성이나 매춘, 윤락이란 용어는 중립적인 말이 아니라는 의견도 있다. '탈(脫)성매매여성' 혹은 '성매매경험여성'이라고 객관적 용어를 쓰자는 것이 '성매매문제 해결을 위한 전국연대'의 입장이다. 스태프 중 한 분이 내게 말했다.

"음…, 저는 성매매피해여성보다는 성매매경험여성이라는 용어가 적절하고 보다 객관적이라고 생각해요. 성의 상품화 추세 속에서 사실 성의 판매란 것은 현시대 모든 여성의 문제이기도 하죠. 성애화(Sexualization)라는 말은 이런 맥락에서 사용되는 것이 아닌가 싶어요."

성매매피해여성이 적절하지 않을까 싶은데, 성매매경험여성 쪽이 더 적절하다고 한다. 이분들이 어떻게 살아오셨는지 여기에 상세하게 쓰기는 곤란하다. 과거에 술집에서 몸을 팔았다고 쓴다면 너무 직설적이다.

15살 때부터 그곳에 들어가 평생 빠져나올 수 없는 수렁에 있다가 삼십 대 중반에 가까스로 구조된 여성, 그런 여성들이 여기에 모여 재활 교육을 받는다.

재활을 통해 일반 사회인으로 당당하게 살아가는 것, 사회통합을 목표로 한다. 사회통합이란 한 사회의 낙오자가 다시 당당한 사회인으로 복귀하는 것을 뜻한다. 말이 재활이고 사회통합이지 완전히 새로운 삶은 까마득히 어렵다.

술을 숭늉처럼 마셔온 나날을 쉽게 지울 수는 없다. 그래서 구조되거나 탈출해서 이곳 쉼터로 왔으나 밤마다 술로 나날을 채워야 하는 식이다. 우울증으로 인하여 난동(?)을 일으키는 경우도 있고, 쉼터에서도 여전히 불안하고 힘든 시간을 지낸다. 스트레스로 마구 먹다 보면 몸무게가 백 킬로그램이 넘도록 뚱뚱해지는 경우도 있다.

십 대 중반에 끌려가서 몸을 잃고 생활하다가 다행히 기적처럼 좋은 남자를 만났으나 결혼도 잠깐, 매일 얻어맞다가 아이를 가진 채 집에서 나와 다시 티켓 다방에 가서 몸을 팔아야 하는 상황에 처한다. 여기 쉼터로 왔지만 술에 취해 손톱만 한 일로 서로 싸워 팔목에 금이 가거나 손가락이 부러지기도 한다.

이런 글을 왜 써야 할까.

이 일을 하는 활동가들은 신분을 숨긴다. 빛도 없이 이름도 없이 사는 것은 억지로 그런 것이 아니라, 이 일을 하기 위해 '그럴 수밖에 없는 것'이다. 직업여성으로 살아온 분들의 프라이버시를 보호하기 위해, 혹시 실명이 드러나면 상처받을 존재를 보호하기 위해 활동가들은 철저히 자신을 숨겨야 한다. 그렇지만 활동가들이 겪었던 보람과 실패는 기록으로 남겨야 한다. 실명을 감추는 방법으로 이러한 활동은 널리 알려져야 한다. 그리고 20년 이상 이 분야에서 활동했던 분들은 본인이 싫다 하더라도 이러한 활동에 어떠한 실수가 있었는지, 보람은 무엇이었는지 남겨야 한다. 당연히 모든 실명은 가명으로 하겠다.

곁에서 함께할 수 있는 것

노숙인 교육도 그렇고, 교도소 재소자 교육도 그러하듯이, 세 가지 문제가 늘 숙제로 다가온다. 첫째 빌어먹지 않겠다는 '의식의 변화', 둘째 먹고 잘 수 있는 '거주지 확정', 셋째 스스로 먹고살 수 있는 '직업 교육'이다.

첫째, 의식 변화 중 가장 중요한 것은 '책임의식'을 갖는 것이다.

좋은 일자리를 소개해줘도 도대체 멍하니 있다가 일을 망치는 좀비 노릇을 하는 경우가 많다. 왜 이 땅에서 살아야 하는지, 왜 내 인생이 중요한지 책임의식을 갖는 과정이 중요하다. 그것을 위해 인문학 교육 과정을 거친다. 때로는 영화를 보면서 교육을 받고, 여성학 강의를 듣기도 한다. 나는 매달 정기적으로 여기 와서 인문학 교육을 나누고 있다. 내 강의를 듣고 저녁에 티켓 다방으로 가는 분도 있을 수 있지만 이 공동체에서는 강의를 듣는 이에게 6천 원을 준다. 6천 원을 받고 저분들은 내 강의를 듣는 것이다.

일본에서 노숙인 구호 활동하던 생각이 난다. 두 군데서 했었는데, 오사카 니시나리(西成)에서 오니기리(삼각 주먹밥)를 만들어 나누는 카나이 목사님 일에 참여하곤 했다. 카나이 목사님은 고집스럽게 밥만 나눠 주시는 일을 반평생 동안 해오신 분이다. 절대로 정신적인 교육을 강제해서는 안 된다고 하셨다. 그러나 내가 8년 동안 본 것은 변화 없이 빌어먹기만 하는 존재들이었다.

반대로 도쿄 우에노 공원에서 할 때는 오후 1시부터 식사를 나누기 전 노숙인 2백여 명은 반드시 미리 깔아놓은 2백여 좌석에 앉아 그날의 이벤트에 참가해야 했다. 말이 '좌석'이지 라면 상자의 골판지를 하나씩 놓은 것이다. 간단히 노래를 부르거나, 짧은 공연이나 강연이 이어졌다. 밥을 공짜로 먹는 게 아니었다. 밥을 먹기 전에 포기하고 깨져 있는 영혼을 살리기 위해 다시 잉걸불을 지피는 공연을 보아야 밥을 먹을 수 있었다. 우에노에서는 자기 의식을 회복한 존재들이 경비원이나 청소부 혹은 영업직 자리를 얻어 받아먹는 자리에서 나눠주는 자리로 오시는 것을 보곤 했다. 의식개혁 없이 밥만 나눠주는 방식, 곧 공짜 구제는 걸인을 양산한다는 것에 나는 부분적으로 동의한다.

둘째, 개인이 거주할 공간이 필요하다는 것을 깨닫는 과정이다.

공동 쉼터에서 생활하다 빨아 말린 양말도 없어지고 팬티도 없어지면 자기도 남의 것을 슬쩍해야 하는 상황이 생긴다. 남들이 옆에서 장기 두고 TV 보면 쉴 수도 없다. 자기 혼자 쉴 공간 하나가 인간에게 얼마나 중요한지, 길에서 자면 안 되고, 알지도 못하는 남자 품에서 자면 안 된다는 사실을 자각하는 단계다. 가령 내가 참여해온 민들레 문학교실은 수업에 잘 참여하고 좋은 글을 발표한 분에게 백만 원 계약금을 지급해서 임대주택에서 생활할 수 있도록 돕고 있다.

일단은 이분들의 기억 속에 무섭게 자리 잡고 있는 공간공포증(agoraphobia)에서 탈출하도록 도와야 한다. 그 과정에서 안전지대가 필요하다. 꼭 독립된 공간이 아니더라도 함께 손 맞잡아주고 마음 터놓을 사람이 곁에 있으면 그곳이 안전지대다. 그리고 이제는 사랑스러운 장소에 대한 애착, 곧 토포필리아(topophilia)를 기억 속에 생성케 해야 한다. 내가 여기서 다시 인간으로 태어났다는 잊지 못할 장소를 제공해야 한다. 그곳이 바로 여기 내가 강의하고 있는 ○○○○카페가 되어야 할 것이다. 그리고 이 장소에서 자활을 꿈꿔야 할 것이다.

셋째, 책임의식이 있고 거주지를 정했다 하더라도 최소한의 수입이 있어야 한다.

월세를 낼 17만 원 그리고 먹고 생활하고 핸드폰을 사용할 40여만 원, 합하여 매달 70만 원은 벌어야 이 나라에서 살아갈 수 있다. 그래서 내가 강의하고 있는 이곳에서는 직업여성이었던 분들에게 바리스타가 되는 법, 네일(손톱) 미용술, 비누 만들기, 수세미 만들기, 두 자리 이상을 셀 수 없어 정 기술을 배울 수 없으면 반찬가게 판매원 등을 권하며 재활의 길을 가르치고 있다. 여수의 소망교도소에서 액세서리 만들기, 목공기술을 가르쳐 재소자의 취업을 돕고 있는 것처럼.

이곳은 김치공장을 사회적 기업으로 신청했다. 여성부를 통해 2천만 원의 초기 비용이 지원되었고, 매달 여섯 명의 직원에게 80만 원씩 지원해 주고 있다. 그러니 적어도 1년에 6천만 원의 이득은 내야 하는 상황인데 일 안 하던 이들과 함께 이 일을 하려 하니 쉬운 일이 아니다. 마지막으로 가장 중요한 것은 가족을 구성하는 것이다.

오늘 강의를 마치고 이런 과정을 말없이 진행하고 있는 분과 대화했다.

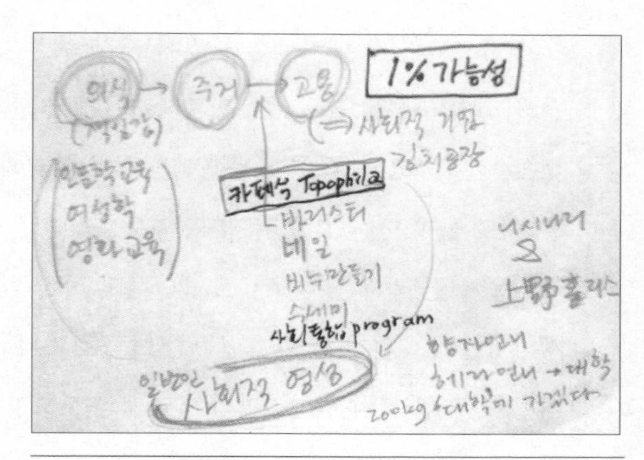

강의 마치고 돌아오면서 기차 안에서 쓴 메모다.
'의식 → 주거 → 고용'이 필요하다.

"선생님이 오시면 그래도 ○○언니와 ○○언니가 열심히 들어요. 집중해서 듣는 모습이 너무 신기해요. 저 사람은 김치공장에서는 모두가 싫어하는 방해꾼인데 그래도 니체니 프로이트니 도스토옙스키니 하는 강의를 듣는다는 게 신기해요."

그분은 직업여성이었던 가족을 모두 ○○언니로 부른다. 그 말씨가 너무도 좋다. 언니.

"저 뚱뚱한 ○○언니 아시죠. 2백 킬로가 넘을 때도 있었어요. 매일 술을 퍼마셨으니까요. 이렇게 생활해왔는데 대학에 가겠다고 해요. 갈 방법이 있기는 있어요. 기다려야죠."

이러한 문제를 해결하기 위해서는 이 사회에 사는 시민들 모두가 공공성을 자각하는 것이 중요하다. 타인의 아픔이 나의 아픔이라는 '사회적 영성'을 회복하는 것이 중요하다. 무엇보다도 이곳은 카페라는 공간을 만들어 편하게 프로그램을 진행하는 것이 이채롭고 큰 장점이다.

"카페를 찾아오는 분들이 잘 모르시죠. 그저 책이 많은 카페로 알고 오시는 분들도 계세요. 여기서 계속 진행되는 여러 강좌를 들으면서 뭔가 눈치 채는 분들도 계시고요."

지금으로서는 이 카페식 공간이 가장 부담감 없이, 상처받은 존재들을 사회의 구성원으로 다시 회복시키기에 좋은 공간이라고 생각해본다. 몇 달 전 서울시 노숙인 프로그램을 위한 회의에서 나는 여기 카페 공간을 예로 들며, 서울역, 청량리역, 영등포역 같은 노숙인 밀집 지역에 노숙인을 위한 카페를 만들자고 제안했던 적이 있다. 반대가 많을 거라고 생각했는데 예상과 달리 그런 공간이 중요하다며 동자동 지역의 사회복지사와 또 한 분의 사회복지사가 카페식 도서실 공간을 만들어보겠다고 말했다.

여기까지 대화했을 때 오늘 나에게 한 끼 같은 말씀을 이곳 책임자께서 해주셨다.

"그저 열 사람 중에 한두 명이 재활에 성공할까 말까 해요. 대학이요? 여기 있다가 검정고시부터 다시 공부해서 대학 간 경우도 있어요. 대학원까지 졸업해서 NGO 활동가가 되는 경우도 있고요. 그렇다고 탈출에 성공한 것일까요? 인생 성공했다고 볼 수는 없죠. 그래도 대학 입학이라는 목표도 중요하죠. 뭔가 새로운 삶을 살려는 의지, 그 때문에 함께 김치도 열심히 만들고 그러는 겁니다. 단 한 명이라도 말이에요. 1퍼센트의 가능성만 있다면 이 일을 하는 것이죠."

1퍼센트의 가능성

나는 이 단어를 듣자마자 멈칫했다. 1퍼센트의 가능성이란 무엇일까.

도대체 돈도 안 되고, 권력도 못 얻고, 명예도 안 되고, 자기를 드러내는 일도 아닌 이 일을 하는 사람들이 성매매경험 직업여성들과 함께 사는 사람들이다. 여기에는 어떤 이론이나 논쟁도 없다. 그냥 현실, 그냥 바닥에 박치기하는 것이다. 다만 플러스 1퍼센트의 가능성, 그 희망의 새싹을 기대하는 순간순간이 있을 뿐이다.

집중된 동물, 여성에게 감사한다

성매매경험여성, 탈북 새터민, 연변 조선족 여인 앞에서 김수영 시를 강의했다. 몇몇은 두뇌 세포가 파괴된 장애를 가진 분들이었다. 칠팔 년 정도 밤낮없이 강간당하듯이 살아온 이십 대 여성의 뇌세포는 정상이 아니었다. 그 모진 시간을 제정신으로 버텨내긴 힘들었을 것이다. '자유, 고독, 여성, 사랑'이라는 네 가지 코드로 김수영 시 세 편을 해설 없이 두세 번 읽었다. 가방 끈이 짧다는 콤플렉스가 있는 분들에게 과연 김수영이 어떻게 읽힐지 조심스러웠다. 함께 읽었던 시는 「푸른 하늘을」, 「여자」, 「사랑」이었다. 서로 느낌을 나누었고, 대화했다. 먼저 시 「여자」를 두 번 함께 읽었다.

여자란 집중된 동물이다

그 이마의 힘줄같이 나에게 설움을 가르쳐준다

전란도 서러웠지만

포로수용소 안은 더 서러웠고

그 안의 여자들은 더 서러웠다

고난이 나를 집중시켰고

이런 집중이 여자의 선천적인 집중도와

기적적으로 마주치게 한 것이 전쟁이라고 생각했다

그런 의미에서 나는 전쟁에 축복을 드렸다

내가 지금 6학년 아이들의 과외공부집에서 만난

학부형회의 어떤 어머니에게 느낀 여자의 감각

그 이마의 힘줄

그 힘줄의 집중도(集中度)

이것은 죄에서 우러나오는 것이다

여자의 본성은 에고이스트

뱀과 같은 에고이스트

그러니까 뱀은 선천적인 포로인지도 모른다

그런 의미에서 나는 속죄에 축복을 드렸다

_김수영, 「여자」(1963. 6. 2.)

예술가가 역사를 만나면 그 내면이 넓어지고 깊어진다. 스페인 내전을 겪었던 조지 오웰이 그랬고, 헤밍웨이와 피카소가 그랬다. 4·19와 5·16

이후, 역사를 만난 김수영이 역사와 인간 내면을 보는 시각은 더욱 넓어지고 깊어졌다. 역사를 보며 '내 욕망'을 읽고, 타자를 보며 '내 욕망'을 반추하는 깊이가 더욱 깊어졌다.

"시 「여자」는 시인 김수영의 여성관을 읽을 수 있는 작품이에요. 여성을 생리학적으로 혹은 에고이스트로만 보았다느니 하며 비판하기 좋은 시편이지요. 그렇게 읽었다면 그 시각은 시의 껍데기만을 읽은 것이에요. 이 시는 생리학적인 여성을 넘어, 여성성(女性性)을 통해 자신의 내면을 분석한 시입니다."

일단 이렇게 설명을 시작했다. 너무 어려운 말이었기에 퀴즈를 냈다.

"이 시에서 '집중'이라는 단어가 몇 번 나오는지요?"

모두 세어보더니 한 분이 손을 들고 말했다.

"다섯 번이요!"

"네. 다섯 번입니다."

김수영이 강조한 한자는 김수영 시를 분석하는 하나의 열쇠다. 그래서 구판 전집으로 확인해보면, 조금은 생경한 집중(集中)이라는 한자어가 돋아 보인다. 집중(集中)이라는 한자어가 다섯 번 나오는데, 다섯 번 중 두 번은 집중도(集中度)라고 한자어로 변이되어 등장한다. '집중'이란 한곳으로 모이게 한다는 뜻이다. '한곳'을 중심으로 하여 모이게 하는 것, 그 힘은 무엇인가. 무엇에 집중했다는 말인가. 집중해서 결국 깨달은 것은 무엇인가. 그 중심에 '여성성'이 존재한다.

"여자는 집중된 동물이다/ 이마의 힘줄같이 나에게 설움을 가르쳐" 주는 '여자'란 결국 "뱀과 같은 에고이스트"(2연 7행)라는 표현만 읽고, 결국 김수영의 여성관은 남성 우월주의일 뿐이라고 읽으면 껍데기만 읽은 셈이다. 실은 이 시를 분석한 몇 편의 논문들이 이런 식으로 읽고 있다.

사실 이 시는 여자를 말하는 것 같지만 실은 '나'의 욕망을 드러낸 고백이다. 이 시에서 마주치는 키워드는 '여자'라는 단어, 그리고 '집중'이라는 단어, 그리고 집중해서 깨달은 것은 바로 '나'의 내면이다. 이 시에서 '나'(혹은 '내')는 다섯 번 등장한다. '여자'에 '집중'하여 결국 깨달은 실체는 '나', 나의 욕망인 것이다.

"그런데 이 시에서 '집중'이라는 단어만치 중요한 단어는 '설움'이라는 단어예요. 이번엔 설움이라는 단어가 몇 번 나오는지 세어보세요."

"설움 말고 서럽다, 서럽고 이런 것도 세어야 하나요?"

"네, 서러웠고, 서러웠지만이란 단어도 포함시켜서요. 몇 개죠?"

"음, 이것도 다섯 개요."

"맞아요. 김수영은 설움이라는 뜻의 단어를 다섯 번 썼어요. 선천적인 집중도라는 단어도 썼지요. 즉 여자란 선천적인 집중도를 가진 존재라는 말이죠. 이건 여자를 무시하는 것이 아니라, 강인한 여성성을 칭찬하는 표현이겠죠."

한국전쟁 때 인민 의용군이었던 김수영은 포로로 잡혀 수용소에 갇혀 있었다. 내가 살기 위해 남을 죽여야 하는 전쟁은 서러웠지만(1연 3행), "포로수용소 안은 더 서러웠고/ 그 안의 여자들은 더 서러웠"(4-5행)던 것이다. 김수영이 인민군이었다는 것은 그가 앞으로 살아갈 남한 사회에서 결정적으로 불리한 상흔이었다. 게다가 월북한 동생까지 있는 가족사를 가진 그에게 설움은 예감되어 있었다. "정말 내가 포로수용소를 탈출하여 나오려고/ 무수한 동물적 기도를 한 것"(「조국에 돌아오신 상병포로 동지들에게」)이라며 김수영은 설움을 고백하고 있다. 거제 포로수용소는 자본주의와 사회주의가, 자유와 반자유가 대립하는 갈등의 공간이었다. 이 갈등의 공간 이후에도 그는 계속 설움 속에서 살아간다.

> 웃음은 자기 자신이 만드는 것이라면 그것은 얼마나 서러운 것일까
>
> _「웃음」(1948)

> 생각하면 서러운 것인데/ 너도나도 스스로 도는 힘을 위하여/ 공통된 그 무엇을 위하여 울어서는 아니 된다는 듯이
>
> _「달나라의 장난」(1953)

> 무엇보다도 먼저 끊어야 할 것이 설움이라고 하면서
>
> _「병풍」(1956)(밑줄은 인용자)

인용된 서러움의 성격은 시에 따라 미세하게 다르다. 중요한 점은 김수영에게 서러움의 수사학이란 그의 시를 관통하는 미학이라는 사실이다. 그에게 설움이란 돌파해야 할 내면의 적이었다.

설움을 이겨낼 근원을 김수영은 '여자'에게서 만난다. 거제도 포로수용소에 가보면 지금도 여자 포로들이 잡일을 하는 사진이나 인형들이 전시되어 있다. 포로수용소 안의 여자를 보면서 김수영이 본 것은 무엇이었을까. 악착같이 살아남는 여자를 시인은 "이마의 힘줄"로 상징하고 있다. "이마의 힘줄" 같은 여성성, 그것이 타자에게만 있는 것이 아니라

자기 내면에도 있다는 것을 김수영이 깨달은 것은 아닐까.

김수영의 설움은 전쟁, 포로수용소, 여자를 통해 축적되었고, 그 설움은 그의 삶을 움직였다. 설움이라는 '고난'은 화자를 삶에 "집중시켰"(1연 6행)다. 삶을 집중해서 읽는 가운데, 국가가 만들어낸 근대적 폭력 속에서도 시인은 "이마의 힘줄"처럼 악착같은 여성성을 자기 내면에서 깨달았을 때 오히려 그 국가적 폭력이 감사하게 느껴졌을 것이다. 그래서 "이런 집중이 여자의 선천적인 집중도와/ 기적적으로 마주치게 한 것이 전쟁이"(7-8행)었다며, 설움을 통해 삶을 깨닫고 그래서 전쟁에 감사하며 "전쟁에 축복을 드렸다"(1연 9행)고 고백하는 것이다.

그 축복에 대한 더 깊은 묵상에 대해 나는 2연을 설명했다.

"이 시를 김수영이 썼을 때는 지금은 상상할 수도 없는 지옥 같은 중학교 시험이 있던 시대였어요. 1969년 2월 중학교 입학시험이 폐지되고 무시험 제도가 실시되기 전까지, 국민학교(지금의 초등학교) 학생들은 어린 나이에 일류 중학교 입학을 위해 공부해야 했죠. 경기중학교에 들어가면 경기고등학교, 이어서 서울대학교에 들어갈 확률이 높아지는 것이죠. 입학시험이 눈앞에 다가온 '6학년 아이들의 과외공부집에서 만난/ 학부형회의 어떤 어머니'(2연 1-2행)들의 집중도, 이마의 힘줄은 대단했을 겁니다."

그 집중도를 시인은 '에고이스트'이기 때문이라고 쓴다. 그 이마의 힘줄, 그 힘줄의 집중도가 "죄에서 우러나오는 것이"(2연 5행)라는 말은 느닷없다. 그 죄는 '에고이스트'라는 죄이며, 그것은 '뱀'으로 상징된다. 원죄의 상징인 '뱀'은 피할 수 없는 '죄'의 "선천적인 포로"(2연 8행)다. 죄에서 벗어날 수 없는 것이다. 그렇다면 이 죄는 부정적인 것일까.

> 육체가 곧 욕(辱)이고 죄(罪)라는, 아득하게 시대에 뒤떨어진 생각을 한다.…그런데 며칠 전에 아내와 그 일을 하던 것을 생각하다가 우연히 육체가 욕이고 죄라는 생각을 하면서 희열에 싸였다.…내가 느끼는 죄감은 성에 대한 죄의식도 아니고 육체 그 자체도 아니다.…어떤 육체의 구조, 즉 그녀의 운명, 그리고 모든 여자의 운명, 모든 사람의 운명. 그래서 나는 겨우 이런 메모를 해본다—'원죄는 죄(성교) 이전의 죄'라고. 하지만 나의 새로운 발견이 새로운 연유는, 인간의 타락설도 아니고 원죄론의 긍정도 아니고, 한 사람의 육체를 맑은 눈으로 보고 느꼈다는 사실이다.
>
> _「원죄」, 『김수영 전집 2 산문』(민음사, 2003), 141면

김수영에게 원죄란 부정적이거나 긍정적인 것이 아니라 운명 자체다. 그저 "육체를 맑은 눈으로 보고 느꼈다"는 것이다. 그에게 '육체'를 긍정하는 것은 운명을 긍정하는 것이지 죄의 문제가 아니다. 김수영이 말하는 것은 단지 죄의식에 빠지는 일이 아니라 죄를 가진 자의 운명을 직시하는 것이다. 육체를 "맑은 눈으로 보고 느"낀다는 것, 그 일을 통해 그는 '운명'을 말한다. 벗어날 수 없는 죄라는 운명을 인정하며 그는 전쟁의 고난과 설움을 이겨냈을 것이다. 그리고 에고이즘이라는 속물적 죄가 있기에 오히려 이 궁핍한 시대를 악착같이 이겨낼 수 있었을 것이다. 당연히 여기서 또 한 번 시적 도약이 발생한다. 시인은 여자의 속물주의를 보며 자기 속에 있는 에고이즘을 깨닫는다. 그래서 "속죄에 축복을 드"(2연 9행)린다.

전쟁의 설움, 포로수용소에서의 설움을 겪고, 그 속에서 김수영은 "집중된 동물"인 '여자'(여성성)를 발견한다. 그리고 그 끈질김이 자신 속에도 있다는 것을 축복(1연)으로 받아들이면서, 동시에 여성성의 에고이즘 또한 자신의 내면에 똬리 틀고 있다는 것을 발견하고 속죄(2연)하며 감사드린다. 결국 이 시는 여성성을 비하하는 시가 아니라, 오히려 여성성을 통해 인간의 실존성과 욕망을 깨달았다는 축복의 시편이다.

욕망을 인정하고 받아들이지 않으면 근원적인 고독의 의미를 모른다. 그래서 김수영은 "욕망이여 입을 열어라 그 속에서/ 사랑을 발견하겠다"(「사랑의 변주곡」)라고 썼다. 일상의 욕망 속에서 김수영은 안팎의 적들과 싸웠고, 안팎의 혁명을 꿈꾸었다.

닭장 앞을 어슬렁거리며 모이를 주는 김수영 시인을 떠올려본다. 그에게 일상은 전쟁 같았고, 포로수용소 같았고, 과외공부집 같았을 것이다. 오히려 닭에게 모이 주는 시간이 그에게는 행복한 순간이었을지도 모르겠다. 더욱 행복했던 시간은 자신이 사랑하는 여성과 함께 사는 시간이었을 것이다. 말로 표현하지 못하지만 말할 수 없는 그녀의 여성성에 감사하며 지겨운 하루 일상을 가까스로 견뎌냈을 것이다.

여기까지 대화하고, 돌아가면서 어떤 설움을 경험했었는지 이야기를 나누기로 했다.

"사실 저는 금단현상이 일어나 폭식을 하면서 몸이 이렇게 쪘어요. 어떠하든 지금 이 모습에서 벗어나야겠다는 생각을 했고요. 다음엔 저도 어떤 글이라도 써오려고요."

뚱뚱한 진이(가명)만 말했다.

진이만 수업 중에 말했지만, 나는 저분들 한 분 한 분의 삶을 조금은 안다.

강연이 끝나면 살짝 내 손을 잡고, 저분들은 내게 눈빛으로 이야기했다.

"환갑이 다 되도록 몸을 팔고 살아왔어요. 이 길밖에는 살 길이 없었어요. 그렇지만 도저히 배울 수 없었고, 상상도 못했던 톨스토이니 프로이트니 맹자니 오늘은 김 뭐랬더라, 김수영? 그래요, 김수영까지 배워서 너무 행복해요."

자주 눈물 흘리는 가장 나이 든 분이 눈빛으로 말했다.

"탈북해 중국으로 가서 중국 한 마을에서 마을 남자들의 노리개로 살았어요. 아이도 낳고요. 짐승처럼 살다가 한국에 왔어요. 사기당해서 정착금 다 날리고 중국에서처럼 한국에서도 또 이렇게 (몸을 팔고) 살고 있어요. 그치만 이제 김치공장에서 일도 하고, 네일링도 배우고 있으니 독립할 거예요."

탈북새터민 박정자(가명) 씨는 수업이 끝나고 내게 와서 맑게 웃으면서 말했다.

어떤 분은 토로하듯 폭력으로 지낸 세월을 얘기했고, 폭식에 집중해서 살아온 세월을 한탄했다. 김수영 시인의 시가 이분들 마음을 서서히 열어놓았다.

김수영 시를 읽으며 몇 명은 조용히 눈시울을 훔쳤다.

거의 평생 몸을 팔아왔던 육십 대의 최○○ 씨는 휴지로 연신 눈물을 찍어냈다. 티켓 다방에서 일하다가 그 일을 끊고 폭식증에 걸려 백 킬로가 넘는 거구로 살아가는 ○○란이도 고개 숙이고 손등으로 눈물을 훔쳤다. 7년 동안 구금 상태에서 성매매를 강요받고 술과 약을 주입받아 뇌세포가 파괴되었다는 ○○이도 눈끝이 조금 흔들렸다. 김수영 시에는 서러움이 있구나, 설움의 힘이 있구나, 힘을 주는구나라는 것을 처음 확인하는 자리였다.

우리는 과연 무엇을 사랑하며 살아왔는지. 무엇에 집중하며 살아왔는지. 그날 우리에게 마지막으로 따스한 위로를 준 시였다.

(2013)

2014년 | 용산, 평택, 울산

9 망루의 상상력, 사회적 영성

조세희 『난장이가 쏘아올린 작은 공』, 손아람 『소수의견』, 주원규 『망루』

체공녀 강주룡이 오른 최초의 망루, 을밀대.

철거된 건물에서 가져온 판때기를 드럼통에 불쏘시개로 넣은 모닥불 주위에 몇 사람이 둘러 모였다. 서너 개의 드럼통 모닥불이 마냥 정겹거나 낭만적이지는 않다. 모닥불 연기가 눈에 지독히 쓰리다.

"민주당 놈들, 한 명도 안 왔어. 몹쓸 놈들! 지금 설날 떡국 먹을 때야!"

불 탄 건물 앞에 거칠게 나부끼는 몇 개 깃발 중 정당 깃발은 민주노동당 깃발뿐이다. 먼저 와 있던 최광식 형이 모닥불 앞에서 머쓱하게 반겼다. 형은 지팡이를 양 겨드랑이에 끼고 한쪽 발에 깁스를 하고 있었다.

"어, 어떻게 된 거야. 형, 저기 들어갔었어?"

"아냐, 그냥 다쳤어."

'그냥'이라고 해도 철거민 운동에 오래 참여해온 사람이다. 뭔가 투쟁하다가 다치지 않았나 싶다. 소리 없이 타오르는 모닥불에선 불티만 날아오르고, 간혹 바람이 불면 성난 듯 눈 아린 연기를 날렸다.

텐트를 쳐 만든 간이 분향소에는 배, 빈대떡, 감, 사과 따위가 놓여 있었다. 어느 영정 앞에 놓여 있는 쌍화탕을 보는 순간, 욱, 목울대에 쓴 건더기 같은 뜨거운 눈물이 치밀어 올랐다. 얼마 되지 않는 성의를 표시하고 묵념하고 나올 때 한 아주머니가 전단을 건넸다.

"좀 알려주세요. 다 거짓입니다. 4층에서 떨어져 죽은 사람이 저 위에 올라가 사지가 절단되고 불에 태워져 있다니 말이 됩니까. 세 사람 중 한 사람은 매달렸다가 떨어졌습니다. 두 사람이 남았어요. 그 두 사람을 끌어들여 질식시켜서 불 속에 집어넣은 겁니다. 절대로 불에 타 죽은 게 아니에요. 고의로 죽인 겁니다. 때려서 죽자 불에 태우고, 흔적을 없애려고 유족에게 말하지 않고 해부한 겁니다. 다 거짓입니다."

그 아주머니는 희생된 분의 미망인이라고 누군가 귀띔해줬다.

2009년 1월 19일, 다섯 명의 철거민과 경찰 한 명이 사망한 용산 참사는 철거건물 옥상에 설치된 망루에서 일어났다. 대기업의 재개발 사업으로 쫓겨나게 된 철거민들은 구청에 가서 하소연을 하다가 통하지 않자 남일당 건물 4층 옥상에 망루를 만들어 올라갔던 것이다. 사건이 터진 다음날인 21일, 나는 마지막 비행기로 귀국하자마자 현장에 갔다.

"지휘부가 없으면 절대로 쫓아낼 수 없어. 저쪽 딴나라당은 똘똘 뭉쳐 있는데, 우리는 사분오열되어 있어서. 이겨낼 수가 없는 기라."

70세쯤 되어 보이는 그 노인은 참을 수 없는 듯 말을 이었다.

"그날 나는 두 눈으로 똑똑히 봤다구. 경찰에서 미리 알고, 저 건물을, 거북선처럼 창문을 몽땅 막아놔서니 화염병 던질 구멍도 없었어. 있어봤자 손수건만 한 구멍 두어 개…, 텔레비에도 나오드만. 공중에는 콘테이너에서 물대포를 쏘고, 건물 주위에서 물대포 넉 대가 폭포수처럼 쏴대는데 무슨 화염병, 물바다에서 성냥불도 못 켤 정도였지."

할아버지는 흥분도 하지 않고 아주 천천히 말했다.

구석구석 심하게 그을린 건물 어디선가 홍겸이 목소리가 들릴 것만 같았다.

"형, 홍겸이가 살아 있다면 망루에 올라갔을까?"

갑자기 고(故) 김홍겸이 생각났다. 연세대를 졸업한 홍겸이는 관악구

낙골 철거촌에 들어가 낙골교회 전도사를 하면서 공장에 다녔고, 철거 반대 투쟁을 하다가 감옥살이도 했다. 그 와중에 안치환이 불렀던 〈민중의 아버지〉 등 여러 노래를 짓고 안타깝게도 1997년 1월 21일 위암으로 사망했던, 내게는 선생님 같은 잊을 수 없는 친구다.

"음…, 조금 다를 거야. 옛날 서철협하고 이번 전철연은 많이 다르지. 홍겸이가 살아 있다면 전철연과 입장이 조금 다를 거야."

1980년대 목동 투쟁 이후 '빈민의 벗' 고(故) 제정구 의원이 주도한 천주교도시빈민사목회(천도빈), 기독교도시빈민선교협의회(기도빈), 그리고 철거민들의 자생적인 조직이 생긴 것은 1987년 서울시철거민협의회(서철협)가 생겨나면서부터다. 이 서철협에서 홍겸이는 총무 역할을 했었다. 낙골로 들어가 라이터 공장과 돼지고기 공장을 거쳐 서철협 초기 건설과정에 합류했다. 홍겸이는 서철협 이후에 서빈협(서울빈민협회)과 전빈협(전국빈민협회)에 참여했고, 〈전빈협 찬가〉도 지었다. 이후 전국철거민연합(전철연), 전국철거민협의회(전철협), 주거권 실현을 위한 국민연합(주거연합) 등이 만들어졌다.

"근데 예전 서철협 철거민 투쟁과 지금 세입자 투쟁은 차이가 있지. 지금 뉴타운 계획에 반대하며 투쟁하는 세입자들 중에 서철협이 뭔지 아는 사람은 거의 없을 거야. 그때는 그저 호프집이나 중국집 같은 가게를 했던 분들이니까. 사실 철거민 운동이라는 게 연계성이 없어요. 자기 문제가 해결되면 단체에서 나가는 이들이 많지."

생존권 투쟁에 권리금 투쟁이 덧붙여진 격이라 할까. 1990년대에 들어 강제 철거에 항거하여 이제까지 30여 명의 희생자가 났지만, 오히려 반인권적인 강제 철거 관행은 더욱 잔인해졌다. 악명 높은 '겨울 철거'와

'새벽 철거'도 여전히 현재진행형이다.

> 경기도 시흥시 신천동 복음자리 마을이 철거된 것은 2004년 12월 31일이다. 을지로 삼각·수하동에 철거 용역들이 난입한 것은 2004년 11월 7일 새벽 4시였고, 지금으로부터 불과 다섯 달 전인 2005년 8월 23일 한국토지공사는 새벽 4시에 용역업체 직원 400명을 투입해 대책 마련을 촉구하는 판교 세입자들의 집을 부쉈다. 그들의 가재도구는 근처 공터에서 비바람을 맞으며 7개월째 방치돼 있다.
>
> 겨울이나 새벽에 사람이 잠들어 있는 집을 부수는 것은 상식을 가진 사람이라면 누구나 분노할 반인권적 행동이지만, 21세기 대한민국에서 그 모든 절차는 현장 출동한 경찰의 보호를 받는 '합법적인 법 집행'이다.
>
> _길윤형, 「때려 부수기 좋은 시간은 언제죠?」, 《한겨레21》(2006. 1. 24.)

어려운 사람들이 슬퍼하는 곳에는 언제나 그렇듯 조금 덜 어려운 누군가가 곁으로 와서 커피를 끓여 돌리고, 어묵 국물을 끓여 돌린다.

"싸구려 오뎅이라 맛이 어떨지 모르겠어?"

"싸구려라뇨. 이거 맛도 못 보고 죽은 사람들이 있는디."

모닥불 앞에서 뜨거운 어묵 국물을 마실 때, 6년 전 도쿄에서 경험했던 일이 떠올랐다.

2002년이었을 것이다. 도쿄에서 나는 월세 4만엔(한국 돈으로 40만 원)을 내는 집에 살고 있었다. 말이 집이지, 다다미 석 장짜리 방에 다다미 한 장 정도 넓이의 부엌과 비좁은 화장실 하나 딸린 벌집이었다. 지진이 나면 곧 무너질 듯 마구 흔들리는 목조집이었다. 사람이 죽었던 집이라

방세가 싸다는 말을 복덕방 사람에게 듣고 그 집을 택했다. 월급을 받으면 몽땅 아내에게 송금하기는 했지만 두 집 살림이라 저금은커녕 조금씩 빚만 쌓이던 시기였다. 그러던 어느 날 신주쿠 구역소(구청) 직원이 찾아왔다. 내가 사는 집이 철거된다는 것이었다. 지진이 나서 땅이 꺼지는 기분이었다. 어쩌면 좋은가. 어디로 가야 하는가.

그런데 직원은 믿을 수 없는 문서를 보여주었다. 보상금에 사인하라고 하는데, 거의 1,200만 원 정도에 달하는 큰 액수가 쓰여 있었다. 너무 놀라 잘못 가져온 서류가 아닐까 싶었다.

다음날 학교에 가서 사무실 직원들에게 물어보니, 일본에서는 집이 철거되면 집주인이든 세입자든 '돈벼락을 맞는다'고 한다. 강제로 이사해야 하는 상황이기에 몇 개월간의 이사 비용과 생활비를 준다는 것이다. 말 그대로 나는 돈벼락을 맞았던 것이다. 이후 넉넉한 이사 비용을 받고 다른 집으로 이사 가서 그 돈으로 서너 개월을 여유 있게 지낸 기억이 난다.

물론 일본에서도 용산 참사 비슷한 사건이 1970년대까지 빈번하게 일어났다. 안정된 문제해결 방식이 나올 때까지 많은 시행착오를 거치기도 했다. 도시를 개발할 때 가장 불편한 사람은 개발지에서 살다가 떠나야 하는 사람들이다. 이사 가야 하는 사람의 불편한 입장을 충분히 이해하여 넉넉히 보상하면 갈등의 소지는 그만치 적어질 것이다. 그런데 비극적 갈등은, 가난한 사람들을 몰아내고 헐값으로 그 땅을 차지하려는 도둑놈 심보에서 시작된다. 용산 4구의 경우는 국가가 재벌 측만 편들어서 생긴 비극이라 할 수 있다.

MBC TV 〈100분 토론〉에 출연한 진보신당 노회찬 전 위원은 "용산 4지구에 들어설 삼성과 포스코 그룹이 약 4조 정도의 이득을 얻는데, 그

중에 1퍼센트인 4억만 풀어도 이번 문제는 다 해결됩니다"라고 안타깝게 말했었다.

이런 간단한 해결 방법을 가진 자들은 택하려 들지 않는다. 없는 사람을 때려서 돈 많은 자들끼리 배 부르려는 속셈, 이명박 정권은 그 속셈을 홍보하며 뉴타운 정책을 완비해놓았던 것이다. 뉴타운 정책에서 없는 자들은 처음부터 배제되어 있었다.

옆에 있던 예의 칠십 대 노인이 한마디 거들었다.

"그날, 사건이 일어나기 전날 밤에 조선, 중앙, 동아일보 기자들은 이미 모두 사라져버린 거야. 새벽 사건을 본 기자들은 와이티엔, 칼라티뷔, 한겨레신문 기자 등 몇몇뿐이죠. 그리고 사건이 모두 끝난 다음에, 사람들이 불에 타 죽은 다음에 조선일보, 중앙, 동아일보 기자들이 왔어. 내가 처음부터 끝까지 목격했다는 말을 어디서 들었는지, 나하고 인터뷰하자고 찾아와서 내가 야단쳤죠. '니들이 직접 시민들 아픔을 보고 기사를 써야지. 사건이 다 끝난 다음에 오면 뭐해!' 버럭 화를 냈지 않았겠소."

어둠이 내린 저녁 7시.

맞은편 용산 뒷골목 홍등가에 등짝이 훤히 보이는 반라의 아가씨들이 언뜻 보인다. 추모 모임을 막기 위해 전경 닭장차들이 도로 1차선에 늘어서기 시작했다. 쨍 하고 해뜰날 돌아온단다, 싸구려 스피커를 단 바겐세일 가게가 보이는 도로 저편에서, 이쪽이 전혀 보이지 않도록 닭장차가 1차선 빽빽이 차 앞뒤 범퍼를 붙여 주차하고 있었다.

"명절 때 떡국이나 멕이지 왜 예까지 데려왔노."

누군가 쏴붙였다. 버스에서 내려 무장하고 있는 전경에게 다가가 플래시를 터뜨리니 전경들이 모두 뒤로 돌아서고, 몇몇은 급히 버스에 올라탔다. 이제 완전히 어두워지고, 발가락이 살살 얼어가는 느낌이 들었지만 어디서 오는지 사람들이 조금씩 밀려들기 시작했다. 두 아이와 아내와 함께 온 아버지도 보였다. 촛불이 하나씩 밝혀지기 시작했다. 수십 개의 촛불이 켜지자 살갗에 느껴지던 추위도 사라졌다.

ⓒ 김응교

옛날 용산극장 맞은편, 국제무역빌딩에서 한강 쪽으로 30여 미터 떨어진 곳(사진에서 가운데 건물)에서 사건이 일어났다.

9시간 30분, 최초의 체공녀(滯空女) 강주룡

한국 근대사에서 가장 먼저 망루에 올랐던 사건은 무엇일까.

1930년대 평양의 신발공장 노동자들이 불렀던 신민요 〈고무공장 큰언니〉는 당시 고무공장 여성 노동자들의 처지를 신파스럽게 보여주고 있다. 7.5조의 가사는 당시 밑바닥 여공들의 삶이 얼마나 비루했는지 보여준다.

이른 새벽 통근차 고동 소리에
고무공장 큰아기 벤또밥 싼다
하루종일 쭈그리고 신발 붙일제
얼굴 예쁜 색시라야 예쁘게 붙인다나
감독 앞에 해죽해죽 아양이 밑천
고무공장 큰아기 세루치마는
감독 나리 사다준 선물이라나
(이 노래는 유튜브에서 '고무공장 큰언니'를 검색하면 들을 수 있다)

1929년 대공황의 한파(寒波)는 식민지 조선에도 밀려왔다. 1931년 5월 평양 평원고무공장의 조선인 사장은 노동자들에게 임금을 원래대로 줄 수 없다고 알렸다. 불황으로 도저히 임금을 줄 수 없다는 것이었다. 평양에 있는 다른 열두 개 고무공장 사장들도 같은 이유로 2천3백여 노동자들의 임금을 못 주겠다고 알렸다. 즉시 파업에 들어간 노동자들은 굶어 죽겠노라며 '아사(餓死)농성'을 시작했다. 그렇지만 사장은 파업에 들어간 주동자 49명 전원을 냉혹하게 해고시키고, 순사를 불러 노동자들을 공장 밖으로 몰아냈다.

이때 노동자 강주룡은 더 이상 길이 없다고 생각해서 목숨을 끊어 이 비극을 알려야겠다고 생각했다. 광목 한 필을 사서 목을 매 죽으려다가 건너편에 있는 높은 을밀대를 보았다. 11미터 축대 위에 세워진 을밀대는 5미터 정도의 높은 건물이었다. 강주룡은 광목 끝에 돌을 묶어 을밀대 지붕으로 몇 번 던져 줄을 걸고는 지붕 위로 올라갔다. 1931년 5월 28일 밤이었다. 그녀는 한 잡지의 인터뷰에 응해 당시 상황을 남겼다.

> 평양 명승 을밀대 옥상에 체공녀(滯空女)가 돌현(突現)하였다. 평원고무 직공의 동맹파업이 이래서 더 유명하여졌거니와 작년중 노동쟁의의 신전술을 보여준 일본 연돌남(煙突男)과 비하여 좋은 대조의 에피소드라 할 것이다.…
>
> "우리는 49명 우리 파업단의 임금감하를 크게 여기지는 않습니다. 이것이 결국은 평양의 2천3백 명 고무공장 직공의 임금감하의 원인이 될 것이므로 우리는 죽기로써 반대하려는 것입니다. 2천3백 명 우리 동무의 살이 깎이지 않기 위하여 내 한 몸뚱이가 죽는 것은 아깝지 않습니다. 내가 배워서 아는 것 중에 대중을 위해서는…명예스러운 일이라는 것이 가장 큰 지식입니다. 이래서 나는 죽음을 각오하고 이 지붕 위에 올라왔습니다. 나는 평원고무 사장이 이 앞에 와서 임금감하 선언을 취소하기까지는 결코 내려가지 않겠습니다. 끝까지 임금감하를 취소치 않으면 나는 근로대중을 대표하여 죽음을 명예로 알 뿐입니다. 그러하고 여러분, 구태여 나를 여기서 강제로 끌어낼 생각은 마십시오. 누구든지 이 지붕 위에 사다리를 대놓기만 하면 나는 곧 떨어져 죽을 뿐입니다."
>
> 이것은 강주룡이 5월 28일 밤 12시 을밀대 지붕 위에서 밤을 밝히고 이튿날 새벽 산보 왔다가 이 희한한 광경을 보고 모여든 백여 명 산보객 앞에서 한 일장 연설이다. 이 연설을 보아서 체공녀 강주룡의 계급의식

의 수준을 엿볼 수 있다.

_無號亭人, 「乙密臺上의 滯空女—여류투사 강주룡 회견기」, 《동광》 23호(1931. 7.)

일본에서는 지붕이 아닌 공장 굴뚝에 오르는 노동자를 연돌남(煙突男)이라 했고, 우리는 지붕에 오르는 여성 노동자를 체공녀라 했으니 높은 곳에 올라 항의하는 방식은 꽤 오래전부터 있어왔다는 것을 알 수 있다.

5월 29일 아침 '체공녀 강주룡'은 밤새 퍼진 소문을 듣고 몰려온 수백 명의 사람들을 향해 평원고무공장의 착취에 대해 연설하기 시작했다. 한국근대사에서 최초로 벌어진 이 망루 투쟁은 일본 순사가 그녀를 체포하여 9시간 30분 만에 끝난다.

1931년 5월 29일 오전, 평양 을밀대 지붕에 올라가 있는 강주룡.

다음날 체포되어 평양경찰서에서 단식투쟁을 했던 강주룡의 '9시간 30분'은 신문에 보도되었다. 31일 밤 자정 무렵 강주룡은 풀려나왔다. 그리고 6월 8일 사장은 임금 삭감을 철회하고, 본래대로 임금을 지급하겠다고 했다. 그러나 파업에 참여했던 노동자들이 모두 다시 채용되지는 않았다.

그 후 6월 9일 강주룡은 평양 지역 혁명적 노동조합에 참여했던 것이 드러나 체포됐다. 일종의 보복 수사에 걸려든 것이다. 1년의 옥살이에 강주룡은 극심한 소화불량과 신경쇠약에 시달린다. 그녀는 1년 후인 1932년 6월 7일 병보석으로 풀려났지만, 두 달간 병원에서 앓다가 8월 13일 오후 3시 반, 평양 서성리 빈민굴에서 31년 생을 마감했다. 8월 15일 남녀 동지 1백 명이 모여 장례를 치르고 평양 서성대 묘지에 묻었다.

난쟁이가 올라간 굴뚝
|
조세희 연작소설 『난장이가 쏘아올린 작은 공』

점령자들은 반드시 점령한 지역에 기념비를 세웠다. 자신의 권위를 하늘에 치솟는 기념비로 표시하고 싶어 했다. 광개토왕비뿐만 아니라 진흥왕 순수비도 자신의 영토를 표시하는 비석이었다. 그들은 자신의 욕망을 마치 절대자 또는 초자아에게 하소연하려는 듯 하늘로 치솟는 비석을 세웠다. 마치 남성 성기가 하늘을 위협하듯 치솟는 모양으로 권력욕망은 하늘로 치솟는 기념비를 만든다.

조상을 뜻하는 조(祖) 자에는 아버지의 욕망이 표현되어 있다. 공경스러울 저(且) 자는 제사상에 고기며 부침개 등 음식을 쌓아놓은 모양이며, 하늘로 치솟은 남자의 성기 모양이기도 하다. 하늘로 치솟은 권력을 보라[示]는 것이 할아버지 조(祖) 자다. 남자든 여자든 구별 없이 인간이라면 갖고 있는 권력욕망을 라캉은 팔루스(Phallus, 남성권력)라고 했다. 남성권력을 가진 정치가들은 어떤 곳을 점령하면 하늘로 솟은 성기처럼 생긴 독립문, 광개토왕비, 점령비를 높이 세웠다.

권력을 누리지 못하는 힘없는 약자도 높은 곳에서 살고 싶다는 표시를 한다. 그것은 지배하고자 하는 욕망이 아니라 소통을 원하는 호소다. 대화하고 싶어서, 약자들은 아마득히 높은 곳에 호소한다. 새가 하늘을 오가며 하늘의 뜻을 전해준다는 솟대도 인간 마음의 표현일 것이다. 논산에 있는 관촉사의 그 많은 은진미륵불상들도 솟대의 다른 표현일 것이다. 높은 산 정상에는 백마를 타고 다시 살아날 우투리가 있다고 믿는 아기장수 설화도 마찬가지다. 이러한 '망루의 상상력'은 약자들의 리얼리즘이다.

'난쏘공'이라고 불리는 조세희 연작소설 『난장이가 쏘아올린 작은 공』의 초판은 1978년에 출판되었다. 철거민 가족의 난쟁이 아버지가 굴뚝에 오르는 이야기다. 영수와 영호와 영희, 엄마와 난쟁이 아버지로 구성된 일가가 살아가는 하루하루는 끔찍한 전쟁이다.

> 천국에 사는 사람들은 지옥을 생각할 필요가 없다. 그러나 우리 다섯 식구는 지옥에 살면서 천국을 생각했다. 단 하루도 천국을 생각해보지 않은 날이 없다. 하루하루의 생활이 지겨웠기 때문이다. 우리의 생활은 전쟁과 같았다. 우리는 그 전쟁에서 날마다 지기만 했다.
>
> _조세희, 『난장이가 쏘아올린 작은 공』(이성과힘, 2000), 80면

철거 계고장은 그들에게 지옥을 선언하는 판결문 같았다. 서울특별시 낙원구 행복동 무허가 주택에 사는 주민들은 아파트 입주권을 받아도 입주할 돈이 없으니 이주 보조금보다 약간 웃돈을 받아 거간꾼들에

게 입주권을 판다. 채권 매매, 칼갈이, 건물 유리닦이, 수도 고치기 따위로 가까스로 입에 풀칠하던 난쟁이 아버지는 병에 걸려 눕고, 어머니는 인쇄소 제본 공장에서, 영수는 인쇄소 공무부 조역으로 일한다. 영호와 영희는 곧 학교를 그만둔다. 온 가족이 발버둥 쳐도 지옥에서 빠져나갈 수 없자, 영희는 가출하여 투기업자 사무실에서 일하다가 그만 마취되어 강간당한다. 집에 온 영희는 아버지가 벽돌 공장 굴뚝에서 자살했다는 사실을 알고 큰오빠 영수 앞에서 통곡한다.

> "제발 울지 마. 누가 듣겠어."
>
> 나는 울음을 그칠 수 없었다.
>
> "큰오빠는 화도 안 나?"
>
> "그치라니까."
>
> "아버지를 난쟁이라고 부르는 악당은 죽여버려."
>
> "그래, 죽여버릴게."
>
> "꼭 죽여."
>
> "그래, 꼭."
>
> "꼭."
>
> _위의 책, 123면

난쟁이 일가의 눈물과 분노는 사라졌는가. 난쟁이 아버지가 마지막으로 올랐던 벽돌 공장 굴뚝으로, 망루로, 송전탑으로 오늘날에도 많은 사람이 오르고 있다. '난쏘공'의 작가 조세희 선생은 2009년 1월 19일 용산 철거민 참사의 비극을 보고 다음날 이렇게 말했다.

"30년 전에는 이 정도가 아니었다고. 사람들이 죽을 줄 알면서 이렇게 잔인하게 철거민을 대하지 않았다구. 30년 전에는 철거 용역이 철거민을 때리려다가 눈이 마주치면 중지했어. 자기가 때리려는 사람이 인간이라는 걸 아는 거지."

난쟁이 아버지가 굴뚝에 오른 지 30여 년이 지났건만, 높은 곳에 올라가는 약자들은 줄지 않고 있다. 2009년 철거민의 아픔을 호소했던 용산 철거민의 망루, 2011년 부산 한진그룹의 크레인에 올랐던 노동자 김진숙, 2012년 평택 쌍용자동차 해고자들이 올랐던 송전탑, 2013년 혜화동성당 종탑에 올랐던 재능교육 노동자들, 2014년 밀양의 높은 산에 올랐던 할머니 할아버지들과 수녀들, 이들은 왜 올라갔을까.

정의 구현의 분투기
|
손아람 장편소설 『소수의견』

미루었던 소설 두 권을 읽었다. '망루'에서 벌어진 참사를 소재로 쓴 두 권 모두 흡입력이 대단했다. 눈이 침침해져 읽기 버거운데 일주일 동안 두 권을 다 읽었다. 『소수의견』은 소설을 읽은 김에 영화도 봤다. 특히 주원규 장편소설 『망루』는 살짝 몇 페이지만 넘기려다 그만 손에서 놓지 못하고 이틀 만에 다 읽었다. 2009년 1월 19일 용산 참사와 관계있는 소설이어서 더 빨리 몰두했는지 모르겠다. 물론 빨리 읽게 하고 흡입력이 있다는 사실이 좋은 소설임을 보장하지는 않는다. 좋은 작품은 때로는 페이지를 넘기지 못하게 하고 생각하게 하여 한 권 읽는 데 몇 달이 걸리는 경우도 있으니까.

손아람 장편소설 『소수의견』의 1쇄는 2010년도에 나왔다. 2009년 용산 철거민 참사 사건이 뜨거운 감자로 뉴스에 오르내릴 때 쓰인 소설이다. 서울 중위권 법대를 졸업하고 중견 건설회사에 다니던 '나'는 회사가 부도나기 2주 전에 해고된다. 이후 6년간 사법고시를 공부해서 삼십 대 중반에 가까스로 변호사가 되었다가 37세 때 이 사건을 만난다.

> 지난 2월 말 경찰이 아현동 뉴타운 재개발 사업부지의 현장을 점거하고 있던 철거민들에 대한 진압에 들어갔습니다. 철거민들은 망루를 세우고 저항했지요. 진압 중 폭력 사태로 철거민 한 명과 경찰 한 명이 사망했고, 죽은 철거민은 열여섯 살 학생이고 폭행으로 사망했는데, 현장에 같이 있었던 사망한 학생의 아버지가 진압 경찰 중 한 명을 둔기로 내리쳐 골로 보낸 모양이오. 검찰은 그 아버지를 특수공무집행방해치사 혐의로 구속기소했소. 지금 피고인은 서울 구치소에 수용되어 있어요.
>
> _손아람, 『소수의견』(들녘, 2015), 35면

용산 참사를 떠올리게 하는 구절이다. 경찰, 철거 용역업체 직원의 대치 속에서 16살 철거민 소년이 다섯 명의 의경에게 맞아 죽고(영화에서는 한 명에게 맞아 죽는다), 이를 목격한 소년의 아버지가 우발적으로 경찰을 죽인다. 문제는 검사 측에서 철거민 박재호 씨가 경찰을 일방적으로 죽였다고 하는 점이다. 검사 측은 경찰이 16살 아이를 때려죽였다는 사실을 감추려 하고, 용역이 그 짓을 했다고 주장한다. 이에 반해 피고는 여러 명의 경찰이 아들을 때려죽였다고 주장한다. 소년의 아버지를 변호하게 된 국선변호사 '나'는 진실을 파헤친다.

"누가 박재호 씨 아들을 죽였습니까?"

"경찰들이."

"그 광경을 직접 목격했습니까?"

"목격하다마다. 그렇지 않았다면 내가 여기 있지 않을 거요."

"제가 들은 것하고 다르군요. 박재호 씨 아들을 구타한 건 철거 용역 업체 직원이라고 들었습니다."

"그 말, 누구한테 들은 거요?"

"다른 변호사한테요."

_위의 책, 35면

국선변호사인 '나'는 철거민이었다가 이제는 살인자로 구속된 피고 박재호의 말을 기록한다. 철거민 박재호를 피고로 하는 『소수의견』이지만 철거민을 무조건 옹호하거나 경찰은 일방적으로 나쁘다고 몰아가지는 않는다. 이 소설은 빈부의 차이에 앞서 본질적인 문제를 묻는다.

박재호 씨는 아드님을 잃었어요. 5천만 원으로 끝내선 안 됩니다. 어떤 액수의 합의금으로도 턱없이 모자라요. 저라면 어떻게 하겠냐고요? 저라면 몇 년이고 매달릴 겁니다. 이 사건은 판결까지 가야 해요. 1심에서 안 되면 고등법원, 대법원, 헌법재판소까지 두드려야 합니다. 이 사건의 판결이 법대 교과서에 실려서, 100년 동안 국가와 그 대리인의 오명이 낙인찍히도록 해야 돼요. 만일 패소한다면 판사의 이름까지도 말입니다. 그들의 자식들이 법을 공부할 때는 아버지처럼 살지 말라고 배우게 될 겁니다. 그게 박재호 씨가 그 사람들에게 내릴 수 있는 유일한 징벌입니다. 멈추지 마세요. 누군가 박살이 날 때까지.

_위의 책, 244면

박재호를 변호하며 '나'는 법의 허상을 악착같이 해체한다. 법원에서는 이미 엎질러진 사건에서 '국가'를 지워내고 우발적 사건으로 무마시키려 한다. 박재호의 말이 사실이라면 국가와 법원이 엄청나게 큰 거짓말을 하고 있는 것이다. 마지막에 박재호가 했던 말은 우리의 현실을 말한다. 구치소에서 세상으로 나와보니 아들은 죽고 집은 사라진 것이다.

"내 집이 어딘데요."

내 생각이 짧았다. 박재호는 더 말했다. 구치소에서 세상으로 나와보니 아들은 죽고 집은 사라졌구려. 나는 유명해졌는데.

_위의 책, 366면

본문을 이해하는 데 작가의 후기는 큰 도움을 준다. "2009년, 경찰은 서울시 용산구의 재개발 사업 부지를 점거한 지역 세입자들을 진압했다. 화재가 일어났다. 여섯 명이 사망했다. 검찰은 현장에서 살아남아 빠져나온 세입자들을 기소했다. 화재의 원인은 밝혀지지 않았다"(『소수의견』, 393면)는 구절은 『소수의견』의 창작에 용산 참사가 큰 동기가 되었다는 것을 말하고 있다.

정의란 단순히 '선/악'으로 확연히 나눌 수 있는 문제가 아니라고 작가는 말한다. 오히려 무지(無知)와 무능(無能)이야말로 정의의 가장 거대한 적이라고 지적한다. 작가가 독자에게 전하는 실낱같은 희망은 억울한 단 한 사람의 무죄를 위해 '곁으로' 다가가는 존재들이다. "이 나라 모든 검사의 적이 된다 한들, 우리는 여전히 단 한 사람의 변호사일 뿐이다"(146면)라는 윤 변호사와 동료 변호사 대석, 사회부 기자 김준형, 서울대 교수 이주민은 진실을 파헤치기 위해 힘을 모은다. 이들이 곁으로 다가가는 존재들이다.

깔끔한 문장에 뒷장을 넘기고 싶게 하는 전개가 탁월하며, 법에 대한 설명도 잘 준비해둔 탄탄한 소설이다. 다만 문제를 해결하려는 인물들을 모두 일류대 출신들로 설정한 것이 아쉽지만 어쩔 수 없다. 또 이 소설에는 철거민들의 노력이 세세하게 기록되어 있지 않다. 처음부터 이 소설의 렌즈는 철거민 가족이 아니라 법정을 촬영하고 있기 때문이다. 영화 또한 〈변호인〉 식의 감동을 요구하기는 힘들 것이다. 집단적 정의의식보다는 변호사 개인이 정의를 구현하고자 하는 일종의 분투기가 담긴 법정소설로 읽힌다.

용산, 식민지 1번지
|
주원규 장편소설 『망루』

2009년 1월 26일 설날 저녁에 나는 내 고향 용산에 다시 갔다. 어릴 적 "삼각지 로터리에 궂은 비는 내리는데"라는 배호의 노래를 자주 들었던 곳이다. 이제 로터리의 흔적은 사라지고 내가 태어나고 자란 자리는 40층이나 되는 파크자이에 짓눌려 있다.

밤새 눈이 내리던 2009년의 설날, 아이들은 설빔 차려입고 세배하며, 온 가족이 세뱃돈을 나누며 웃고, 늙으신 어머니는 덕담을 말씀하신다.

그런데 그런 기쁨을 나누지 못하고 머물 집도 없는 이들이 우리 곁에 있다. 찬 아스팔트에서 아버지 영정을 바라보는 아이가 있다.

어릴 적 친구들은 미8군 문화에 익숙했고, 더러는 이태원 카바레의 영업부장이 되거나 그 언저리로 취직했다. 식민지 시절 재(在)조선 일본군 총사령부가 있던 용산, 한미연합사령부가 있어왔던 용산. 조금 역사를 배운 뒤에, 누군가 내 고향을 물으면 한강로 1번지라는 대답보다는 나도 모르게 '식민지 1번지'라고 말하게끔 되었다. 내가 태어나고 자란 동네에서 사건이 일어나 불 탄 건물은 걸어서 20분 거리에 있다.

내 고향 용산은 이제 외세의 식민지를 넘어, 자본의 폭행을 증언하는 용산 참사가 발생한 비극의 장소로 기억될 것이다. 문제는 저 죽음이 이번으로 끝나는 것이 아니라 시작일 수 있다는 예감이다.

"용산 4지구는 뉴타운 계획의 시작입니다. 세입자들이 저항하면 아주 죽이겠다고 첫 본보기로 세게 철거하려다 사람이 죽은 겁니다. 이제 시작에 불과합니다."

누군가의 말이 귀에 환청처럼 울린다.

사실 모든 사람은 세입자가 아닌가. 누구든 이 땅의 영원한 주인은 아니다. 이 땅에 잠시 세 얻어 왔다가 다음 세입자에게 전하고 떠나는 존재들 아닌가. 그런데 누가 내 고향 용산에서 세들어 사는 손님들을 이 엄동설한에 매몰차게 죽음으로 내몰았는가.

용산 참사가 났을 때 대통령은 개신교 장로였다. 성경을 보자면, 몇천 년 전에도 2009년 1월 20일 경찰특공대의 폭력적 과잉 진압 같은 사건이 있었나 보다. 그 사건을 목도한 예언자 미가는 이렇게 야훼(하나님)의 분노를 전했다.

> 망할 것들! 권력이나 쥐었다고 자리에 들면 못된 일만 꾸몄다가 아침 밝기가 무섭게 해치우고 마는 이 악당들아, 탐나는 밭이 있으면 빼앗고 탐나는 집을 만나면 제 것으로 만들어 그 집과 함께 임자도 종으로 삼고 밭과 함께 밭 주인도 부려먹는구나. 나 야훼가 선언한다. 나 이제 이런 자들에게 재앙을 내리리라. 거기에서 빠져나갈 생각은 말라. 머리를 들고 다니지도 못하리라. 재앙이 내릴 때가 가까웠다.
>
> _미가 2:1-3

원래 유대의 예언자들은 성문 밖으로 내쫓기는 사람들의 인권을 보호하려 했다. 그러나 권력을 가진 유대인은 젊은 예수도 죽이고, 최근에는 가자 지구의 아이들마저 죽이고 있다.

야만적이고 비극적인 이 세상을 신은 어떻게 보고 있을까. 과연 약자들이 오르는 망루란 무엇일까. 가볍지 않은 문제를 담은 주원규 장편소설 『망루』는 독특한 소설이다. 『소수의견』이 법정소설이라 한다면 『망루』는 부패한 교회를 소재로 한 종교소설의 특성을 갖고 있다.

독실한 홀어머니의 기대로 목사가 되기로 한 세명교회 전도사 정민우가 주인공이다. 민우는 아버지의 뒤를 이어 출석교인 2만 명의 세명교회 담임 목사가 된 세습목사 조정인을 위해 설교 원고를 대필하는 일을 한다. 미국에서 펀드 놀음을 하다 망하고 감옥에도 갔다온 조정인은 신학교 학위를 급조해 세습목사가 된 사이비다. 그는 세명교회를 위한다며 레저 타운 건설을 통해 돈 벌 계획을 밀어붙인다.

> 하나님의 질서에 가장 성실하게 부합하는 자유민주주의의 이념을 받든 시장경제가 보다 활성화될 수 있도록 문호를 과감히 개방하는 복합 레저 타운을 조성하는 것이 세명교회가 할 수 있는 진보적인 하나님 나라 확장이라는 신념이 저에게 주신 하나님의 참된 소명이었던 것입니다.
>
> _『망루』(문학의문학, 2010), 44면

그러면서 세명교회 신축 자금을 마련하기 위해 컨소시엄 제도를 적극 도입하여 국내 유수의 개발 기금을 지원받겠다고 말한다. 이 계획으로 인해 미래시장 사람들은 철거민으로 둔갑한다.

> "너희 교회가 만든 작품이다."
>
> "뭐라고?"
>
> "부정하지 마라. 세명교회가 이번 재개발 사업에 누구보다 앞장서서

설레발치고 다녔다는 사실을 알 만한 사람은 다 알고 있다."

_위의 책, 71면

정민우의 친구이며 신학대학에서 함께 공부했던 김윤서는 철거민과 함께 부패한 세명교회에 저항한다. 예언자들이 강조했던 것은 바로 이웃의 아픔을 외면하지 않는 태도였다.

나는, 너희가 벌이는 절기 행사들이 싫다. 역겹다. 너희가 성회로 모여도 도무지 기쁘지 않다. 너희가 나에게 번제물이나 곡식제물을 바친다 해도, 내가 그 제물을 받지 않겠다. 너희가 화목제물로 바치는 살진 짐승도 거들떠보지 않겠다. 시끄러운 너의 노랫소리를 나의 앞에서 집어치워라! 너의 거문고 소리도 나는 듣지 않겠다. 너희는, 다만 공의가 물처럼 흐르게 하고, 정의가 마르지 않는 강처럼 흐르게 하여라.

_아모스 5:21-24

성경은 분명히 공의와 정의가 확립된 뒤 찬양드리고 예배드려야 한다고 가르치고 있다. 그렇지 않은 예배나 찬양은 구역질 난다고 적혀 있다. 그런데 소설 『망루』에 나오는 세명교회는 가장 역겨운 설교들이 펼쳐지는 곳이다. 그럼에도 신도들은 사이비 목사 조정인의 설교 속에 담겨 있는 메시지의 부실함을 문제 삼지 않는다.

31장으로 이루어진 이 소설에서 27장부터 용산 참사와 비슷한 장면이 펼쳐진다. 실제 용산 사건이 일어난 건물은 '남일당'인데 소설에서는 '성문당'으로 나온다. 성문당 입구에서 용역 직원들이 4층과 옥상 위에 세워진 망루를 향해 물대포를 쏘아대고 있다.

> 특공대예요! 특공대! 밑에서 물대포를 쏘는 것도 특공대였어요. 지금 컨테이너 타고 위로 올라오고 있어요.
>
> _『망루』, 280면

재래시장의 철거민들이 짐승 같은 용역 깡패들과 대결하고 이를 방관하는 경찰의 모습은 익숙한 풍경이다. 사실 이 소설은 철거민 문제보다는 부패한 대형교회에 대한 고발이 많은 비중을 차지하고 있다. 작가는 용산 참사와 같은 철거민의 비극을 통해서 부패한 종교(교회)와 돈을 향한 욕망(투기꾼)과 권력의 수호자(경찰)가 결합하여 철거민의 목을 조이는 현실을 그대로 말해준다. 쉽게 권선징악을 보여주지 않고 다만 비극 자체를 보여준다.

본래 저 많은 약자들이 오르는 망루 혹은 망대는 공동체의 염원을 신께 알리는 기도의 자리였다.

> 내가 초소 위에 올라가서 서겠다. 망대 위에 올라가서 나의 자리를 지키겠다. 주님이 나에게 무엇이라고 말씀하실지 기다려보겠다. 내가 호소한 것에 대하여 주께서 어떻게 대답하실지를 기다려보겠다.
>
> _하박국 2:1(밑줄은 인용자)

예언자 하박국은 유다 말기 여호야김 같은 폭군의 착취와 억압을 목도하면서 하나님께 항의성 질문을 던졌다. "어찌하여 나로 불의를 보게 하십니까? 어찌하여 악을 그대로 보기만 하십니까? 악인이 의인을 협박하니, 공의가 왜곡되고 말았습니다. 눈이 맑으시므로, 악을 보시고 참지 못하시는 주님이 왜 그냥 보고만 계십니까?"

하박국이 망대에 올랐던 까닭은 무엇인가.

첫째, 예언자 하박국은 절대자의 대답을 들으려고 망대에 올랐다. 그리고 망대에서 "비록 더디더라도 그때를 기다려라. 반드시 오고야 만다. 늦어지지 않을 것이다"라는 하나님의 응답을 받았다. 하박국은 바로 이 망대 위에 올라가 절대자에게 기도했다. 사적인 욕심을 기도한 것이 아니라, 공적인 분노를 기도했던 것이다. 사회적 영성의 기도였다.

둘째, 공동체를 지키기 위해 망대에 올랐다. '망대'란 성이나 목장, 포도원, 농장 같은 것에 세운 감시탑을 의미한다. 성 사방에 망대를 높이 세우고 거기에 파수꾼을 배치하여 성 내부를 감시하기도 하고 성 밖을 살피기도 했다. 망대에는 아무나 오를 수 있는 것이 아니다. 파수꾼만이 올라갈 수 있었다. 파수꾼은 적으로부터 공동체를 지켜야 한다는 거룩한 소명 의식을 가져야 한다.

하박국은 두루 살피기 위해 망대에 올랐다. 망대는 성읍 안팎을 두루 살필 수 있는 높은 곳에 있다. 망대에 오르면 모든 성읍이 한눈에 들어오고, 성 밖의 움직임을 두루 살필 수 있다. 오늘날 약자와 버려진 자들을 지키기 위해 망대에 오르는 사람이 있는가. 지식인과 종교 공동체는 혹시 파수꾼의 사명을 잊은 것은 아닌가. 이 시대의 파수꾼들은 망대에 오르고 있는가.

철거민을 위해 투쟁하는 전도사 윤서는 재림예수가 나타나 이 모든 부패를 바꿔놓기를 희망한다. 윤서가 바라던 예수는 '가·포·눈·눌'로 온 생명을 바치는 구도자였다. 곧 '가난한 사람에게 좋은 소식을, 포로 된 자에게 자유를, 눈먼 자에게 눈뜸을, 눌린 자에게 자유를'(누가복음 4:18)이라는 선언대로 살아가는 젊은 예수를 윤서는 원했다.

그 예수가 최후에 달렸던 십자가야말로 소수민의 아픔을 표현하는 망루의 상상력이 아닐까. 로마시대 때 십자가에 달린 노예처럼, 예수는 정치범으로 십자가에 달렸다. 십자가는 신의 아들이 인간으로 태어나 가장 천하게 현실 문제와 부닥친 정점이다. 이런 의미에서 현대의 망루, 송전탑, 촛불은 예수의 십자가와 겹친다.

그러나 윤서가 기대했던 예수의 모습과 재림예수의 모습은 달랐다. 윤서는 재림예수에 대한 이야기를 노트에 남기는데 이 부분은 이문열 장편소설 『사람의 아들』을 연상케 하는 액자소설 기법을 사용하고 있다. 윤서의 노트에는 고대의 열심당원 '벤 야살'이 등장한다.

그 노트에는 높이 약 450미터의 절벽 위에 있는 마사다(Masada) 요새 이야기가 나온다. 마사다는 본래 기원전 31-37년에 헤롯이 겨울을 피해 따뜻한 지역에서 지내려고 별장으로 지었던 궁전이었다. 온갖 향락시설이 갖추어져 있던 이곳으로, 로마와 투쟁하던 유대인 열심당원 게릴라들이 70년경 예루살렘을 탈출해 올라가 마지막 항전을 벌였다. 마사다는 유대인들에게 마지막 망루였다.

> 비겁한 신이여. 이젠 이 최후의 선택조차 인간의 손에 떠맡기는 무력함으로 일관하는구나.
>
> _『망루』, 311면

로마의 압정에 저항하는 마지막 망루 마사다에서 유대인 열심당원들은 조여오는 로마군에 한 명씩 죽어간다. 그런데 예수는 유대인들의 편을 들기는 커녕 다친 로마 병정들을 치료해준다. 재림예수는 아군과 적군을 구별하지 않는다. 재림예수마저도 세상을 바꾸어놓지 못한다. 심판의 칼을 인간들에게 빼앗겼노라고 한탄하는 재림예수를 보고 벤 야살은 비겁한 재림예수의 심장 깊숙이 칼을 찔러 넣는다. 3년간 저항하던 마사다 요새의 성관을 부수고 로마군이 들어갔을 때, 로마군은 처참한 광경을 보았다. 960명이 자결했던 것이다.

로마에 저항했던 이스라엘의 마지막 망루, 마사다.

액자소설 구성을 통해, 로마에 대항하여 높은 요새 마사다에서 최후의 결전을 치렀던 2천 년 전이나 김윤서가 철거민과 함께하며 망루에 올라 용역들과 투쟁하는 오늘날이 다를 바 없음을 작가는 말하고 있다. 그리고 그 탈출구는 어디일까, 독자들에게 숙제를 남기고 있다.

이 소설에서 승리자는 없고 값싼 희망도 없다. 스스로 설교단에서 욕설을 뱉으며 자신의 한계를 폭로하고 무너져내린 세습목사 조정인이나, 망루에서 죽어간 여섯 철거민이나 승리자는 없다. 작가가 바라는 구원자는 밖에 있는 것이 아니라, 모든 인간이 깨우쳐 스스로 이 땅을 '하나님 나라'로 만들어가지 않는 한 비극은 되풀이된다는 경고일 것이다.

다만 안타까운 것은 인물들이 조금 뻔하게 전형화(典型化)되어 있다는 점이다. 흥부는 무조건 좋은 사람, 놀부는 무조건 나쁜 인간으로 형상화되어 있듯이, 조금 도식적인 인간으로 그린 느낌이다. 작가에게 실례되는 언급이지만 팽팽한 긴장으로 끝나는데도 불구하고 80년식 민중소설을 읽는 듯하다. 도스토옙스키의 『죄와 벌』 등에 나오는 인간 심리의 다성성(多聲性)이 잘 느껴지지 않는다. 주일예배 때 한철연을 빨갱이라고 간증했던 강맹호가 파일을 올리는 설정이나 갑자기 지식인 같은 말투를 쓰는 설정도 개연성이 적어 보였다. 작가의 의도대로 밀고 나가다가 나온 무리수가 아닌가 싶다. 그래도 『망루』는 철거를 소재로 한 문학에서 빼놓을 수 없는 종요로운 작품으로 기억될 것이다.

망루를 넘어서는 사회적 영성

조세희의 『난장이가 쏘아올린 작은 공』이 난쟁이 가족을 중심으로 한 가족소설이라면, 『소수의견』은 법사회의 변호사와 검사의 대립을 그린 법정소설이고, 『망루』는 책임의식 없는 대형교회를 비판하는 종교소설의 모양새를 갖고 있다.

세 소설 모두 철거민을 소재로 하고 있다. 주요 등장인물들은 모두 높은 곳으로 올라간다. 굴뚝, 망루, 골리앗 크레인 등 저 높은 곳은 십자가이며 마사다, 곧 지상에서 밀려난 사람들이 마지막 진지를 구축한 최후의 격전지다. '살기 위해' 저 높은 곳으로 올라간 이웃에게 손을 건네면 모두가 웃을 수 있지만, 이 땅의 자본주의는 저들을 주검으로 끌어내린다.

세 소설 모두, 경제 제일주의 욕망 대 연대의식이 부재한 사회에서 외롭게 투쟁하는 철거민들의 대립을 소재로 하고 있다. 재벌 기업을 보호해주는 피고 대한민국을 고발(『소수의견』)하거나, 거짓 희망을 설교하면서도 자본의 이익에 몰두하는 대형교회의 부패(『망루』)를 고발하는 이런 소설을 읽을 때는 끔찍한 인내를 각오해야 한다.

다만 인물 형상화로 볼 때 조세희 소설에 비해 뒤의 두 소설은 인물들이 조금은 도식화되어 있다. 셀 수 없이 많이 보아왔던 악덕 검사(『소수의견』)의 모습이나, 흔히 상상할 수 있는 가짜 목사(『망루』)의 상투적인 모습은 분노를 일으킬지는 모르나 소설적인 생동감을 불러일으키지는 못했다. 진짜 무서운 악인은 얼마나 친절하며, 악함을 감추는 데 얼마나 능한가.

세 소설은 철거민 가족의 시각, 법정의 시각, 종교의 시각이라는 다양한 시각을 보여준다. 그렇지만 용산을 논하거나 망루를 말한다고 해서 그것이 현실을 그대로 반영했다든가 윤리적으로 정확하다는 뜻은 아니다. 그래서 "그 어떤 창조적인 상상력으로도 현실을 따라잡을 수가 없다"(『소수의견』, 393면)고 작가 손아람은 후기에 썼을 것이다. 다만 이러한 소설을 통해 우리는 상처의 현장으로 다가갈 수 있다. 두 소설은 '망루'를 소재로 하여 독자를 이 사회의 핵심적 논제로 이끌고 갔다는 점만으로도 분명 선두적인 의미가 있다.

철거민들이 올랐던 망루는 이제 비정규직 노동자들이 오르는 송전탑으로 확대되고 있다.

2013년 12월 31일 CBS 노컷뉴스 차량을 타고 평택 쌍용차 노조를 찾아갔다. 내가 MC를 맡고 있었던 〈크리스천 NOW〉 신년새해 특집으로

"2013 철탑에 오른 노동자—1박 2일 송전탑"이라는 방송을 녹화하러 갔었다(유튜브를 검색하면 볼 수 있다).

평택 쌍용차 송전탑 투쟁 역시 '망루의 상상력'을 말한다. 송전탑으로 가기 전에 평택 쌍용차 정문 앞 노조사무실 옆 국밥집에서 노조원들과 점심식사를 하며 상황을 들었다. 송전탑 위의 세 분은 건강했다. 스웨터, 양말, 장갑, 목도리, 핫팩 등을 송전탑 위로 올려드렸다. 그렇지만 거의 영하 15도에 이르는 높은 송전탑 위에 있기에 늘 감기에 걸려 있고, 또한 수천 볼트의 전기가 지나가는 소리에 귀에는 늘 이명(耳鳴)이 들린다며, 노조원 한 분이 말했다.

"2009년 쌍용 자동차 대량강제해고 사건이 생긴 후 네 번의 겨울을 지냈습니다. 해고당한 노동자들이 다시 취직하기는 정말 힘들어요. 다른 공장에 취직해도 쌍용 출신이라는 사실이 알려지면 다시 해고당하고, 결국은 일용직으로 전전할 수밖에 없는 형편입니다. 어린 아들이 얘기하곤 하죠. 아빠가 빨리 공장에 들어가서 다시 일했으면 좋겠다고요."

해고자 한 명의 눈물은 한 가족의 아픔이 된다.

153명 해고자의 아픔은 한 개인이 아니라 153세대, 그러니까 5백 명이 넘는 가족들이 겪는 고통인 것이다. 정규직 노동자들은 직접 송전탑까지는 못 오지만 문자로 격려한다는 말을 들었다.

그날 아산 유성기업 앞 다리 밑에 까치집을 지어놓고 투쟁하는 분도 찾아갔다.

오후 3시경 아산 유성기업에 도착했다. 홍종인 노조지회장이 높은 다리 옆에 움집을 짓고 두 달째 매달려 있는 곳이다. 6학년인 아들은 "아빠가 옳아요"라고 말했다. 노동 현장을 보고 자란 아들 순민이가 바람대로 꼭 훌륭한 법관이 되면 좋겠다.

마르크스의 『자본론』 뒷부분에 12시간 2교대 이야기가 나온다. 노동하다 잠이 모자라 자살하는 아이들, 잠 못 자서 자살하는 아버지들 이야기가 나온다. 저 옛날 산업혁명 시대 영국 이야기가 아니라, 2010년대 대한민국에서 잠을 자지 못해 자살하는 일이 벌어지고 있는 곳이 유성기업이다.

울산 현대자동차 송전탑 위에도 망루의 상상력이 있었다.

내가 현장에 갔던 그날, 8-10층 정도 높은 곳에 두 명의 노동자가 올라가 있었다. 실제 가보니 사람이 손가락 크기로 보일 정도로 까마득히 높은 곳이었다. 송전탑 위로 올라가 인터뷰하겠다는 내 생각이 얼마나 우둔했는지.

이곳은 비정규직 노조원이 송전탑에 올라간 경우다. 회사는 경영상의 이유를 들며 수천 명의 밥줄을 끊었지만, 몇몇 자본가들은 오히려 배를 불렸다. 수년간 수십 명이 죽어나가고 분신을 했다. 그래도 권력자들은 눈 하나 깜짝하지 않는다. 모든 걸 잃은 사람들이 선택할 수 있는 건 많지 않다. 목숨을 건 고공 농성을 하는 이유는 우리 얘기를 좀 들어달라는 것이다. 저 망루, 저 송전탑에 오른 농성자들은 차갑게 말하면 사회로부터 '내몰린' 존재들이다.

무서운 현실은 정규직 노조가 비정규직 문제에 참여하거나 지원하지 않는다는 사실이다. 현재 이 나라의 먹이사슬은 '경영진—정규직—비정규직—용역—품팔이—노숙인'으로 구조화되어 있다. 요즘엔 정규직과 비정규직이 서로 싸우는 모습도 있다. 경영진은 팔짱을 껴고 보고 있고,

공장뿐만 아니라 회사나 언론사나 학교에도 비슷한 먹이사슬이 있다. 깜빡 실수하면 아래로 끊임없이 밀려나는 냉혹한 신자본주의 사회다.

ⓒ CBS 노컷뉴스

이 문제를 극복하기 위해서는 '사회적 영성'이 필요하다.

사회적 영성이란 자기가 무슨 일을 하는지 깨닫는 일로부터 시작된다. 주변에서 누가 죽어가는지, 누가 굴뚝에 오르는지, 누가 망루로 올라 호소하고 있는지, 누가 송전탑에 오르고 있는지, 오르기 전에 그들의 울음소리를 들으려 하는 정치가, 종교인, 학자, 작가가 필요하다. 그 고통을 들으려 하는 마음을 '사회적 영성(靈性)'이라고 호명하고 싶다. 지금까지 '영성'이라 하면 개인적인 영성만 강조해왔는데, 이 영성은 '공동체 영성'을 말한다(참조. 김진호 외, 『사회적 영성』, 현암사, 2014).

철거민은 망루에 오르고, 비정규직 해고노동자는 송전탑에 올라가고 있다. 밀양의 할머니들이 높은 산, 저 땅의 망루에 올라가고 있다. 알고 보면 우리도 자신도 모르게 어떤 망루에 올라가는 인생이 아닐까.

이 시대의 얽힌 매듭은 저 망루, 저 송전탑에서 풀어야 한다. 이 시대의 십자가는 망루다. 송전탑이다.

(2014)

1991년 여름 | 서대문형무소

10 옥중문학, 현저동 101번지

임화 「제비」, 이용악 「강가」, 송기원 「여사를 지나며」, 이청준 『잔인한 도시』, 임철우 「붉은 방」

1991년 《예감》 8월호

현저동 101번지

을사조약을 전후해서 감방의 태부족을 느낀 일제의 괴뢰정부와 일제 통감부가 무악재 고개 아래 서대문 밖 인왕산 기슭, 병풍처럼 금계산을 북으로 둘러친 영천이라 일컫는 30여만 평 명당 자리에 대규모 신식 감옥을 짓기 시작했다.

고종 황제를 강제 퇴위시키고 난 뒤 순종 황제가 등위한 1907년에 준공된 한이 서린 생채기, 민족항쟁사와 민주화의 열망이 농도 짙게 집약된 자유혼의 용광로, 현저동 101번지.

찌는 여름날 찾아간 서대문구치소는 공원을 조성하느라 무척 분주한 분위기다. 곳곳에 정비 안 된 화단이며, 무너뜨린 사동의 벽돌들이 뒹굴고 있는 을씨년스런 풍경이다. 그 낱낱의 혼귀들이 입구에 들어서는 나를 반기는 듯, 붉은 벽돌들은 햇살을 받아 더욱 고색창연하게 번득였다.

감방을 마주 대하자 내가 감옥에서 지냈던 1980년대 영상이 살아났다. '빵'(감방) 친구들의 얼굴이 소롯이 살아났다. '초짜'(신참)가 들어오면 뻥끼통에 앉아 '육성방송'을 해대던 떠버리의 얼굴, 철장 밖으로 빗자루를 내밀고 '범치기'(외부에서 반입금지물품을 들여옴)를 해서 '강아지'(담배)를 몰래 피우던 꼴초들. 초짜냐, 에미 젖 먹고 와라, 오조지, 엿 먹고 좆 빨아, 니기미, 씹새끼, 좆 같은 놈, 니미 씨발이다…. 그 숱한 욕지거리들 속에서 꾸밈없이 인간의 벌거벗은 모습으로 뒹굴었던 짧은 여행들.

그러나 단순히 여행이라 하기엔 너무도 고달프고 외로운, 그 지겨운 무저갱(無底坑).

버드나무 하얀 꽃씨
산바람에 실려 와
감방 안에 굴러 오네
갓 난 새털 눈부시네

버드나무 하얀 꽃씨
마음밭에 눕자마자
수양버들 한 그루
산들바람 시원하네

여보시게
쉴 그늘 찾거들랑
오시게나 어서

_김응교, 「버드나무」, 《창작과비평》, 1992년 겨울호(『씨앗/통조림』)

경성 감옥시대—1930년대의 옥중문학

“여기가 류관순이 고문받고 죽어간 곳입니다.”

서대문구치소에 들어와 처음으로 안내받은 곳은 류관순이 고문당하고 옥사했던 지하감방 발굴 현장이다. 사적지 공원화 감독 박범규(32세)

씨는 진지하게 그곳을 가리켰다.

"류관순이 옥사하고 나서 도막도막 난자당해 죽었단 소문이 나돌자 일본 사람들이 류관순이 죽었던 지하감방 자리를 완전히 매립해버렸답니다. 그래서 발굴을 전문으로 하는 용역 회사에서 오랜 기간 탐사하다가 1990년 2월에 찾아냈지요."

류관순 열사는 열여섯 살의 어린 나이로 아오내 장터에서 독립만세 운동을 주도하다 체포돼 7년형을 받고 복역하면서, 매일 아침저녁으로 만세 열창, 그때마다 죽도록 고문을 받았다. 3·1운동 1주년인 1920년 3월 1일에도 동료 재소자들과 대대적인 옥중 시위를 벌였다. 이때부터 류 열사는 가로 세로 2미터 크기의 지하독방으로 이감되어 모래와 쇳가루가 섞인 밥을 급식받아 영양실조에 걸린 데다가 악형에 시달려 그해 10월 12일

지하감방 '류관순 굴.' 앞쪽 공간은 취조실이었고, 2미터마다 칸을 나눈 흔적이 남은 뒤쪽 공간은 지하독방이었다.

에 옥중 순절했다.

속칭 '류관순 굴'로 알려진 이 지하감방은 형무관들도 무서워 감히 접근하지 못하다가 일제가 매립했는데, 독립공원 건립추진위에서 여러 차례 현장답사 끝에 발굴한 곳이다. 취조실이며 관짝만 한 독방의 자취가 썩은 해골처럼 드러난 발굴지를 들여다보는 기분은 처참하기까지 했다. 얼마나 많은 애국지사들이 이런 곳에서 죽어갔을까.

지지난해 '서대문' 감옥 남쪽 방에서 듣는
그 소리도 '류치장' 살림에는 없어졌구나

마루청을 밟는 간수의 구두소리
절그럭대는 칼소리 6월이 되겠구나

하지만 동무들아 너희들은 눈 오는 겨울에도
'로동자의 봄'을 물고 나라를 찾어드는 젊은 제비라

_임화, 「제비」, 《조선지광》(1930. 6.)

서대문구치소 뜰에 앉은 내 머릿속에 임화의 「제비」가 날렵하게 스쳐 지나간다. 임화의 시 중에서 비교적 길이가 짧고 무척 차분한 어조로 새로운 전망을 보여주는 시 「제비」는 시적 화자가 어떤 일로 수감되었는지 구체적인 설명은 없으나, 어떤 노동자가 모종의 사건에 연루되어 구금되었음을 암시하고 있다. 또 '제비'를 계절의 봄맞이가 아닌 역사의 새로운 봄을 몰고 오는 노동자로 형상하여 노동자들의 세계에 대한 새로운 인식과 각성을 보여주고 있다. 그리고 시적 화자가 처해 있는 구체적인 상황을 통하여 그들의 삶과 상황에의 전망을 보여주고, 임화를 위시한 프로 시인들의 열망을 형상하고 있다. 이후 임화 역시 1931년에 3개월간 옥살이를 하면서 이론가로서의 자기 면모를 더욱 현실적으로 다지게 된다.

일제 때부터 많은 문사(文士)들이 이곳을 거쳐가면서 '옥중문학'이라는 장장한 흐름을 형성해놓았다. 참혹했던 식민지 시대에 주목되는 옥중문학으로 이광수의 「무명」(1939)을 꼽는데, 「무명」은 식민지 시대라는 특정 상황보다는 인간의 심리를 조명하고 있다. 1930년대 초두에 김남천의 단편소설 「물」을 둘러싼 이른바 '물 논쟁'은 식민지 시대의 옥살이와 당시 활동가들의 생각 내지는 인간 본성의 문제를 포괄적으로 드러내고 있다.

1931년 조선공산주의협의회 사건에 연루되어 고경흠과 더불어 기소

한곳에서 여러 복도를 동시에 감시하도록 지어진 부채꼴 파놉티콘 모양의 수감동.

되어 실형을 산 김남천은 1933년에 출옥하여 단편 「물」(《대중》, 1933. 6.)을 발표했다. "나는 두 평 칠 합의 네모난 면적 위에 벌써 날수로 일곱 달이나 살아온 것이다"라는 서두에서 잘 드러나듯이, 이 작품은 작가 김남천이 추운 동지섣달에 감옥에 들어가 3개월간 독방에서 지내고 한여름엔 13명이 한 방에서 지낸 얘기를 체험담 투로 다룬 글이다. 이념이나 사상을 깡그리 잊고, 당장 부딪힌 갈증의 고통과 거기서 벗어나려고 하는 인간의 생리적 욕망이 어떠한가를 보여주면서 작가는 1933년 9월 20일이라는 날짜와 함께 "백도의 여름이 다시 오련다. 이 한 편을 여름을 맞는 여러 동무들에게 올린다"라는 덧말을 작품 끝에 달아놓고 있다.

당시 카프(KAPF) 서기장이었던 임화는 「6월의 창작평」에서 이기영의 「서화」를 높이 평가하는 반면에 이 작품 「물」을 경험주의적이며 생리주의적인 오류로 규정하여 혹평을 가한다. 이래서 터진 논쟁이 소위 '물 논쟁'이었다. 이 논쟁으로 김남천은 더욱 큰 진전을 보이고, 임화는 후에 자기반성을 하면서 더욱 열린 비평가의 안목을 보인다. 이 논쟁을 살펴보면 옥살이라는 한계상황은 프로 시인들의 '실천'을 증명하는 통과제의 같은 것이 아닌가 싶다.

옥중시와 어머니

처음에 입감할 때, 철장에 매달려 신참인 나를 바라보던 미결수들의 모습은 꼭 동물원의 원숭이들 같았다. 신참들은 더운 여름날이면 병든 닭처럼 끄덕끄덕 조는 모습 속에 지난한 하루하루를 보낸다. 그리고 입감이 끝나고 한두 주 정도가 지나면 너나없이 '어머니'를 그리워하면서 아기처럼 울보가 되기도 한다.

카프의 프로 시인들과 많은 애국지사들이 이곳에서 계급해방과 민족해방을 꿈꾸며 뒤척였겠다. 그들 역시 어머니를 향한 애절한 마음은 마찬가지였다. 이찬의 옥중시는 사모의 정이 담긴 옥중시의 절정을 이루고 있다.

순간
내 눈앞에
목책 건너
오오 구기어진 고이에 다 낡은 고무신 신고
하마하마 엎어질 듯이 굽흐리고 선 어머니

"오 어머니 언제 오셨수"
나도 모르게 떨려나가는 목소리여
_이찬, 「면회」, 『대망』(풍림사, 1937)

구속된 후 어머니를 처음 만나는 첫 면회 장면이다. 시인은 "섀녘부터 와 기다리다 떨리는 목소리 눈물 젖은 얼굴로 맞아주실/ 어머니"(「만기」)에 어머니에 대한 그리움을 애절하게 담아내고 있다. 이찬은 이외에도 「해후」 등의 옥중시를 발표했다. 본래 비인간적인 상황에서 비롯된 옥중시라는 갈래는 그 내용이나 수준이 다분히 자기도취에 빠져 있는 경우가 대부분이라는 평가에 비추어보면, 이찬이 쓴 옥중시도 그러한 한계에서 그리 멀리 벗어나지는 못한다. 그의 시 또한 자기중심적이며, 이웃을 향한 객관적인 감동에까지 확대되지는 않고 있다.

이찬의 시가 감옥 안의 상황을 읊은 글이라면, 주변인을 옥에 보내고 기다리는 쓰린 마음을 담아낸 이용악의 시 또한 옷깃을 여미게 한다.

아들이 나오는 올겨울엔 걸어서라두
청진으로 가리란다
높은 벽돌담 밑에 섰다가
세 해나 못 본 아들을 찾아오리란다

그 늙은인
암소 따라 조이밭 저쪽에 사라지고
어느 길손이 밥 지은 자췬지
끄슬은 돌 두어 개 시름겨웁다

_이용악, 「강가」, 《시학》(1939. 10.)

이용악의 「강가」에는 '까막소'(감옥)에서 삼 년을 지낸 아들을 기어코 찾아오리라는 아비의 애잔한 마음이 차분하게 담겨 있다.

일제의 토지약탈로 조선 농민은 더욱 궁핍해졌고, 그나마 생존을 유지하기 위해 농촌이탈을 완강하게 거부하던 20, 30년대 식민지 현실이었다. 이 시에 등장하는 어느 이름 없는 농민의 아들이야말로 소작쟁의 등을 통해 지주에 대항하던 농민투쟁의 시적 주인공일지도 모른다. 1연은 늙은이가 독백하는 형식인데, 2연으로 가면 그 늙은이를 대상화시켜 서정과 서사를 균형 있게 통합하고 있다. 늙은이가 암소 따라 조이밭(조밭) 저쪽으로 사라진 후, 어느 길손이 밥 지은 자취인지, 밥솥을 올려놓고 불을 지폈던 끄슬은 돌 두어 개만 남아 있다. 땅에 남아 있는 사람은 가족이 감옥에 가 있고, 땅을 떠난 사람은 유랑민이 된 궁핍한 세상이다. 당시 상상을 초월할 만치 숱하게 발생한 유이민의 모습을 군더더기 없이 그려내고 있다.

옥살이로 인해 가족이 산산이 쪼개지는 아픔은 다만 한반도에서만 울려 퍼진 것은 아니다. 1930년 5월 3일 일본에서 있었던 일을 잠깐 보자.

오사카의 기시와다 방적쟁의에서 조선인 여공 200여 명이 파업을 하여 "좁은 유치장에 들어가지 못한 조선인들이 연무장에 가득 차 밤중까지 고문하는 소리가 바깥에까지 들려 통절한 '아이고'(조선인의 비명)의 외침이 시내까지 들렸다"(《적기》[赤旗], 1930. 6. 4.)는 기록은 처연하기까

아래층을 쉽게 감시하기 위해서 2층 복도의 중앙을 뚫어놓았다.

지 하다. 나아가 조선인 여공들은 회사 측 폭력단에 대항하여 최후까지 싸우려고 가슴마다 자기방어를 위해 장도칼로 무장했었다는 기사도 있다.

해방기에서 한국전쟁까지
|
막연한 불안과 공포와 뭇 환상으로
밤을 세운 머릿속 못불처럼 흐리멍텅한
이튿날 8월 16일!
아침 콩밥이 채 끝나지 않았는데
돌연!
저편머리부터
피고의 번호 숨가쁘게 불러오며
감방문 어지럽게 열리는 소리
어제와 같이 재판소에 가나보다
그러나 웬일이냐?
"7방 382호!"
나의 번호를 부르지 않느냐
나는 귀를 의심하기보다 먼저 일어섰다.
"치안유지법 위반이지
옷가지랑 모두 들구 나와!"
간수는 펄쩍 문을 열었다
간수의 풍속에선 찾을 수 없는 일이었다.

_상민 시집, 『옥문이 열리든 날』(신학사, 1947)

8월의 감방은 무덥다. 옥 안의 범절은 더 무섭기에 더욱 무덥다. 이런 폭염 속에서 광복의 소식은 타는 가슴을 폭포수처럼 시원스레 쓸어내렸을 것이다. 8·15의 감격적인 소식이 서대문의 재소자들에게 전해진 때는 하루가 지난 16일 오후였다. 일본 황제의 무조건 항복 방송을 들을 수도, 밖의 만세소리가 들려오지도 않았기 때문이다.

해방이 되고 너나 할 것 없이 해방의 기쁨을 환호했다. 그중에서도 강원도 산속에 숨어 항일군을 꾸리다가 잡혀 옥에서 고문을 받고, 전염병까지 옮아 고생을 하던 시인 상민(常民)이 쓴 시에는 8월 15일 당일에도 옥에 있었던 현장성이 담겨 있다. 그러나 숱하게 죽어간 사람들의 넋은 누가 위로할 것인가.

감방문은 삼중으로 잠그게 돼 있고, 밑의 구멍은 배식구다. 벽에 나와 있는 막대기는 수감자가 옥 안에 일이 있음을 표시하는 표시 막대다.

"원혼들을 달래고 나서 공사를 시작하려고, 착공식을 할 때 유명한 무당을 불러서 굿을 했지요. 그런데도 이상한 일이 종종 있었어요. 공사장을 지키던 노인이 일주일 만에 그만둔 적도 있었죠. 뭐 밤중에 귀신을 보았다나요."

박 감독의 말이 없어도 대낮인데도 이곳은 을씨년스럽기만 하다. 4미터 50센티미터의 높은 담벼락에 갇혀 이름도 없이 한 삽의 뼛가루로 묻힌 영혼들, 그 혼귀들은 아직도 이곳을 자신들의 거처로 알고 떠나지 않기 때문일까.

해방기에서 한국전쟁이 끝나기까지 현저동 101번지에는 숱한 주검들이 내내 널려 있었다고 한다. 한국전쟁 때, "국방군이 북진 중에 있으니 국민 여러분은 정부를 믿고 생업에 충실하라"는 허황된 방송을 믿고 피난을 가지 않던 많은 형무관들이 인민군 탱크가 형무소에 들이닥친 28일까지 그대로 직장을 지키다가 떼죽음을 당했다. 재소자들 역시 후송되지 못해 인민군들에게 참변을 당한 숫자 또한 적지 않았다. 게다가 인민군이 서울을 장악하기 시작한 6월 28일, 형무소 문을 밀치고 뛰쳐나온 좌익수들은 우익인사들에 대해 보복을 행하기도 했다.

시체들이 즐비하게 널려 있었던 '피의 현저동'을 아는지 모르는지, 구치소 언덕바지 숲 속에는 이름 모를 새들이 지저귀고 있었다. 마치 역사의 늪에 빠져 죽어간 수인들의 영혼을 불러일으키듯이 악착같이 울어댔다.

한국판 바스티유
|

새들은 무거운 날개 소리를 남기고 조그맣게 사라져 갔다.

갇혀 있는 사람이 날아가는 새를 보는 순간이란 고통 그 자체일 경우가 많다. 당장 한 마리 새가 되어 산 너머 어머니에게 날아갈 수만 있다면 하는 감상이 수인의 가슴을 북북 긁어대는 것이다.

공원화가 되어서 들어갈 수 없다는 옥사를 때마침 외부인 탐방이 있어서 같이 끼어 들어갈 수 있었다.

몇 겹인지 알 수 없는 녹슨 철문을 열고 닫고 한 뒤에 마주한 부채꼴 형태의 수감동. 그 수감동 중심에는 사동(舍棟)마다 통하는 복도가 있고, 복도 양편으로 사방(舍房)이 연이어 있다. 삼중으로 잠금장치가 돼 있는 감방문마다 감시구와 배식구가 나 있다. 금방 주저앉을 것처럼 문틀에 매달려 있는 썩어가는 문짝을 열어젖히자, 스멀스멀 기어 다니는 구더기와 후끈한 더위, 그리고 왁자지껄 쌍소리들이 한꺼번에 달려들어야 하건만, 나를 맞는 것은 하얗게 페인트를 칠한 텅 빈 공간뿐이다. 양팔을 벌리면 양 벽에 닿을 만한 1.1평의 감방, 이런 데서 일고여덟 명이 칼잠을 잤다.

이런 방에서 4·19, 5·16 같은 변혁기, 삼선개헌, 유신 쿠데타의 풍파 속에서 수많은 인물이 밤을 샜으리라. 그 후 10·26, 12·12, 5·17의 풍파 속에서는 재야인사, 대학생, 노동자 등 민주화를 외치는 운동권의 목소리가 넘쳐나기도 했을 것이다. 살인강도, 강간, 대형 경제사범 등의 잡범들이 마루와 벽에 갈겨 쓴 자잘한 낙서들도 손짓을 한다.

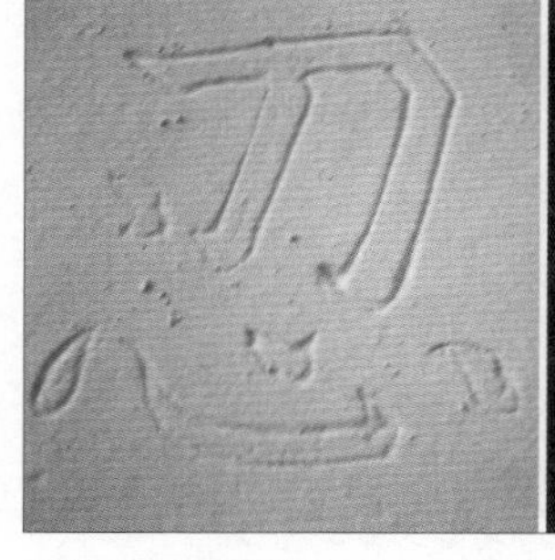

수감자가 벽면에 새겨놓은 낙서와 구호들.

수감자의 침실이며 거실이며 오락실이며 화장실인 감방 마룻바닥에는 기본적으로 장기판과 고누판이 새겨져 있다. 날카로운 끌 같은 것으로 아로새긴 듯한 자국들. 벽마다 흰 페인트를 새로 칠해놓기는 했지만, 날카로운 물체로 글씨를 새겨놓은 벽을 허물 수는 없었는지 벽마다 빼곡히 구호와 낙서가 새겨져 있었다.

> 나는 가네 저 바다로. 청미야 기다려라 꼭 나갈끼다. 사랑하고 싶다. 대머리 전두환을 박살내자. 살아나가야 한다. 해방투쟁만세. 미제국주의 타도. 나가고 싶다 성대 87. 11. 7. 동지여 매일 투쟁의지를 재점검하자. 광주학살 책임지고 군부독재 퇴진하라 1983년. 민중민주주의 만세. 형 난 살아나갈 거야. 민주쟁취. 민중해방. 민족통일.

투쟁의 일상과 지지리도 보고픈 그리움은 수인으로 하여금 글쟁이가 되게 한다. "수인(囚人)은 위대한 몽상가다"라는 도스토옙스키의 말을 빌릴 것도 없이, 일단 옥에 들어가면 누구나 들어가는 날부터 글쟁이가 된다. 그도 그럴 것이 구속되는 날부터, 형사들은 며칠 밤을 생각하도록 괴롭히고, 거의 강제로 '자서전'(자술서)을 쓰게 한다. 수인은 자서전을 쓰면서 자신의 삶을 송두리째 되돌아보게 된다. 뿐만 아니라 남는 시간에 할 일이란 책 보는 일이 최고의 시간 때우기이며, 경우에 따라 반성문이며 수상록을 쓰게 만드는 까닭에, 게다가 인간의 밑바닥에 내재한 동물적 욕망을 날것 그대로 확인하는 까닭에 누구나 철학자가 되고, 시인이 되고, 소설가가 된다.

대표적인 예는 유시민 씨의 경우다. 그는 1984년 9월 서울대학교 복학생협의회 대표자로서 '서울대 학원프락치' 사건에 연루되어 '폭행에 관한 법률위반'으로 1년간 복역하고 1985년 10월에 만기 출소했다. 재판과정에서 쓴 항소이유서가 일약 대표적인 항소문으로 회자하게 되었고, 이후 계간지《창작과비평》1988년 여름호에 중편소설「달」을 발표하여 소설가로 등단했다. 그는 "숱한 자술서와 항소이유서를 쓰다 보니 문장력이 늘었다"라고 말한 바 있다.

또한 빈민소설『바늘반지』를 쓴 소설가 원명희(40세) 씨의 경우도 마찬가지다. 그는 현저동을 다섯 번 정도 드나들었는데, 그때마다 시간 때우기엔 소설 읽기가 제격이었다고 한다.

"국민학교밖에 못 나온 내가 빵 안에서 많이 읽었지. 그러니까 철거민 투쟁으로 구속된 1987년 6월부터였어. 읽은 책은 송기숙의『암태도』, 황석영의『장길산』, 숄로호프의『고요한 돈강』, 조정래의『태백산맥』, 이문열의『사람의 아들』,『영웅시대』등이었어."

"오랫동안 읽었겠네요?"

"아니, 두어 달 만에 다 읽었어. 감방에서 할 일이 책 읽는 거 외에 뭐가 있겠어? 읽다 보니깐 저절로 표현법도 따라붙게 되고, 그러다가 철거민 문제를 사회적으로 알려야겠다는 생각에 엄두도 못 내던 소설을 쓰게 된 거지."

감방생활이 한 사람을 전문 작가로 끌어내는 '문예창작과'의 역할을 한 경우도 있지만, 기왕에 등단한 작가를 더욱 넓은 세계로 나아가도록 변모하게 한 경우도 있다.

김지하, 양성우, 채광석, 김남주, 송기원, 유종순, 고규태, 도종환, 이시영, 오봉옥의 시나 장기표의 옥중서한『새벽노래』등은 옥중문학의 보편화를 이루었다. 이 중에서도 송기원의 옥중시는 그의 멈출 줄 모르는 '인간적 일체감'이 시의 내면을 채우고 있기에 질적인 면에서 한 번 더 읽어보게 하는 끈끈한 자력성(磁力性)을 지닌다.

언젠가 밤늦은 삼각동 가로등 아래서
파리한 웃음으로 내 손을 잡아끌던 그대가
언젠가 천호동 술집 거리 남매집에서
발가벗고 유행가 가락을 뽑던 그대가
언젠가 영등포 공장지역에서
정체불명의 사내들에게 끌려가던 그대가
언젠가 상계동 판자촌에서
불도저에 밀려 세간과 함께 나뒹굴던 그대가
언젠가 최루탄 연기 자욱한 신촌로타리 부근에서
뜨거운 함성으로 달려가던 그대가
오늘은 두터운 흰 벽 속에서 무슨 꽃으로 피어나
저리도 가슴 떨리는 꽃향기를 나에게 보내는지요.

_송기원, 「여사(女舍)를 지나며」

여자 감방 말이 나왔으니 말인데, 1991년 1월 23일, 청송여자교도소의 인권 실태를 고발한 김송자(24세) 씨가 쓴 편지지 열두 장 분량의 양심선언문은 아비규환의 세계를 고발한다. 남자 교도관이 마구잡이로 구타하는 상황, 머리가 허옇게 센 노인 재소자에게 반말·구타·오리걸음을 시키는 상황, 여름철엔 피부염에 짓무르고 겨울철엔 난방시설이 전혀 없어 냉증·생리불순·심한 생리통에 시달리는 실태는 눈물이 나게까지 한다. 그러나 이런 상황을 기술하여 알려진 작품은 아직 없다.

특수감방이라 하면 여감방 외에 군에 있는 병영감방을 들 수 있겠다. '감옥 속의 감옥'이란 말이 있다면 그건 군대감방을 두고 한 말일 게다. 송영의 「선생과 황태자」(1970)와 정도상의 「친구는 멀리 갔어도」(1987)는 군대라는 한계상황 속 더 지독한 한계상황인 감방에서, 군대의 구조적 모순과 인간의 병리적 측면을 복합적으로 드러내고 있다.

잠시 벽 쪽으로 걸어보았다. 4미터 50센티미터라는 높디높은 서울구치소의 벽. 그것도 모자라 물은 없어도 성(城)의 해자(垓字)처럼 이중 담벽을 지어놓은 한국판 바스티유.

"이 벽돌을 들어보세요. 무척 무겁죠? 교도소 내의 모든 벽은 목포에 있는 벽돌공장(속칭 '건빵공장')에서 특수제작한 벽돌 사이에 횟가루를 아교처럼 비벼 넣어 축조한 담벼락이라 허물기도 무척 힘들었습니다."

지하의 징벌방에서 문득, 비명소리가 들리는 듯하다.

무겁게 말하는 박 감독과 함께 벽 주변을 거닐다가 문득, 전과자를 소재로 다룬 이청준의 중편소설 『잔인한 도시』(1978)가 떠올랐다.

소설은, 출소하여 고향으로 가지 않고 아들을 기다리는 노인과 교도소 앞에서 방생하는 새를 파는 젊은이의 대화로 이어지고 있다. 교도소 길목과 맞닿은 골목 입구에 있는 '방생의 집'이라는 작은 가게는 새를 방생하는 행위로 출소의 기쁨과 기원을 갖는 장소다. 기다려도 오지 않는 아들을 기다리는 노인은 아들이 꼭 올 거라며 교도소 주변에서 맴돌기만 한다. 그는 교도소 주변에 있는 숲에서 잠을 자기도 하고 새를 파는 젊은이에게 비아냥거림을 당하면서도 노역장에서 번 돈으로 새를 사서 친구의 이름을 호명하면서 방생하기도 한다. 그러다가 그는 어느 날 밤 가겟집 새장수가 강력한 전짓불로 낮에 방생한 새들을 다시 사냥하는 비밀을 목격한다.

> 한밤중에 웬 전짓불의 환한 빛줄기가 어두운 숲 속을 장대처럼 이리저리 훑고 있었다. 빛줄기는 때로 나뭇가지들의 한곳에서 오래 고정되고 한 사내의 그림자가 그때마다 나무 위로 올라가 빛줄기의 끝으로 열매를 따듯 잠든 새들을 집어내렸다. 잠결에 빛을 받은 새들은 눈먼 장님처럼 옴짝달싹을 못했다. 날개를 퍼득여 날아보는 새들도 방향을 못 잡고 좌충우돌하였다. 그림자는 끊임없이 빛줄기를 들이대며 잠든 새들을 사냥하고 있었다.
>
> _이청준, 『잔인한 도시』(열림원, 2006)

불빛에 쫓겨 자신의 품속에 날아 떨어진 낯익은 것을 발견하고 그 새의 날갯죽지가 멀리 날지 못하게 예리한 가위로 잘려져 있음을 확인하는 순간, 참는 데 길들여진 그도 더 이상 참을 수 없는 분노를 느낀다. 노인은 노역의 품삯으로 받아둔 돈으로 그 새를 사서 '잔인한 도시'와 결별하고 남쪽의 고향, 즉 자유의 공간을 향해 떠난다는 장면으로 소설은 맺는다.

이 소설은 '새장 속에 갇힌 새'라는 일반적인 상징을 변형시켜 인간을 억압된 상황에서 탈출하지 못하는 한 마리 새로 알레고리화하여, 현대

인간의 병리적 일상과 자유의 조작이 잠재되어 있는 '폭력의 시대'를 상징화한다.

이 작품은 인간 본성을 다루는 데에만 초점을 맞추고 있으며, 그런 병리적 현상을 만들어낸 특정 사회의 근본 모순은 드러내지 않는다. 결국 사건의 현장이 어디든, 언제 일어난 일이든 작가는 상관하지 않는다. 다만 병리적 현상의 상징화에만 주력할 뿐이다.

물론 이 작품이 발표된 시대적 상황의 한계도 지적해야 하겠지만, 일단 이 작품은 모순의 문제를 우의화하는 데에만 충실했다고 볼 수 있다. 이것은 이 작품의 한계인 동시에 영원성을 겨냥하는 문학적 장치이기도 하다.

노인의 허탈한 웃음소리가 냉랭하게 울리는 감방에서 나와 인왕산이 보이는 쪽으로 걸어가다가 하얀 이층 건물과 마주쳤다.

"보안사동입니다. 10·26 때 김재규 씨도 여기서 취조를 받았다는 곳이지요."

박 감독의 말에 따르면 일제시대 때부터 수인들이 사형장 다음으로 무서워하던 곳이란다. 특히 '꼴통'(問題囚)들이 가장 무서워하던 곳.

지하실로 향하는 계단을 내려가서 공기마저 서늘한 지하감방을 들여다보았다. 문제수들을 합방시키지 않고 한 명씩 가두어둔 독방의 철창문이 시커먼 아가리를 벌리고 있었다.

고문, 그 끝없는 저주

교도관의 부축을 받으며 내려오는 남편(김근태)을 본 순간 반가움과 함께 놀라움으로 숨이 막힐 지경이었습니다. 걸음을 제대로 옮기지 못하는 남편에게 "많이 다쳤어요?" 하고 제가 묻자 남편은 "굉장히 당했어! 굉장히 당했어!"라는 말만 되풀이했습니다.

_인재근, 「치안본부에서 고문당한 남편의 고통을 호소합니다」(1985. 9. 27.)

인류역사 속에서 범죄의 혐의자를 다루는 한 방법으로 고문은 끊임없이 존재해왔고 이러한 폭력 행위를 불식시키려는 노력 또한 그에 따라 끊임없이 지속되어왔으며, 그 역사 또한 짧지 않다. 로마제국의 전제정치 때 기독교인을 사자밥으로 먹히게 하는 고문의 합법화 기간도 있었으나 대체로 고대 그리스와 로마에서는 고문을 금지했다고 한다. 18세기에 이르러 프랑스 인권선언 이후 법적으로는 고문이 완전히 사라져버렸다. 하지만 세상 도처에서는 고문이라는 비인간적인 행위가 대낮에도 버젓이 벌어지고 있다.

엄습해오는 저주스러운 고문, 사람이 사람을 동물로 학대하는 저주스런 풍경을 목도하게 된다.

자신의 성기를 동녀의 입에 넣으려 하다가 동녀가 놀라서 고개를 돌리니까 난폭하게 동녀의 몸을 일으켜 세운 후 강제로 몇 차례 키스를 시도하고 다시 입을 동녀의 왼쪽 젖가슴으로 가져가 유두를 세차게 빨기를 두어 차례 걸쳐 하고, 그 후 다시 동녀를 책상 위에 먼젓번과 같은 자세로 엎드러지게 해놓고 뒤 쪽에서 자신의 성기를….

_「부천경찰서 성고문사건 재정신청서」(1986. 10.)

호소문이나 자술서, 변호문 혹은 대자보는 그것 자체로 치졸한 역사를 고발하는 보고문학이다. 대표적인 보고글로는 「민청학련사건을 고발합니다」(《동아일보》, 1975. 2. 10.), 「고행—1974」(김지하, 《동아일보》, 1975. 2. 26.) 등이 주목된다.

이후 고문을 대상으로 한 작품들이 80년대 말에서 90년대에 걸쳐 쏟아지듯 생산되었다. 그중 대표격은 앞서 말한 정도상의 『친구는 멀리 갔어도』(1987)이다. 이 소설은 보안사의 고문을 실감 있게 표현해낸 작품이었고, 소설이 발표된 당시에는 꽤나 충격적으로 읽혀 눈물을 흘리면서 읽었다는 독자들이 많았다. 또한 이 작품은 강제징집과 녹화사업의 문제를 다시 한 번 까발리는 사회성 짙은 문제작이다.

김영현의 단편 「벌레」(《창작과비평》, 1989년 봄호)는 감방 내의 먹방 혹은 징벌방이 인간성을 얼마나 파멸시키고 있는가를 묘사한다. 카프카의 『변신』을 패러디하여 감방 체험, 자신이 벌레로 변해버린 특수한 체험을 묘사한다. 구타를 당해도 항변하지 못하고, 방성구(가죽 입마개)와 혁수정(허리띠에 수갑을 달아 양팔을 묶는 도구—인용자)에 채워져 옴짝달싹 못하고 바지에 오줌을 싸야 하는 비인간적인 처지를 그로테스크하게 살려내고 있다. 그의 작품집 『깊은 강은 멀리 흐른다』(1990)를 읽으면 그러한 체험이 한 개인의 특수한 체험이 아니라 동시대인의 보편적인 체험임을 알게 된다.

고문이 한 인간을 어떻게 파괴하는가를 다룬 다른 작품으로, 영화감독 장선우 씨가 촬영 계획까지 세웠다가 공안기관과 검열당국의 방해로 무기한 연기된, 임철우의 중편소설 『붉은 방』(1988)을 빼놓을 수 없다.

교사인 주인공 '나'(오기섭)는 어느 날 출근길에 느닷없이 영장도 없는 건장한 사람들에 의해 연행되어 사면이 붉게 칠해진 지하 취조실 '붉은 방'에 감금된다. 여기서 그는 자신이 시국관련사범으로 수배받은 사람을 친구의 소개로 잠시 은닉시켜준 혐의로 연행되었음을 안다. 그는 할아버지가 인민군에 처형당했던 깊은 피해의식에 시달리는 수사관 최달식에 의해서 조작된 사회주의자로서의 허위자백을 강요받는다. 붉은 방에서 실오라기 하나 걸치지 않은 나신으로 무릎을 꿇리기도 하고, 연일 심한 구타와 이른바 '수도공사'(물고문)를 당하기도 한다.

소설의 중심인물은 오기섭과 최달식이다. 작가는 두 명의 사생활에 카메라를 들이밀듯이 그들의 심리까지 촬영한다. 여기서 그들의 소시민의식과 '멸공' 피해의식은 세밀하게 부각된다. 시점을 복합형으로 짜넣으면서 아직 아물지 않은 남북분단의 상처를 실험적 수법으로 절묘하게 부각시킨 성공작이랄 수 있다.

하얀 벽 안에 넥타이 공장

|

서대문구치소를 한 바퀴 돌아 이제 면회소로 향하는 언덕바지 아래쪽 길을 걸었다. 13사의 작업사를 지나 한센씨 병자를 가두는 언덕의 나병사를 지나다가, 미루나무를 기점으로 갈라지는 샛길에 하얀 벽돌로 둘러싸인 집에 다다랐다.

사형장.

속칭 '지옥의 삼정목(三丁目)'이라는 삼거리에서 교도관들이 사형수를 오른쪽으로 인도하면 예의 그 죽음의 집에 도달한다. '넥타이 공장'에 접근하려니 괜히 섬찟한 기운이 가슴을 휑, 뚫고 지나간다. '털커덕' 하

입을 벌린 교수대 앞에 사형수가 마지막으로 앉던 의자가 놓여 있다. 왼쪽은 시체를 검시하는 지하실로 내려가는 계단의 입구.

저건 집이 아니다. 무덤일 뿐이다.

고 교수대 마룻바닥이 내려앉는 소리가 들릴 성싶고, 불현듯 푸줏간에 매달린 고깃덩어리가 어른거린다.

사형장 앞에는 키가 큰 미루나무가 있었다. 이 나무는 사형당한 사람이 많으면 그 원한에 가득 찬 소리를 듣고 바싹 말라 죽는단다. 사형당한 사람이 적으면 다시 기지개를 켜며 파릇파릇 잎사귀로 맨손체조 하는 이상한 나무란다.

"한때 사형을 집행했는데 원래 5분을 매달면 대개의 사형수는 숨을 멈추는데, 그 사형수는 안 죽고 계속 버티는 거야요. 그러기를 한참 하다가 죽어버렸는데 그 눈빛이 오랫동안 사라지지 않아서 미칠 지경입니다." 구치소 계장으로 있다가 퇴임한 정강(65세) 씨는 이맛살을 찌푸렸다.

이제 서울구치소는 현저동 101번지 시대를 마감하고 지금은 경기도 시흥으로 이사했다. 1987년 6월 항쟁 이후 감방 사정도 좋아져 감방마다 카펫도 깔려 있고, 서대문에서 '새우젓통'(항아리로 된 똥통)에 앉던 무기수들도 이제는 수세식 변기에 걸터앉는다. 그러나 여기 '현저동 101번지'는 역사 속에서 쉽게 잊힐 수 없는 곳이다. 그건 바로 이 집, 15평가량의 왜식 목조건물에서 사라진 목숨들 때문이다.

이곳에서 죽어간 숱한 인생들. 그중에 진보당의 조봉암(1899-1958) 선생의 모습이 미루나무 뒤편에서 손짓하는 것 같다. 그의 평화통일론이 당시의 북진통일론에 반대된다는 이유로 형장의 이슬로 사라졌지만 지금은 거꾸로 그분의 평화통일론이 우세하게 적용되고 있지 않은가.

또 1974년 박정희의 유신정권이 기승을 부리던 시기의 민청학련 사건 이후, 같은 해 4월 9일 형장의 이슬로 사라진 일곱 명의 인혁당 관련

자도 생각난다. 이곳은 단순한 역사의 아이러니를 보여주는 곳이 아니라, 진리는 회복되고야 만다는 것을 증언하는 필연의 현장이었다.

이 집, 삶과 죽음의 역사를 반추하게 하는 단아한 단층집, 겉으로 보기엔 살고 싶은 마음이 날만치 전원적인 분위기가 흐르고 있는 목가적인 집. 그런데 이곳이 바로 '넥타이 공장'이라니. 겉보기엔 집이지만 집이 아닌 이곳 앞에서 짧게 메모했다.

집이 아니었다.
집과 무덤의 차이는
열어놀 창문이 있느냐
드나들 문이 있느냐 없느냐의 차이뿐이니

저
무덤은
사방팔방 벽일 뿐이다

영원한 감옥

|

빼놓을 수 없는 이야기는 장기수를 소재로 한 작품에 대한 얘기다. 1970년대 문인사건을 배경으로 쓴 이호철의 장편소설 『문』(1986), 잊어왔던 분단한국사의 생채기를 고스란히 드러내는 김하기의 역작 『완전한 만남』(1990), 또한 남파간첩 김진계의 수기를 바탕으로 작성된 『조국』(1990), 혹은 서준식의 항소문 「나의 주장」(1989)이라든지 신영복 씨의

편지모음 『감옥으로부터의 사색』(1988) 등은 빼놓을 수 없는 항목이다.

실상 문학사에서 세계적인 옥중문학의 걸작을 꼽으라면 프랑수아 비용(François Villon)의 『유언시』(遺言詩, 1463)나 체르니셰프스키의 『무엇을 할 것인가』(1863), 혹은 솔제니친의 『이반 데니소비치의 하루』(1962) 등을 짚어볼 수 있다. 그런데 우리 문학사가 생산한 옥중문학 역시 세계문학사에 나타난 옥중문학과 비교하자면, 더욱 유장하고 출중한 작품사(조선시대의 유배문학까지 포함한다면)를 지니고 있다. 그럼에도 불구하고 많은 옥중문학 작품 중 한 편향은 과도한 주관성에 함몰되어 감상적으로 자기도취를 읊거나, 또 다른 편향은 사회사적인 배경을 생략한 채 정신사적인 질환으로 대상화시키거나 해서 개별성과 추상성에 매몰되어 보편적인 구체성을 획득하지 못하고 있는 것이 아쉬운 점이다.

해가 설핏 기울어든 저녁참에 서대문구치소에 다시 섰다. 밤이면 높다란 감시탑들의 탐조등 불빛은 확고부동한 기능을 발휘해야 하는데, 지금은 어둡다. 아무도 없다. 감옥이 텅 비었다는 사실은 실상 기쁨이요 희망이다. 또한 내일 아침이면 공원 숲엔 해맑은 아침햇살이 찾아들고 여기저기 새 울음이 낭자하게 쏟아지겠다.

국가는 감옥이란 족쇄를 적당한 시기에 이용해왔고, 가끔 뭐나 되는 양 시혜하듯 '특사'를 베풀어왔다. 이런 말을 끄적이는 순간에도 사회의 구조적인 모순 때문에 많은 노동자·철거민·양심수들이 감방에 억울하게 갇혀 있다.

자유가 없는 체제에서는 그 사회 자체가 거대한 감옥이다. 다만 죄 없는 사람의 감옥이 잠깐이라면, 반대로 '양심의 감옥'이란 영원성의 의미를 지닌다. 착한 이들을 볼모로 잡아놓은 '도둑님'들은 역사라는 영원한 감옥에서 '죄인'으로 판정받고 자자손손 빠져나가지 못한다.

(1991)

덧말) 감옥은 문학작품의 중요한 공간이다. 이 글을 쓴 1991년 이후에도 감옥과 관련된 작품은 계속 나오고 있다. 공지영 장편소설 『우리들의 행복한 시간』(푸른숲, 2005)도 권하고 싶다. 이 소설에 관해 필자가 쓴 「느닷없이 다가오는 낯선 문제들」(김응교, 『그늘-문학과 숨은 신』, 새물결플러스, 2012)을 참조하시면 한다.

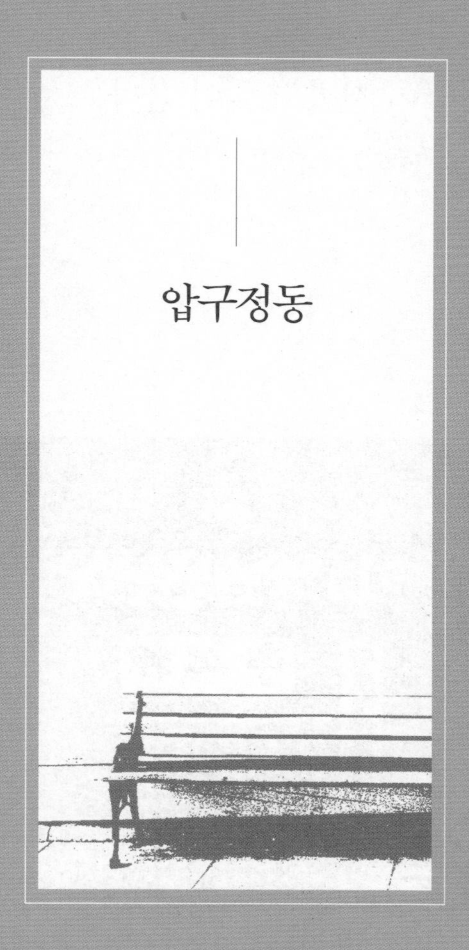

압구정동

1991년 6월 | 신사동

11 강남이 서야 조국이 산다

유하 『바람 부는 날이면 압구정동에 가야 한다』, 최인석 『그림 없는 그림책』

《예감》 창간호

한국판 자본주의의 쇼케이스

압구정동이 예술작품의 대상이 되기 시작한 때는 1980년대 말부터다. 유하는 시집 『바람 부는 날이면 압구정동에 가야 한다』를 '오, 욕망의 삼투압이여!!'라는 카피를 달아 1993년에 영화로도 만들었다. 배창호 감독은 로데오 거리에서 방황하는 젊은 영혼들을 영화 〈젊은 남자〉에 담아냈다.

두 작품 모두 흥행에는 실패했다. 날림공사식 제작에도 문제가 있겠지만, 그에 앞서 압구정동이란 소재 자체가 이미 낡았기 때문이 아닐까?

강남의 밤거리를 나섰다. 홍청대는 현대백화점, 주윤발 코트를 입고 쏘다니는 청년들, 맥가이버 헤어스타일로 롤러스케이트를 타는 아이들, 입술을 꼬옥 다물고 심혜진처럼 딱 달라붙은 까만색 가죽 미니스커트를 입은 여자애들.

네온이 꽃피는 강남의 밤거리
장미 한 송이 손에 들고서 노래하는 강남 멋쟁이
제 아무리 잘난 사람도
어쩌다 두 눈이 마주칠 때면
느끼는 감정 참을 수 없어
여보세요 한 번만 만나주세요, 하면서 미소를 받는 강남 멋쟁이

_문희옥이 부르는 〈강남 멋쟁이〉

용왕, 궁전, 낙원, 안마시술소, 가라오케, 카바레, 영동장 여관, 성인클럽, 극장식 스탠드바 등 온갖 향락이 날름대는 신사동. 술집, 또 술집, 가지각색 술집들이 퇴근하는 회사원들의 넥타이를 잡아끄는 거리. 셔터를 내리고 새벽까지 술을 마시는 뒷골목의 낙원. 섹시한 여자를 머리맡의 티슈처럼 뽑아 쓸 수 있는 밤의 천국. "아아, 그날 밤 만났던 사람—" 하며 주현미의 〈신사동 그 사람〉이 절로 흥얼거려지는 강남제비, 강남백작의 거리.

이 거리엔 비싼 호스티스가 많다. 비싼 호스티스랑 한잔 하려면 기본 팁이 어느 정도여야 하는지, 이 바닥에서 5년 동안 디스코걸을 했다는 한 아가씨는 이렇게 말했다.

"팁으로 삼만 원 이상 안 주고 만 원짜리 한 장만 주면, 대기실에 들어가서 욕하죠. 별 미친놈 다 보겠네."

팁 만 원만 내면 졸지에 '별 미친놈'이 되는 요사스런 강남. 여기 압구정동 주변 지역의 변화는 지난 1985년 현대백화점이 들어서고 신사동 사거리 일대에 카페 등 유흥가가 형성되면서 시작되어 최근 매우 빠른 속도로 진행되고 있다.

그런가 하면 신사동은 새로운 귀족 문화의 출발지라고도 한다. 그도 그럴 것이 리버사이드 호텔 맞은편 골목의 가지가지 술집들을 지나 대리석으로 웅장하게 지어진 출판문화센터가 자리 잡고 있어 열화당, 민음사, 한길사 등이 지적인 위용을 과시하고 있다. 그래서 주변의 술집에는 밤마다 시인과 소설가, 평론가들이 제각기 그들의 생각을 소리 높이기도 한다.

오늘 맥주집에서 만난 한길문학예술연구원에 다니는 수강생들이 운동가요를 부르는 모습이 신사동 분위기와는 썩 어울리지 않으면서도 어던지 모르게 묘한 동질성이 느껴지는 이유는 왜일까? 함께 자리했던 어느 평론가는 '오바이트 문화'라고 꼬집기도 했다. 또, 번쩍이는 밤거리의 네온사인을 보고 충청도에서 온 시인 이정록이 신사동 뒷골목에서 꺼낸 첫마디.

"이런 디서 무슨 시를 쓸 수 있겄어유?"

하지만 여기에도 문학이 있고, 독자가 있다. 해서 여기 사람들이 주로 무슨 책을 많이 보는가, 강남의 유일한 대형서점 월드북센터에서 일하는 박 아무개 씨에게 물어보았다.

"주로 인테리어 잡지가 많이 나가죠. 특히 외국 잡지는 찾는 사람이 더 많아서 부러 주문해놓곤 하죠. 《메종 프랑세즈》라든지 《우쯔구시 헤야》(아름다운 방) 같은 잡지는 들어오는 대로 불티나게 팔려요."

"인테리어 잡지 말고 여성잡지는 뭘 주로 보죠?"

"다른 데는 모르지만 《샘이 깊은 물》처럼 약간 지적인 호기심을 만족시켜주는 잡지가 잘 나가는 편입니다. 유안진이나 신달자의 수필도 꾸준히 나가는 편이구요."

여기서도 '수필집 베스트셀러 신드롬'은 예외가 없었다. 사실 힐링 서적류의 수필집은 '현실적인 불이익을 초래하지 않는다면 머릿속으로 어떤 꿈인들 꾸지 못하겠는가'라는 중산층의 '심리놀이'에 철저히 봉사하는 글은 아닌지. 이곳 독자층의 발길을 끌려고 월드북센터에서 진행하는 연예인과 개그맨의 사인 판매도 다른 대형서점에서는 보기 힘든 판매술이었다. 이런 판매술 역시 고도화된 상술이 아닐까.

'한국판 자본주의의 쇼케이스'라는 신사동의 길목은 그렇게 술집과 잡동사니 문화의 거리로 이루어져 있다. 신사동이 남성의 소비욕구를 탐내는 거리라면 속칭 로데오 거리는 부유층 여성들의 핸드백을 탐내는 거리다.

로데오 거리를 거니는 여인들
|
어딜 그리 바쁘게 가야 하는지 도로의 목구멍 위로
들숨 날숨처럼 헉헉대다 숨막히는 빽빽한 차량들
숨가쁘게 먹고 싸고 사정하는 인간의 구규*를 닮은
아파트가, 하수도의 목구멍이 막히도록 내뱉는 구정물

*구규: 인체에 뚫린 아홉 개의 구멍

압구정동을 도시 문명의 시각으로 드러낸 시인 유하의 시 「게으름의 찬양」(『바람 부는 날이면 압구정동에 가야 한다』, 문학과지성사, 1991)처럼, 아침이면 서울 시내 쪽으로 향하는 자가용 행렬은 한남, 동호대교의 목구멍을 꽈악 조인다.

대낮에도 붐비는 로데오 거리. 압구정동 현대아파트 단지 내에는 한 집에 평균 한 대 꼴로 '여벌' 중형 승용차가 있다고 한다. 여인들이 모는 그 승용차들이 이 거리로 모이는가 보다. 그래서 이 거리는 중년 부인들과 젊은 여자들로 이루어진다.

신사동의 술집 거리는 압구정동과 청담동을 넘어 테헤란로까지 뻗어 있다. 한편, 압구정동 동쪽 현대백화점에서 출발해서 갤러리아 백화점 동관 맞은편을 지나 청담동 쪽으로 쭉 뻗은 1킬로미터가량의 거리가 패션가로 나날이 번창하고 있어, 바로 이 길을 '로데오 거리'라고 한다.

1980년대 말부터 강남 일대에 새로운 풍속도로 등장한 로데오 거리는, 미국 할리우드의 번화가인 베벌리힐스에 있는 유명한 패션 거리 '로데오 드라이브'를 닮았다 해서 그리 부른다고 한다. 물론 주머니가 가벼운 청소년을 겨냥하여 북쪽에는 10여 개의 보세가게들이 몰려 있지만, 정작 이곳이 관심을 끄는 이유는 50여 개에 이르는 고급의류 상점들 때문이다.

이 거리에는 세계 패션을 주도해온 각국의 상표가 즐비하다. 피에르 가르뎅, 기라로쉬, 로가디스, 그란트, 니노 세루티, 입생로랑, 찰스 주르당, 발렌티노, 장루이 쉐레, 아로베르베르, 꼼벨레 같은 외국 상표에만 집착한 전문 수입업체들이 우후죽순처럼 생겨나고 있다.

또한 고급 패션 의류가게인 전문 부티크(디자이너숍)도 속속 자리를 잡고 있어 압구정동은 이대 앞과 명동이 그랬듯이 패션의 중심지로 지역의 특성을 굳히고 있다. 그래서 이 거리를 거니는 여인들의 차림새를 보면 이곳이 '빈부격차를 일소한 욕망의 평등사회이고 패션의 사회주의 낙원'이라는 말이 실감난다.

양말 한 켤레에 육천 원, 넥타이 하나에 사만오천 원, 블라우스 하나에 팔십만 원이 넘는 것이 수두룩했다.

“스키는 제대로 탈 줄 몰라도 스키복은 최고로 갖춰 입어야 하고, 골프를 치려면 잭 니클라우스나 아놀드 파머를 입어야죠.”

실제로 국내의 한 의류회사에서 새 상표를 하나 개발했는데 하나도 안 팔렸단다. 그래서 가짜 외국 상표를 붙이고 가격 끝에 동그라미 하나씩을 더 붙였더니 불티나게 팔렸다는 소문은 이러한 세태를 반영하는 얘기다.

“손님들이 부유층에 제한된 게 아니라 소비 행태가 날로 소비경쟁으로 치닫다 보니깐, 보통 중산층으로 좀 여유 있는 분까지 찾아오시는 경우도 가끔 있죠.”

조금 전 대화를 나누었던 가게 주인인 디자이너는 무분별한 소비 행태를 부드럽게 표현했다. 하지만 ‘찾아오시는’이란 말의 의미 속에 ‘허영심이 발끈해서 온다’라는 저의가 들어 있음이 어렵지 않게 느껴진다.

정말 우리나라에는 상류층이 많아진 걸까? 그저 겉껍데기 유행만 좇기에, 내용 있는 옷문화가 정착되지 않았기에 로데오 거리는 오늘도 공허하게 번지르르하기만 한 게 아닐까?

사실 로데오 거리에는 볼거리가 많다. 그러나 살거리는 선택된 사람들의 몫일 게다. 말할 필요도 없이 저토록 고급스런 삶의 방식은 민중은 커녕 웬만한 중산층도 접근하기 힘드니, 다만 부유층을 위한 거리일 뿐이다.

저 고급스러움. ‘별세계’를 이루는 거리에 몽롱한 정신으로 배회하기에 앞서 사치의 뚜껑을 열어보면 이 거리에는 과감히 생략된 문제가 있음을 찾아낼 수 있다. 이 거리의 세계관이 무시하고 있는 것은 다름 아닌 우리 사회에 내재하고 있는 거대한 모순 구조다. 촉감마저 간드러지는 고급직물을 만든 생산자들의 목소리는 이 거리 그 어느 곳에서도 들리지 않고, 자본의 세계만 버젓이 가슴을 내미는 오만한 거리인 것이다.

로데오 거리를 지나는 여인들. 여기 여인들은 하나같이 두 다리가 미끈한 마네킹처럼 예쁘다. 밭에서 김을 매며 씨익 웃어 보이는 시골 아낙네에게서 가난의 그림자가 느껴진다면, 여기 호사스런 옷을 입고 거니는 여인들의 모습에서는 값비싼 향수 냄새가 느껴진다.

그 어른에 그 아이들

압구정로를 거닐면서 콘크리트와 유리와 단란한 행복으로 무장한 거대한 성채 같은 신현대아파트가 눈에 들었다. 그 성채에 오후의 태양이 걸리면 성채의 유리창들이 황혼을 서로 반사하여 모든 유리창이 붉게 타오르고, 성채에 걸린 대포처럼 보이는 파라볼라 안테나는 은빛 광채를 발한다.

저렇게 거대한 성채에서 자란 아이들은 하나하나가 왕자님이나 공주님이 아닐까. 순간, 잠실 현대고등학교에서 선생을 하는 친구의 말이 얼핏 떠올랐다.

"일 년에 한 번 불우아동돕기를 하는데, 한 집에 돈을 보내주었더니 글쎄 그 부모가 와서 하는 말이 왜 우리가 불우하냐고 항의를 하잖아. 실제로 그 집은 소나타를 몰고 다니고 월 생활비가 평균 400만 원(1991년 현재—글쓴이)은 족히 넘는 집이었어. 하지만 우리 반에서 젤 가난한 게 사실인데 어떡해."

그도 그럴 것이 패션에 앞서가고 중형 승용차를 몰고 사회활동을 하고 다니며, 자녀들의 교육비 투자에 '절제'가 없는 이들의 월 생활비는 평균 400만 원이 거뜬히 넘는다는 것이 이들을 상대로 장사하는 이 지역 상인들의 어림짐작이다.

이런 수입에서 이들의 가장 큰 관심은 다른 지역과 마찬가지로 자녀 교육이다. 어느 고등학교의 한 교사는 시큰둥히 입을 연다.

"이 지역의 전교생이 진학을 희망하고 있죠. 지난해 4년제 대학 진학률이 50퍼센트를 넘어 전국에서 1위를 차지할 만큼 학생들의 수준이 높죠. 하지만 강요된 '억지 공부'일 따름이어서 학생들은 공부에 지쳐 있지요."

과외를 하지 않는 학생이 거의 없어 학교 수업시간에는 졸거나 과외 숙제를 하고 있는 경우가 많다. 초등학교 어린이들도 마찬가지로 "놀이터에서 노는 아이들을 볼 수 없다"는 것이 단지 내 상인들의 얘기다. 강남에서 부딪치는 문제 중 하나가 바로 이런 상황에 처한 아이들의 교육 문제다.

비뚤어진 어른들의 얘기를 담은 작품으로 최인석의 단편소설 『그림 없는 그림책』을 주목할 만하다. 이 소설은 외관상 행복한 생활을 꾸려나가는 한 중산층 가정을 통해 이들이 누리는 물질적 풍요의 허구성을 비판하고 있다. 이야기는 서울 시계(市界) 바로 안쪽에 자리 잡고 있는 아파트 단지에서 시작된다.

더 많은 것을 소유하려는 욕망에 사로잡혀 있는 아내의 부도덕한 성격, 방종을 일삼는 남편, 이들에게 가정은 이미 상호신뢰의 본래 의미를 상실한 채 최대이윤을 창출하는 경제단위로서만 존재한다. 남편은 혼외정사를 하면서 돈밖에 모르는 아내에게, 또 회사 상사와 친구를 향해, 그

리고 마침내 자신에게까지 자학의 욕설을 퍼붓는다.

"임마, 점잖은 정치가 어쩌고 민주주의가 어쩌고 하지만, 이런 데 와서 계집이나 끼고 자빠져 있고, 더러운 놈. 마누라가 그런 짓 안 하고 다녔으면 너가 그만한 집에 살겠냐?…너 같은 놈이 대학 나와 사회를 이끌어가는 중추야?…문 목사가 어쩌고 어째? 평양이 어쨌다구? 통일이 어떻게 됐어?…아사리판도 니가 놀아나는 아사리판이 세상천지에 어디 있겠냐?"

_최인석, 『그림 없는 그림책』(웅진출판, 1990)

뿐만 아니라, 여관방 침대 위에서 다른 여자와 정사를 하는 중에 미친 놈처럼 허공에 대고 부인에게 쏘아대는 말인즉슨,

"돈, 돈, 돈, 돈… 돈밖에 모르는 여편네야. 증권, 집, 이자…. 그놈의 집 좀 늘리느라고 한 해에 네댓 번씩 이사도 한 적이 있다면 말 다했지. 파출부 데려다 놓으면 그만인지, 아이는 파출부한테 맡기고 돌아볼 생각도 않고…. 만났을 때나 귀여운 내 새끼, 내 새끼 하면 그만이야? 아이가 그렇게 자라는 거야? 파출부가 아이를 키워? 그게 파출부 새끼야?"

한 아이의 생명이 '그게'로 변하는 극한적인 상황. 이렇게 작가는 작중인물의 입을 빌려 가정파탄의 원인이 개인의 탓보다는 불합리한 사회제도와 자본주의 사회의 물신화된 세계상에서 비롯되고 있음을 폭로하고 있다.

파워집단의 정치의식

강남 아파트 단지 내에는 다이아몬드 생수 등 세 개 회사의 생수가 배달되고 있는데, 한 배달원은 "48평형의 경우 한 세대가 일주일에 3,100원짜리 물 한 통을 사먹고 있다"고 말한다. 하지만 강남에 산다고 모두 과호사를 누리는 건 아니다. 압구정로 아파트 단지 맞은편에 가면 일반적으로 강남사람이라 하는 사람들과는 다른 사람들이 모여 영 판이한 생활상을 이루어 살고 있다. 아무리 자가용이 많아도 강남을 다니는 340원짜리 버스는 언제나 만원이고, 새벽출근의 맞벌이를 하면서 어렵사리 살아가는 가정도 많다.

바로 이런 상황에서 갈등을 겪는 모습을 그린 작품이 김향숙의 중편소설 「ㅎ아파트의 세라」(《문예중앙》, 1991년 봄호)다. 이 작품에는 4학년 아이들 모두를 승용차로 날라 호텔 식당에서 생일파티를 여는 집, 학교가 파할 때쯤이면 변함없이 아이들을 데리러 엄마들이 타고 온 흰색, 청색, 회색, 검정색 다채로운 차량 행렬, 명은이란 어린애 하나를 위해서 그랜저 승용차에 시중꾼 언니를 따라붙이는 어느 아빠의 얘기가 나온다. 이런 부유층 속에서 주인공 세라의 가족은 교육문제 등으로 불안한 일상을 드러낸다. 아버지는 국내 제일가는 회사의 이사지만 아파트 단지 내에서는 단순한 중산층에 불과한지 늦게 들어오고 세라를 위해 자동차 한 대를 사주지 못한다. 세라의 엄마 역시 무슨 일이 그리 바쁜지 노상 늦게 들어오고 세라는 라면을 끓여먹기도 한다. 그러면서 세라는 부유층 친구들과 어울려 20년 후 자신의 모습이 어떨까 상상해본다.

이렇게 과호사가 판치는 이웃의 상황에서 소비욕구는 일부 호사계층의 형태에 의해 충동될 수밖에 없다. 그 욕구를 충족시킬 수 없을 때는 열등감과 더불어 소외감을 느껴 마침내는 이상심리의 발동에까지 이르게 된다. 그 안타까운 예가 작품 말미에 등장하는 어느 아이의 고백이다. 그 아이의 부모는 ㅎ아파트 단지 내 초등학교에 다니는 똑똑한 아이들을 닮으라고 동두천, 그 먼 곳에서 새벽에 자식을 강남으로 보내는 부모다.

이런 문제들이 김향숙 특유의 과장이 없는 꼼꼼한 문체로, 그녀의 다른 소설에 비하여 재미있고 긴장감 있게 서술되고 있다.

이런 문화적 속성 아래서 강남사람들이 지닌 정치의식은 어떨까. 강남의 전형이랄 수 있는 압구정동을 중심으로 알아보니, 그들은 1987년 대통령선거 때 노태우 후보에 36퍼센트, 김영삼 후보에 39퍼센트, 김대중 후보에 19퍼센트, 김종필 후보에 6퍼센트를 던졌다. 이 통계는 이 나라 최고의 아파트값(1991년 4월 현재 평당 2천만 원)을 자랑하면서 전국의 부동산 시세를 '리드'하고, '대한민국 1번지'로 통하는 서울특별시 강남구 압구정동 아파트 단지 주민들의 정치의식이다. 한마디로 이들의 정치성향은 변혁에 대한 지향과 현실에 안주하려는 경향이 교차하는 이중성을 보이고 있는 것이다.

이런 이중적인 정치의식과 더불어, 80년대 중반 한때는 구현대아파트 단지에서만 국회의원이 20명 이상 살 정도로 압구정동이 순식간에

'파워지역화'된 이유를 알기 위해서는 현대건설의 아파트건설 지출과정을 살펴볼 필요가 있다. 알고 보면 특혜를 받아 신도시를 개발하고 그 땅에다 지은 아파트를 힘 있는 인사들에게 특혜분양한 데서 오늘의 압구정동 구도는 이미 짜인 것이다.

현대건설은 1968년 당시 성동구 압구정동 저수부지의 공유수면 매립을 정부에 신청, 매립허가를 받아 1970년 4월 공사에 들어갔다. 세조의 왕위찬탈에 일등공신 역할을 한 한명회(韓明澮)가 한강의 갈매기를 벗하며 노닐고, 후일에는 박영효(朴泳孝)의 정자이기도 했던 압구정(押鷗亭), 바로 그 자리에서 강변 쪽으로 이어지는 만곡형의 모래밭을 돋우는 매립 공사는 당초 공장부지 조성이 목적이었다.

이때 현대는 두 차례의 '수상한' 일을 꾸민다.《시사저널》60호, 24쪽의 내용에 따르면, 현대는 공사 진행 중에 매립 목적을 택지조성으로 바꿔버렸으며, 허가면적보다 무려 11,000평을 초과해 한강을 매립한 것이다. 준공 후 43,000평이 현대에 귀속됐다.

1975년, 활처럼 구부러진 경관 좋은 강변에 23개 동 1,562가구분의 아파트가 최초로 압구정동에 건설되기 시작했다. 이어서 현대는 로비용으로 특혜분양을 하기 위해서 일반 분양 몫을 아예 없앴다. 1978년 7월, 검찰 수사결과 특혜대상은 청와대, 안기부, 국방부, 경제기획원, 상공부, 건설부, 총리실, 서울시, 국세청, 치안본부 등의 고위 공무원, 판·검사, 국회의원, 변호사 등 힘있는 인사들이 총망라된 것으로 밝혀져 국민에게 일대 충격을 안겨주었다.

특혜분양을 받은 사람은 수백 명에 이른 것으로 알려졌는데 이 중 엄청난 프리미엄을 받고 전매하여 투기한 혐의가 드러난 사람은 55명이었다. 아파트값이 더 오르기를 기다려 아직 전매를 하지 않고 있던 공직자 등 특혜분양자들은 꼼짝없이 들어가 살 수밖에 없게 됐다. 정경유착에 입주하지 않을 수 없는 상황이 합해져, 압구정동 현대아파트는 어느 면에서 '울며 겨자 먹기'로 파워집단의 주거지역이 된 것이다.

이후 계속해서 건설된 아파트들도 자연 비슷한 계층의 입주자들로 채워지면서 압구정동 아파트 단지 주민구성의 특징은 보다 분명해졌다. 아주 짧은 기간에 이루어진 높은 수준의 사회·경제적 지위 소유 집단의 이주였다. 압구정동을 중심으로 한 주변 강남 아파트촌의 형성은 다소 다르기는 하지만 이와 유사한 구조에 의해서 결정되었다고 볼 수 있다.

이러한 집단의 특성을 볼 때 1992년 대통령 선거에 대한 이들의 답은 명백했다. 야당세에 의한 민주적인 사회는 바라고 있으나 그들의 기득권이 줄어들지 않는 범위 내에서 철저히 이중적인 '안정제일주의'를 택한 것이다. 그런데 이런 안정제일주의의 배후에는 진보를 가장한 시혜적인 허위의식과 기득권을 영원히 누리고자 하는 집단이기주의가 자리 잡고 있음은 말할 필요도 없다.

이런 생각을 하면서 압구정동 아파트 거리의 알림판에 붙어 있는 각종 정치광고를 보고 있던 차에, 문득 1987년 6월 10일 1시경 무교동 코오롱 빌딩 앞 데모장면이 떠올랐다.

그때 나는 연합통신에서 일하는 선배기자의 완장을 얻어 공중전화로 기사를 알리고 있었는데, 공중전화 저쪽 소리는 잘 들리지 않았다. 그날 그곳에 모인 이른바 '넥타이 부대'들이 최루탄 가스에 목멘 쉰 목소리로 숨을 컥컥 토해내며 "김영삼! 김영삼!"을 외쳐댔기 때문이다. 마치 물에 빠진 사람이 지푸라기라도 잡듯 김영삼을 호명했다.

기억난다. 불끈 쥔 두 팔을 들고 입술을 꾹 다문 채 비장한 눈빛으로 주위를 둘러보며 시청 쪽으로 걸어 나서던 김영삼의 모습, 마치 구세주라도 된 양 의기양양하게 걸어 나서던 그 모습. 그날 울려 퍼지던 넥타이 부대의 찢어지는 듯한 목소리가 지금 여기서 들리는 이유는 왜일까. 그들의 정치의식이나 강남의 정치의식이 어떤 유사성을 지니는 까닭일까.

넥타이 부대, 혹은 강남의 정치의식이 목 터져라 불러댔던 김영삼은 지금, 개혁을 외치며 목하 만화방창(萬化方暢)하고 있는데, 이제 총선이 오면 그들은 어느 쪽을 찍을 것인가. 과연 집단 이기주의를 뚜렷이 나타내던 정치집단인 압구정동의 '강남당파성'은 이제 누구를 지지할 텐가.

민주주의 '명문'의 길

옛 압구정은 권신 한명회의 권력행사의 일환으로 지은 정자였다. 얼마 전, 압구정은 현대판 권력 행사를 엿볼 수 있는 곳이었다. 지금도 그런가? 아니라면, 지금은 어디인가? 이제 신사동에서 압구정동까지는 한국 자본주의의 진열장이다. 그 쇼케이스의 진열품들은 한국 자본주의의 풍요로운 세련만이 아니라 천박성을 벌거벗겨 드러내고 있다. 여기서 살아가는 부유층 혹은 신중산층이라 불리는 이들이 사회의 한 부분을 일구어간 본래 의미의 회복이 필요하다. 건강한 중산층의 존재야말로 그 사회의 민족적 발전을 가능케 해주고 그것을 지탱해주는 기둥이 된다고 믿는다. 그러나 우리가 판단하는 한, 오늘날 우리 사회의 특수층이나 중산층은 그러한 기대에 훨씬 미치지 못한다고 할 수 있다. 앞서 살펴본 작품들도 강남의 일그러진 형상을 반영한다.

사실 나는 단란하게 살아가는 가정의 이야기를 담고 싶었다. 단지 입구에서 순대를 파는 아줌마에게 꼬박꼬박 인사하는 어린아이의 얘기를 담고 싶었다. 하지만 7, 80년대 아파트 단지의 얘기를 담은 이동하의 『공소』, 박완서의 『닮은 방들』, 최인호의 『타인의 방』 등은 모두 획일적인 단지 공간에서 자기를 상실한 비인간적인 상황을 주제로 삼고 있다. 90년대 들어 발표된 작품도 양상을 같이한다. 최근에 유순하, 김향숙, 최인석 등이 신중산층을 소재로 한 작품들을 많이 발표하고 있는데, 작가들은 올바른 삶의 지표를 상실한 채 안정과 변혁 사이에서 갈팡질팡하고 있는 오늘의 중산층이 '알맹이가 빠진 껍질만의 삶'을 살고 있다고 진단한다. 그래서 중산층이 건강한 시민정신의 결집체로서 이 사회를 이끌어가는 구심점이 되어야 한다는 데에 작가들은 모두 동의하고 있다.

건강한 시민정신은 어디서 시작될까? 무엇보다도 가정이 돈을 벌어들이는 경제적 단위가 아니라 사랑을 생산해내는 최소단위가 되어야 한다는 다짐이 있어야 하지 않을까. 밤거리를 방황하며 외도를 일삼는 아빠, 로데오 거리만 쏘다니는 엄마, 돈으로 모든 게 해결된다고 배우는 아이, 이들 모두가 사람들 생애에 가장 중요한 사실은 돈이 아니라 사랑이라는 평범한 사실을 다시 깨닫는 다짐이 필요하지 않을까. '안정제일주의'라는 명제도 단지 통속적 수필류의 허위의식과 결합할 때는 현실에 대한 냉소주의와 연결될 것이다.

강남인들의 작은 사랑이 가정을 넘어 이웃에게 이어져 계층 간의 불평등한 관계를 해소하려는 최소한의 관심을 가지기 시작한다면, 롯데월드 주변에서 쫓겨난 영세 상인들과 그들이 살아가는 달동네 빈민들의 삶에, 로데오 거리와 현대백화점 내에 진열된 수많은 제품들을 만들어낸 생산노동자들의 목소리에 잠깐 기웃거리기만이라도 한다면 강남의 의미는 그때부터 거만한 부(富)의 성채라는 오명을 넘어서 민주주의를 보여주는 '명예의 동네'로 기록될 것이고, 그렇게 되는 날 반영의 미학을 소중하게 여기는 작가들은 '강남 민주주의'의 자랑을 작품 안에 고스란히 담아낼 것이다.

이제 밤이 어두워졌다. 신사동 밤거리는 시끄러운데 단지 내로 들어가면 사막처럼 조용하다. 차가움, 메마름, 견고함으로 가득 찬 엄청난 공간이 숨죽은 듯이 조용하다. 어디든 건물 앞에는 통행이 불가능할 정도로 중형 승용차들이 꽉 들어서 있다.

거북이처럼 누워 있다가 다시 아침 해가 뜨면 줄을 지어 한강 다리를 건너 돈을 끌어모아 돌아올 저 자동차를 보는 참에, 강남으로 취재 가는 필자에게 누군가가 냉소적으로 농담처럼 흘리던 말이 귀에 스쳐 지나간다.

"강남이 서야 조국이 산다!"

(1991)

덧말) 이 글은 25년 전 강남을 보고 쓴 글이다. 지금과는 너무도 다르다. 그때 그 모습 그대로 의미가 있다고 생각해서 고치지 않고 올려둔다.

1995년 | 압구정동

12 쇼케이스의 꿈

이순원 『압구정동엔 비상구가 없다』

귀고리 단 남자의 묶은 머리칼, 배꼽이 드러난 옷차림, 몸에 착 붙는 초미니스커트를 빠르게 받아들인 수입지(輸入地). 4년 전에 며칠 동안 '夢者童', 'あさ', '梅花', 'ゆき', '나인 하프 위크' 등을 어슬렁 기웃거리다가, 마침내 참을 수 없다는 듯이 '귀족 문화' 혹은 '시혜적인 허위의식', 덧붙여 '집단 이기주의', '무분별한 모방' 등등으로 차갑게 노려보던 곳.

그때 이야기를 문화기행문 「강남이 서야 조국이 산다」(《예감》, 1991년 창간호)로 써낸 적이 있다. 그런데 4년이란 세월, 자본주의 사회 속에서는 실로 지하철 한 노선이나 엠파이어 빌딩을 세우고도 남을 만한 '기나긴' 시간의 변화 속에서 압구정동은 많이도 변했다. '압구정'이라는 서비스 사회는 24시간 체인점과 더불어 신촌, 홍대앞, 돈암동, 구로동, 신림동 할 것 없이 한반도 구석구석 퍼지고 있다. 누가 뭐라든, 편하니까.

이런 현상에 대해 몇 편의 글이 나왔다. 조혜정 교수의 「압구정 '공간'을 바라보는 시선들」(『글 읽기와 삶 읽기』, 또하나의문화, 1994)에서 구동회 「압구정과 구로, 산업과 일상」(『공간의 문화정치』, 현실문화연구, 1999)까지 많은 글이 새로운 생각들을 자극했다.

게다가 94년부터 나는 논현동에 있는 출판사 사무실 한 귀퉁이에 둥지를 틀고, 압구정 문화에 익숙해지고 있는 처지다. 강남으로 출근하는 강남 세일즈맨이 된 것이다. 1년이 넘어서부터 강북보다 500원 이상 비싼 설렁탕 값에 투정 부리지 않게 되었다. 직장 일로 고급 외식을 접하면서 가끔 깔짝거리는 자괴감에 빠질 때도 있다. 이런 마당이니 압구정동에 대해 새롭게 반응할 수밖에 없다. 때문에 글을 쓰는 나의 자세는 한 편의 수필을 써 갈기듯 가볍지만은 않다. 논현동에 있는 한 출판사의 편집주간으로 남의 원고만 보다가 오늘 1년간 생활해본 강남에 대해 쓴다. 더욱 여투고 바잡은 자세로 압구정동이라는 그 '텍스트'를 다시 읽어본다.

과거, 현재, 미래가 흩어진 깨진 거울

방금 내가 '텍스트'라 했듯이, 압구정동이란 '공간'은 이야기가 있는 하나의 텍스트다. 강제된 미학이 아니라 해방된 미학에 의해 생산된 결과물은 전통적인 '예술작품'의 기능을 넘어 하나의 '창조적 텍스트'로 기능한다. 그만치 압구정동은 '여러 이야기를 담고 있는 텍스트'와 다름없다. 다시 말해 '이야기(Discourse)가 담긴 하나의 예술문화공간'이라 할 수 있다. 이런 생각이라면, 텍스트를 읽듯이 압구정동을 가상의 베스트셀러 『압구정동』으로 읽을 수도 있을 법하다. 이 텍스트를 자세히 읽노라면, 이 독특한 문화 조각은 우리 90년대 문화의 과거와 현재와 미래를 동시에 빛내고 있는 유리, 유리 중에서도 마치 깨진 거울 조각 같다.

실제로 압구정동이라는 곳은 과거 유신시대 발전이데올로기의 산물이며, 현재는 탈산업과 소비의 축적이며, 동시에 미래의 탈자본주의적 욕망이 축적되는 곳이기도 하다.

문예사조로 말하자면 과거가 한양아파트의 고전주의이고, 현재가 보세 골목으로 불리는 곳의 감각적 모던주의라면, 미래는 포스트모더니즘을 지향하는 로데오 거리의 공간이랄까.

동쪽 갤러리아백화점 건물과 새로 지어진 '한일증권' 빌딩이 고전주의 분위기를 안착시키고 있다면, 한양아파트 건너편 '맥도날드'와 주위의 보세 옷가게들은 모더니즘풍이다. 그리고 논현동 '로데오 거리'는 포스트모던한 최첨단의 현대성을 풍긴다. 동쪽에 '우바 진도모피' 건물 뒤편 골목길에는 전위주의가 조금씩 뻗어가고 있다. 혹은 과거의 평안한 안식주의, 그리고 현재와 미래성 속에는 청년적 진보성이 있으며, 그 속에는 다시 딜레탕트의 측면과 아방가르드의 측면을 동시에 갖고 있다고 할 수 있다. 그것은 다른 한편에서 사회적 해방을 추구하는 한 가지 방법으로 표출된다.

소비주의의 욕망

|

압구정동은 4년 동안 많이도 변해 있었다. 아니 압구정이 변한 것이 아니다. 다른 지역의 공간들이 너도나도 압구정동을 모방해 압구정동을 '낡은 것'으로 만들어버렸다.

1994년 10월 21일, 성수대교까지 무너져서 교통은 더욱 짜증스럽고, 압구정동은 불편해지고 있다. 한때 압구정동이 내세웠던 '통유리' 카페, '통유리' 옷가게 등 '통유리-전위주의'는 더 이상 낯선 대상이 아니다. 신화에 가까울 만치 압구정동에만 있던 명물이 이제는 신촌이나 홍대앞이나 일산이나 구로동 곳곳에 흩어져 있다. 그만치 압구정동은 인간에게 실용적인 공간으로 흩어지고 있다.

그러나 여기는 아직도 욕망의 해방지대이며, 안전지대(Safety Zone)로 표상된다. 한양아파트 건너편 길은 중고등학생을 대상으로 한 값싼 보세

품집과 뒷골목 주변에 이제 그리 화사하지 않은 카페들이 있지만, 아직도 여기의 '해방-안전지대'란 의미는 돈 가진 자들끼리만 통하는 의미다.

이순원의 장편소설 『압구정동엔 비상구가 없다』(중앙m&b, 1992)는 압구정동의 생활을 잘 보고하고 있다. 꼬마 아이가 백만 원짜리 수표 한 장을 들고 물건을 사러 왔다. 점원이 얼마나 놀랐을까. 점원이 집으로 전화했을 때, 수화기에서 들려오는 신경질 돋은 목소리.

> "이봐요. 그게 큰돈이든 아니든, 아니, 당신은 말이야. 점원 주제에 물건이나 팔면 그만이지, 남이야 아이한테 백만 원짜리 수표를 줘 보내든 천만 원짜리 수표를 줘 보내든 무슨 상관이라고 그러는 거야? 백만 원짜리 수표 한 장 처리 못할까 봐 그러는 거야 뭐야? 점원 주제에 꼬라지를 알아야지 별 쓸데없는 걸 가지고 다 전화를 하고 난리야. 끊어요, 그만. 애한테 물건이나 줘 보내고."

순진한 점원의 입이 딱 벌어졌을 법하다.

강북 사람이나 농민들이 들으면 욕 나올 만한 얘기다. 압구정동에 사는 모든 이의 모습은 아니겠지만 작가는 독특한 사건을 조명한다. 꼬마 아이가 백만 원짜리 수표를 호주머니에 쑤셔 넣고 다닌다. 철철 흘러넘치는 욕망의 분출. 하지만 당신도 이런 풍족함을 은근히 바라고 있지 않는가. 그래서 압구정동을 소재로 소설을 썼던 소설가 이순원은 너무도 솔직하게 고백한다.

비압구정동에 사는 서울 사람들 대부분은 하룻밤 자고 일어날 때마다

30센티미터씩 압구정동으로 다가가는 꿈을 꾸고 있다. 아닌 척하면서도 어쩔 수 없는 그런 꿈을 꾸게 하는 것이 이 땅 경제의 메커니즘이다. 자신 있게 부인할 수 있는 사람 앞으로 나올 것.

_「우리는 매일 30센티미터씩 압구정동으로 가는 꿈을 꾸고 있다」, 《한국인》(1992년 6월호)

작가의 솔직한 고백처럼 압구정동에 살지 않는 사람들이 압구정동의 풍요함을 부러워하는 경우는 당연히 많을 것이다.

"돈만 있다면 강남으로 이사 가고 싶다" 혹은 "그곳에 사는 친구들이 부럽다" 꿈꾸며 말하는 사람이 적지 않다. 그만치 강남은 한때 우리가 아메리카를 동경한 만큼 큰 위력으로 우리의 중산층을 유혹하고 있다. 당연히, 저 정도의 풍요함은 우리가 더불어 나누어야 할 공동의 기쁨이어야 한다. 그런데 문제는 '그렇지 않음'에 있다. 거기엔 아직도 일하는 사람들이 함께 즐겨야 할 소비의 나눔이 없다. 생산자의 몫은 철저히 지워져 있다. 그랜저 정도의 차를 몰고 압구정 뒷골목에 들어가지 않는다면, 뭔가 질시를 받는 느낌이 들 정도로 건물과 건물 사이에 배타주의의 공기가 짙게 떠다닌다.

언젠가 내 수업을 듣는 성악과 학생 가운데 이 근처 호프집에서 맥주를 나르는 학생을 찾아간 적이 있다. 그는 거기서 번 돈으로 레슨비를 냈다. 비슷한 일을 하면서 학비를 모아 공부하는 학생들을 만나보았다. 흰색 그랜저를 몰고 다니는 또래에게 허리를 굽혀야 하는 학생들을 보는 내 심정이 실로 자본주의식의 담담한 마음뿐이었을까. 실로 돈만 있으면 최고라는 자본의 논리에 의해 주인이 되고 머슴이 되는 압구정동식 해방구의 율법.

그런 율법은 압구정동 뒷골목의 건물 문화에 펼쳐져 있다.

1995년 3월 말에 나는 중고 스텔라를 몰고 압구정 뒷길을 덜덜거렸다. 동쪽 갤러리아백화점 맞은편 길의 뒷골목으로 들어갔다. 고래등 같은 집(가만, 궁전에 가깝다) 사이로 '프로메씨 웨딩', '유재용 미용' 등 값비싼 미용실을 지나면, 'Pub Restaurant', 'ROXY', 'IKKI' 등 이국적인 이름을 만날 수 있다.

이왕이면 넓은 정원에
풀장 있는 큰 집에서
매일 봐도 지겹지 않은
예쁜 여자와 살고 싶어
문제는 돈
넓은 정원 풀장 있는 큰 집 사는 돈
요즘 세상 예쁜 여자 사로잡는 돈

가수 강산에가 부르는 〈문제〉를 들으며 자동차를 카페 쪽으로 돌리자마자 흩날리는 머리칼(이젠 무스도 촌스럽다)의 친구가 재빨리 나와 열쇠를 받아쥐고 차고로 몰아댄다.

중형차를 몇 대 세울 수 있는 널찍하고 이쁜 뜨락, 일본식 조명이 흐르는 '통유리' 입구를 지나면, 황홀한 현관(대부분 유리로 둘리어 있다)은 돈이 적은 이로 하여금 멈칫하게 하는 기품을 지니고 있다. 접근 불가능의 뱃댐이 느껴진다. 그러나 열댓 개의 신용카드를 끼운 지갑을 가진 이에게는 권위주의적 만족감을 첫 장부터 채워주는 양장본식 고급 텍스트로 기능한다.

다시 들어가 보자. 안쪽은 무척 넓어 막힌 것을 싫어하는 신세대의 개방성이 느껴진다. 색깔은 개성 있게 흰색과 붉은색, 청색 빛깔이 통유리 사이에 흘러 겹쳐지는 신비로운 전위주의적 분위기가 나지만, 의자는 앉으면 푸욱 꺼지는 고전주의풍 소파다. 벽에 설치된 멀티비전에서는 흑인 가수들이 랩을 부르며 몸을 흔들고 있다. 여기저기 손님들이 앉아 핸드폰을 들고 전화를 건다.

"어머, 기집애, 로스앤젤레스에 뭣하러 영어 연수 가니? 동부로 가야지!"

싱긋 웃는 눈부신 치아, 흰 눈빛들, 희희낙락거린다.

"어서 오세요."

인사하는 여자 아르바이트생의 향긋한 향기, 이런 분위기가 앉는 이를 평안하게 한다. 그러나 이런 평안함 속에도 어떤 뺏댐이 존재하고, 이런 뺏댐을 버텨내며 향유하는 이에게는 만족감이 주어진다. 이렇게 편안하고, 이렇게 만족스러운 향기 속에 나도 잠시 편안함을 즐겼다.

진짜 압구정동 문화는 화장실 문화다. 너무도 깨끗하고 패셔너블한 화장실, 아니 침실 같다고 하면 과장일까. 그런 편안함을 맘껏 누리면서 나는 깨닫는다. 아직도 압구정동의 귀족은 남아 있는 것이다. 이제 상투적인 압구정동 거리를 벗어나 그들만이 느낄 수 있는 폐쇄성을 찾아, 버스 정류장에서 먼 뒷골목으로 가서 자리 잡았다. 그 폐쇄성은 동시에 배타주의로 작용한다. 고급 자가용이 아니면 다가가기 불편한 먼 거리.

멀리 소말리아에서 굶어 죽는 아이들의 퀭한 표정까지 가지 않더라도,

외국 농산물과 가뭄 때문에 밤낮으로 고심하고 생명까지 버리는 농민들은 도저히 다가갈 수 없는 접근 불가능한, 까마득한 거리. 소외된 이들에게 이곳의 화사함은 도저히 다가갈 수 없는 사치로 보일 수밖에 없을 것이다. "왜색과 미식(美式) 문화가 싫고 소비성 문화가 싫으면 압구정동에 가지 말라"는 판단중지적 주장에 몇 명이나 쉽게 동의할 수 있을까.

당신이 혹시 이국적 카페에 들어가면 맥주를 주문해보라. 물론, 나올 테지. 그다음엔 샐러드가 아닌 노가리 안주를 주문해보라. 웨이터가 고개를 약간 갸우뚱할지도 모르겠다. 그러고 나서 케첩이 나왔다면 웨이터를 다시 불러, "고추장!" 강하게 주문해보라.

"손님, 저희 집에는 고추장이 없습니다."

그래서 당신이 다른 카페로 갔다고 치자.

고추장이 나올까? 케첩이 나올까?

같은 말을 자꾸 듣다가 당신은 환청을 들을지도 모른다.

"손님, 압구정동에는 고추장이 없습니다!"

만화 같은 얘기지만 사회성과 정치성을 듬뿍 담고 있는 풍자다. 이 거리에서 '고추장 문화'를 만나기는 쉽지 않다.

로데오 거리, 골프숍, 스키숍, 체형미학원, 성형외과, 패스트푸드점, 비디오케…. 이국의 문자들이 쓰여 있는 간판 사이에 또 다른 간판들을 만날 수 있다. 여남은 곳의 로바다야키점.

오후 11시가 넘으면 간간이 일본인들이 들어오곤 하지만, 대부분 한국인인데.

"이랏샤이마세!"(어서 오십시오)

종업원들이 무조건 일본식으로 인사하는 거기엔 다다미, 사무라이 인형, 일본 미화 등 일본식 시설이 갖추어져 있고, 일본식 옷을 입고 머리에 붉은 띠를 둘러맨 종업원들이 허리를 심하게 굽혀 인사한다.

일본 문화의 맹목적인 수입을 한눈에 느낄 수 있는 풍경이다. 여기다 멤버십 카드를 가진 손님만이 통과할 수 있는 멤버십 나이트클럽도 많다.

딱히 놀랄 만한 일도 아니다. 언제 우리의 문화가 새로웠던 시대가 있었던가. 늘 쪼들리고 외세에 이리 철렁 저리 철렁 하며 살아왔을 뿐이지. 혹은 조합문화(組合文化)의 홍수 속에서 살아왔을 뿐이지. 이런 의미에서 압구정동은 '한국자본주의의 쇼케이스'일 뿐만 아니라, 한국판 '문화식민지사(文化植民地史)의 쇼케이스'이기도 하다. 실로 소비문화의 번창을 기뻐할 수 없는 이유는, 여기의 문화가 미국, 일본, 유럽형의 풍족함과 다른 신식민지적 아픔에 있다.

소비문화와 이식문화(移植文化)에 떨어지려야 떨어질 수 없는 또 하나의 항목은 섹스문화다. 육체와 섹스를 최고의 여신으로 여기는 이 문화는 '종말론'과 그리 멀지 않다. 작가들은 이러한 세상을 아직도 병적인 것으로 그려내고 있다. 위에서 말한 이순원의 소설 외에 조성기 장편소설 『욕망의 오감도』는 욕망이 흘러넘치는 압구정동의 상황을 종말론적인 경고로 묘사하고 있다.

최첨단 소비문화와 이식문화, 섹스문화의 범벅, 거대한 문화적 음모 속에서 탈피할 수 있는 자생력이 과연 압구정족에게 있을까.

창조적 소비, 풍족한 나눔

언젠가 압구정동이란 이름도 시대의 몫을 다하면 사라질 것이다. 일

정 때 이토 히로부미의 별장이 있고 장성들의 3층 다다미방이 즐비했던 남산골 후암동이 평범한 주택지로 무너지고 다시 세워지듯이. 그런 시대가 오기 전에, 압구정동은 멋진 모습으로 퇴진해야 할지, 새로 거듭나야 할지 늘 곰삭여보아야 할 것이다.

과연 압구정동의 문화를 이루는 주체는 누구인가. '졸부'들의 멋모르는 철부지 자식들이나 우글거리는 압구정동이 긍정적인 공간이 될 가능성은 없다고 단정하면 되는가. 압구정동 역시 새로운 공간으로 꽃피워야 하는 곳이다.

다만 인간적 숨결을 자본이란 이름으로 쉽게 몰아내고 있는 자본주의 독성의 한 편향이 그것을 그리 쉽게 내버려둘까. 어떤 자문위원 같은 공간을 마련하고 토론을 벌여 적극적으로 새로운 문화의 공간으로 일으켜 세워야 하지 않을까 생각해보지만, 그런 일도 얼마 전에 해보았고, 결과는 상업주의를 부추기는 쪽으로 끝나지 않았던가. 압구정동 문화의 주체는 상업인이라는 것만 입증하지 않았던가.

이 지점에서 우리 문화산업에 대한 총체적인 인식구조가 다시 마련되어야 한다고 생각한다. 좇아가는 문화론이 아니라, 새롭게 '다양한 문화 속에 나눔의 문화'를 소개해주는 문화론이 필요하다. 이런 큰 구조의 인식 속에서 압구정동 또한 서서히 변하리라 기대해본다. 그래서 창조적 소비가 창조적 생산에 이를 수 있는 방법을 강구하고, 그 풍족함이 나눔의 풍족함에 이를 수 있도록, 또한 이런 사업을 위한 공간적 재구성도 궁리했으면 싶다.

어쩌면 압구정동을 바라보는 나의 시각은 신세대문화론을 바라보는 나의 시각과 유사한지도 모르겠다. 그 속에 담긴 고전주의와 감각주의와 전위주의의 문화성은 우수하다. 그리고 실용적인 것은 대중화되고 나뉜다. 한편으로 오렌지족이라 하든 뭐라 하든, 세대론적 관점과 비교해보더라도, 압구정족, 그들은 앞으로 그들의 시대를 개척해나갈 의무가 있고, 권리가 있다. 그러나 앞세대의 피와 땀, 그리고 다른 계층들의 아픔을 잊고, 창조적 소비가 아닌 무지막지한 '이기적 소비축제'에만 귀를 기울인다면, 그것은 의도치 않게 '악의 평범성'(한나 아렌트)에 가까워진다. 시인의 과장법을 용인해준다면, 다시 한 번 나직이 말하고 싶다.

"다시, 강남아, 압구정동이 서야 조국이 바로 산다."

(1995)

공동경비구역

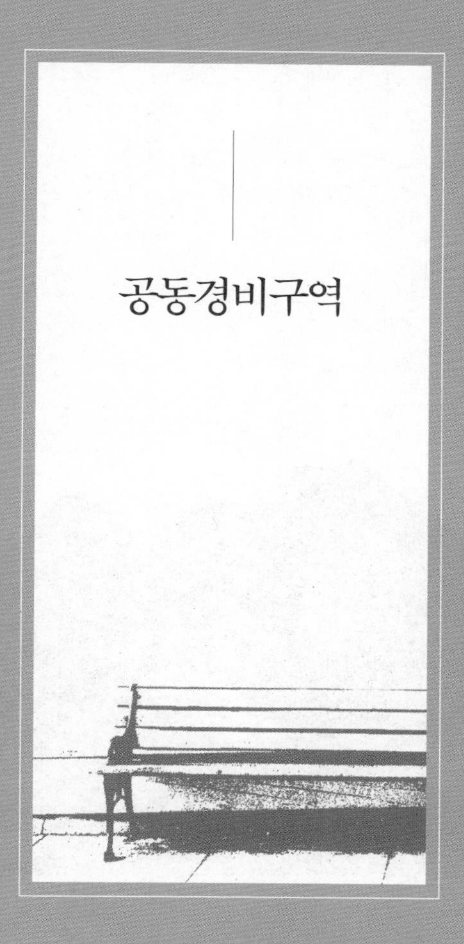

2013년 | 노근리

13 노근리 트라우마

정은용 『그대, 우리의 아픔을 아는가』,
프로이트 「전쟁과 죽음에 관한 고찰」

달이 머물다 간다는 월류봉(月留峯) 앞에 서면 세상 모든 일을 잊고 싶다.

황간역에서 조금 차를 몰아 휘어지는 길을 돌면 형용하기 힘든 풍경이 펼쳐진다. 산이 너무도 수려하여 바삐 가던 달도 쉬었다 간다는 월류봉을 처음 본 순간, 몽유도원이 이럴까 싶었다. 중국 어느 곳의 인적 드문 계곡이나 베트남이나 인도네시아의 어떤 이국적인 그것과 비교할 수 없는 독특한 풍경이었다. 월류봉에 달이 걸쳐 있는 것을 보아야 하는데 번번이 기회를 놓쳤다. 그래도 마음 가득 저 풍경을 품고 오기만 해도 며칠간 월류봉이 꿈속에 나타나곤 했다.

노근리 근처에서 월류봉을 바라보며 먹는 올갱이국은 진국이다. 월류봉과 떨어진 식당이라도 월류봉을 보고 와서 올갱이국을 먹으면 맛이 다르다. 수제비를 떠넣은 담백한 올갱이국에 아삭아삭한 부추를 잔뜩 넣어 보리밥을 말아 먹는 맛은 형용할 수 없다. 어죽과 도리뱅뱅이를 곁들이면 또한 별미다. 위험하다 싶을 정도로 다디단 막걸리를 걸치면 신선이 따로 없다. 2013년 한 해 동안 노근리에 세 번을 갔는데 갈 때마다 나는 올갱이국을 반드시 먹었다. 노근리라는 단어를 떠올리면 저절로 월류봉에 올갱이국이라는 단어가 떠오를 정도다. 지금 이 글을 쓰면서도 올갱이국이 먹고 싶다.

여기서 사는 사람들, 이전에 살았던 사람들은 매일 저 풍경과 올갱이국을 먹을 수 있었으니 얼마나 행복했을까. 너무도 아름다운 풍경 속에서 사람들은 행복하게 살았을 것이다.

아름다운 산을 보면서 가다가 도로 안쪽을 보면 간판이 달린 쌍굴다리가 보인다.

"이곳은 노근리 사건 현장입니다."

노근리 개근철교, 순한 사람들이 총 맞아 죽었던 쌍굴다리 아래로 들어가면 갑자기 갓난아기 울음이 들리는 듯하다. 대낮인데도 공포감이 엄습해왔다. 일순 숨이 멎는 듯하다. 멀리서 언뜻 보기만 해도 셀 수 없는 저 총알 자국에는 40번까지만 번호가 매겨져 있다. 그 외에도 동그라미와 삼각형으로 표시되어 있는 총알 자국이 보인다. 저 동굴에서 몇 사람이나 살아남을 수 있었을까. 쌍굴다리 아래를 걷다 보면 지금도 소름이 끼친다. 당시 쌍굴다리를 향해 기관총 사격을 했을 맞은편 산들을 보면 저 좋은 풍광이 갑자기 비극적 영상으로 바뀌어버린다. 최고의 아름다움과 가장 끔찍한 비극이 겹치는 지점은 얼마나 잔혹한가. 300여 명의 사상자를 떠올리며 터널 앞에서 묵념한다. 1950년 7월 26일에 노근리 학살 사건이 있었다.

노근리 평화기념관의 교육관 시설은 정말 좋았다. 세미나실은 200명은 족히 앉을 수 있고, 2층 건물에 엘리베이터도 있고, 인터넷이 연결되는 컴퓨터가 있는 훌륭한 자료실에 도서실 시설도 좋았다. 책을 싸들고 가서 며칠 원고 정리하고 오고 싶을 정도로 시설도 좋고 경관도 좋다. 한번에 70명이 묵을 수 있는 방이 열두 개 있어, '노근리 참상'에 대한 영상물과 관련 자료를 보고, 인권·평화를 주제로 하는 모임도 할 수 있다.

흔히 한국전쟁의 비극을 생각하면 자동적으로 '북한 괴뢰군'을 떠올리게 된다. "아아 잊으랴 어찌 우리 이날을/ 조국을 원수들이 짓밟아오던 날을"이라는 〈육이오의 노래〉가 입안에서 빙빙 돈다. 그 원수는 누구일까. 당연히 북한 인민군으로 생각한다. 그런데 작사자 박두진 선생의 말은 다르다.

> 나는 〈육이오의 노래〉 만들 때 대구에 있었어. 그때 막 전쟁에 끼어든 중공군을 '원수'라고 표현했지. 공산주의에 동조하지 않지만, 북한을 원수라고 말하거나 쓴 적은 단 한 번도 없어.
>
> _박두진 시인의 말(김응교, 『박두진의 상상력 연구』, 박이정, 2004, 47면)

"원수는 북한이 아니라 중공군이야"라며 작사자 박두진 시인께서는 자주 안타깝게 말씀하셨다. 이 노래 2절을 보면 "멧도적 오랑캐"라는 단어가 명확히 나온다. 그렇다면 노근리에서 참사를 당한 사람들과 그 가족들에게 원수는 누구일까. 노근리 사람들을 죽인 자들은 북한 괴뢰군 이 아니었다. 노근리 사람들은 가족을 죽인 원수들에 대한 원한을 어떻게 견뎌낼 수 있었을까.

2013년 7월 26일에 62주년 노근리 추모학회가 노근리 평화기념관 유족회와 민족문학사연구소 공동주최로 학술대회 '전쟁과 폭력, 그리고 문학'을 열었다. 나는 「한국전쟁 문학과 노근리」라는 글을 발표했다. 그리고 평화교육을 받으러 온 일본 학생들에게 한일문화 교육을 강의하기 위해 또 여기에 왔다.

유대인들은 예루살렘에 있는 통곡의 벽에 순례하러 간다. 자신들의 수난사를 기억하고 다시는 반복하지 않기 위해서라고 한다. 설움과 비극의 순간은 기억해야 한다. 이 글을 남기는 이유는 명확하다. 그 기억을 기록해야 하기 때문이다. 그래야 다시 이러한 비극을 반복하지 않을 수 있기 때문이다. 기억을 기록하는 것이야말로 중요한 실천의 출발이다.

상처와 화해

1876년 개항과 1882년 한미수호조약을 시발로 한국 역사에 개입한 '미국'이라는 기호는 한국인에게 환상인 동시에 트라우마이기도 하다. 1950년 한국전쟁을 계기로 하여 본격적으로 한국 역사에 개입하기 시작한 미국이 한국문학에 어떻게 표상되고 있는가는 우리 문학에서 특이한 연구 대상이 되어왔다. 한국전쟁을 겪는 과정에서 미국, 특히 미군은 한국인의 생활에 깊숙이 관여했다. 이 과정에서 벌어진 '노근리 학살 사건'은 한국전쟁 발발 직후인 1950년 7월 26일부터 29일까지 나흘간 충북 노근리 일대에서 미군이 전투기의 폭탄 투하와 지상군의 기관총 사격으로 비무장 피난민들을 학살한 사건이다.

충청북도 영동군 황간면 노근리. 사슴이 숨어 있는 동네라 하여 녹은(鹿隱)으로 불리다가 일제강점기 때 마을 이름이 너무 어렵다는 이유 때문에 노근(老斤)으로 바뀌었다는 아름다운 마을에서 1950년 7월 26일 끔찍한 양민학살이 벌어졌다. 한국전쟁이 터지고 한 달이 지난 이때, 노근리 인근 주민 수백 명은 노근리 철교 밑 '쌍굴다리' 속으로 피신했다. 당시 북한군의 남하를 저지하려던 미군 1기갑사단 예하부대는 명령을 받는다.

"미군의 방어선을 넘어서는 자들은 무조건 적이므로 사살하라. 여성과 어린이는 재량에 맡긴다."

명령을 받고 미군은 남녀노소 구별하지 않고 기관총을 쏘아댔다. 29일까지 사흘간 계속된 총격으로 135명이 사망하고 47명이 다쳤다. 하지만 이것은 신원이 확인된 '공식' 희생자일 뿐이고, 실제 희생자는 400명이 넘을 것으로 추정된다.

이 사건을 기억에 남기기 원하는 이들에 의해 많은 문화콘텐츠가 생산되었다.

첫째, 소설류로 노근리 사건 실화소설인 정은용의 『그대, 우리의 아픔을 아는가』(다리미디어, 1994)가 있다. 이 소설은 노근리 사건을 최초로 알린 작품이다. 이 작품의 중요성을 알린 것은 아쉽게도 외국 언론인 AP통신이었다. 1999년 9월 30일 AP통신은 노근리 양민학살 사건의 진상을 집중 보도, 파장을 일으켰다. 이어 실화소설을 쓴 정은용과 정구도 박사를 주축으로 '노근리 미군 양민학살 사건 대책위원회'가 결성되었고, 노근리의 비극은 밝혀지기 시작했다. 이에 대해 당시 노근리 사건을 《한겨레》 신문에 치밀하게 보도했던 김효순 기자는 이렇게 말했다.

> '노근리 사건'은 한국 언론이 먼저 보도했는데도 흐지부지 묻힌 사례다. 당시 아들과 딸을 잃은 정은용 씨가 책 『그대, 우리의 아픔을 아는가』를 펴낸 뒤 시사월간지 《말》과 《한겨레》가 사건을 보도했지만 큰 주목을 받지 못했다. 사건을 공론화한 주역은 AP 특별취재팀이었다. 희생자 유족, 생존자, 당시 미군 병사를 인터뷰하고 조사전문기자가 공식문건들을 뒤져 '노근리 부근에서 발견되는 민간인을 적으로 간주하라는 명령에 따라 미군이 학살 사건을 일으켰다'고 보도했다.

당시 한국 언론의 편집국 간부들은 노근리 사건 보도에 큰 의미를 두지 않았고, 미국과의 관계를 염려했던 것 같다. 정의로운 세계의 보안관으로 인식되어 있는 미국이 폭력을 휘두른 사건을 전한다는 것은 쉽지 않은 일이었다. 때문에 특종이 될 수도 있었던 실화소설 『그대, 우리의 아픔을 아는가』는 중요하게 부각되지 못했다. 그렇지만 이 실화소설로 인해 AP통신 보도가 가능했고, 이 보도를 계기로 한미정부 차원에서 합동조사가 진행되었으며, 희생자 명예회복을 위한 법안이 마련되었던 것이다. 그러나 이러한 범죄는 한동안 세월 속에 묻혀 있었다. 진급 누락을 우려한 가해자들이 진실을 은폐하려 했기 때문이다.

1960년 민주당 정권 때 유족들이 미군 소청심사위원회에 제기했다가 기각되면서 미궁에 빠질 뻔한 범죄를 다시 세상 밖으로 끄집어낸 것이 바로 이 실화소설 『그대, 우리의 아픔을 아는가』였다. 노근리 양민학살

대책위원회 위원장 정은용씨가 유족들의 비극을 묶어 1994년 4월에 출간한 이 책으로 '노근리 범죄'는 세계의 주목을 받기 시작했다. 이 소설은 일본어로도 번역 출간되었다.

영어로 출판된 소설들도 있다. 이 중에 주목할 만한 것은 뉴베리상 수상 작가 린다 수 박의 『매기의 야구 노트』(서울문화사, 2009)로, 소녀 매기의 사소한 생각들과 고민을 섬세하게 그린 작품이다. 1950년대 초, 뉴욕 브루클린에 사는 매기는 '브루클린 다저스'의 골수팬이다. 그러던 어느 날 소방서에 새로 온 짐 아저씨에게 야구 경기 기록방법을 배우는데, 누구보다 열렬한 야구팬이었던 매기는 단숨에 척척 야구 경기를 기록할 수 있게 되었다. 이후 짐 아저씨는 한국전쟁에 파병되었다. 매기는 한국에 있는 짐 아저씨와 편지로 소식을 주고받고, 그로 인해 군대에서 허드렛일을 하는 한국 아이 제이(재형)를 알게 되어 친구가 된다. 그러던 어느 날부터 짐 아저씨에게서 편지가 오지 않는다. 온갖 상상과 추측으로 괴로워하고 고민하던 매기는 모든 사건은 한국의 노근리에서 비롯되었다는 것을 알게 된다는 이야기다.

둘째, 노근리 사건을 주제로 한 영상물이 있다. 노근리 사건을 재현한 영화 〈작은 연못〉(감독 이상우, 2010)은 배우 문성근, 김뢰하 등이 출연했고, 명필름이 투자해서 만든 영화다. 이 영화는 정은용 실화소설『그대, 우리의 아픔을 아는가』와 노근리 사건을 특종 보도한 AP통신 기사 등을 바탕으로 3년여간의 시나리오 작업, 6개월간의 촬영 준비와 3개월의 촬영, 3년여간의 후반 작업이라는 기나긴 과정을 거쳐 완성됐다. 2009년 부산국제영화제에서 첫선을 보였으며, 2010년 4월 15일에 개봉되었다.

셋째, 만화가 있다. 만화『노근리 이야기 1부』(글 정은용, 그림 박건웅, 새만화책, 2006)는 프랑스와 이탈리아에서도 번역 출간되었고, 만화『노근리 이야기 2부』(글 정구도, 그림 박건웅, 새만화책, 2010)가 연이어 출판되어 호평을 받고 있다.

이 글에서는 정은용 실화소설『그대, 우리의 아픔을 아는가』에 집중하려 한다.『그대, 우리의 아픔을 아는가』의 서문을 보면, 저자는 기억을 기록한 기록성에 방점을 찍어 이 책의 사실성을 강조하고 있다.

> 어느덧 내 나이 고희(古稀)를 넘어섰습니다. 내가 지금 세상에 알리지 아니하면 이 사건이 영영 역사 속에 묻혀버릴 것 같아 글을 쓰기 시작했습니다.
>
> 이 글을 쓰다 보니 여태껏 거의 공개되지 않았던 6·25전쟁 중의 다른 사건들과 전쟁 전후에 일어났던 인상적인 여러 사건까지도 기억 속에 떠올라 이 글 속에 담았습니다.
>
> _『그대, 우리의 아픔을 아는가』(이후『그대』로 표기), 5면

후세 사람에게 역사적 비극을 전하려는 의도가 확실하게 기록되어 있지만, 이 기록이 완전한 사실(史實, 事實)에 접근할 수 있는가 하는 문제는 쉽지 않다. 실화소설 혹은 실명소설을 쓰자면 이야기를 연결시키기 위해 당시 상황을 빌려오는 허구(fiction)가 필요하다. 이때마다 드는 고민은 사실을 따라야 하는가, 아니면 허구의 재미를 따라야 하는가라는 고민이다. 사실을 추구하는 '기자(reporter)의 르포'와 사실을 추구하되 재미도 가미해야 하는 '소설가의 르포' 사이에 차이가 날 수 있다. '실화소설' 혹은 '실명소설'이라는 이름이 붙었을 때는 적어도 논문에 인용할 수 있을 정도의 사실성을 유지해야 한다고 필자는 생각한다. 사실과 허구의 비율이 정확할 수는 없으나 사실의 비율을 80퍼센트는 유지해야 기록문학의 가치가 있을 것이다. 반대로 허구의 비율이 50퍼센트를 넘을 때는 기록문학에 대한 신뢰도가 떨어진다.

실화소설 『그대, 우리의 아픔을 아는가』 5장에서 저자 정은용이 아들(3세)과 딸(6세) 그리고 형수를 잃고 아내마저 관통상을 입었다는 내용을 읽을 때, 소설을 기록하면서 다시 비극을 회상해야 하는 저자의 고통을 독자가 헤아리기는 어려운 일일 것이다.

비극의 탄생—이야기의 구조

필자의 약력을 볼 때, 전문 소설가가 아닌데 과연 마라톤처럼 긴장된 호흡조절을 할 수 있어야 하는 장편소설을 쓸 수 있을까 하는 염려도 있었다. 전문 작가가 쓰지 않은 텍스트에서 문학 텍스트의 분석이 타당한 것인가 하는 의문도 든다. 전문 작가는 아니지만, 그 안에 담긴 글쓰기의 진정성, 평범한 지식인이 해방에서 전쟁에 이르는 기간 동안 좌우 진영의 이데올로기와는 무관하게 넘나드는 의식과 행동의 실체가 '비판적 지성'과 '시민적 주체의 합리적 이성'이라는 점을 부각시키는 것이 옳지 않겠는가 하는 질문도 있을 수 있다. 이 글에서는 두 가지 모두를 이 보고문학을 보는 잣대로 보려 한다.

1장 '깨어진 청운의 꿈'부터 저자의 가족사와 중앙대 법대에서 공부하게 된 배경 등이 서술된다. 이 부분은 자서전의 성격이 농후하다. 그리고 2장 '피난'부터는 한국전쟁이 일어나서 '남쪽으로 가야'(3장) 하는 상황이 역사적 사실과 함께 비교적 정밀하게 부각되기 시작한다. 그렇지만 사실 이때까지 필자는 쉽게 글에 몰입하지 못했다. 그러다가 필자의 관심을 급하게 낚아챈 부분은 5장 '두 얼굴의 미군'부터다.

> 내 아내 박선용은 눈물을 흘리며 우리 고향 마을 사람들을 비롯한 수많은 피난민들이 미군에게 무참하게 살상당한 이야기와 나의 사랑하는 아들 딸 구필이와 구희도 억울한 희생자들과 운명을 같이했다는 슬픈 소식, 그리고 자기 자신이 그 위험 속에서 구사일생으로 살아나온 경위에 대해 말해주었다.
>
> _『그대』, 120면

소설의 화자가 정은용에서 아내 박선용으로 바뀌는 순간이다.

피난 가던 길, 노근리 주변 철도를 지나가던 주민들의 눈에 들어온 것은 반짝거리며 하늘을 날아가는 비행기였다. 그리고 폭격이 시작되었다. 주민들을 향해 쏟아지는 폭탄과 총탄은 압도적인 힘으로 그들을 학살하기 시작한다. 폭탄이 떨어지기 시작하는 순간의 '처참함'은 미국이 말하던 평화와 너무 동떨어져 있어서 더욱 끔찍하고, 그 안에서 비명을 지르는 이들이 자신의 몸을 지킬 수단조차 없는 너무나 평범한 이들이기 때문에 더 더욱 끔찍하다. 쏘지 말라고, 우리는 주민이라고 외치는 그들의 외침은 쏟아지는 압도적인 폭력 위에 존재조차 남기지 못하고 소멸해간다.

폭력이 가해진 철도에서 극적으로 도망쳐 쌍굴로 도망친 이들을 맞은 것은 미군의 총탄이었다.

> 탄환이 흉흉 터널 안으로 날아왔다. 터널의 콘크리트 벽에서 쇳소리를 내며 무수한 불똥이 튀었다. 바람을 쐬기 위해 입구께로 나갔던 사람과 안쪽에 있던 사람까지도 총탄에 맞아 죽어갔다.
>
> _『그대』, 132면

> 한 청년이 시체 여러 구를 안아다가 콘크리트 벽 밑에 쌓아올리기 시작했다.
>
> "뭐하는 거냐?"
>
> 누군가가 나무랐다.
>
> "살고 봐야겠어요. 총알을 막아보려구요."
>
> …그러나 이 시체 방벽도 탄환을 막아내지 못했다. 그 뒤쪽에 숨어들었던 몇 사람이 총탄에 맞아 죽곤 했다.
>
> _『그대』, 136면

> 아내도 구필이가 마시다 남은 물을 들이켰다. 물에서는 여전히 피비린

내가 났다. 그 전날 저녁부터 물 위쪽에 쓰러져 있는 여러 구의 시체로 부터 흘러나오는 피가 물에 섞여들고 있는 것을 터널 속의 사람들은 퍼마셔 왔었다.

_『그대』, 142면

쌍굴에서 조금만 벗어나도 미군의 집중사격으로 벌집이 되어 쓰러지고, 쌍굴 안에서도 계속되는 사격과 도탄으로 인하여 언제 죽음을 맞을지 모르는 극단적인 상황에서 주민들이 할 수 있었던 것은 오직 쏘지 말라는 외침뿐이다. 그리고 그들의 외침이 힘없이 공중에서 산화하고, 그들에게 돌아온 것은 여전히 미군의 총탄뿐이다. 놀랍게도 양민학살이 끝났음을 알린 것은 터널 안으로 들어온 인민군이었다.

"야, 동무들 안심하시라요. 미국 간나새끼들 다 도망갔으니 밖으로 나가시라요. 집으로 돌아가라요."

_『그대』, 153면

놈들은 인간의 씨를 말리려는 듯

_『그대』, 153면(밑줄은 인용자)

인민군이 생존한 양민을 구출해주는 장면은 끔찍한 전쟁 중에도 인간을 향한 연민이 있다는 것을 보여준다. 인민군은 모두 악마로 표현하던 기존의 멸공문학과는 전혀 다른 뜻밖의 모습을 보여주고 있는 것이다. 인간을 단순히 '선/악'의 이분법으로 보지 않는 작가의 태도는 무척 중요하다. 사실에 대한 기록이 이 작품에 대한 신뢰성을 높여주고 있다. 게다가 대화체가 아닌 설명 부분에서도 작가가 "놈들"이라고 표시한 대목은 저자가 그대로 작품에 개입한 흔적이다. 이러한 표현은 비극을 체험했던 저자의 분노를 그대로 누설하고 있다. 미국을 영원한 우방(友邦)으로, 북한을 빨갱이로만 기호화하는 고정관념을 가진 독자에게는 자못 충격을 줄 표현이지만, 오히려 솔직한 표현으로 이 작품이 진실성과 설득력을 얻었다고 생각한다.

노근리 트라우마의 극복

정신분석학자 프로이트는 인간관계를 파괴하는 비극적인 전쟁을 "전쟁은 사랑하는 사람의 죽음을 무시하라고 가르친다"라는 한마디로 정의한다. 1차 세계대전이 끝나고 프로이트는 참전 병사들의 '외상 후 스트레스 장애'(PTSD: Post Traumatic Stress Disorder)를 치료하게 된다. 프로이트가 보았던 비극은 1차 세계대전뿐만 아니라 한국전쟁 때 노근리 마을에서도 일어났다.

> 전쟁은 우리가 나중에 얻어 입은 문명의 옷을 발가벗기고, 우리 모두의 마음속에 숨어 있는 원시인을 노출시킨다. 전쟁은 우리에게 또다시 자신의 죽음을 믿지 못하는 영웅이 될 것을 강요한다. 전쟁은 낯

지그문트 프로이트(1856-1939).

선 사람을 적으로 낙인찍고, 우리는 그 적을 죽이거나 적의 죽음을 바라야 한다. 전쟁은 사랑하는 사람의 죽음을 무시하라고 가르친다. 그러나 전쟁은 사라질 수 없다.

_지그문트 프로이트, 「전쟁과 죽음에 대한 고찰」, 『문명 속의 불만』 (열린책들, 2003), 68-69면

"총탄이 왼쪽에서 오른쪽으로 얼굴 표피를 스쳐 지나가면서"(『그대』, 150-151면) 얼굴 한쪽이 뭉개져 버리는 끔찍한 사건을 경험하게 되면 삶의 안정성(stability)은 사라지고 만다. 1, 2차 세계대전 같은 큰 충격을 받으면 전쟁의 외상(상흔, trauma)에 인간 존재는 흔들리게 된다. '외상 후 스트레스 장애'는 위협적인 죽음, 심각한 상해, 개인의 신체적 안녕을 위협받는 직접적인 경험이나 목격, 예기치 못한 무자비한 죽음이나 심각한 상해를 경험한 극심한 공포, 무력감, 두려움을 느끼면서 그 외상을 지속적으로 재경험하거나 관련된 자극을 회피하는 증세를 보이는 극적 절망의 반응을 말한다.

"애들은 어디 있소?"

나는 아내의 얼굴을 들여다보았다.

아내는 흐느끼기만 했다.

"여보, 어디 있냔 말이요?"

"……."

아내는 소리를 높여 울었다. 그녀의 등이 크게 파도쳤다. 아이들이 죽었을 것이라는 걷잡을 수 없는 비감이 나의 골수 속으로 파고들었다.

'이제 내 생애에 있어서의 모든 행복은 끝이 났다.'

_『그대』, 119면, 4장 끝부분

더 이상 행복은 없다는 작가의 절규는 한 개인의 절규가 아니라 한 공동체 혹은 민족의 절규이기도 하다. 독자는 내면의 고통에 대한 더욱 미시적인 기록을 요구할 수도 있다. 공포의 밑바닥에 대한, 비극을 정면으로 응시하는 작가적 태도를 독자들은 때때로 잔인하게 요구한다. 그 요구에 대응해야 하는 작가는 얼마나 고통스러울까. 저자는 가까스로 이렇게 표현한다.

아내는 잠들어 있었다. 꿈을 꾸었다. 많은 사람들이 악마로부터 죽임을 당하는 꿈이었다. 생시 때 겪은 것이 그대로 꿈속에서 재현되고 있었다. 그녀는 고통스러운 꿈을 꾸면서 오랜 시간을 잠 속에 있었다.

_『그대』, 151면

어린 것들을 잃은 데 대한 슬픔이 아니라 결혼한 것을 후회했다. 차라리 수녀가 되는 편이 나았으리라고 후회를 했다.

_『그대』, 155면

마음의 상처는 좀처럼 낫질 않았다. 아니 육신의 상처가 치료되는 데 반비례해서 마음은 오히려 그 아픔의 도를 더해갔다. 비명에 죽어간 두 남매의 생전 모습이 눈앞에 어른거려 잠 못 이루는 밤이 계속되었다.

_『그대』, 158면

두 자식의 죽음, 열악한 수용소에서 느끼는 허전함과 그리움으로 전쟁의 광기 속에 부부는 불면의 밤에 시달리게 된다. 아들과 딸의 죽음으로 주인공과 아내는 밤낮없이 고통을 겪는다. 비극적 사건에 대한 그 끔찍한 회상은 무의식에 남아 일상생활에 틈입하여 회상(flashback)하게 하고 악몽, 착각, 환각 등이 반복된다. 대인기피증세가 일어나거나 잠을 잘 수 없는 상태, 자주 격분하는 흥분 상태, 혹은 자기만 살아남았다는 죄책감이나 우울증에 시달리게 되는 상황을 위의 인용문은 잘 드러내고 있다. 어쩌면 육체적 상처보다 이러한 외상 후 스트레스 장애는 더욱 무서운 결핍일 수 있겠다.

프로이트는 신체마비, 감각상실, 시력상실, 언어사용의 혼란, 식욕감퇴 혹은 갈증감을 증세로 하는 히스테리는 '심리적 상흔'(psychological trauma)에서 비롯된다고 가정했다. 비극적인 기억을 외면하려고 이런 '기억들을 억압'할 때 히스테리라는 증상이 일어난다. 전쟁 신경증(war neurosis)의 무의식에는 도저히 지울 수 없는 폭력의 상처가 반복해서 작용하고, 그 무의식 속에 파괴를 피하고자 하는 억압 역시 외상의 근원이 된다고 프로이트는 주장했다. 노근리 학살 사건을 가족의 죽음과 함께 겪어야 했던 저자의 트라우마, 그것을 '노근리 트라우마'로 명명하자면 그 고통은 이에 비할 바가 아닐 것이다. 그 고통을 극복하는 데는 "아내의 무의식 꿈에는 예수가 있었다"(153면)는 신앙적인 도움도 있었다.

> 이 끔찍한 사건은 44년 동안이나 역사의 뒤안길에 감추어져 왔습니다. 수많은 피해자와 그 유가족들이 있었지만 가해자의 나라인 미국에게나 우리 정부에조차도 이 일을 감히 이야기하는 사람은 없었습니다. 나 역

시 이 노근리 사건으로 나의 사랑하는 아들과 딸을 잃은 아픔을 가슴 깊이 안고 살아야만 했습니다.

_『그대』, 5면

이 트라우마를 저자는 역사 앞에서 포기하지 않고, 1960년 12월 27일 미합중국 앞으로 손해배상 청구서를 보내고, 1994년 이 소설을 정리하면서 40여 년간의 트라우마를 극복한다.

지금 우리는 미국이 앞으로도 우리의 변함없는 친구이길 원합니다. 그리고 우리 마음속에 응어리져 있는 아픔이 지워지도록 힘써줄 것과 아울러 노근리 학살 사건에 대해서 양심적이고 성의 있는 조치를 취해줄 것도 바랍니다.

_『그대』, 6면

그렇다고 작가가 무조건 문제의 해결을 미국에 기대는 것은 아니다. 이 작품에서 조금 놀라운 것은 직접 폭력을 경험한 당사자인 작가의 냉정한 역사인식이다. 고령(高齡)의 작가는 일방적으로 미국을 찬양하지 않고, 그렇다고 반대로 반미 이데올로기로 미국을 폄하하지도 않는다. 작가는 대단히 유연하고 객관적으로 사태를 보고 있다.

이러한 살상 사건이 벌어졌다는 사실 자체가 우방인 한·미 두 나라 사이에 있어서 지극히 불행한 일이기는 하지만, 미국이 인권을 존중하는 국가답게 앞으로 그들의 군대에 의해 이러한 사건이 세계 어느 곳에서도 다시는 재발되지 않도록 하는 데에 이 글이 도움이 되었으면 하는 것이 나의 바람인 것이다.

_『그대』, 170면

전쟁 초기 상부의 이성을 잃은 보도연맹원 처리 지시에 따라 군경이 그 악역을 수행했고, 또 수복 후 부역자 처리에서 군경들에 의한 피의 보복—공산주의자들에 의해 육친을 살해당한 자들 중 일부가 그 가해자를 피로써 보복한 일이 있었다—은 가뜩이나 어려운 정부를 곤경으로 몰아붙였다.

_『그대』, 272면

이 소설에는 당시 경찰관이었던 작가가 제주도 4·3사건에 참여하며 회의를 느꼈던 부분도 있고, 한국전쟁 때 부정부패했던 정부에 대한 비판도 있으며, 위의 인용문처럼 극우 보도연맹의 문제점에 대한 지적도 있다. 놀랍게도 인민군을 도와 모래 수렁에 빠진 트럭을 끌어내는 장면(166면)까지도 나오고, 공산주의에는 얼씬도 하지 않던 구일이가 양민을 학살한 미군을 저주하며 공산주의자가 되는 장면(149면)도 묘사되고 있다.

한국전쟁을 그린 소설에서 미군의 오폭을 그려낸 장면은 여러 군데 나온다.

UN군 작전 본부의 명령을 받고 출격한 Z기 세 대가 대공 표식이 없는 피난열차를 적의 남하로 알고 오폭을 했다는 것이다. 이 폭격에서 천 명 이상의 사상자가 났었다. 차마 눈 뜨고는 볼 수 없는 광경이었다.

_오영수, 「안나의 유서」, 『오영수 전집』(현대서적, 1968), 307면

프랑스와 이탈리아에 번역 출판된 박건웅 만화 『노근리 이야기』에서.

인용한 오영수의 소설에서는 명확히 오폭이 기록되어 있다. 전광용의 『해도초』도 독도 근해 어부에 대한 미군 비행기의 무차별한 폭격을 현지 조사를 통해 그려내고 있다. 정은용은 대화문을 통해 오폭 사건을 드러낸다.

> "소에 짐을 싣고 피난을 오는데유, 왜관을 막 지내고 있을 때 비행기가 날아와서 총을 쏘아댔잖아유. 그 총알이 이 양반의 엉덩이에 맞았어유. 소는 그 자리에서 즉사했고유."
>
> "아, 저런, 그 비행기는 어느 쪽 비행기던가요?"
>
> _『그대』, 155-156면

오폭에 의한 민간인 사상자에 대해 작가는 등장인물의 입을 빌려 "유엔군 비행기라데요"(『그대』, 156면)라고 기록한다.

전에 필자는 한국전쟁을 대하는 작가들의 태도를 세 가지로 분류했다. 첫째 멸공적 태도(모윤숙, 노천명 등), 둘째 문명비판과 증언문학(유치환, 박두진 등), 셋째 동질성 회복의 시도(박봉우, 김창숙 등)로 나눈 바 있다(김응교, 「분단극복의 시의 실천」, 『사회적 상상력과 한국시』, 소명출판, 2010). 이렇게 볼 때 『그대, 우리의 아픔을 아는가』는 어떠한 위치에 있을까. 작가는 어떠한 인간론의 시각에서 전쟁을 보고 있을까.

작가는 인간을 '선/악'으로 갈라진 일방적인 이분법으로 보는 게 아니라, 모든 인간에게는 선과 악이 동시에 복합적으로 존재함을 보여준다. 도스토옙스키는 가령 『죄와 벌』에서, 주인공 라스콜리니코프나 뒷부분에 등장하는 부자 스비드리가일로프를 통해 인간이 가장 선하면서도 가장 극적으로 악한 일을 할 수 있다는 것을 보여준다. 정은용은 이 실화소설에서 국군이든 미군이든 인민군이든 가장 선한 모습과 가장 악한 모습을, 그리고 선과 악 사이에 처한 다양한 모습을 보여주고 있다. 그리고 그사이의 비극을 회피하지 않고 '직시'(直視)한다. 상처를 회피하지 않고 늘 기억하며 질기게 직시한다는 것은 피해자로서는 쉽지 않은 일일 것이다. 바로 이렇게 사건의 진실을 '직시'하여 저자는 자신의 깊은 트라우마를 극복하고 있는 것이 아닐까.

기록의 힘

프로이트는 "인간의 공격성을 제거하는 것은 불가능"하고 환상이라 하면서, 그것을 극복하기 위해서는 폭력적 본능을 이성의 독재에 종속시키는 공동체를 만들어야 한다면서 이렇게 기록했다.

> 조만간 전쟁에 종지부를 찍으리라고 기대하는 것은 유토피아적 소망이 아닐지도 모릅니다. 이것이 어떤 경로로 이루어질지, 또는 어떤 옆길로 빗나갈지는 짐작할 수 없습니다. 하지만 한 가지만은 단언할 수 있습니다. 문명의 발전을 촉진하는 것은 동시에 전쟁을 억지하는 작용도 한다는 것입니다.
>
> _지그문트 프로이트, 「왜 전쟁인가?」, 『문명 속의 불만』(열린책들, 2003), 353면

정은용의 실화소설은 비극적 상처를 치료하는 문명발전의 길을 보여주었다. 이 책으로 인해 AP통신의 취재가 가능했다. 처음에 미 국방부는 "보도내용을 뒷받침하는 새로운 정보를 발견하지 못했다"는 묘한 표현으로 빠져나가려고 했으나, AP통신은 당시 기관총을 난사한 병사들의 증언을 포함해 관련자 100여 명과 인터뷰를 했고, 공격할 수 있다는 명령을 담은 기밀해제 문서까지 보도했다. 이어서 《뉴욕타임스》와 CNN 등 미국의 주요 방송이 보도를 하고, 빌 클린턴 대통령에게 보고되면서, 미군에 의한 한국인 민간인 학살이 있었다는 사실이 알려지게 되었다. 김대중 대통령이 노근리 사건에 대한 진상규명을 지시하면서 1999년 10월부터 2001년

1월까지 15개월간 노근리 사건에 대한 한·미 양국의 공동조사가 진행됐다. 그리고 양국의 진상조사결과보고서와 한·미 공동발표문이 발표됐다.

한편 이 사건은 제주4·3에도 파장을 일으켰다. 한국 언론들이 미군정 하에서 발생한 제주 사건에 대해서도 눈길을 돌린 것이다. 때마침 추미애 국회의원이 4·3 관련 수형자 명부와 학살자 명부를 발굴, 공개한 시점이어서 더욱 화제를 모았다. 그리고 노근리 사건 특별법은 2004년 국회를 통과했다. 이와 같은 노력은 전쟁의 비극, '노근리 트라우마'를 치료하는 과정이다.

이 글에서 필자는 기록문학의 문제, 소설의 구성, 그리고 트라우마의 극복 문제를 다루어보았다. 결론적으로 이 작품은 감추어져 있던 노근리 학살 사건을 역사 위에 내놓은 큰 역할을 했다. 특히 앞서 말했듯이 선과 악을 극단적이며 도식적으로 대비시킨 것이 아니라, 선과 악 사이에 다양한 가능성을 풍부하게 제시하고 있다. '전문적 문인은 아니지만'이라는 표현이 실례에 가까울 정도로 4장까지의 묘사는 밀도 있는 표현이 빛난다. 그러나 10장에 이르러 묘사의 정밀도가 급격히 떨어지고, 사

대한민국 근대문화유산 59호로 지정된 노근리 쌍굴다리.

건을 나열하는 방식으로 서술되어 아쉬움이 남는다.

『어둠의 아이들』을 통해 유소년 성매춘과 장기이식 문제, 『다시 오는 봄』을 통해 일본군 성노예 문제 등을 고발했던 리얼리스트 소설가 양석일은 이렇게 말한다.

> 소설은 세상에 존재하는 어둠의 세계를 묘사한다. 세상에는 빛과 어둠이 있다. 어둠에 사는 사람은 빛의 세계가 대단히 잘 보인다. 그러나 빛의 세계에 있는 사람에게는 어둠의 세계가 보이지 않을 뿐더러, 보려고 하지도 않는다. 빛의 세계 사람들이 보지 못하는 존재는 여성과 아이 같은 약자들이다.
>
> _김응교, 『그늘-문학과 숨은 신』(새물결플러스, 2012), 440면

양석일에게 작가는 어둠의 세계를 드러내 빛의 세계에 있는 사람들에게 어둠의 세계에 있는 고통을 보여줘야 하는 사람이다. 그래야 다시는 그 어둠의 세계가 '반복'되지 않는다. 실화소설 『그대, 우리의 아픔을 아는가』가 드러냈던 어둠의 세계는 한국만이 아니다. 지금도 소말리아와 이라크와 여러 나라에서 그 비극이 반복되고 있다.

다행히 노근리 쌍굴다리는 2003년 6월 30일 대한민국 근대문화유산 59호로 지정되었다. 그렇지만 현장에 가서 비극의 기억을 추체험하지 않는다면 박제화된 기념품에 지나지 않을 것이다. 어둠의 세계를 드러내는 작품들은 비극적 기억의 '반복'을 통해서 다시는 비극이 일어나지 않도록 막는 종요로운 역할을 할 필독서다. 비극을 막는 힘은 기록이 갖고 있는 비밀이기도 하다.

(2013)

1991년 | 철원

14 DMZ

유재용 「달빛과 폐허」,
민영 「엉겅퀴야」, 「추석날 고향에 가서」

고토(故土)의 읍으로 간다. '폐허'(廢墟) 관광이라고나 할까. 옛날 후삼국시대 궁예가 나라를 태봉으로 하고 도읍으로 정한 철원. 이 길목을, 과거를 오늘의 의미로 되새기기에 충분할 만치의 체험을 지닌 두 분과 함께할 수 있어 무척 다행스럽다. 1934년 강원도 철원에서 태어나 "살아있는 한 '강원도 철원'의 주민등록을 바꾸지 않겠다"는 시인 민영. 그리고 "철원에서 금강산 쪽으로 이백 리 정도 가면 제 고향이 있습니다"라고 말하는 소설가 유재용(1936-2009). 두 분이 없었다면 이번 여행은 정말 '폐허'가 될 뻔했다,

조금은 지루해지는 참에 동행했던 누군가가 가벼운 노래를 불러 무거운 마음을 덜게 했다.

민통선 길가에 세워진 인민군 모형(1994).

서울에서 평양까지 택시 요금 이만 원

소련도 가고 달나라도 가고 못 가는 곳 없는데

광주보다 더 가까운 평양은 왜 못 가

우리 민족 우리네 땅 평양만 왜 못 가

경적을 울리며 서울에서 평양까지

꿈속에라도 신명 나게 달려볼란다

4분의 4박자 빠른 리듬에 경쾌하기만 한 〈서울에서 평양까지〉(을지운수 조재형 씨가 지은 노래)를 흥얼흥얼 따라 불러보았지만, 이내 기분이 후줄근하다. 왜일까. 좀체 분단의 장벽이 사라질 것 같지 않은 답답함이 처음부터 가슴팍을 눌러댔다.

차창 밖에, 임진강과 한탄강 사이에 펼쳐진 철원평야는 넓기도 하다. 철원은 전쟁통에 남쪽이나 북쪽 모두에게 최전방 보급기지였다고 한다. 그 보급기지 사이를 가로지르는 한탄강, 그 위에 놓여 있는 승일교를 건너야 철원에 들어갈 수 있다.

남과 북이 반쪽씩 지어 완성된 승일교.

승일교 근처에서 내려다보니 문득 영화 〈누구를 위하여 종은 울리나〉(1943)와 〈콰이 강의 다리〉(1957)의 다리들이 떠올랐다. 세 다리 모두 갈등의 격전지였다. 아무튼 승일교의 머릿돌에는 이렇게 쪼여 있다.

이 다리는 북괴가 강제노역 동원으로 절반 정도를 구축하고 남침했으며, 휴전 이후 1958년 12월에 우리가 완성했다. 다리의 이름은 다리를 지은 연대장 이름을 따서 승일교라고 했다.

그러나 사람들은 이런 문구를 믿지 않는다. 한쪽은 이'승'만이 지었고, 다른 한쪽은 김'일'성이 지었기에, 가운데 글자를 따서 '승일교'라는 이름이 생겼다고 말한다.

얼마 후 일행은 '와수리'라는 자못 도시스러운 동네를 거쳤다. 민영 선생이 회고조로 말한다.

"전쟁 뒤 폐허 위에 생긴 동넨데, 이렇게 커졌어."

오는 날이 장날이라더니, 일행이 당도한 날은 마침 와수리의 장날이었다. 거리 양 켠에 모자, 과자, 운동화, 별의별 옷가지를 다 펼쳐놓고 장사판이 벌어져 한창 부산스럽기만 한 풍경을 보며 민영 선생한테 물었다.

"전쟁 중에는 완전히 폐허였을 텐데 언제부터 사람들이 모여들기 시작했나요?"

"사실 여기부터 휴전선까지 땅이란 땅은 죄다 지뢰밭이었어. 어디 밭일굴 땅이 없었지. 지뢰밭이 아니면 아주 질긴 엉겅퀴밭이었으니까. 지뢰가 많아 전쟁 뒤에 다시 들어올 수가 없었지. 많은 사람이 다치고 죽어가면서 이런 옥토가 되었고, 그 위에 하나씩 동네가 들어서기 시작했고, 여기 오기를 미적미적 미룬 사람들은 서울이나 외지에서 이미 기반을 잡았기 때문에 들어올 필요가 없었지."

달빛과 폐허 속에

우선 고석정 근처에 있는 여관에서 하룻밤을 지내기로 했다.

초저녁에 도착한 고석정 부근의 풍경은 "임꺽정이 놀다 갔다"는 말마따나 기괴한 괴석들이 여기저기 드러누워 있었다. 협곡 양쪽으로 기암절벽이 신비를 이루고 옥수 같은 물이 흐르는 이곳에, 신라 진평왕 때 누각을 세워 '고석정'(孤石亭)이라 명명했다고 한다. 조선시대 명종 때는 세태에 불만을 품은 임꺽정이 이 정자 건너편에 석성을 쌓고 대적단을 조직, 웅거했다고 이곳 사람들은 말한다. 그리고 조정에 상납되는 각종 공물들을 탈취하여 어려운 서민들에게 분배했던 의적의 근거지였다고 말한다. 그러나 임꺽정이 여기에 머물렀다는 이야기는 민중의 소망을 반영한 것일 뿐 사실과는 다르다.

부서진 기차 옆에 앉은 철원 출신 민영 시인(왼쪽)과 유재용 선생.

이외에 철원은 순담, 직탕폭포, 삼부연, 칠만암 등 갖가지 명승지로 유명한데, 이 아름다운 풍광을 인간이 저질러놓은 전쟁이란 불장난이 망쳐놓았다.

소설가 유재용의 중편소설 「달빛과 폐허」(1987)는 저 아름다움이 어떻게 사라져버렸는가를 뼈아프게 고발하고 있는 작품이다. 갈 수 없는 고향에 대한 그리움 때문에, 주민등록증을 사나흘 전에 제출해야 들어갈 수 있는 철원 근처를 왔다 갔다 하던 작가 자신의 체험을 담아낸 이 소설은 일종의 기행소설이며 분단소설의 특징을 지니고 있다.

1947년 새벽, 아버지 손을 잡고 아홉 살이란 나이에 삼팔선을 넘어온 주인공 채동영은 나이가 든 이제야 민통선 부근의 철원에 찾아든다. 그리고 폐허로 변한 현재와 40년 전의 과거를 이으려고 애를 쓴다. 꼼꼼하게 지어놓은 집이 무참하게 부서져 버린 폐허의 상황이 소설 속에 내밀히 삽입되어 있다. 집터나 초등학교뿐만 아니라 건물이란 건물은 모두 쑥대밭이 된 전쟁 후의 철원읍. 거기서 그는 자신이 다녔던 초등학교 자리를 더듬는다.

> 초등학교가 이 자리에 있었다는 것이 사실일까 하는 의문이 갈수록 짙어질 뿐이었다. 표지판을 뒷받침해줄 아무런 흔적도 찾아볼 수가 없었다. 숲이 모두 휩쓸어 삼켜버린 것일까. 몇 길씩 되는 큰 나무가 빼곡하게 들어차 있는 숲은 이 자리가 태고적부터 그들 나무들의 터전이었음을 시치미 뚝 떼고 주장하는 듯했다. 삼십여 년 세월이 학교 건물과 운동장을 이렇듯 완벽하게 숲으로 바꿔버릴 수가 있단 말인가.
>
> _유재용, 「달빛과 폐허」

그날 밤, 민통선 안 천막 속에서 주인공은 잠결인지 꿈결인지 모르게 번화하기만 했던 철원의 옛 풍경을 더듬는다. 60여 칸짜리 한옥을 짓느라고 분주히 오가는 아버지, 조부, 증조부, 고조부와 동네 사람들. 그리고 그 풍경들을 무참히 바숴버리려고 쏟아지는 포탄과 총탄의 폭포를 본다. 혼동 속에서 환상이 지워져 버리고, 다시 달빛 속에서 주인공은 망연히 철원의 폐허를 바라본다.

민통선 입구에 서면 몇 가지 표지판을 만나게 된다.

이 소설은 이야기의 가지가 여러 갈래로 뻗어 있어 다소 복잡하고 지리한 느낌을 주고 있기에 조금 인내력이 필요한 작품이다. 그러나 잊혀가는 분단의 상처를 잊지 말자는 '과거에 대한 기억'을 진지하게 말하고 있는 소설이다. 작가가 힘주어 말하는 대목은 바로 '상처에 대한 기억'인 것이다.

그래서인지 심각한 얘기도 가볍게 받아넘기곤 하는 유재용 선생은, 작품의 의도를 묻자 조금 무겁게 입을 떼었다.

"이 폐허를 어떻게 하면 아프게 전달할 수 있을까 하는 데서 소설을 쓰기 시작했죠."

빨간색 모자를 쓰셨습니까—월정리역과 전망대

조용하게 울리는 교회 종소리에 눈을 떴다. 창문을 열자마자 햇살이 쏟아져 들어오고, 그 뒤로 묵중하게 누워 있는 금학산이 보였다. 해발 947.3미터의 금학산(金鶴山), 학(鶴)이 막 내려앉은 산세라 하여 붙은 이름이란다.

짐을 챙기고 민통선 쪽으로 향하기 시작했다. 공군 대위들이 많이 살았다던 동성의 대위리를 지나면 민통선 출입구가 나타난다.

남방한계선—비인가자 출입금지
인가자는 출입증 제시 및 식별 표지를 하시오.

이런 표지판이 세워져 있다. 그리고 "빨간색 모자를 쓰셨습니까"라는 간판도 세워져 있다. 민통선 안에서 작업해도 된다는 허가를 받았다는 표식으로 농경지에 들어가 작업하는 농부들은 빨간색 모자를 써야 하는 것이다. 전에는 초록색 모자였는데, 가끔 그 색깔이 바뀌는가 보다.

철옹성처럼 구축된 전방부대와 양쪽 도로변에 널린 지뢰밭과 대전차 장애물 사이를 지나 버스는 전망대로 향한다. 억새풀 흐느끼는 옛 싸움터에는 가을바람만 휑하니 싸늘하고.

휴전선 직전의 첫 마을을 이루었던 이 터전에, 지금은 현대식 4층 전망대만 자리를 지키고 있고, 그 왼쪽엔 동화책 속에서나 나올 만한 아담한 구식 건물이 남아 있다.

월정리역이다. 서울에서 원산으로 달리던 경원선 철마가 잠시 쉬어가던 월정리역. 역사(驛舍) 안에는 당시 파괴된 기관차 한 대가 숭숭 뚫린 총알구멍을 드러내며 벌거벗은 채로 시뻘겋게 누워 있다. 40년 넘게 앙상한 골격으로 누워 있다.

"철마는 달리고 싶다! 달리고 싶다!"

원래 경원선은 한일합방 이후 일인들의 강제동원과 러시아 10월 혁명으로 추방된 러시아인을 고용해서 1941년 9월 원산에서 개통식을 가진 산업철도였다고 한다.

"예전에 이 역에서 징용병도 많이 보내고, 북쪽으로 가는 여행객들도 많았지."

당시 면사무소 서기를 했다던 민영 선생의 말이 바람에 쓸려 금방 사라져버렸다.

전망대에 올랐다. 건물을 중심으로 양옆으로는 북한이 '시멘트 방어벽'이라 부르는 탱크 방어벽이 길게 늘어서 있다.

"사람의 통행을 가로막는다고 북한 괴뢰집단은 말하지만 사실은 그렇지 않아요. 탱크의 통행만을 가로막는 벽이지요. 30킬로미터에 달하는 콘크리트 벽이지만 보시다시피 곳곳에 통행할 수 있는 문이 있어요. 문의 넓이는 3미터죠. 탱크 폭은 3.3미터거든요. 그러니까 탱크만 못 통과하게 만들어놓은 벽인 겁니다."

말머리마다 북조선 동포를 '북괴'라는 용어로 지칭하며 기관총처럼 뱉어대는 안내양의 말이다.

전망대 앞쪽으로 멀리, 평강공주가 살았다는 확인 못할 이야기가 전해 내려오는 평강고원이 보인다. 서울 여의도의 4배 정도의 크기라는 봉래저수지도 보였다. 전망대 오른쪽 멀리에는 1971년 4월 박정희 대통령의 하사금으로 지었다는 20평 규모의 필승교회도 보였다. 전망대 왼편, 10시 방향에는 한국전쟁 때 사천오백여 명이 죽었다는 오백 미터 고지, 속칭 '피의 오백능선'이 허연 등줄기를 드러내고 누워 있었고, 9시 방향에는 열흘간의 전투에서 만삼천여 명이 죽었다는 백마고지가 보인다. 역시 허옇게 헐벗은 채로.

그리고, 북과 남 사이에는 짙푸른 비무장지대가 눈에 든다. 숨 쉬고 있다. 태고의 자연이. 비밀스러운 생의 공간인 듯, 숨 쉬고 있다. 휴전 이후 40여 년 가까이 사람들의 출입이 끊어진 비무장지대와 지뢰밭의 존재는 이 지역을 세계에서 보기 드문 희귀생물과 새로운 생태계의 보고(寶庫)로 변화시켜놓았다.

멧돼지, 노루가 뛰노는 저기에는 확인되지 않은 지뢰들이 숨어 있을 테지.

3개월 동안 산꼭대기 지오피(GOP)에서 북녘을 감시하는 초병들은 가끔 겁 없이 뛰어다니는 멧돼지나 노루를 본다고 한다. 종종 아침 녘에는 손을 깔때기 모양으로 모아서 소리를 쳐대 북쪽 초병들과 아침 인사를 나누기도 하고.

평화롭게만 보이는 깊은 원시의 숲.

그러나 저 안에는 사지가 절단되어나간 시신, 숱한 살점들이 이슬을 맞고 썩어 흙이 되었겠지, 물이 되었겠지. 차라리 어제 와수리에서 보았던 장날의 부산스러움이 이토록 고요한 비무장지대 안에 펼쳐졌으면.

들국화 핀
골짜기 길을 오르다가
구멍 뚫린 철모 하나를 보았다
총소리와 함성이 뒤섞이던
삼십오 년 전 그날
이 철모의 임자는 쓰러졌을까?
　_민영, 「추석날 고향에 가서」

철모 아래 술 한 잔 부어놓고 가을 제사를 지냈다던 민영 시인의 표정은 말없이 침울하기만 했다. 무슨 말이라도 읊조리는 듯이…. 그대가 어느 편 사람이었든 상관하지 않으마, 죽은 전사의 뼛가루들아. 그래, 차라리 바람이 되어 미친 반딧불이 되어 국경 없이 떠돌아라!

민통선 사람들

"동무래 잘 왔시요!"

언뜻 누군가 나를 부를 것 같다.

굉장히 두껍고 음침한 벽 뒤였다. 벽 두께가 30센티미터는 훨씬 넘었다.

8·15해방 후 한국전쟁 전까지 '북조선노동당철원군당사'로 사용됐던 웅장한 건물에는 여기저기 총알 자국이 남아 있다. 검게 그을리고 흠집 난 자국도 진하게 남아 있고, 건물 위 숲속에서 심심찮게 발견되는 탄피와 불발탄처럼 언제 다시 터질지 모를 팽팽한 긴장감도 고요와 더불어 남아 있다.

"해방기 때, 저 건물 지하에서 많은 사람이 죽었어. 우익 인사나 기독교 신자들도 많이 죽었어. 사람들이 별로 좋아하지 않던 건물이지."

여기서 태어나고 푸른 시절을 보냈던 나의 아버지 김광철 목사(전 철원 평강교회 목사, 73세)는 낮은 목소리로 말했다.

이왕 말이 나왔으니, '감자바우' 가계(家系)를 드러내야겠다. 이곳은 내 아버지 어머니께서 살던 땅이다. 저 노동당사 건물 옆으로 구(舊) 철원시가 넓게 펼쳐져 있었다. 구 철원시에 있던 300여 명 규모의 공장에 이십 대 초반의 여자가 있었고, 구 철원면사무소에 근무하던 청년이 있었다. 두 사람이 결혼했고, 그사이에서 내가 태어났다.

노동당사 건물 안에는 음침한 고요가 괴어 있었다.

할아버지 할머니, 그 윗대가 모두 철원 감자바위 사람이고, 국민학교와 교회를 지으셨다. 내 아버님도 이곳 시골 교회에서 목회를 하셨다. 나는 국민학교 5학년 때부터 추석만 되면 자전거를 몰고 민통선 안에 있는 조상 묘에 성묘하러 가곤 했다. 그때마다 이 노동당사 앞길을 자전거 타고 아무 생각 없이 지나곤 했는데, 이제 나이가 들어 돌아보니 마음이 사뭇 무겁다.

내 아잇적 기분마냥 장난기 어린 관광객의 낙서 자국이 이 건물이 지닌 역사의 무거움을 조롱하고 있다. 그래도 그때 볼셰비키들의 카랑카랑한 목소리들이 벽과 벽, 계단과 계단 사이에 여전히 묻어 있는 듯하다. 그도 그럴 것이 이 건물은 인민군이 철원 지역을 관장하려고 오 년 동안이나 머물렀던 곳이니.

이외에도 상흔(傷痕)만 남은 건물들이 철원평야 곳곳에 남아 있었다. 철원역사, 얼음창고, 농산물 검사소, 제사공장 건물 등이었는데, 특히 눈길을 끄는 장소는 주춧돌만 남아 있는 철원감리교회 터였다.

철원감리교회는 철원 지역의 대표적인 교회로 1936년에 지하 1층, 지상 3층으로 건립되었으며, 교인이 오백여 명에 달하던, 당시로는 대규모 교회였다. 전쟁 중에는 인민군들이 막사로 사용했다는 건물인데 지금은 잡초만 무성하다.

원래 철원은 감리교회가 융성했던 곳으로 알려져 있다. '새말'이라는 동네가 대표적인 감리교회 마을이었다. 지금도 마찬가지로 장흥 1리, 2리, 3리에는 동네를 따라서 역사가 오래된 감리교회들이 터 잡고 있다.

스산하지만 건물터와 수련대는 잡초 사이를 거니는 중에, 어젯밤 민영 선생이 조용히 부르던 노래 〈엉겅퀴야〉(이경란 작곡)가 가을바람에 섞여 귀에 스쳤다.

도 사경회까지 열리곤 했던 옛 철원감리교회 모습.

엉겅퀴야 엉겅퀴야
철원평야 엉겅퀴야
난리통에 서방잃고
홀로사는 엉겅퀴야

갈퀴손에 호미잡고
머리위에 수건쓰고
콩밭머리 주저앉아
부르나니 님의이름

엉겅퀴야 엉겅퀴야
한탄강변 엉겅퀴야

나를두고 어디갔소

쑥국소리 목이메네

민영 시인의 시 「엉겅퀴야」는 전쟁통에 남편이 전쟁터에 끌려가 행방을 모르는 친구 어머니의 이야기를 담아낸 빼어난 작품이다. 국경 지대도 아닌데 분단선이 있는 이 지역, 민통선 사람들 특유의 아픈 서정을 그려낸 이 시는 누가 읽어도 읽기 쉽고 감동적이다. 그러나 읽기 쉽고 마음에 와 닿도록 시 쓰기란 얼마나 어렵고, 또 얼마나 지독한 삶의 고통이 축적되어야 하는지.

끝나지 않은 전쟁

마침 철원평야 여기저기서 일하고 있는 여인들 모습이 눈에 들었다. 가을 녘이라 그런지 도로마다 젖은 벼를 펼쳐놓고 가을 햇살에 말리고 있었다. 시의 2연처럼 "머리 위에 수건 쓰고/ 콩밭머리 주저앉아" 있는 여인네들도 보였다.

그 여인네들이 저 유명한 철원 쌀을 펼쳐놓고 있었다. 김일성이 손에 넣고 싶어 안달했다던 철원 쌀. 왜 이런 말이 있지 않은가.

"철원에서 밥 먹어봐라. 한 수저 뜨면 기름기 잘잘 흐르는 밥알 혀 위에 미끈미끈 춤춘다."

마침 고무래로 쌀을 펴 말리고 있는 40세쯤 되는 아줌마에게 말을 붙이자, "철원 쌀은 오끼까리라고 불리는 오데벼와 동글동글하니 찰떡 해먹기에 좋은 찰벼가 있어요"라며 계속 고무래질을 한다.

“요즘 농사 사정은 어떤가요?”

“사정이 그리 어려운 편은 아니죠. 전라도나 경상도 지역과는 달리 이쪽은 삼십 대 중반의 젊은 사람들이 그래도 꽤 있는 편이지요. 게다가 홍수 피해 같은 게 없구, 걱정이라면 태풍이랄까. 헌데 쌀 수매량이 점점 줄어드는 게 여간 걱정이 아녜요.”

언뜻 보면 농부의 서정은 아름답기만 하다. 끝이 보이지 않는 철원평야, 기암괴석과 신기한 식물들로 계절마다 새롭게 피어나는 산과 강, 들판을 가로질러 흐르는 한탄강 깊은 물줄기에 어울리는 노동의 서정은 얼마나 아름다운가. 눈을 감고 머릿속으로만 그려봐도 축복의 향기로 가득한 땅이다.

그런데 마음이 조금은 답답하다. 시원해야 하는데, 뜬금없이 시편 65편의 말씀을 더듬어보아도 철원평야의 장글장글 가을 햇살은 마음을 답답하게 한다. 폐허의 이 땅을 이만치 옥토로 변하게 해주신 하나님께 감사드려야 할까.

서울로 돌아오면서 일행은 마치 상(喪)을 끝내고 돌아오는 조문객들처럼 쓸데없는 농담을 해댔다. 머리에 달라붙은 성가신 기억들을 떨쳐버리려는 괴로움에서였을까. 나는 자주 고개를 털어댔다. 아무리 지껄이고 흥겨운 노래를 불러도 마음 한구석엔 축축한 뭔가가 괴어 있었다. 궁예가 왕좌를 빼앗기고 도망치면서 이곳에 흐르는 강을 보고 한탄해서 지금의 한탄강(漢灘江)을 한탄강(恨歎江)이라 불렀다는 말도 있지만, 언제까지 이 강은 ‘눈물의 강’이 되어야 하는지. 한탄강 유원지에서 먹고 떠들면 울증이 씻겨질까, 상처받은 역사가 사라질까.

전쟁은 끝나지 않았구나. 잊을 수 없는 고토(故土)여, 잘 있어라, 가을

빛 짙은 철원평야야.

(1991)

남쪽에서 북쪽으로 보낸 선전물.

1992년 철원평야에서 주운 남측 삐라.

1991년 | 철원, 판문점

15 판문점

강인섭 「녹슨 경의선」, 고광헌 「판문점에 가서」

1953년 7월 27일 휴전 협정이 체결되었던 판문점 건물.

서울에서 불과 48킬로미터.

30분도 채 안 되는 거리에 있는 판문점. 북쪽 개성과는 10킬로미터밖에 되지 않는 판문점을 향해 가는 아침. 물안개가 제법 촉촉하다. 구파발에서 탄 버스는 회원권이 4천만 원에서 2억을 넘나드는 뉴코리아, 한양 골프장을 지나 하루 5천 명을 태울 수 있다는 벽제 화장터를 지나 달린다. 1번 국도 통일로를 따라 임진강 쪽으로 향하면서 거대한 시멘트 축조물을 수차례 지나친다. 탱크 방어물. 박정희 정권이 만든 위협과 공포의 전시벽이다. 구파발에서 판문점까지 10여 개가 넘는 콘크리트 방어벽을 뿌리치고 임진각까지 달린다.

50분 정도 지났을까. 임진각에 도착. 잠깐 예정된 검문을 받고 '자유의 다리'로 들어간다. 한때는 대동강 바람도 실어나르던 경의선. 그 녹슨 철교 위에 깔아놓은 송판 위를 버스는 덜컹, 굴러간다. 가슴도 덜컹, 한다.

서울, 부산, 신의주까지
남북으로 길게 뻗어
발부리에 채이는 아픔으로
머리 끝까지 전율하던 경의선
임진강 철교 앞에서 가쁜 숨소리를
몰아쉬며

헐떡이던 기관차는

논두렁에 처박힌 채

파선의 잔해처럼 녹슬어간다

_강인섭, 「녹슨 경의선」

다리 아래는 비 온 뒤 물이 불은 임진강이 누런 황톳물을 울컥울컥 토해내고 있다. 엄청난 송장들과 이름 없는 아낙네의 눈물을 마셔댔을 흙탕물. 차창 밖으로 사진을 찍으려 했으나 빗물에 가려 찍을 수 없었다. 세상이 뿌옇다. 임진강 한가운데 부서진 교각으로 서 있는 경의선의 뼈다귀들.

부질없는 키재기

자유의 다리를 건너 유엔군 사령부 전방기지, '캠프 보니파스'(Camp Bonifas)로 들어갔다. '보니파스'라는 이름은 1976년 미루나무 사건 때 죽은 미군 병사의 이름이다. 거기서 유엔 마크가 그려진 명찰을 달고, 안내병과 함께 유엔군 차에 올랐다.

잠시 후 차는 판문점을 향해 움직이기 시작했다.

도로 양옆에 도열한 느티나무들처럼 판문점에 대한 정보가 빠르게 스쳐 지나갔다.

"판문점 공동경비지역 정문입니다. 안전을 위해 명찰을 점검하겠습니다."

양쪽에 지뢰밭이 깔린 2차선 도로를 지나면서 몇 번이나 검문을 받았는지.

몇 분을 달리다 보니 도로 오른쪽에 부대 하나가 보였다.

"기동타격댑니다. 60초에서 90초 사이의 빠른 출동을 위해 병사들은 잠을 잘 때도 워커 끈을 풀지 않습니다."

키 큰 안내병이 얼굴을 심각하게 굳혀 보이며 잘도 말한다.

지뢰밭 사잇길로 계속 달렸다. 몇 분이 지났을까. 왼쪽 창밖으로 높이 걸린 태극기가 보인다. 대성동 마을의 태극기 깃대다.

"비무장지대 안에는 남과 북에서 운영하는 마을이 하나씩 있는데, 우리 측 마을은 대성동 마을이고, 북한 측 마을은 기정동 마을이라고 합니다."

두 마을 사이의 거리는 불과 1.8킬로미터.

"대성동 마을은, 먼저 납세와 국방의 의무가 없습니다. 남자들은 군대에 안 가도 되고, 모든 것에서 면제가 됩니다. 주민은 47세대 237명이 살고 있으며 1가구당 총 2만에서 10만 평의 농지를 경작하여 연간 5천-1억 정도의 소득을 올린다고 합니다. 자동차는 한 집에 평균 두 대로 중형차를 갖고 있습니다. 이곳에 살고 있는 주민은 모두 6·25 당시 살던 주민과 그 후손들입니다. 외부에서 들어오는 방법은 단 한 가지 이 마을 주민과 결혼하는 방법밖에 없습니다."

대성동 마을의 전모가 훈련된 안내병사의 입에서 녹음기처럼 술술 풀려나왔다. 재미있는 사실은 남과 북 양쪽 마을에 거대한 국기게양대가 있다는 것이다. 대성동 마을에는 가로 18미터, 세로 12미터, 높이 100미터의 거대한 국기게양대에 달린 태극기가 북쪽 하늘을 바라보고 펄럭인다. 너무 커서 국기를 올릴 때는 기계의 힘을 빌린다. 이 국기게양대를 유지하는 데만 연간 2,500만 원이 소요된다니, 쯧쯧. 입맛이 쓰다. 북쪽 기정동 마을의 게양대는 남한 측 게양대보다 더 크단다. 폭이 32미터, 높이가 160미터나 된다.

대성동인지 기정동인지 '선전마을'이긴 마찬가지일 테지. 꼭 서로 키 재기를 하는 듯싶다. 닭싸움하는 어린애처럼.

최전방입니다

|

"정해진 곳에서만 사진 촬영이 가능합니다. 판문점 근처에서는 사진기와 망원경 외에는 어느 것도 가져갈 수 없습니다. 우산도 갖고 내려서는 안 됩니다. 50분간만 견학이 가능합니다. 판문점 안에서는 말을 하지 마십시오. 남북한 모두에 의해 도청되고 있습니다. 북한 경비병에게 손짓하거나 말을 붙여서는 절대 안 됩니다."

판문점에 들어가기 전에 안내병이 말한 주의사항을 기억하며 '자유의 집' 돌계단을 올랐다. 옥루에 오르니 판문점의 전경이 한눈에 들었다.

인민군 몇 명이 금 저쪽에서 빳빳한 걸음을 옮긴다
백인 병사 하나가 우리 국군을 거느리고
금 이쪽에서 빳빳한 걸음을 옮긴다

저쪽에 서 있는 토종 소나무 몇 그루와
영양상태가 좋아 보이는
이쪽의 참나무 몇 그루가

저희들만 알아보는 수화로

거침없이 통방을 한다

국가보안법이 휴지가 된다

_고광헌, 「판문점에 가서」

판문점 안에서 몇 개의 초소가 서로를 겨누고 있었다. 숨을 벌컥이며 각혈하는 미친 사람처럼 총알이 노하기만을 기다려 눈이 벌건 기관총들. 그 사이, 그 사이, 총구 사이로만 서로 노려보는 황색 눈망울들.

북한 쪽의 판문각이 바로 20미터 앞에 보이며 북한 병사와의 거리는 채 5미터도 안 된다. 유년기엔 서로를 도깨비 혹은 거지로 생각했던 사람들이 심상한 모습으로 마주쳤다.

남한 쪽 '자유의 집'과 북한 쪽 '판문각' 사이에는 정전협정을 맺었던 콘센트 간이막사 일곱 개가 30여 년 전 모습 그대로 나란히 들어서 있다. 남과 북을 갈라놓고 있는 것은 발목 높이로 쌓인 시멘트 줄뿐이었다. 또한 남측의 '자유의 집'은 모더니즘을 민족적인 공법으로 소화한 노력이 느껴졌고, 민족주체사상을 부르짖는 북측의 '판문각'은 오히려 한층 더 모더니즘 풍으로 느껴졌다.

판문점에 오기 전에 나는 미국식 회의 공간을 떠올렸다. 혹은 모더니즘이 활개를 치던 50년대식 건물, 그러니까 1956년에 지어진 광화문 시민회관이나, 쇼핑몰의 개념을 최초로 도입해 지은 종로 신신백화점의 시멘트 건축공법을 떠올렸다. 그러나 일곱 개의 막사는 보통 군대 건물이 그렇듯이 멋없이 지어진 시멘트 콘센트 막사일 뿐이었다. 1950년대 이래로 건축공법은 '바이 아메리칸 정책'(Buy American Act, 미국산 우선 구매법) 아래서 미국식 건물이 모범인 양 권장되었는데, 이 건물은 군대식으로 느껴질 뿐 딱히 미국식으로 느껴지지 않는다. 어느 나라 영향을 받았다고 구별할 수 없을 정도로 대충 지은, 그야말로 군대식 콘센트 막사다. 다만, 건물 가운데 남북으로 균등하게 그어진 것이 분단의 정치적 의미를 떠올리게 할 뿐이었다.

이런저런 생각을 떠올리는 나를 북한 인민군 병사는 자꾸 쳐다본다. 꿀꺽, 침 한번 삼키고 넘어오라는 표정일까? 몇 해 전 비디오에서 봤던 바로 그 광경이 떠올랐다. 1989년 10월 15일에 임수경 양이 넘어온 바로 그 길목. 여기서 북한 사람들이 애달게 불렀지.

"나의 살던 고향은 꽃피는 산골~"

군사정전위원회가 열리는 본회의장에 들어섰다. 본회의장 중앙으로

서로 다른 제복의 국군과 인민군이 마주보고 있는 중앙을, 발목 높이로 가르는 휴전선.

38선이 통과하며, 이 선을 남북으로 폭 1.2미터의 장방형 책상들이 의자를 각각 다섯 개씩 거느린 채 마주보고 있다.

"말조심하세요. 모두 도청되고 있습니다."

쉿, 조용…. 천장에 매달린 수십 개의 마이크는 귀를 열고 있겠지. 판문점 주위에는 성조기가 숱하더니, 여기 책상 위엔 유엔기와 북한기만 세워져 있다. 태극기는 눈 씻고 봐도 없다. 주인은 없고 객이 주인 노릇 하는 판세랄까. 책상 밑엔 동시통역을 위한 장치가 있었고 이 책상에서 매일 열두 시간마다 관측 장교의 회의가 열린다고 했다.

"지금 월북하신 겁니다. 북한 땅을 밟고 계시거든요."

안내병의 말에 발밑을 보니 나는 군사분계선을 넘어 북쪽 경계선 안에 서 있었다.

내가 정전위원회 사무실 안에서 서성이는 동안, 왼쪽 가슴에 김일성 배지를 단 북한 병사는 뒷짐을 진 채 창밖에서 이쪽을 물끄러미 쳐다보고 있었고, 어느 순간 우린 서로 눈이 마주쳤다. 얼핏 그의 표정 속에 또 다른 내가 보였다. 나는 그에게 눈짓으로 웃음을 보냈다. 난데없는 내 표정에 그는 선뜻 웃어 보이지는 않았지만, 누런 이를 드러내며 갸우뚱했다. 그것으로 우리는 가벼운 인사를 교환했다. 국가보안법을 넘은 것이다. 아직은 50분만의 유예가 허락되는 습하고 응달진 판문점에서.

운명이 거덜 난 재난

|

전쟁을 한마디로 정의한다면 뭐라고 해야 할까.

한국전쟁은 쌍방 2백만이 넘는 인명 희생과 막대한 재산 손실을 가져

왔다. 이런 비극을 소설이란 장르가 그대로 남겨둘 수 없는 터. 역설적이게도 전쟁은 한국의 현대소설에 풍성한 전쟁문학의 서사적 성과를 남겨놓았다.

김동리의 「흥남철수」, 오정희의 「중국인 거리」, 윤흥길의 「장마」, 김원일의 「미망」, 박완서의 「겨울나들이」, 조정래의 「무형의 땅」 등등. 전쟁을 체험한 이들이 써놓은 전쟁문학의 중요 리스트다. 이 소설들은 한국전쟁이라는 고통덩어리가 후세 사람들에게 어떤 상흔을 깊게 남겨두었는가를 추적하고 있다.

판문점을 배경으로 한 작품이라면 당연히 이호철의 중편소설 「판문점」(1961)을 빼놓을 수 없다. 임진각과 판문점은 타의적으로 분단이 이루어진 현실의 장소다. 이 두 가지 상징물만으로도 우리는 충분히 분단의 상흔을 연상하게 된다.

주인공 진수는 신문기자다. 그는 어느 날 판문점을 취재하게 된다. 거기서 북한의 여기자와 짧은 만남을 한다는 단순한 줄거리다. 아무것도 아닌 작품 같지만 「판문점」은 이호철 문학사에서 중요한 결절(結節)을 이루는 걸작이다.

주인공의 판문점 여행은 “화장품 냄새와 더불어 좀 불결한 냄새”에 절어든 뻔한 세상으로부터의 일탈이다. 그래서 판문점은 “상투를 한 험상궂은 노인”이기도 하고, “호되게 매를 맞은 일이 있는 국민학교 4학년 때 담임선생”이기도 하다. 또한 다른 여자와 결혼하기 전에 죽은 옛 애인과 늘 만나던 곳을 가보는 마지막 일이기도 하다. 진수의 꿈에 나타난 여인의 독백, 그것이 실제가 아닌 꿈일 수밖에 없는데도 드물게 절실한 감동으로 전해지는 까닭은 이 때문이다.

우리 어디서나 만나질까요? 어느 언덕에서나 만나질까요? 당신이 선 언덕에 해가 지고 있어요. 안타까워라. 어둡기 전에 어서 돌아가세요. 문을 잠그고 그 쓸데없는 생각에 잠기세요. 기도를 드리세요. 유구한 생각에 잠기세요. 쓸모없는 당신의 그 사변에 마음껏 황활하세요. 빠이 빠이 안녕.

_이호철, 「판문점」, 《사상계》(1961. 3.)

잃어버린 고향의 속삭임, 민족의 속삭임이 아닌가. 마치 신동엽의 시 「진달래 산천」을 듣는 듯한 애절한 아쉬움이 감돈다. 이만치 소설 「판문점」은 이름 그대로 까마득한 단절의 거리감을 판문점에서 확인시킨다. '단절'이라는 아픔을 돕는 상징물에는 강, 바다, 휴전선 같은 장소 이미지, 혹은 새와 짐승이나 안개 같은 이미지들이 쓰이고 있다. 아무튼, 전쟁을 한마디로 정의하라고 하면 운명이 거덜 난 재난이라고 했나? 역설적이게도 우리는 이런 재난 속에서 뿌리의 속삭임을 조용히 듣는다.

미루나무 자리
|

미루나무 사건이 있던 자리에 갔다. 일명 '판문점 도끼 살인 사건'으로, 1976년 8월 18일 판문점 근처 공동경비구역에서 미루나무 가지치기 작업을 감독하던 미군 장교 두 명이 인민군의 도끼에 맞아 살해된 사건을 말한다. 당시 전쟁을 일으킬 뻔했던 사건이었는데, 지금은 시멘트로 미루나무 굵기만 알리고 있었다.

"차에서 내릴 수는 없습니다. 바로 코앞에 '돌아오지 않는 다리'가 있고 북한군 초소가 있습니다. 국군 초소가 멀기 때문에 납북이나 총기 사고가 예상되는 위험지댑니다. 차 안에서 보시기 바랍니다."

'누가 당신에게 총을 쏜다. 총알을 맞고 당신은 죽는다.' 이 얼마나 간단한 문장인가. 누가 나에게 총을 쏘는 상황도 영화 같고, 그 총알을 맞는 것은 꿈과 같다. 그런데 여기서는 이것이 언제든 '가능한 현실'이다.

날씨가 맑으면 개성의 송악산까지 보인다는 언덕. '구판문점' 왼쪽으로 '두 개 조선 반대'라는 큰 표지판이 세워져 있었다. 임수경 양이 직접 써서 세운 표지판이란다. 왼쪽 편에 1953년에 정전협상을 했던 '구판문점' 기와집이 보였다.

"원래 판문점이란 지명은 없었대요. 정전협상을 하려고 적당한 집을 물색하는데 중공대표들이 찾아오기 쉽게 하려고 '판문점'(板門店)이란 중국 술집에서 협상을 하자고 했고, 저기 보이는 저 집이 원래 '판문점' 이란 중국인 술집이었다죠. 그랬던 게 이제는 여기 지명이 돼버렸대요."

판문(板門)이란 널을 붙여서 짠 문을 말한다. 그런 중국집이 이제는 국제적인 정치 공간의 이름이 되었다.

저기, 원래의 옛 판문점 중국 술집은 이제 북한 측에서 판문점을 관람시키기 전 안내교육을 시키는 '평화의 집'으로 쓰고 있단다. 이 관람 안내교육은 상당수 외국인들을 대상으로 하기도 하는데, 외국 관광객은 1인당 3만 원을 관광회사에 내면 점심식사가 포함된 여섯 시간 코스의 '판문점 관광'에 나설 수 있다. 지난 역사의 자취가 보존된 유적이 아니라, 지금도 지속되고 있는 한 민족의 수난사의 현장이 외국인에겐 가장 인기 있는 관광 코스가 된다는 사실은 무엇을 의미하는 것일까. 그들은 이곳과 베를린 장벽의 차이를 감상적으로나마 가늠할 수 있을까.

멀리 기성동 마을엔 바람에 찢어지기 일쑤라는 인공기가 허물처럼 펄럭이고 있었다.

(1991)

1991년 7월 | 동두천, 용주골, 법원리

16 기지촌 문학, 코리안걸 넘버원

오영수 「안나의 유서」, 송병수 「쑈리 킴」, 천승세 「황구의 비명」, 윤정모 『고삐』

《예감》 창간 2호

용산, 의정부, 송탄, 월롱리, 군산, 법원리, 용주골, 문산, 선유리, 이태원, 부산 텍사스촌과 완월동….

이 땅에서 살아온 사람이라면 이 지명들이 뜻하는 바를 쉽사리 눈치 챌 것이다. 그건 먼저 코끝으로 느껴진다. 단어만 열거해도 느껴지는 버터 냄새, 버터로 요리한 김치찌개 냄새, 그 요상한 노린내.

한국인이라면 누구나 한 번쯤은 '기지촌'이란 말을 들어보았고, 듣는 이마다 그 기분은 각양각색이겠지만, 마음 한구석에 벌레 씹은 듯한 찝찔함을 숨길 수는 없을 것이다.

흔히들 결혼하기 전에 숫처녀이면 '천연기념물'이라 하고, 숫총각이면 '희귀동물'이라 하는 요즘 세상에 순결이니 뭐니 하는 얘기는 남성우월주의 사회가 만들어낸 정조관념일지도 모르지만, 이 경우는 좀 다르지 않은가.

한국인이 아닌 미국인에게 순결을 파는 바로 그 '기지촌'이라는 축축한 데를, 썩 내키지 않는 길을 떠나면서도 왠지 고향으로 향하는 기분이 든다. 동시에 아픈 마음 한구석엔 슬픔도 움튼다. 떠나자. 민족사에 숨겨진 더러운 핏자국을 찾아. 고려 때 원나라 되놈에게 짓밟힌 처녀들, 일정 때 왜놈들의 정액받이가 된 누이들, 그리고 한국전 후엔 미군의 밑씻개가 되어 살아온 형제를 찾아, 생살이 돋지 않는 상처 속에 아직도 신음하고 있는 내 형제를 만나리.

리틀 시카고, 동두천

|

의정부 4동 양주군청 뒤에 있는 부대찌개 골목으로 들어갔다. 골목에는 부대찌개를 전문으로 하는 식당이 십여 군데 있어 발길을 멈추게 한다.

이 골목에서 20년 가까이 부대찌개 가게를 했다는 형네식당 주인 아줌마(54세)는 '부대찌개'란 명칭을 역사적(?)으로 설명한다.

"60년대에 있던 꿀꿀이죽이 사라지고 피엑스에서 부대고기를 빼오기 시작하면서 이런 음식 이름이 생겼죠."

아줌마의 말마따나 부대찌개, 이 이름은 우리의 분단사를 증언하는 단어다. 마치 와루바시(젓가락)라는 단어가 일제시대를 증언하듯.

"피엑스에서 고기를 빼오지. 법적으로는 물론 불법인데, 경찰들이 묵인해주니깐 계속 이 일을 하걸랑. 옛날엔 고기를 빼오다가 총에 맞아 죽는 사람도 있었어."

고기를 넘기러 온 황 씨 할머니(62세)의 말을 듣고 보니, 미제 물건을 '얌생이'(도적질)하다가 죽기까지 했던 저 50년대의 일이 생각나 부대찌개를 먹는 뒷맛이 갑자기 흙 먹은 맛이다.

이런 쓴 입맛을 뒤로하고 동두천으로 향한다.

1981년에 시 승격 퍼레이드 속에서 성장한 국제도시. 여기서 사는 어떤 이는 이 도시가 '미군들의 위락을 위해 설비된 도시'라고 꼬집기도 했다. 원래 물이 너무 좋아 세종대왕이 먹고 지나갔다는 어수정, 그 옆에 자리 잡은 동두천역 앞길을 지나 취재차는 외국인 전용 클럽들이 밀집해 있는 보산동 뒷골목으로 향한다.

"헤이 쥬, 던 메이킷 벧, 테이커 세 송 엔 메이큐 베럴…."

밤 11시 16분, 보산동 뒷골목에 찢어지는 비틀즈 노랫소리.

화요일 밤인데도 미군들 몇 명이 상체를 흔들면서 네온사인이 눈부신 뒷골목을 어슬렁거리고 있다. 양색시 한 명이 미군의 허리를 한껏 껴안고 미군이 영어로 뭐라고 묻자

"몰러유우-."

깔깔깔 웃으면서 그를 어두운 골목길로 끌고 들어간다. 지나가는 미군을 "헤이" 하며 호객하는 펨프들은 다소 지친 표정이다. 머리를 빡빡 깎은 덩치 큰 한국인 사내, 숯덩이 같은 턱수염을 기른 사내들, 첫눈에 기둥서방이나 영업부장으로 보임 직한 사내들이 보산동 뒷골목을 약간 살벌하게 했다. '자율방범대원'이라 쓰인 모자를 쓰고 있는 사내들이 있지만 그들은 '윤락행위 방지법'을 방기하고 포주들의 영업을 지켜주는 역할을 하는 듯했다. 이런저런 까닭에 동행했던 사진기자는 긴장하며 카메라를 숨겨야 했다.

화사한 겉모습과는 달리 이 도시가 실제로는 얼마나 눈물겹고 살벌한 구석을 품고 있는지는 조해일 씨가 장편소설 『아메리카』(1972)에 잘 담아놓았다. 밤낮을 가리지 않고 포주와 양색시가, 양색시와 민간인이, 심지어는 백인과 흑인이 싸우고 죽이며, 마약이 온 시내를 휩쓸어 마침

내는 '리틀 시카고'라는 달갑지 않은 이름까지 얻게 된 도시의 구슬픈 기억들.

골목 한 켠에서는 한 흑인이 아줌마와 화대를 흥정하고 있다. 펨프를 찾아와 "아쫌마!"를 부르며 서투른 한국말로 접근하는 미군도 있다.

70년대까지만 해도 여자는 무조건 '마마상'이라 하고, 남자는 '바보상'이라 하던 미군들. 그때 미군들은 한국을 일본어권으로 생각하고 엄마를 의미하는 '마마'와 아빠를 의미하는 '바보'(파파)란 말 뒤에 일본어의 존칭형 맺음꼴인 '상'(さん)을 붙여 그렇게 불렀다고 하는데, 이제는 길거리의 펨프나 포주를 '아줌마' 혹은 '아저씨'라고 정확히 발음해내고 있었다. 이것도 올림픽 덕분이라 해야 할까.

진한 립스틱을 칠하고 동두천 뒷골목에서 배회하는 양색시들을 바라보는 중에 비극적인 상황을 비판하지 않고 그대로 드러낸 오영수의 단편소설 「안나의 유서」(《현대문학》, 1963. 4.)가 생각났다.

「안나의 유서」는 죽기 바로 전 자기의 일생을 유서로 남기는 화자 '나'의 고백으로 이야기를 시작한다.

전쟁으로 고아가 된 '나'는 현재 나이 28세다. 부산 피난민 시절부터 온갖 고생을 해온 나는 휴전이 되자 서울로 올라온다. 서울에 올라왔으나 이모를 만나지 못해 다방 레지로 취직한다. 다방의 마담은 나를 남대문 시장으로 데리고 가 월급으로 갚으라며 옷을 사준다. 이때 신가라는 단골손님이 접근하고, 나는 마담의 꼬임에 속아 여관에서 신가에게 몸을 빼앗긴다. 그 후 다방을 나온 나는 밥집에서 일하다가 종로다방에서 일하게 되고, 거기서 우연히 이모부를 만난다. 이튿날부터 이모부댁에서 식모살이를 하는 나는 새이모에게 엄청난 학대를 받는다. 실컷 봉변을 당하다가 이모부댁을 나간 하숙생을 찾아가 그날 밤 함께 밤을 지내는데, 처녀가 아니라는 사실 때문에 또 버림을 받는다. 이후 동두천에서 일한다는 아잇적 친구 춘자를 찾아간다. 거기서 나, 명애는 '안나 박'이라는 버젓한 양갈보가 된다. 그 후 4년 7개월 동안 양갈보 생활을 하지만 남은 것은 방광염과 불치의 병뿐이다. 매춘을 하는 친구들이 한 명씩 죽어가는 상황에 나 역시 죽음을 준비하고 자살을 결심한다는 고백을 끝으로 작품을 맺는다.

이 작품 곳곳에 미군의 폐해가 기록되어 있다. 첫 장면은 부산 피난 시절에 명애를 처음으로 범했던 놈팽이가 미군 물건을 '얌생이'하다가 미군 총에 맞아 입원하는 장면이다. 그런데 이 사건에 대한 주인공의 반응은 단순하기 그지없다. 주인공은 놈팽이가 "죽지 않고 빨리 나아주기를 마음속으로 빌면서" 돌아설 뿐이다.

이보다 더한 장면은 주인공 명애가 부모님과 헤어지는 장면이다. 미군 제트기가 나타나서 서 있는 열차에 기총소사와 폭격을 퍼부은 평택역에서의 장면이다. 유엔군 작전본부의 명령을 받고 출격한 제트기 세 대가 대공표식이 없는 피난열차를 적의 남하로 알고 오폭을 했던 것이다. 이 폭격으로 천 명 이상의 사상자가 났으며, 바로 여기서 그녀의 어머니가 폭사당한다.

헌데 이런 상황에 대한 주인공의 서술은 묵묵부답이다. 이후에 의정부에서 양갈보 생활을 하면서도 그런 태도는 마찬가지다. 상황에 대한 분노나 비판은 전혀 찾아볼 수 없고 체념의 정조만 짙게 깔려 있을 뿐이다. 이 소설은 비극적인 상황에 대하여 비판적인 거리를 마련하지 못하고 있다. 주인공의 행동반경 역시 시종 운명에 무기력하고 체념만 할 뿐이다. 단지 자신의 몸을 스스로 이성적으로 지킬 수 없는 여자라는 점과 갈보라는 사실에 원인을 귀결시키고 있다. 이러한 체념은 더 나아가 '성'을 소재로 하는 통속소설의 색깔을 작품 표면에 칠하고 마침내는 상업소설의 단초를 보여주고 있는 것이다.

그래서 이 작품은 회고적 낭만주의, 다시 말해서 미학자 모이세이 까간(M. S. Kagan)의 말마따나 "인간을 나약하게 만들고 굴종과 소극성으로 이끌어가는 비관주의적 비극성"을 드러낼 뿐이다.

이처럼 초기의 기지촌 소설은 현실에 대한 대응력보다는 체념적인 정조를 보여주었다. 이런 생각을 하다가 잠시 걸음을 멈추었을 때, 바로 내 앞에 이 바닥에서 잔뼈가 굵은 듯이 보이는 파마머리 포주가 미군을 호객하다 지친 듯 쪼그리고 앉아 있었다. 쉰 살은 훨씬 넘어 보였다.

"한 번 하는 데 얼마냐" 물었더니,

"한국인은 안 받는다"고 어물쩍하다 잇대어,

"숏 타임(짧은 밤)은 30-40불이고, 롱 타임은 100불 받아요."

하면서 슬쩍 눈길을 건넨다. 생각 있느냐는 듯이.

외국인 전용으로 알려진 한 클럽에 모른 척하고 들어가 봤다. 순간 눈이 현란했다. '미러볼'이 천장에서 번쩍이며 돌아갔기 때문이다. 미러볼 조명등은 클럽의 사면을 색색의 빛으로 물들이고 있었다. 스테이지 위에서는 키가 큰 백인이 다리 짧은 한국인 여성의 가슴 아래께를 하복부로 부벼대며 블루스를 추고 있었다. 잠시 앉아 있으려니 스무 살을 갓 넘은 듯 보이는 아가씨가 다가와 공손히 청한다.

"내국인이 들어오면 저희들이 단속에 걸려요. 죄송하지만 나가주셔야겠어요."

몇 번 머뭇거리다 문을 나섰는데 현관 앞에는 아가씨 말대로 '내국인 출입금지'라는 말과 그에 대한 법조항이 영문과 우리말로 표기되어 있었다. 아가씨 말에 따르면 한국인이 들어오면 곧 술에 취하고 내친김에 미군에게 싸움을 걸어서 패싸움이 벌어지기 때문이란다.

"미국애들이 한국에 와서 패싸움을 배웠대요. 걔네들은 싸움을 할 때 일대일로 하거든요. 그런데 우리나라 사람들은 패거리로 쌈을 하잖아요. 그래서 못 들어오게 하는 거래요."

클럽 뒤편으로 이어진 골목 안에는 여러 개의 방을 지닌 블록 단층집이 있었다. 1평 내지 2평 정도의 방이 다닥다닥 붙어 있고, 칸막이를 베니어판으로 한 탓에 건너편 방에서 나는 조그마한 혹은 거친 신음소리도 다 들렸다. 클럽에 고용된 아가씨들이 손님을 받는 방이었다.

다시 골목 밖으로 나왔을 때, 클럽 문 바로 앞에는 착하게만 보이는 미국 병사 한 명이 서성거리고 있었다. 한국에 오기 전에 스페인과 독일에 있었다는, 스미스(22세)라 불리는 이 병사는 뭐가 그리 재밌는지 엉덩이를 실룩대고 있었다. 한국여자가 어떠냐는 나의 물음에, 어느 여자나 다 좋단다. 그래서 하룻밤 자는 데 얼마 주었느냐는 물음에, 자본 적이 없단다. 그리곤 자기 친구가 잘 알 거라면서 골목에서 기다리란다. 잠시 후 골목에서 한 아가씨를 안다시피 하면서 나오는 스미스의 친구에게 물었더니, 자기는 걸프렌드가 있다며, 한국여자와 자본 적이 없다고 시치미를 뚝 뗀다.

바로 그때, 아까 나를 클럽에서 내보냈던 그 아가씨가 문 앞에서 몸을 흔드는 스미스를 "헬로우 컴온!" 하고 불렀다. 스미스는 "원더풀!" 하며 클럽으로 빨려 들어갔다.

밤 거리엔 낯선 사람들 떠들면서 지나가고
짙은 화장의 젊은 여인네들이 길가에 서성대네
작은 별들이 하나 둘 흩어지더니 하늘 끝으로 달아나

정말 "오늘 밤에는 무슨 꿈을 꿀까/ 아무것도 보이지 않네"(김민기, 〈기지촌〉 3절)라는 막막한 심정을 더욱 아뜩하게 하는 칙칙한 풍경이다.

절망에서 비판으로

새벽 1시경에 동두천에서 23킬로미터 떨어진 법원리로 차를 몰았다.

법원리는 70년대 말까지 양색시들이 '입영통지'를 기다리던 대기소 같은 곳이다. 가던 중에 기름이 떨어져서 길가에 있는 주유소에 들렀다. 주유소 사무실 한편에는 영어로 'CASHIER'(수납)라고 쓰여 있었다.

까만 국도를 달리는 자동차 속에서 눈을 감은 내 머릿속에는 미군이 한반도에 진주하면서 생겨난 문제를 담아낸 몇 편의 작품이 영화처럼 펼쳐지며 지나갔다. 전광용 「해도초」(1958), 박영준 「여인삼대」(1958), 최일남 「동행」(1959), 백인빈 「조용한 강」(1959), 「블랙 죠」(1975), 하근찬 「왕릉과 주둔군」(1963), 남정현 「분지」(1965), 신상웅 「분노의 일기」(1972), 이문구 「해벽」(1972), 조해일 『아메리카』(1972), 천승세 「황구의 비명」(1974), 윤정모 『빛』, 『고삐』(1988). 언례라는 한 여인의 인생 역정을 통해 전쟁의 후유증이기도 한 한국의 전통적 가치의 붕괴를 그린 안정효의 『은마는 오지 않는다』(1989). 크나큰 슬픔과 절망에 대항하며 처절하게 울부짖는 기록 영상들.

얼마 후 법원리에 도착했다. 헌데 70년대까지 융성했던 양색시촌은 온데간데없고 뒷골목 사창가만 무성했다. 뒷골목에 들어갔더니 비 오는 날은 손님이 없는지라, 싸게 해드리겠다면서 아가씨들이 내 옷깃을 잡아당긴다. 긴 밤 8만 원, 짧은 밤 3만 원 싼 값이라며.

아까 동두천에서 보았던 아가씨들보다 훨씬 이뻐 보이는 이들에게 미국인은 안 받느냐고 했더니, 퉁명스레 뱉는 한 마디.

"우린 그런 애들 아녜요."

그녀의 말 속에서 묘한 민족의식 같은 게 느껴졌는데, 이런 참에 모순적인 현실을 민족적인 시각에서 혹은 비판적으로 드러낸 송병수의 단편소설 「쑈리 킴」(1957)이 잠깐 떠올랐다.

주인공인 소년 '쑈리 킴'은 미군들이 '따링'이라고 부르는 양색시와 오누이처럼 지내면서 정을 나눈다. 쑈리 킴은 왕초가 무서워 도망쳐 나온 고아이면서도 따링 누나가 있기에 〈저 산 너머 햇님〉이라는 노래를 흥얼거리며 유쾌하게 살아간다. 그런데 중공군이 파놓고 간 참호 속에 숨어서 미군에게 몸을 팔다가 미군 헌병에게 들켜, 모아둔 돈을 버려두고 따링 누나가 잡혀가자, 소년은 누나를 찾으려고 서울로 간다는 얘기다.

이 작품은 비록 하우스보이 겸 펨프 노릇을 하는 소년의 시각을 채택하는 우회적인 방법을 사용하기는 했지만, 기지촌의 비극적인 상황에 대한 최초의 문제제기였다는 점에서 기억할 만한 작품이었다.

"아저씨, 뭔 생각이 많아요. 들어와서 쉬지 않을 거예요?"

"……."

짧은 시간에 무슨 생각을 했는지. 무턱대고 졸라대기만 하는 아가씨를 뒤로하고 'LA에서도 알아준다'는 용주골로 잔뜩 기대를 품고 향했다.

용주골로 향하는 중에, 전에 어느 글에선가 읽었던 주한미군들이 부른다는 저질 토크송(Talk Song)이 떠올랐다.

미스 리, 당신은
곤란한 때에 나를 곤경에 빠뜨렸다
떠나기 나흘 전에
성병에 걸리게 했다
당신과의 숏타임을 통해서
나는 무척 즐거웠다

내 상사와 나는 내기를 했지
상사는 자기 애인 미스 김을
내가 손에 넣기 힘들 거라고 했지만
나는 오늘 미스 김에게 가야지
내 지갑에 돈이 두둑하거든
밤새 내내 미스 김과 잠을 잔 후
내 성병을 상사에게 옮겨줘야지

군대라는 남성적이고 호전적인 분위기, 여자를 얕보는 군인들의 술자리에서 불린다는 이 노래는 미군들이 한국의 매춘 여성들을 대하는 심보를 까발려낸다. 그렇다면 저들(모두는 아니겠지만 많은 미군)은 한국여성을 단지 자신들의 성욕을 만족시켜주는 대상으로, 매춘이란 행위를 필요악으로 보고 있는 걸까.

용주골에 도착했을 때는 온 도시가 숨죽이고 있는 상태였다.

논벌에 개구리 소리만 짱알거리는 읍거리에 남아 있는 거라곤 대추벌 창녀촌에서 번져나온 분홍색 불빛뿐.

여기서부터 나는 지금까지 구상해온 글을 다시 수정할 수밖에 없었다. 과거 1983년에 보았던 휘황찬란한 용주골의 밤거리가 온데간데없이 사라졌기 때문이다. 하도 이상해서 한국인 사창가에 가서 앳되게 보이는 아가씨에게 물어보았다. 여기서 미국인을 받느냐고 했더니 이 아가씨 역시 퉁명스럽다.

"어머, 아저씨, 우리가 뭐 이래 봬도, 미국인은 안 대줘요."

앳된 아가씨의 눈빛 속에서 나는 백인빈의 단편소설 「아름다운 강」

"이래 봬도, 미국인은 안 대줘요."

(《현대문학》, 1959)에 나오는 반항기 어린 소년 삼능이의 눈빛을 대하는 듯했다. 무섭도록 아름다운 서정의 미를 통해 기지촌의 비극을 고발하는 이 작품은, 앞서 미군 부대에서 몰래 빼온 부대고기 얘기를 했지만, 그런 짓을 했다가 삼능이 아버지의 가슴팍에 총알구멍이 휑하니 뚫린 저 50년대의 얘기다.

주인공 삼능이는 노랑머리 아이노꼬(혼혈아)까지 둔 양공주를 집으로 맞아들인 아버지에게 노상 매를 맞는 소년이다. 양공주 새엄마가 집에 들어온 얼마 후에 삼능이는 그들의 정사 장면을 목격하고, 며칠 전에는 초등학교 여선생이 목욕하고 강간당하러 끌려가는 장면을 목격한다. 이런 비극적인 상황은 삼능이의 착한 영혼을 너무도 추하게 일그러뜨려 놓아, 급기야 삼능이는 여선생님에게 욕한다.

"이 씨발년아! 와이캐비년(양색시—인용자)아!"

욕하면서 대들어서 퇴학을 당한다. 얌생이를 하던 아버지가 강 언저리에서 미군의 총에 맞아 죽는 것이 마지막 장면이다. 삼능이는 아버지가 죽는 현실 앞에서 눈물 없이 아버지의 시신에게 씹듯이 말한다.

"새끼 암마, 인제 뒈진 거란 말이다, 응!"

소년은 강변에 엎드린다. 이 장면은 반어적인 상황 설정으로 작품의 말미를 더욱 극적으로 장식한다. 아버지의 죽음은 곧 몰락한 한국사회의 상징이며, 미군에 빌붙어 살았던 아버지조차 비극적 상황의 희생물임을 부각시키는 것이다.

또한 작가의 정당한 현실 파악은 물결치는 서정적 묘사와 탄탄한 짜임으로 이루어진 문학적 형상화에 담겨 정상에 육박하고 있어 이 시기의 수작으로 꼽을 만하다. 이 작품의 등장인물들은 객관적인 환경에 의해 몰락하지만, 주인공의 몰락이 이상의 몰락이 아니며 도리어 독자로 하여금 주인공의 불굴성을 느끼게 하는 '낙관주의적 비극미'를 담고 있는 소설의 한 형태라 할 수 있겠다. 이후에 천승세의 「황구의 비명」과 더불어 남정현의 「분지」, 윤정모의 『고삐』가 이런 항목에 속한다.

아무튼 용주골에서 이런저런 생각을 해보았으나 용주골의 옛 자취는 쉽게 찾을 수가 없었다. 과연 국제도시 용주골은 어디로 갔을까.

이리저리 헤매던 중 여기서 청소년 시절을 보냈다는 허니문여관의 주인 홍 씨(36세)를 만났다. 1983년 내가 있었을 때는 용주골이 대단했다는 나의 얘기에 홍 씨는 눈을 크게 뜨고 말했다.

"70년대에는 더했죠. 다방에는 빽드까지 설비하고 돈을 벌었죠. 딸라를 방석 밑에 깔고 살았다잖아요. 미군들이 밤새 길바닥에 떨군 딸라가 너무 많아서, 아침 일찍 청소만 해도 돈을 긁어모을 수 있었다죠. 오죽했으면 '대한민국에서 버는 딸라는 용주골 밑구멍에서 나온다'란 말이 나왔겠어요?"

그런데 지금은 왜 이렇게 폐광된 탄광처럼 황폐화되었을까. 그 이유는 아침이 돼서야 알게 되었다. 일단 허니문여관에 방을 잡고 눈을 붙였다.

벌써 새벽인가. 사창가 골목 안에 있는 낡은 교회는 새벽 차임벨을 울리며 들녘을 깨우고, 샐녘 노을이 파르스름 깔리는데.

몰락한 국제도시, 용주골

|

신사도 자고 가고 군바리도 쉬어가는

용주골 뒷골목엔 수많은 색시들

아저씨 이리 와서 쉬어가세요

아양 떠는 아가씨에 군바리 지쳐

이 밤도 쉬어가는 ○○○ 병장님

신선한 새벽 공기를 들이마시다가 문득 군에 있을 때 졸병들이 불러주던 〈용주골 아가씨〉란 노래가 기억나서 피식 웃음이 새어나왔다. 행정구역상의 명칭인 연풍리라는 이름보다 '국제도시, 용주골'이란 입말로 더 유명한 동네.

이십 대 초반에 나는 경기도 파주에서 지낸 적이 있었다. 그 무렵에 파주 너른 들판을 문산행 기차로 달리고 달리면 곧 개성에 닿을 성만 싶은 기분에 빠지기도 했었다. 그맘때쯤 용주골에 들렀는데, 그때 그곳 청년에게 이런 이야기를 들은 적이 있다. 내용인즉슨, "미군의 개와 한국의 똥강아지가 맞붙어서 정사를 하는데, 한국의 똥강아지가 미군의 셰퍼드에 질질 끌려다니면서 비명을 지른다"는 얘기였고, 그게 바로 우리 민족의 현실이 아니냐는 것이었다. 단순히 상징에 불과하다고 생각한 소설의 끝부분이 그 청년에게는 꽤나 심각한 고민거리로 다가왔던 모양이었다.

어디선가 들은 적이 있는가 싶어 생각해보니 그건 천승세 선생의 「황구의 비명」(1974)에 나오는 얘기였다. 원래 있던 얘기를 천승세 선생님이 옮기신 건지, 아니면 소설에 있는 얘기가 여기 주민들에게 그대로 남아 삶을 성찰하는 거울이 된 건지 는 모르지만 여하튼, 삶과 문학이 하나가 된 현상을 발견하여 꽤나 즐거웠던 기억이 있다. 문학이란 바로 이렇게 삶과 하나가 되어야 하는구나 하고 혼자 고개를 끄덕였었다.

「황구의 비명」에 나오는 매춘 여성들이 핏덩이를 버렸을 개굴창 위에 가로놓인 연풍교.

용주골의 아침거리를 거닐다 보니, 소설에서 나오는 개굴창도 변함없이 흘렀고, 사창가 안의 낡은 예배당도 여전했다. 다만 「황구의 비명」에서 벌거벗겨진 채 그려진 '국제도시'의 끈적한 풍경은 찾을 길이 없었다. 평범한 시골 읍의 풍경만 펼쳐져 있을 뿐.

어떻게 하면 이런 변모의 원인을 알 수 있을까 궁금하던 차에, 무심코 약국에 들렀다가 거기서 국제도시 용주골의 산 증인을 만나게 되었다. 용주골 클럽의 대모라고도 하는 그녀는 '로맨스맘'(50세)이라 불린다. 그녀의 말에 의하면 용주골의 과거는 굉장했다.

"흑인 클럽엔 이쁜 애들이 많았어요. 미국에서 천대받던 깜둥이들은 여기 오면 환대를 받으니까 그야말로 임금님이 된 기분이었나 봐요. 거기선 베이비로 취급받다가 여기 와선 왕으로 대우받으니깐 '코리안걸 넘버원!' 하면서 돈을 물 쓰듯 했지. 뭐, 주제에 미국에서는 맞춤복을 입는 건 꿈도 못 꾸는 족속들이 한국에 와서 옷을 맞추면 가슴이나 등에 꼭 이름을 새기는 거야요. 백인들보다 돈을 많이 쓰고 해서 예쁜 애들이 흑인 클럽으로 많이 갔죠. 국제결혼도 많이 했구요."

결국 어떻게 해서든 기지촌을 벗어나려고 미군들의 손발을 정성스레 씻어준 매춘 여성과 미국에서는 상상할 수도 없는 단란한 결혼 생활을 유지하려는 주한미군의 이해관계가 기지촌 지역의 국제결혼을 성사시킨다는 얘기다. 게다가 국제결혼을 한 미군들에겐 영외 거주가 가능해지고 월급에 가족수당이 덧붙는다고 한다. 그러나 한국여자를 미국에 데리고 가봤자 자녀 양육비, 부인 위자료를 줄 능력이 없는 까닭에 몰래 도망가는 경우를 맘 아줌마는 말하지 않았다.

"그땐 정말 심마니(새 아가씨)도 많았고 양복점, 금은방, 술집들이 모두 딸라를 주체 못할 지경이었죠. 그리고 피엑스에서 전자제품을 빼내는 재미도 쏠쏠했는데…."

씁쓸해하는 맘 아줌마도 날리던 '왕년'이 있었지만, 이제 그녀는 젖가슴이 축 늘어진 뚱뚱한 시골 아낙네일 뿐이다. 휘황찬란했던 용주골도 이제는 시세가 떨어진 시골 도시일 뿐이고.

"왜 이렇게 없어져 버렸죠?"

"78년이던가 카터가 왔다 가고 어느 날 갑자기 미군이 철수하던 날부터예요. 전날까지 술을 퍼먹던 미군들이 다음날 몽땅 없어져서 동네 사람들이 모두 다 벙쪘었죠. 그날부터 미군들이 조금씩 철수하면서 클럽도 문을 닫게 되고, 결정적으로는 에이즈가 돌면서 미군이나 아가씨들이나 서로들 피하는 경우가 많아서죠. 미군들도 철수하고 이젠 이런 일은 없어야죠."

미군 철수. 듣던 중 반가운 소리 아닌가. 그러나 이곳 사람들은 살아갈 길이 막히는 막막한 심정이었단다. 눈치가 빠른 사람은 짐을 챙겨 이태원이나 송탄, 평택 안정리 쪽으로 내려갔지만 지금껏 여기에 남아 있는 사람은 피바가지를 썼다고 한다.

게다가 봉일천에 캠프 하우스(Camp House)만 남고, 광탄에 스탠탄트(Camp Stantant), 문산에 자이언트(Camp Giant)와 선유리에 알씨포(RC-4), 용주골에 개리 오웬(Garry Owne) 등이 모두 철군한다는 소문이 돌아서 국제도시 용주골의 명성은 옛말이라 한다. 그래서 그런지 맘 아줌마도 작년에 클럽을 정리하고 지금은 쉬고 있다고 했다.

"저기 당구장을 봐요. 저 건물이 옛날에는 삐까뻔쩍했던 프라밍고(홍학클럽) 자리예요. 홀 크기가 100평이 넘었죠. 지금은 그냥 작은 시골 당구장이 됐지만요. 그나마 몇 개 안 남은 클럽 중에 캘리포니아클럽은 아가씨를 구하지 못해서 문을 닫을 지경이에요."

정말로 로맨스클럽이 있던 자리엔 바비큐 집이 섰고, 홀 크기가 130평으로 가장 컸던 킹스타클럽이 있던 자리엔 농협 건물이 지어졌다. 아직도 아가씨들이 팔려 오거나 광고를 보고 오거나 하지만, 똑똑한 아가씨라면 영동에 가서 일하거나 일본인을 맞지 이제 기지촌에 흘러들어 오는 '심마니'는 거의 없다고 한다. 도리어 기지촌에 있는 아가씨가 한국인 사창가로 흘러들어 간 경우는 몇 있다고 한다.

매춘 여성의 최종 기착지

맘 아줌마의 말마따나 양색시촌이 줄어드는 이유가, 첫째 미군이 철수하기 시작했고, 둘째 양놈들이 돈을 덜 쓰고, 원화의 화폐 가치가 상승

했으며, 셋째 에이즈가 무섭고, 넷째 사람들이 수입자유화에 따라 미제 물건을 슈퍼마켓에서 사고, 전자제품도 우리 물건을 쓰고, 다섯째 여기보다는 차라리 한국인 사창가, 나아가 일본인을 상대로 하는 '요정기생'이나 '콜걸'을 하는 편이 훨씬 높은 수익을 얻을 수 있기 때문이라는 평가는 퍽 시사적이었다.

1949년에 발표된 채만식의 단편소설 「양과자갑」에 보면 당시 양공주들의 생활이 일반인에 비해 얼마나 고급스런 생활이었는지가 잘 드러난다. 양공주들의 호화판 생활은 70년대에 이르러 사그라지고 지금의 현실은 당시와 판이하게 다르다. 이렇게 해방기나 50년대와는 달리 현재 기지촌이란 의미는 윤락 생활의 최종 기착지를 의미한다. 윤락 여성들 사이에서도 기지촌 여성을 가장 낮게, 일본인을 상대하는 기생을 가장 높게 평가한다는 조사 결과도 있다.

하지만 아직도 아가씨들이 돈을 만질 수 있는 기회는 있다고 한다. 그것은 다름 아니라 팀 스피리트(Team Spirit) 훈련이 시작되는 봄가을의 '대목' 시즌이다. 예를 들어, 미 항공모함이 부산의 제8본부나 외항에 정박하고, 미군들이 상륙 허가를 받는 날부터 부산역 앞 텍사스촌과 완월동은 여자가 모자라 동래 온천장까지 가서 여자를 대거 동원시킨다는 이야기는 알 만한 사람은 다 아는 사실이다. 헌데 그런 예는 좁은 지역의 경우에 불과하다.

사실, 팀 스피리트의 파문은 가히 전국 매춘 여성의 가슴을 달뜨게 한다. 팀 스피리트에 참가하는 미군들이 오기 전에 용주골과 동두천, 문산의 아가씨들은 포주를 중심으로 '원정'을 떠난다. 미군들이 오기 전에 포항, 운천 등지의 지역 다방이나 건물을 1년 혹은 적게는 두세 달을 계약

해서 빌린다. 1992년까지만 해도 '팀 스피리트 원정'에 참가했다는 맘 아줌마는 입맛을 다셨다.

"사오 년 전부터 팀 스피리트에 참가하면 적게는 2천만 원, 많으면 8천만 원 정도는 포주가 챙길 수 있었어요. 아가씨들도 천만 원 정도는 챙겼죠."

미군들은 오후 5시경에 훈련이 끝나는 대로 포항이나 운천 시내에 있는 목욕탕을 빌려 단체로 목욕을 끝내고 '섹스 파트너'를 찾아다닌다.

팀 스피리트 훈련과 통일 문제를 생각하다가 문득 윤정모의 「빛」(1988)이 떠올랐다. 「빛」은 팀 스피리트 훈련에 참가하던 군인이 주인공 선희의 조카 샛별이를 겁탈하려 했던 사건을 중심으로 벌어지는 이야기다. 작가는 이 사건을 통해 외세에 의한 우리 고유의 질서가 파괴될 위험을 경고하고 있다. 이 작품과 더불어 작가 윤정모는 장편소설 『고삐』(1988)에서 미국이 개입하고 더욱 모순되게 돌아가는 한반도의 상황 속에서 일그러진 가족사를 통해 자주화문학의 전형을 보여준다. 그런데 단편소설 「빛」은 반미의식을 가끔 노골적으로 선전하는 『고삐』에 비해, 짧은 길이에도 세밀한 심리묘사와 농촌생활에서 나온 질료에 문학의 옷을 입혀 설득력 있게 독자에게 다가서고 있다. 이렇듯 팀 스피리트라는 '전쟁' 훈련은 평범한 가정까지 위기로 몰아넣는 것이다.

팀 스피리트와 아가씨들. '미군이 있는 곳에 매춘이

존재한다'는 말이 없더라도 걸프전 이후에 아랍 땅에까지 매춘이 성행했다는 기사는 우리를 당혹케 한다.

팀 스피리트에 참가하지 못하는 아가씨들이나 포주는 몰락한 기지촌 지역에서 영업을 할 수밖에 없다. 그래도 안 되면 청량리 588 같은 곳에 팔려가기를 기다릴 뿐이다.

청량리 588에 있는 남자들이 여기에 와서 아가씨를 훔쳐가는 경우가 종종 있다고 한다. 그래서 포주들은 아가씨들을 빼앗길까 봐 길목을 지키고 있었고, 금방 눈에 띄는 외지인인 나에게도 경계의 눈빛을 거두지 않았다.

빵을 만드는 여인네

투타다다다다-, 의정부의 송산을 지나는 국도를 따라가다 보면 프로펠러 소리가 귀청을 흔들어대는 부대가 보인다. 이 헬리콥터 부대는 의정부에 있는 아홉 개의 기지 중에 3천 명이 상주하는 최대 규모의 부대이며 '핵 지도'에 나와 있는 핵보유 기지인 스탠리 부대(Camp Stanley)다. 부대 정문의 왼쪽 담이 끝나는 곳에서 오른쪽 골목길로 200미터 정도 들어가면 현관에 '두레방'이라고 아크릴로 쓴 작은 단층집이 있다.

이 단층집을 찾아온 이유는 암담한 상황에서도 꿈을 키워가는 모습을 보고 싶었기 때문이다. 물론 기지촌마다 '부녀회'라는 모임이 조직되어 있기는 하지만 그 모임은 포주들끼리 단합하는 모임으로, 착취하는 방법을 토론하거나, 검진 때마다 소금물로 밑을 씻게 하는 등 포주들이 잇속을 차리려고 만든 모임이란 지적이 대부분이었다. 이외에 매춘 여

아가와 선생님이 서로 차고 떠들면서 사랑의 정을 익히는 '두레아가방'은 훙겹기만 하다.

성들의 장례식이나 국제결혼을 주관해온 '민들레회'를 방문하고 싶었으나 연락이 닿지 않았다. 그래서 일단은 1986년 3월 17일 의정부시에 기지촌 선교를 위해 첫발을 내디딘 '두레방'을 찾았다.

1989년 11월부터 두레방에서 운영하고 있는 '두레아가방'에서는 혼혈아들이 뛰어놀고 있었다. 낸시와 윌리엄은 어떤 운동선수 이름을 들먹이면서 레슬링을 하고 있었다. 자네탄이라 불리는 아이는 자원봉사자 선생님을 걷어차려는 시늉까지 했다.

"미군 방송에서 하는 레슬링을 많이 봐서 저래요."

자원봉사를 지원한 선생의 말마따나 미군 방송(AFKN)이 한국 문화에 끼치는 영향은 실로 심각하다. 얼마 전 강남의 한 비디오 가게에서, 미국인 레슬러들이 레슬링 하는 비디오를 아이들이 가장 많이 본다는 얘기를 들은 적이 있다. 40여 개의 미국산 비디오를 수입했는데 진열해 놓는 족족 팔려나간단다. 문방구에는 미국인 프로레슬링 선수가 그려진 볼펜, 받침, 딱지 등이 많고, 오락실에도 레슬링 게임이 제일 인기 있다는 말을 들은 적이 있는데, 이런 현상은 한반도에 사는 아이들이 한 번쯤은 겪는 미국 문화의 홍역일 것이다. 헌데 여기에 사는 아이들에게는

그 영향이 좀 더 직접적이다. 그 모습은 귀엽기도 하면서 왠지 서글프기도 하다. 그렇지만,

"사랑을 못 받고 자란 엄마들이 키우는 혼혈아들이라서 사랑이 뭔지 모르는 경우가 허다해요. 우리는 진정한 사랑의 의미를 함께 차고 뛰놀면서 깨닫는 거죠."

이렇게 말하는 어느 자원봉사자의 눈빛은 아이들 눈만치 해맑기만 했다.

두레방 임원들이 파악한 매춘 여성의 수는 '패스'(성병진료보건증, PASS)를 지니고 있는 사람 수로 파악할 수밖에 없는데, 패스를 발행한 숫자에 따르면 1986년엔 송산에 200명, 동두천에 2,000명이었고, 1991년 현재는 송산에 40명이고, 동두천의 경우는 아직 정확히 파악하지 못했다고 한다. 물론 이 수는 패스를 지니지 않은 사람은 계산에 넣을 수 없는 까닭에 유동적일 수밖에 없다. 또한 연령은 14세부터 50대까지 다양한데, 20대 초반이 주를 이룬다. 그런데 성병, 위궤양, 알코올중독으로 시달리는 기지촌 여성들은 주로 신경안정제 종류의 약을 습관적으로 다량 복용하고 있기에 정신질환을 겪는 경우도 많다고 한다.

이런 암담한 상황 속에서, 두레방은 "여성들이 함께 모여 공동체를 형성하고 서로 도움으로써 자신들의 억눌린 삶을 해방하며 하나님이 주신 본래의 인간다운 삶을 살아가도록 돕는 것을 선교적 사명으로"(소식지《두레방》에서, 1991. 4.) 하며 여러 사업도 실행하고 있다.

가령 매주 월·수·금요일에는 부인을 위한 영어 교실을, 화·목요일 밤에는 미국인 남편을 위한 한국어 교실을 열고 있는데, 이런 사업은 대화단절로 인한 갈등 해소와 억울한 일을 당할 경우에 자신을 보호하게 하

기 위해서라고 한다. 또 매주 수요일 오후마다 성병 검진에서 통과하지 못한 여성들을 수용하는 낙검자 수용소를 찾아가 함께하는 시간을 갖기도 한다. 또한 1989년부터는 두레과자점을 열어 나이가 들어 다른 직업을 가질 수 없는 기지촌 여성들에게 빵 만드는 기술을 가르치고 있다. 이는 건강한 노동의 의미를 깨닫게 하는 행위이기도 하다. 이외에 한 달에 한 번 하는 요리 교실과 아침마다 함께하는 공동식사 시간이 있다. 특히 공동식사 시간은 일이 새벽에 끝나 잠을 자고 난 후 아침과 점심을 거르기 일쑤인 기지촌 여성들을 위해 오전 10시에 시작되며, 무료가 아니라 남을 위해 서로 대접하는 '밥상공동체'의 시간이라 한다.

사실 기지촌 여성들은 평생 절대적인 빈곤의 질곡 속에서 한국이란 땅을 증오하고 도피하기를 바라는 유형이 대부분이라 한다. 그런 까닭에 두레방처럼 따스한 곳은 외로운 영혼들의 쉼터로 꼭 필요한 공간인 것이다. 가령, 국제결혼을 해서 미국에 가고 그곳에서 이혼(미국에 간 한국인 매춘부의 이혼율은 75퍼센트다)을 해도 고국에 돌아오지 않고 그곳 사창가로 편입되는 양색시들이 없도록, 고국에 다시 돌아오면 언제나 찾을 수 있는 따스한 '친정집'이기를 모두 원하고 있다.

이런 사업을 통해서 몇 가지 문제는 풀리리라 여겨지지만 세상이 그리 만만치는 않다. 이런 문제에 대해 실무자인 전보경(25세) 씨는 걱정스레 입을 열었다.

"에이즈 때문에 미군이 부대에서 조금 나온다고 문제가 해결되는 건 아니에요. 아시다시피 아가씨들은 다시 한국인 사창가로 흘러들어 가는 경우가 많기 때문이죠."

사실 기지촌의 역사는 70년대의 기생관광, 80년대의 관광섹스로 이어지고, 뿐만 아니라 주택가까지 파고드는 룸싸롱, 스탠드바, 카바레, 음란 이발소로 번창하고 있다. 날로 오염되어가고 있는 이 시대, 빈곤의 악순환이 본질적으로 변하거나 인간(특히 남성)의 더러운 영혼이 뒤바뀌는 혁명적인 변모가 전제되지 않는다면 모순의 악순환은 계속될 뿐일 텐데.

여럿이 함께

따지고 보면, 문제는 매춘이라는 행위가 쌍방에 의한 것임에도 불구하고 언제나 처벌의 대상은 '여성'이라는 데 있다. 그러므로 매춘이라는 용어는 성을 경제적으로 팔고 사는 자본주의적 행위라는 의미에서 '매매춘'(賣買春)으로 고쳐야 한다는 지적은 타당하다. 어찌하든 어떤 논리로도 인간성을 실추시키는 매춘이 합리화되어서는 안 된다는 지점에서부터 문제 해결은 시작되어야 할 것이다.

여기서 함께 일하는 여성들이 "같이 노동을 하면서 공감대를 형성해서 문제를 해결해야 하는데, 여기서는 노동운동과는 달리 함께 그런 노동을 할 수 없잖아요"라며 후후 웃는 싱그런 모습과 작별하며, 고개 숙인 심정으로 두레방을 나섰다.

때로 우리는 상대방을 직업에 따라 등급 매기고, 부에 따라 척도를 재고, 권력과 명예로 평가하곤 한다. 짧은 만남 속에서도 두레방 가족들에게는 진솔한 자세로 삶의 시간을 채워가는 성실한 모습이 엿보였다. 두레방에 걸려 있던 "여럿이 함께"라는 글처럼 서로 아끼고 도와가는 세상살이 외에 다른 길이 또 있을까.

문학이란 것도 '여럿이 함께'라는 마음자리에서 출발해야 한다. 그런 까닭에 기지촌의 매춘 여성을 다만 상업적인 재미로만 다룬 글들은 그들의 삶을 한 번 더 짓밟는 결과를 빚게 될 것이다. 그러므로 기지촌문제를 개별성과 보편성으로 아우른 채, 팽팽한 긴장감을 지니고 그린 송병수나 백인빈, 천승세, 이문구, 조해일, 윤정모 등의 작품은 가치 있는 작업이라 할 만하다. 기지촌 문제의 해결방안이 그랬듯이, 이렇게 문제해결을 담은 작품이란 인간의 본능적 욕구와 아울러 그들을 그 지경으로 몰아넣은 사회구조의 모순(에 대한 극복)을 동시에 담아내야 하지 않을까. 여하튼 뻐식구, 갓뎀, 깨라리, 텍사스클럽, 엠피, 싸징, 쓰리 코타 같은 뼈아픈 단어는 이제 영원히 땅에 묻혀야 하리라.

쓰린 가슴을 싸안고 바라보는 파주의 푸른 들판은 눈이 시리도록 푸르렀다. 심하게 일그러진 기지촌 여성들의 영혼이 저 들판의 푸르름처럼 해맑게 웃는 그런 날이 얼른 다가왔으면 좋겠다.

(1991)

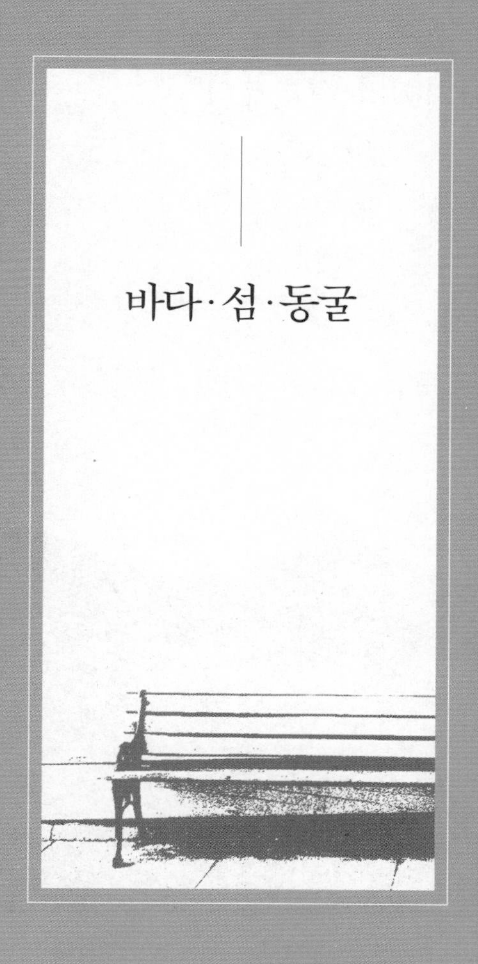

바다·섬·동굴

1991년 9월 | 강화도

17 어기어라 성토로다

강화도 민요 <성토 다지는 노래>, 구효서 「이장」,
이원섭 「미곶제」

다시 길을 떠난다. 늘 새롭다. 길 떠난다는 의미는 길 만들기와 다른 의미가 아니기에. 오늘은 때묻은 아픔을 훌훌 벗어버리고 강화도로 간다. 강화도가 품은 의미를 만나러 간다.

사실 연전 땡볕 따가운 여름날, 배낭을 메고 북쪽으로는 예성강이 보이는 교동섬에서 남쪽으로는 최남단의 동틀머리까지 걸어서 혹은 배 타고 다닌 경험이 있기에 그리 낯선 길은 아니었다. 그렇지만 나는 강화도에 묻혀 있는 역사의 상흔에서 아직도 멀찍이 떨어져 있었던 차였다. 그런데 마침 이 섬을 배경으로 소설을 썼던 소설가 구효서, 이원섭 선생, 황해도 개성이 고향인 소설가 박완서 선생이 함께 간다 하여 동행하기로 했다(이 글은 故 박완서 선생이 살아계셨던 1991년에 쓰였다).

올림픽대로를 달리던 버스는 어느덧 김포평야를 통해 강화도 쪽으로 달리기 시작했다. 김포평야에 펼쳐진 논에 객토를 해놓은 풍경이 눈에 들었다.

장릉 삼거리, 이 길은 강화도에서 나온 사람들이 인천 아니면 서울로 가는 갈림길이다. 여기서 강화인들은 자신들의 섬 밖 생활의 운명을 결정하기도 했다고 한다.

가는 길이 그리 편치만은 않았다. 지루할 정도로 길게 늘어선 차량행렬 때문에 토요일 오후가 지루하게만 느껴졌다.

"길에 고추나 왕골을 펼쳐놓았다가 차가 오면 다시 거두곤 했지요. 차가 앞에 가면 마구 쫓아가서 꽁무니에 매달리기도 했던 어린 시절이 생각나는군요."

지루해지기 시작하자 구효서 선생이 추억을 풀었다.

어느덧 차량은 강화대교라 불리는 이차선 교량 염하교(鹽河橋)에 닿았다. 겨울엔 얼음조각들이 떠내려와서 배를 놓을 수 없다는 바닷목이다.

염하교 아래의 뻘을 보면서 강화도 출신인 누군가가 말했던 '펄콩게' 얘기가 떠올랐다. 우리나라에서 두 군데, 그러니까 대동강 하구와 강화도 갯벌에 '펄콩게'가 있다고 한다. 펄콩게란 '뻘에서 사는 콩알만 한 게'라는 뜻이다. 역사의 화염에 여러 번 데인 대동강과 강화도 유역에서, 제너럴 셔먼호와 신미양요 때 미군의 침략에 의해 가장 많은 피해를 받은 것이 펄콩게라고 한다. 펄콩게의 내력은 강화도민의 아픈 마음을 대변하는 상징인지도 모르겠다.

"게를 잡을 땐 화염병을 들고 나옵니다. 게들이 집에서 멀리 나와 우왕좌왕하는 판에 오 분 만에 비료 포대에 담아, 통째로 간장에 달여 구워 먹구 날루두 먹는 거죠. 그런데 펄콩게는 너무 작아서 먹지도 못합니다."

구효서 선생의 펄콩게 얘기를 듣는 참에 다리를 건너서고 있었다.

성 쌓고 지켜보세

강화도, 섬의 옛 이름은 '갑비고차'(甲比古次). 신석기시대 유물이 출토되고 국조 단군의 유적이 있으며, 마니산 첨성단과 도처에 지석묘가 널려 있는 섬. 고구려시대에 군제를 두어 혈구군이라 칭했고, 신라시대에 이르러 해구군으로 개칭, 통일신라시대에 국경 수비대를 위해 혈구진을 설치했던 군사적 요충지. 고려 고종 19년(1232)부터 원종 11년(1270)까지 39년간 몽고의 침략에 항전하고 고려 삼별초의 강인한 의지가 파도치는 섬.

외세의 상흔만 남은 정족산 사고(史庫)가 이런 내력을 얘기해준다. 일단 박물관에 들어갔다. 입구에 강화도 반닫이가 보였다.

"강화도 사람들에겐 강화 반닫이가 얼마나 중요한지 몰라요."

이원섭 선생의 말에 구효서 선생도 곁에서 고개를 끄덕였다.

박물관 일층에서 이층으로 올라가는 층계 벽에 거대한 깃발이 걸려 있다. '수'(帥)자 기. 1871년 신미양요 당시 강화도 광성보에서 미 함대와 조선 수비군이 치열한 격전을 벌였고, 그 전투에서 조선군이 '수'자 기를 빼앗겨 지금은 미국 아나폴리스 해군사관학교 박물관에 보관되어 있다는 것이다. 그러니까 지금 박물관에 걸려 있는 '수'자 기는 진짜가 아니라는 말에 심경이 답답해졌다.

박물관 밖으로 나가 돈대 주위를 둘러쌓고 있는 성토(盛土)를 보면서 강화도의 민요인 〈성토 다지는 노래〉가 떠올랐다.

어기어라 성토로다
성토지경 다져보세
고루고루 다져보세
이 자리에 성을 쌓아
오랑캐 침략을 막아내고
삼천리 금수강산

우리 힘으로 지켜보세

세세연연 시화연풍

국태민안 하옵구나

(후렴) 어기어라 성토로다

초지진(草芝鎭)으로 향했다. 초지진은 해상으로 침입하는 외적을 막기 위해 조선조 효종 7년(1756)에 구축한 요새다. 그 뒤 고종 3년(1866) 10월 천주교 탄압을 구실로 침입한 프랑스 로즈의 극동함대와 고종 8년(1871) 4월에 통상을 강요하며 내침한 미국 로저스의 아세아 함대 및 고종 12년(1875) 8월에 침공한 일본 군함 운양호를 맞아 치열한 전투를 벌인 격전지다. 당시 프랑스와 미국 및 일본의 함대는 우수한 근대적 무기를 가진 데 비하여 조선군은 사거리도 짧고 정조준도 잘 안 되는 열세한 무기로 대항해 싸웠던 장면이 영화 필름처럼 주루룩 머리에 스쳤다. 지금도 성벽과 늙은 소나무 몸통엔 그날의 포탄 흔적이 남아 있어, 치열했던 전황을 말해주고 있었다.

특히 운양호의 침공은 고종 13년(1876) 강압적인 강화도 조약의 체결로 이어졌다. 그래서 강화도는 일본 침략의 문을 열어주었던 비극의 장소이기도 하다. 어디선가 오랑캐의 침략을 막으면서 싸움 속에 살아온 강화도민들의 〈축성의 노래〉가 들려오는 듯하다.

어이어라 목도로다/ 성돌이 무겁구나

조심조심 목도하세/ 서해바다 수평선에

오랑캐선 보기 전에/ 성을 쌓고 지켜보세

오랑캐선 들어오면/ 힘을 모아 쳐부수자

장가든 지 삼 일 만에/ 성 부역에 나갔는데

몇십 살이 지났는지/ 아들놈이 찾아왔네

애비 옷을 짊어지고/ 찾아와서 하는 말이

우리 아비 찾어주소/ 부자상봉 지켜보던

감독양반 하는 말이/ 눈시울을 적시면서

네 나이가 몇 살이냐/ 아들놈이 하는 말이

익살맞게 대답하되/ 내 나이는 이륙이오

부자상봉 지켜보매/ 목도하던 인부들은

고향에 두고 나온/ 부모처자 생각나서

하던 일손 멈추고서/ 소리 내여 통곡하네

어서 빨리 성을 쌓고/ 외적침략 막아내여

금수강산 이룩하여/ 대대손손 물려주세

(후렴) 어이어라 목도로다

섬을 못 떠나는 숙명—구효서의 소설

시내의 외곽지로 나왔을 때 곳곳에 삼포(인삼밭)가 눈에 들었다. 인삼을 하도 해서 지력이 떨어지고 이제는 강화도에 삼을 할 데가 없다지만, 아직도 여기저기에 인삼밭이 있었다. 강화도 유적지들은 대부분 1970년 유신시대에 보수되었다. 초지진만 보아도 안내판의 글귀 끝에는 “이곳은 민족 시련의 역사적 현장이기에 호국정신의 교육장이 되도록 1973년 성곽을 보수하고 당시의 대포를 진열했다”는 설명이 달려 있다.

"우스운 얘긴지 모르지만 여기에 있는 고적들은 대부분 '이룩하자 유신과업'이니 뭐니 할 때 박정희 정권이 보수한 겁니다. 이순신의 충효사상을 강조했듯이, 강화도의 무신정권을 되살리는 게 일테면 당시 유신정권의 성격과 통할 수도 있단 말이죠."

강화도 토박이라는 아저씨 한 분이 덧붙였다.

이제 차량은 봉화산 옆길을 거쳐가기 시작했다. 소설가 이원섭 선생과 구효서 선생의 소설 배경이 되는 장소에 가까이 다가가는 길 옆에 남한 최대라는 탁자식 지석묘가 눈에 들었다. 바위산이 없는 이 섬에 높이 2.6미터, 길이 7미터, 너비 5.5미터에 이르는 엄청난 돌덩어리를 누가 어디서 어떻게 옮겨왔을까. 아직도 수수께끼란다.

가는 곳곳의 산꼭대기마다 미군 기지가 보였다. 맘 놓고 사진 찍기엔 조금 거북한, 레이다 기지나 미사일 기지이리라. 미군 기지 때문에 토지를 다시 측량하다 '장단 아주머이'('아주머니'의 강화도 방언)의 묘자리가 남의 땅이라는 사실이 밝혀지자 묘지를 이장해야 했던 이야기, 거기에 얽힌 내용이 구효서의 중편소설 「이장」(1989)에 담겨 있다.

"학교에서 집까지 거리가 왕복 이십 리 길인데 그 길을 겨울에도 왔다 갔다 하면서 어린 시절을 지냈어요. 식구는 열한 명인데 옹기종기 살았으니 추억거리랄 게 있겠어요. 고향 얘기를 안 쓰려고 생각도 많이 했죠. 그런데 80년대에, 내 궁핍함이 이야기 소재가 될 수도 있다는 자신감을 가지게 됐죠. 또한 80년대는 분단문학을 도외시할 수 없었는데, 공교롭게도 강화도는 분단의 한 지점이었죠."

그의 소설 「이장」과 「부자의 강」은 바로 이 지점에서 출발한다.

미군 기지가 고래산에 들어서고, 주인공 준호의 양어머니인 '장단'(長端)

아주머이의 무덤을 이장해야 하는 상황이 벌어진다. 양어머니의 묘를 임진각 쪽 비무장지대에 이장하면서 상주 역할을 감당해내는 '나'는 이 일을 전혀 예상치 못했고 그러기에 더욱 달갑지 못한 귀향을 하게 된다. 이장의 제례는 종가 사람들의 도움으로 진행된다. 작가는 '나'의 유년 시절과 주변 인물들이 전하는 정보를 조합하여 양어머니의 참담한 생애를 끌어낸다. 네이팜탄과 좌우대립 속에서 양어머니는 원치 않던 임신을 하고, 그 피붙이를 죽여야만 했던 모진 세월을 산다. 마침내는 죽은 아이를 묻은 곳에 자신도 묻히기 원해서 주인공을 양자로 입적하고 재산을 물려준다. 이 소설에는 주밀한 계획이 있고, 한 맺힌 삶이 있다.

작가는 이런 아픔을 꼼꼼한 필체와 강화도의 말부림으로 재미있게 이어놓았다. 또한 따뜻하고 서정성이 넘치는 소설 「이장」은 구효서의 유년 시절이 길게 담겨 있기도 한데, 정작 그는 이 한 서린 지역에서 탈피하고 싶었다고 한다. 그래서 쓴 장편소설이 역사에 대한 회의에서 비롯된 일종의 메타소설(metafiction)이며 '역사찾기 소설'인 『늪을 건너는 법』(1991)이다.

이 소설에서 작가는 '태를 끊고 나와야 한다'는 생각으로 강화도의 이미지를 상당히 객관적인 입장에서 타진하려고 애썼다고 한다.

"이제는 강화도를 완전히 떠나려고 하죠. 그러나 강화도를 떠나려는 시도, 그 반발심리 자체가 강화도의 테두리를 벗어나지 못한 것임을 인정하지 않을 수 없습니다."

결국 강화 얘기로 돌아오지 않을까 하는 어떤 숙명적인 느낌을 지울 수 없다는 문학적 고백이다.

장수설화와 힘겨운 못 빼기—이원섭의 소설

다음엔 이원섭 선생의 등단작 「미곶제」(1987)의 배경이 되는 동네에 갔다.

미곶이 마을, 원래는 마을 명칭이 없는데 이 선생이 소설을 쓰기 위해서 이름을 정했다고 한다. "모르지, 후에 이 마을 이름이 미곶이가 될지"라고 누군가 말했다. 이 마을 앞에는 서해바다가 보이고 뒤에는 장수설화가 있다는 산이 누워 있었다. 여기 사는 사람은 좋겠다고 중얼거리자, 옆에 있던 구효서 선생이 웃었다.

"우린 어릴 적에 공부란 걸 모르고 자랐죠. 개구리 잡고, 고기 잡고, 찔레꽃 순을 많이 따다가 껍질을 벗겨 가위바위보 해서 먹기도 했죠. 그렇게 자랐죠. 근데 서울 가니깐 아이들이 공부라는 걸 하데요. 또 자습서라는 책을 보더라구요."

동네를 찬찬히 내려다보았다.

집에서 장정 키로 하나 정도 멀찌감치 떨어진 곳에 굴뚝을 세워놓은 특색 있는 풍경. 제주도처럼 샛바람이 강하기 때문이리라. 굴뚝의 높이를 높게 하면 할수록 빨아들이는 힘이 세기 때문에 지붕에서 멀찍이 떨어뜨리고 지붕보다 굴뚝의 높이를 높게 한 것이리라.

소설 「미곶제」의 중심내용이 되는 산꼭대기의 거대한 못을 찾으러 산으로 올라가 봤다. 북한산 꼭대기에서도 일곱 개나 뽑았다는 못. 어디선가 듣기엔 땅의 혈(血)을 끊으려고 일본 사람들이 박아놓았다는 못자리를 찾아갔다.

"말이 많지만 일제가 산꼭대기에 못을 박은 이유는 첫째로 지적조사를 하면서 푯대를 세웠다는 말이 있고, 둘째로 일본이 아기장수 설화가 있는 곳을 조사해서 못을 박았다는 설이 있습니다."

산에 올랐다. 임산부의 아랫배에 해당하는 부분에 쇠못을 박아놓았다는 지점. 그런데 얼마 후 우리는 못자리에 다른 표식이 남아 있는 것을 발견했다.

"강화, 408, 1989, 재설…."

그러니까 일제가 못을 박았다는 이 지점은 장수설화를 막기 위해서뿐만 아니라, 측량 지점으로도 의미가 있다는 증거일 터이다. 그러나 일제가 산 위에 못을 박았다는 확실한 증거는 없다. 일제가 한국의 모든 산에 못을 박았다는 얘기는 1970년대 초부터 퍼진 얘기다. 아무튼 옛적에 이곳은 꽤나 무서운 곳으로 마을 사람들에게 금기의 지역이었나 보다.

"겁나고 두려워서 어릴 적엔 감히 손도 못 댔죠, 무섭고 가슴 아린 지대였습니다"라는 말에 이어, 못 이야기인 「미곶제」를 쓰게 된 배경에 대해 작가는 천천히 말했다.

"신춘문예니 뭐니 자꾸 떨어져서 내가 가장 잘 아는 것을 써야 한다는 생각이 들더군요. 그래서 어릴 적에 많이 본 '못' 얘기를 쓰기로 마음먹었죠. 못 빼기를 쓴 이유는 개인이나 가정이나 단체에 박혀 있는 못과 같은 한을 빼내야겠다는 생각이었죠. 그리고 그런 억하심정을 일제에 대고 쏘아댄 셈이죠."

일제가 박은 철못이 박혀 있던 자리에 토지측량점이 시멘트로 표시되어 있다.

이원섭의 소설에는 재미보다는 진지함이 서려 있다. 그의 문체는 끈질기고 힘이 있다. 아울러 작가는 강화도의 엄청난 민간문화정보를 훤하게 꿰고 있다. 이후의 집필 계획에 대해, 그는 산정에 있는 미군 기지를 우리 시대의 '큰못'으로 상정해서 조금 긴 소설을 '재미있게' 써볼 생각이란다.

진지 자셨시니꺄

두 작가의 고향을 떠나 박완서 선생의 고향 해주 땅이 보이는 북쪽으로 향하면서 우리는 정족산성을 볼 수 있었다.

"초지진이 무너지면 프랑스군과 미군이 몰려 들어왔겠죠. 그러면 주민들은 정족산으로 모두 대피하고, 양헌석 장군의 승리는 주리고 부상당한 프랑스군과 미군을 물리쳤다기보다는 자진 퇴각이라 보는 게 정확할지도 몰라요."

강화도 방언을 연구하는 후배 ~~윤용욱~~(연세대 대학원 국어학 전공, 27세)은 이렇게 말했다.

"일반적인 특성으로는 '~니껴'나 '~니꺄' 등을 많이 씁니다. 가령 '진지 잡수셨습니까'를 '진자 자셨시니꺄', '진지 잡수세요'를 '진지 자시껴'라고 쓰는 맺음꼴이 일반적인 경기도 방언과는 아주 다릅니다. 또 강화도 말은 해상 언어적인 특성을 지니고 있는데, 황해도 서남부 지방과 경기도 개풍 지방의 방언이 강화도 사람들의 방언과 비슷합니다. 이런 특성은 옛날에 해안을 따라 이루어졌던 활발한 경제활동 내지는 해상교통로 때문이 아닌가 싶어요. 해방 이후와 6·25 이후에는 개성 및 황해도 사람들이 많이 이주해와서 황해도 방언의 특성이 섞이기도 했죠."

시장바닥에 함께 있어도 이곳 사람들의 억양은 거세다. 마치 싸우는 듯하다. 넉살 좋고 다혈질이어야만 하는 이유는 짐승스러운 역사적 배경 때문이 아닐까 싶다. 한편 젊은 사람들이 점점 이런 말투를 쓰지 않는 이유는 지역문화가 도시문화로 통합되는 과정 때문이 아닐까.

이런 현상을 외포리에서 강화도의 별미인 돔회를 먹을 때 만난 강화도 토박이 박 아무개(45세) 씨의 말이 잘 설명하고 있다. 그는 강화도의 현재를 "이젠 여기도 마찬가지죠"라고 짧게 말하고는 씁쓸하게 웃으면서 한마디 보탰다.

"본토박이들이 많이 있지만 타지에서 많이 와서 지금은 여관, 호텔, 음식점도 서울 사람이 짓고, 심지어는 땅도 서울 사람 게 많아요."

아닌 게 아니라 강화 시내에는 태능갈비, 마포숯불갈비라는 간판이 여기저기 붙어 있었다.

여기는 평양입니다

버스는 섬의 북쪽으로 자꾸 올라갔다. 라디오를 AM에 맞추면 남쪽 방송보다 "여기는 평양입니다"라는 말이 더욱 잘 들리는 지역으로.

지난 이틀 동안 박완서 선생은 전혀 지치지 않는 모습을 보였다.

"개성 여자들과 달리 강화도 여자들은 '광회년'이라 하기도 했어요. 수다스럽거나 거칠면 '광회년'이라고 꼬집던 말이 기억나요. 그만치 강화도 여자들은 억척스럽고 야물딱지다는 말이겠죠. 그래서 이런 말도 있었어요. '넉살 좋은 광회년'이라고 말이죠."

옛말에 참새가 그냥 지나간다는 곳이 딱 세 곳 있단다. 개성과 화성

(수원), 그다음이 강화도다. 그만치 사람들이 물건을 버리지 않는다는 의미로도 해석된다. 일본의 상권이 지배하지 못한 유일한 곳이 강화, 개성, 수원이라고 한다. 이 억척스러운 섬에 대한 박완서 선생의 생각은 남다르다.

"사실 저는 강화도 출신도 아니기에 제가 강화도에 갖는 애착은 내 고향이 보이는 전망대의 의미를 지니고 있죠."

잠시 후 버스는 해병대가 지키고 있는 지역을 통해 북한 땅이 보이는 최전방 지역에 닿았다. 잠시 후에 박완서 선생의 친척들이 모여들어 서로 껴안고 반가워했다. 한국전쟁 이후 많은 개성 사람들이 강화도로 피난 와서 산다는 실증이기도 했다.

박완서(1931-2011).

강화도 북성리에 있는 이곳 전망대는 멀리 송악산이 보이고 예성강 하구며 당두포리, 그리고 개성 땅이 보이는 고지대다. 장교의 허가를 받고 망원경으로 북한 땅을 보았다.

농사짓는 사람들 모습이며, 소를 끌고 가는 북한 주민의 모습, 행진하는 북한군의 발걸음이 바로 코앞에서 움직여, 등줄기에 아릿한 전율이 흘렀다. 그리고 창문이 없는 연립주택이 보였다. 장교의 말에 따르면 전시용 주택이란다. 무척 평화스럽다.

하지만 밤에는 사정이 다른 모양이다. 그때는 수류탄과 크레모아의 아가리가 침이라도 뱉을 듯 활짝 열려 있을 것이다. 근무일지의 내용이 그런 긴장감을 말하고 있었다.

"20:15 어리산 방향 포성 2발, 20:20 당두포리 해안등 점등, 20:25 시루메산 조명탄 2발 낙하, 20:32 어리산 방향 포성 15발."

"여기 실정을 설명하다 보면 우는 어른들도 있어요. 저 같은 군인이 여기서 근무 선다는 게 비극이죠. 사실은 만주에 서 있어야 하는 거죠."

젊은 장교의 말이 가슴에 애달게 닿았다.

떠나려 할 때, 대북방송을 통해 송해가 진행하는 전국노래자랑 멘트가 흘러나오고 있었다.

"안녕하십니까. 전국노래자랑 송해입니다. 오늘은 제주도에서…."

왠지 콧잔등이 시큰하다.

다시 버스는 민통선 안의 진흙길을 모질게 박차고 서울로 향했다. 차창에 그동안 만난 강화도 사람들을 그려낼 때, 강화도의 글맥을 이어온 글쟁이들이 떠올랐다. 이른바 강화학파로 불리는 이건창 선생부터 위당 정인보 선생까지. 맘 좋은 소설가 이원섭과 멋진 남자 구효서 같은 작가(안타깝게도 나는 아직 강화도 출신의 시인은 만나지 못했다)들이 무궁무진 나왔으면 싶다. 그래서 섬사람의 희희낙락한 웃음 같은, 한스러운 섬 이야기를 진득하게 기록에 남겼으면 좋겠다.

돌아오는 길에 문득 염화교 곁에 서 있는 간판 하나가 눈에 들었다.

"홀로 가는 저 나그네 간첩인가 다시 보자."

아직도 이곳은 전선이구나.

(1991)

1991년 9월 | 강릉

18 어촌문학, 새벽어판장

김동명 「내 마음은」, 허균 『홍길동전』,
심상대 「양풍전」, 김영현 「홍어」

바다. 한 잔의 소주 같은 바다였다.

《예감》 9월호

동해는 남설악 외설악을 슬슬 쓰다듬어주고 있는 바다를 말한다. 강원도 인제 쪽을 내설악, 양양 쪽을 남설악, 속초와 고성 쪽을 외설악이라 한다. 바다와 산을 동시에 볼 수 있는 이 지역을 구경다니며 쓴 「관동별곡」 같은 기행문학이 이 지역 문학의 특징이다.

간성의 청간정, 맑은 시냇물이 정자 아래로 흘러 경치가 좋다.

강릉의 경포대, 경포대에서 보는 경포의 달밤 경치가 일품

고성의 삼일포, 양랑을 비롯한 네 신선이 놀던 호수

삼척의 죽서루, 오십천 냇물과 죽서루의 조화

양양의 낙산사, 낙산사 앞 의상대의 일출 광경

울진의 망양정, 활원한 동해를 바라보는 조용한 정자

통천의 총석정, 수정이므로 6각형 입체 바위의 경관

평해의 월송정, 소나무 사이에 비치는 달과 바다의 장관

흔히 동해안 명승지로 대개 관동의 팔경을 꼽는다.

설악산과 가까운 경치로는 낙산사를 빼놓을 수 없다. 옛날엔 건봉사의 말사였으나 지금은 신흥사에 속해 있다. 신라 문무왕 11년(671년)에 의상대사가 창건했다. 현재의 건물은 6·25 때 새로 세운 것이다. 특히 눈에 익혀야 할 보물인 7층탑도 중요하지만, 실은 대웅전인 원통보전(圓通寶殿)을

둘러싼 짜임새, 곧 돌과 흙이 아닌 기와와 흙으로 쌓은 담장은 꼭 둘러보고 지나야 할 유물이다.

그만큼 동해 지역에는 어디를 가나 유적지와 전통 건물이 '널려 있다'는 표현이 어울릴 만치 많이 있다. 이곳은 임진왜란 때는 말할 것도 없고 그 뒤 병자호란 때에도 아무 병화를 입지 않았으며 따라서 옛 모습을 가장 많이 간직하고 있는 지역에 든다. 강릉에는 모두 쉰다섯 개나 되는 지정문화재가 있다. 강릉의 지정문화재들이 강원도 안에 있는 지정문화재의 90퍼센트 가까이를 차지하고 있다. 그러니까 여기 사람들이 강릉시를 '문화시'라고 부르는 것은 문화재만 놓고 보아도 그럴 만하다.

겨울엔 대륙의 찬바람을 태백산 높은 줄기가 막아주고, 따스한 온류로 경인 지방보다 따스한 땅. 반대로 여름엔 시원하기 이를 데 없는 천혜의 피서지. 동해안 지역을 취재하면서 택시를 탔을 때, 강릉에서 40년을 살았다는 한 운전사는 특유의 토박이 억양으로 느릿느릿 말했다.

"여개(여기)가 살기 어렵다고 서울로 가는 사람도 많이 있대요. 사실 여개처럼 살기 좋은 데가 어데 있소. 그런데도 마카(모두) 여개를 떠난단 말이래요. 어여워요(어려워요)."

그 역시 이십 대 후반에 서울로 나갔다가 다시 고향인 강릉으로 와서 살아간다고 했다.

명주군에 있는 효자비, 외세의 침입이 적었던 강릉 지역은 어디를 가나 옛 문화재가 '널려 있다.'

운전수 말마따나 정말로 살기 좋은 지역이란 걸 자랑하듯, 강릉을 중심으로 한 동해안 지역은 노동요보다는 놀 때 부르는 '유희요'

가 잘 발달되어 있다. 숨을 깊이 마신 후, "낙양성~ 십리허에"로 길게 뽑아 시작하는 경포대의 민요 〈성주풀이〉는 그 으뜸이랄 수 있다.

낙양성 십리허에 높고 낮은 저 무덤은
영웅호걸이 몇몇이며 절세가인이 그 누구냐
우리도 한 번 아차 하면 저기 저 모양 될 것이니
에라— 만수 에라 대신이여

저 건너 잔솔밭에 설설 기는 저 포수야
그 산비둘기 잡지 마라 그 비둘기 나와 같이
임을 잃고 밤새도록 임을 찾아 헤매노라
에라— 만수 에라 대신이여

한송정 솔을 베어 조그맣게 배를 모아
술렁술렁 배를 띄워라 술이며 안주 맘껏 싣고
팔월이라 추석날 강릉 경포대 달맞이 가자
에라— 만수 에라 대신이여

이 민요는 동해안 지역의 풍류를 한껏 알려준다. 1절에 낙양성은 중국의 8대 고도(古都)인 낙양(뤄양, 洛陽)을 둘러싼 성을 말한다. 기원전 770년 주나라를 시작으로 9개 왕조의 도읍지였던 화려한 곳이다. 영웅호걸은 물론이요 시인 두보가 태어난 곳이기도 하지만 모두 흙으로 돌아가기 마련이다. 1절과 2절의 소나무 숲이나 잔솔밭은 실제로 동해안 지역에 널리 퍼져 있는 지역적 특징이다. 3절은 예부터 단오절이나 추석 등의 절기가 되면 온 관민이 참가하여 풍류를 즐기던 모습을 보여준다.

이곳 토박이로 한국전쟁 중 월북했다가 북한 공작원으로 남파된 후 체포되어 18년간 옥살이를 했던 김진계(김응교 실명장편소설 『조국』의 구술자) 옹은 무슨 일이든 힘들어지면 "낙양성~" 하면서 길게 목청을 뽑아 울적한 기분을 풀기도 했다고 한다.

"저쪽(그는 북한이란 말을 안 쓴다) 사람들도 이 민요를 많이 불러. 손을 맞잡고 빙빙 돌면서 흥겹게 부르는 거라."

할아버지와 나는 『조국』(풀빛, 1992)을 다듬는 작업을 하면서 가끔 이 민요를 부르곤 했다. 함께 부르면서, 남쪽 고향을 생각하고 있을 북녘 땅 동포들의 함박 미소가 떠올라 목울대가 막히곤 했다. 공동체로 노는 게 우리 조선족의 본성이 아닐까. 사실 극분업화된 자본주의적 개인주의가 발달하기 전 놀이 방식은 여럿이 어울려 노는 자리가 많았다.

예의 풍류는 개인의 유희로만 해석되었는지, '동해안' 하면 관광지로만 알려져, 본격적인 휴가철이 되면 사람 많고 차 많고 번잡스러워 포근한 휴식을 찾기란 여간 힘든 게 아니다. 저마다의 풍취와 특색을 잃고 '바가지 요금'에 천편일률적인 사업단지로 변해가는 여느 휴양지처럼 이 지역도 예외는 아니다. 그런데도 "자아, 떠나자, 동해 바다로"를 외치며 "고래 잡으러" 동해 바다를 찾아오는 휴양객은 늘어가기만 해, 전국에서 모여든 피서객이 동해 바다에 몸을 담근다.

「관동별곡」과 '두루뭉술 정치의식'

관동 여행의 문학으로 첫손을 꼽는 작품은 아무래도 조선 중기의 문인 송강 정철의 「관동별곡」을 들지 않을 수 없다. 관동기행문학 하면 물론 안축의 「관동별곡」도 있지만, 정철의 「관동별곡」과 「송강가사」(松江歌辭)가 으뜸이다.

하룻밤 서리 김에 기러기 울어 옐제
위루에 혼자 올라 수정렴 걷은 말이
동산에 달이 나고 북극에 별이 뵈니
임이신가 반기니 눈물이 절로 난다
청광(淸光)을 쥐어내어 봉황루(鳳凰樓)에 붙이고져
루(樓) 위에 걸어두고 팔황(八荒)에 다 비치어
심산궁곡(深山窮谷) 졈낫같이 만드소서

가슴 깊숙이 낮게 울려 번지는 음조를 상상해보라. 요는 가사란 가락이 임자이지 뜻은 버금이다. 더구나 진양조와 아니리의 멋과 맛에 맞춰 부른 정철의 노래요, 휘드러진 장단으로 수놓은 가사다.

휘드러진 장단이지만, 「관동별곡」이나 「송강가사」 어디에서도 노동하며 살아가는 어민의 삶은 투영되어 있지 않다. 사람이 살아가는 노동의 깊이는 좀처럼 확인하기 힘들다. 단지 동해안 산천의 풍취를 읊고 있을 따름이다. 높디높아 숨 쉬기도 가쁜 대관령을 넘어올 때, 정철을 태운 무거운 가마를 옮겼던 천민들의 땀방울은 「관동별곡」 어디에서도 찾아

볼 수 없다.

여기서 '임'은 말할 필요도 없이 당시의 임금을 말한다. 그런데 임을 그리워하는 건 정철 혼자만이 아니다. 정철의 「연군가」(戀君歌)가 보여주는 것처럼, 사실 강릉 지역은 봉건적인 중앙의식과 충절의식의 상징터와 같은 곳이다. 요즘도 선거 때만 되면 여당이 득세할 수밖에 없는 지역이라 하면 자존심 상하는 얘기일까. 어용문학이라 하기엔 너무도 착하기만 한 사람들이 어울려 사는 동네 같지만 조금은 답답하다.

강릉 지역 주민의 이런 기질을 명주군에서 태어난 함영희(청사출판사 대표) 씨는 강하게 자책하기도 했다. "패배주의는 진취성이 결여된 보수적 문화 풍토에서 싹이 트고 뿌리내리는 특성을 갖는다. 우리 강릉의 문화 풍토 곳곳에서도 불의의 힘에 복종하는 패배주의의 만연을 목도하게 된다. 그것은 우리 강릉인들의 삶을 황폐하게 하는 주범이다"(「우리 지역에서 패배주의를 쓸어내자」, 《새벽들》, 제2집).

강릉을 중심으로 한 지역의 보수적 문화 풍토는 어디서 연유하는 걸까.

첫째는 지리상의 문제가 아닐까. 태백산맥에 가로막혀 한반도 중심과 차단되어 정치와 문화, 경제, 정보에 외딴섬처럼 차단되어 있었고, 큰 강이 없기 때문에 홍수 같은 피해를 거의 당해본 적이 없어 임금이나 정부에게 불평할 점이 없었다는 것이다.

둘째는 사회적 갈등이 없었다는 점이다. 강릉에는 욕심낼 만한 거대 자원이 없어 임진왜란이나 다른 변란에 외적의 침략을 받은 적이 없다. 또한 자본주의적 상업문화가 대규모로 발달한 인천이나 부산과는 달리, 주민 대다수가 농·어업이나 상업에 종사하고 제조업 분야의 산업은 거의 전무한 상태이기 때문에 자본가와 노동자 사이의 갈등이 거의 없고,

게다가 가까운 휴전선과 해안선 때문에 군인이 많이 주둔하고 있기에 보수적일 수밖에 없다는 게 일반적인 진단이다. 이런 까닭에 사람 살기 좋은 동네라고 할 수 있겠다.

단지 이런 편함이 강릉 주민들에게 '두루뭉술한 보수적 기질'을 심어주었고, 나아가 패배주의의 싹을 심어주었다는 평이 강하다.

허균과 김동명의 기념시비

"강릉 사람들이 자랑으로 삼는 문학인이 있다면, 허균과 김동명 두 사람이야."

강릉대학 국문과의 양문규 교수가 필자에게 소개한 작가는 허균과 김동명이었다.

낮에 해수욕장과 계곡에서 피서를 즐기고, 밤에 모깃불을 피워놓고 옥수수를 먹으며 얘기꽃을 피우는 것도 좋지만, 잠깐 짬을 내어 허균과 김동명의 발자취를 더듬어보는 일도 의미 있는 시간이다.

강릉시에서 경포대 쪽으로 12킬로미터 떨어진 7번 국도 우측, 그러니까 명주군 사천면 미노리 산 61번지, 주유소 맞은편에 거대한 기념 공원이 있다. 꼭 무슨 유엔군 전적지만 한 거대한 기념비가 우뚝 서 있다. 고등학교 교과서에 실려 있는 「파초」란 시와 「내 마음은」이란 시가 새겨져 있는 김동명(金東鳴, 1901-1968) 시비(詩碑)다.

내 마음은 호수요

그대 노 저어 오오

나는 그대의 흰 그림자를 안고
옥같이 그대의 뱃전에
부서지리다

내 마음은 촛불이요
그대 저 문을 닫아주오
나는 그대의 비단 옷자락에 떨며,
고요히 최후의 한 방울도
남김없이 타오리다

_김동명, 「내 마음은」 1, 2연

1923년 《개벽》지 10월호에 「만약 당신이 내게 문을 열어주시면」이란 데카당스(décadence)적인 시를 발표하여 등단한 그는 1927년 현해

명주군 사천면에 있는 김동명 시비공원.

탄을 건너 청산학원 신학과에 유학을 간다. 공부를 마치고 귀국하여 흥남에서 동광학원장으로 일하면서, 그는 초기의 추상적인 감상적 시상을 버리고, 현실 문제를 인식하면서 바로 '일제식민지하의 민족'이라는 실재를 확인한다. 이윽고 자신의 가슴 찢기는 염원의 목소리가 바로 빼앗긴 조국이며 자신의 고향임을 직시하기 시작한다. "조국을 언제 떠났노/ 파초의 꿈은 가련하다"로 시작되는 시 「파초」는 빼앗긴 조국, 차가운 일제식민지하에서 심장이 멈출 듯한 애절한 호소, 곧 민족애의 표출이었다. 1930년대 후반에는 저 참담함 속에서 일제의 탄압을 피해 그는 전원에 우거하며 숯장수와 목상으로 전전하면서 자연 친화적인 시를 발표했다.

해방 후엔 월남하여 이화여대 교수와 초대 참의원(민주당)으로 이승만 자유당 독재정권에 항거하기도 했던 김동명. 그의 시비 앞에서 머물다가 허균의 집터로 향하는 중에, 동명의 시를 노래로 옮긴 가곡 〈수선화〉 한 구절이 귓전을 스쳐 지나갔다.

그대는 차디찬 의지의 날개로
끝없는 고독의 위를 날으는
애달픈 마음
또한 그리고 그리다가 죽는
죽었다가 다시 살아 또다시 죽는
가여운 넋은 아닐까

허균(許筠, 1569-1618)의 집터로 가려고 김진계 할아버지의 오토바이를 빌려 탔다. 자동차로는 들어가지 못한다는 말을 아는 사람에게 들었기 때문인 바. 아니나 다를까 비 온 뒤 질퍽하여 미끈미끈한 좁은 진창길에 오토바이를 몰고 들어가는 일은 그리 즐거운 모험은 아니었다.

경포대 해수욕장에서 2킬로미터쯤 북상하면 사천 해수욕장이 나온다. 거기서 다시 200미터쯤 북상하면 '허균 생가터'라는 나무 팻말을 볼 수 있다. 그 팻말을 따라 또 200미터쯤 가면 갈림길이 나오는데 그 왼쪽길, 사람 한 명이 겨우 걸을 수 있는 고불고불한 산기슭 길을 따라 조심스럽게 5분쯤 걷다 보면 우측에 대나무 숲길로 들어간다.

대나무 숲길을 따라 조금 오르다 보면 소나무 숲에 안겨 있는 작은 언덕을 볼 수 있다. 이 동산의 이름은 오대산 줄기에서 뻗어나온 산줄기 끝에 붙은 '교산'(蛟山)이라 하는데, 허균이 사천 애일당 뒷산인 이 동산의 이름을 따서 교산이란 호를 지었다고 한다. 대숲을 따라 오른 언덕

허균 생가 가는 숲길에 병풍을 두른 대숲.

중턱에는 화강암 시비만이 허균의 집터 자리를 증거하고 있다.

목줄기에 흐르는 땀을 훔치고 허균이 살던 집 뜨락을 상상하며 천천히 둘레를 돌아보았다.

대문 앞에 겹겹이 둘러싼 소나무와 대나무 숲, 담 건너편에는 하늘과 바다가 맞닿은 수평선이 푸르스름 드러나는 동해. 한마디로 한 폭의 동양화라고나 할까, 무릉도원이 이런 곳일까.

"좀 쉬었다 가게나."

문득 허균이 살아나와 나그네를 대접할 듯싶은, 맘 편한 언덕배기.

여기서 허균은 하늘과 바다가 맞닿은 수평선을 바라보고 오대산 젖줄기를 빨며 자랐을 것이다.

당연히 혁명가나 예술가 한 명쯤을 길러낼 만한 풍광이다. 27세의 짧은 나이로 요절했던 여류문장가 허난설헌의 동생이기도 했던 허균은 아잇적부터 재주가 뛰어난 아이로 주목을 받았다. 그러나 그 시대는 저만한 풍광을 마시며 자란 허균에게 어울리지 않았다. 뛰어난 글재주를 지녔으면서도 어머니가 계집종이었다는 이유로 벼슬길에 오르지 못한 이달에게 허균은 옛 지혜를 배웠다. 인간의 평등이라든지 사회개혁 사상을 스승 이달에게서 철저히 익혔다.

그래서 허균은 시대가 만든 한계상황에 굴복하지 않고 썩은 사회를 개혁하자는 호민론(豪民論), 사대주의를 버리자는 자주북방정책, 신분차별 없는 율도국을 건설하는 『홍길동전』(1612)을 써서, '떡을 바쳐야 벼슬을 얻는' 부패한 사회에 대항했다. 그러다가 왕권을 뒤엎으려는 역모를 꾸몄다는 죄명으로 붙잡혀 옥에 갇힌다.

의금부 문 앞에다

옷보따리를 내려놓고는,

한 해에 두 번씩이나 왔기에

너무 잦다고 웃었어라.

지옥과 천당이라도

모두가 내게는 극락정토이니,

내 몸에 얽어맨 오랏줄쯤이야

부끄러워할 게 없어라

_허균, 「의금부 감옥에서 판결을 기다리며」

시를 쓰며 얽어맨 오랏줄을 부끄러워하지 않았던 혁명가 허균은 옥빛 대님과 상투를 풀어 헤친 채, 광해군 10년인 1618년, 그의 심복들과 함께 처형당했다. 실제 서자는 아니었지만, 허균도 결국은 조선시대라는 봉건적 상황에서 '정치적 서자'가 된 것이리라.

문학사로 볼 때 허균이나 김동명이나 똑같이 무시할 수 없는 존재다. 특히 허균의 존재는 오늘날 민족문학의 수립이라는 잣대에서 볼 때 더욱 부각시킬 필요가 있다. 그러나 허균을 중요하게 평하는 학계의 태도에 비해 생가 터의 보존 상황은 너무나 스산하다. 사실 이렇게 자연스러운 모습이 부담 없었고, 허균이 살아 있다면 이런 단아한 모습을 바랄지도 모르나, 잠깐 김동명의 거대한 기념동산과 비교하자면 너무도 처연(悽然)하다는 씁쓸한 생각이 머리끝에 매달려 쉬 떠나질 않았다.

아쉬운 마음을 뒤로하고 오토바이를 몰아 사천 부두 쪽으로 향하다가, 진창길을 벗어나 아스팔트가 깔린 마을길 앞에서 자전거를 타고 지나가는 아이에게 물었다.

"꼬마야, 허균 시비 가본 적 있니?"

"쩌기 저 언덕으로 올라가면 있대요."

사천초등학교 6학년이라는 꼬마가 허균이 누군지 알까?

"누군지 모른다뇨. 『홍길동전』 지은 사람이래요."

꼬마는 아스팔트길로 자전거를 몰고 사라졌다.

휴양지이기 전에 삶의 터전

|

허균의 시비에서 한참을 머물다가 경포대 횟집 근처로 왔다. 아직 홍청대기는 이른 시간이지만, 휴가철이라 그런지 밤낮없이 붐빈다.

많은 사람들이 북적대고 있었다. 이들은 왜 이곳을 찾아왔을까. 무얼까, 우리를 이곳으로 이끄는 힘은. 우리는 떠나기 위해 떠나고, 얻기 위해서도 떠난다. 떠남은 우리를 자유롭게 만드나 또한 고독하게도 만든다. 이상한 일이다. 사람이란 존재는 떠나면서도 다시 사랑을 찾아 돌아오는 갈망을 지니고 있다.

횟집의 넓은 유리창 밖으로 흔들리는 군상(群像)과 경포 호수를 바라보았다. 뒤쪽의 바다와는 대조적으로 너무나 고요하고 잔잔한 호수다.

「묵호를 아는가」(1990)의 작가 심상대는 강원도 지역을 토박이의 심성으로 그리면서도 전혀 새로운 기법으로 그려낸다.

바다. 한 잔의 소주와 같은 바다였다.

한 줄 깔끔한 문장으로 시작하는 이 소설의 공간은 그렇게 바쁘게 돌아가면서도 침울하게 고여 있는 도시, 묵호다. 술자리와 고스톱판과 안부인사와 실없는 농담, 그리고 제 고향에서 뿌리를 찾는 시늉을 하는 사람과 가랑이 벌린 창녀촌과 오징어 썩는 냄새까지 활기차게 '사실적'으로 그려지고 있지만, 바로 그것 때문에 삶의 질곡이 지니는 깊이를 가늠하기가 꽤나 복잡하다.

작가 심상대가 쓴 또 한 편의 소설 「양풍전」은 어머니가 아들에게 자신이 어렸을 때 읽은 「양풍전」을 이야기해주면서 시작된다. 그런데 이야기는 서러운 한 가족의 가족사가 섞이면서 헷갈린다. 어머니는 "머? 우터하라고? 마카 잘 먹고 잘 살았는데"라는 특유의 사투리로 구한말에서 6·25 이후까지 한 가족이 겪은 현대사를 거의 다 얘기하고 있다. 그렇지만 이 소설이 보다 깊이 다루고 있는 것은 역사 속에서 관계 맺는 인간의 의식이다.

동해 바다 하면 피서지 혹은 관광지로만 알고 있는 사람들은 대부분 오징어, 넙죽한 가오리회나 꺼무죽죽한 우럭회, 손바닥만 한 가자미회 등등에 입맛을 다시며 동해안으로 향하겠지만, 실상 동해 바다라는 지역은 한 많은 실향민과 발전 없는 어촌의 역정사를 담고 있다. 분명한 사실은, 동해안 해안 지역은 다른 사람들이 일 년에 한 번 정도 놀러오는 휴양지이기 이전에 어민이 살고 있는 삶의 터전이라는 점이다.

사천 부두나 주문진항 혹은 삼척항에 가서 오징어를 펼치는 아줌마와 모래밭에 쓸려온 미역을 줍는 할머니, 부두에서 그물을 깁는 아저씨를 만나 살아온 내력을 차분히 들어보면 이들의 삶 속에서 하나의 장편소설을 만나게 된다. 만나는 사람마다 막걸리 한 사발만 한 얘깃거리가 담겨 있어 금방 그들의 아픔이 적혀 있는 장편소설에 취하게 된다.

이런 시각에서 볼 때, 심상대의 소설은 이곳 얘기를 배경으로 하고 있기는 하지만, 인간심리에 내재된 끈질김을 묘사하는 데 그침으로, 결국 이곳 특유의 한 서린 운명사를 아직 소설이라는 총체적인 장르를 통해 만날 수는 없었다.

사천 어판장에서

통통통통통. 새벽 3시 강원도 명주군 사천 부두 앞바다.

서울 사람들이 모래가 좋고 송림이 울창하여 찾아드는 사천 해수욕장. 해수욕장 바로 옆에 사천 내가 흘러 민물고기도 잡을 수 있는 이곳. 몇 분 차를 타고 가면 여름에도 얼음 같은 물에 발을 담글 수 있는 무릉계곡도 가까운 이곳에, 피서객들이 곤히 잠든 새벽 3시경에 배에 오르는 사람들이 있다.

수평선을 가늠하기 어려울 만큼 어둠이 짙게 깔린 새벽 3시경(투망하기 위해 나서면 새벽 2시경)에 부두를 떠난 똑딱선들은 늦어도 아침 6시경이면 돌아온다.

활어(活魚) 어판장을 향해 모여든 20여 척의 고깃배들은 먼저 온 순서대로 어판장 가까이에 정박했다. 어부들은 밤새 잡은 팔팔한 활어들을 어창(魚艙)에서 꺼내 도미는 도미대로, 쥐치는 쥐치대로, 가자미는 가자미대로 세숫대야만 한 붉은색 플라스틱 그릇에 나눠 담았다. 오전 6시쯤. 수백 개 백열등이 켜진 50평 남짓 되는 어판장에서 드디어 경매가 시작됐다.

"어세라 낭태 하나, 오천 원, 오천오백 원!"

"육천 원에 삼십이번!"

신선도 좋은 생선을 입찰하려는 경매사와 중매인들의 시원시원한 목소리로 어판장의 하루가 열린다. 경매사 맞은편에 인형극단처럼 늘어선 열댓 명의 중매인들이 손가락을 현란하게 움직인다. 몰려온 상인들은 경매 붙여진 활어가 마음에 들면 사달라는 신호로 중매인들의 옆구리를 쿡쿡 찔러댄다. 가자미, 쥐치, 문어, 광어, 겨울에는 특히 양어(양미리) 등이 차례를 기다리며 팔딱팔딱 물을 튕긴다. 오징어도 잡히곤 하지만 대부분 오징어 배는 주문진에서 출항해서, 잡힌 오징어는 주문진 수산시장에 납품된다.

막 팔려나간 활어들은 부두에 늘어선 차량, 곧 아이스박스 크기의 수족관 서너 개가 산소통과 연결되어 있는 '물차'에 실려 쏜살같이 부두를 빠져나가 서울이나 지방도시로 향한다. 어판장에서는 수산업협동조합이 중매한 중매인들이 경쟁 입찰을 거쳐 도시 시장으로 물량을 넘긴다. 수협(수산업협동조합)이 판매를 주선하는 대가로 어민들 수익의 4퍼센트를 수수료로 징수하는 장면. 생선 한 마리가 식탁 위에 오르기까지, 한마디로 살아 있는 고기만큼이나 어판장의 활기는 대단했다.

아침 9시경의 사천 부두에는 입항한 목선들이 정박해 있었고, 어판장에는 그물을 걸어놓고 한 그물에 다섯 명의 아낙네가 둘러앉아 '티를 뜯고' 있었다. '티를 뜯는다'는 말은 그물에 걸린 다시마, 게 따위의 오물을 뜯어내는 작업을 말한다.

"날씨가 좋으면 뜯어낸 다시마를 말려서 그람당 달아서 팔기도 하지만 요즘 같은 날씨엔 팔지도 않고 마카 버린대요.”

몸뻬에서 비린내가 물씬 풍기는, 사천댁이라 불리는 아줌마(52세)의 말이다.

다 뜯어낸 그물은 사내들이 정리해 가져가고 자질구레한 오물이 얽혀 있는 그물을 다른 남정네 둘이서 힘겹게 끌어오고 있다. 어판장 한구석에서는 ‘노가리 떼기’(고기의 뱃바닥을 칼로 가르는 일)를 하는 여인들과 즉시 회를 떠서 휴양객에게 파는 아줌마들도 있다.

어판장 근처에 있는 수산업협동조합 사천출장소 사무실에 들어가 보았다. 사무실에는 여러 명이 앉아 있는데, 사정을 얘기하니 명주 수산업협동조합 대의원이고 사천 어촌계의 대의원이기도 한 박성호(38세) 씨가 선뜻 응해준다.

“사천에는 수협에 등록한 어촌계원이 70명이고, 비계원이 20명 정도로 모두 백여 명 정도의 어민이 공동어장에서 작업을 하고 있습니다. 어민이 백여 명이고 어민에 딸린 관내의 식구가 4,500명 정돕니다. 배는

어판장 곁에서 ‘노가리 떼기’를 하는 여인네들. 곁에는 피서객들이 즉석 회를 기다리고 있다.

40척 정도구요. 그러니까 한 척에 열 명 정도의 사람들이 매달려 생계를 해결하는 형편이지요. 하지만 노상 적자예요."

"어민들에게 주어지는 혜택 같은 건 없나요?"

"선박용 면세유류, 어선에 사용할 수 있는 구매품 따위를 선주들에게 제공해주는 경우가 있지만, 사실 어민들에 대한 복지는 전혀 없다 해도 과언이 아닙니다. 다만, 올해부터 시행한다는 제도가 있는데, 그건 선주가 산재보험에 가입하면 선원들이 몸을 다칠 경우에 산재보험 혜택을 받을 수 있는 제도가 생긴다고들 하지만…."

박씨의 말이 끝나자마자 옆에 있던 어민이 말한다.

"그런 제도가 언제 시행되겠나. 예전부터 말만 있었지. 어민들을 위한 산재보험은 없드랬지."

이렇게 잇대면서 입안에 뭉턱 씹고 있던 오징어를 뱉는다.

사실이 그랬다. 선박법에 의하면 한 배에 7인 이상이 승선해서 조타하게 돼 있는데 어선들은 대부분 많아야 4인 심지어는 늙은 부부가 모는 2인용 선박까지도 있기 때문에 선주가 될 수 없고, 그러니 설사 그런 제도가 있다손 치더라도 사고가 나면 신고할 수도 없는 형편이다. 그렇다고 종합병원을 찾을 만큼 넉넉한 처지도 아니다.

사실 사천항 근처 어민 마을에서 세금을 내는 사람은 거의 없다. 세금을 피해 안 내는 게 아니라, 세금을 못 내는 것이다. 늘 빚에 눌려 있는 영세 어민이 대부분이기 때문이다.

"그래서 사고를 당하면 고충이 심해요. 정부에서는 아무 도움도 안 주고 하니, 태풍을 당하거나 산재를 당하면 그야말로 치명적이지 않소."

사천 토박이로 아잇적부터 바다를 배워, 자식들이 떠난 지금도 늙은 부부끼리 0.5톤짜리 동해선을 몬다는 이천석(60세) 씨도 대화에 끼어들었다.

"농민들이 소외당하는 거 못지않게, 우리 어민들도 참 외롭고 괴롭소. 서해안에서는 지도단속선을 어민들이 태웠다는 소문도 들리던데 클(큰일)났써요."

말문을 여는 그의 오른손 검지손가락은 모터에 휘감겼는지 잘린 자국이 흉측하게 남아 있었다. 공동어장에서 불법 어업을 하는 배를 단속하는 지도단속선에 한 번 걸리면 적게는 50만 원, 많게는 100여만 원을 빼앗긴다.

"젊은이들이 다 도시로 떠나고, 인력이 감소하니까 인건비는 올라가고, 조업에 필요한 일곱 명의 선원을 댈 수 없지 않소. 서너 명이 해야 할 일을 선주 혼자서 하다 보니, 기러니(그러니) 사고가 많이 나요. 인건비 투자 대신 기계화를 해야 하는데, 돈도 없는데 어떻게 시설 투자를 하노. 배는 점점 낡아가고."

배는 점점 낡아간다. 이 사실이 어민들에겐 치명적인 고통이다.

3-5톤급 배를 건조하려면 배만 천만 원, 기관만 천만 원, 장비는 오백만 원 정도 든다. 출어를 하려면 어구가 오백만 원, 선원 7인의 인건비가 오백만 원 정도로, 배 한 척 몰려면 통틀어서 삼천만 원 정도가 든다.

"선박은 땅과 달라서 재산 가치가 희박해요. 부동산 가격은 날이 갈수록 상승하지만, 선박은 조금씩 노후하기 때문이죠. 그래 먹고 남는 게 없고 세월이 지나면 쌓이는 게 빚이래요, 주머니엔 먼지투성이만 있는 빈 털터리일 뿐이잖소."

부동산 값은 오래될수록 하늘 높은 줄 모르고 치솟지만, 목선은 썩어

똥금으로 떨어져 고물이 된다는 걸 알면서도 그들은 그물을 잡는다.

"오늘이래도 배를 사겠다는 사람이 있으면 당장 떠나고 싶지만, 선친한테 물려받은 배를 어찌 버릴 수 있겠소."

늙은 어부는 입을 다물었다.

"어민들이 순박하고 욕심이 없다고들 하지요. 어떤 이들은 우리 보고 가장 천한 직업이라 하지만, 내 소신껏 먹고살 뿐입니다. 농촌은 우루과이 라운드다 소 파동이다 뭐다 해서 죽창을 들고, 노동자는 임금인상 투쟁이다 뭐다 해서 머리끈도 동이지만, 우리 순박한 어민들은 개별적으로 참고 지낼 뿐이지요. 말도 마래요. 영세 어민인 동해안 어민들은 선주 선원들이 모두 이웃이거나 일가친척이기 때문에 서해안처럼 선상반란을 일으키거나 지도단속선을 태우는 일도 없지요."

아까부터 꾸욱 참고 있던 박성호 씨가 못 참겠다는 듯이 내뱉었다.

"단속만 하려 하는데 급하면 쥐가 괭이(고양이)를 물어뜯는다고, 동해안도 서해안 꼬라지 날 수 있는 거 아닙니까. 에이, 씨부럴!"

그는 고개를 저으며 먼 바다로 눈길을 돌렸다.

아버지는 뱃놈이다

|

주문진, 이 땅도 작가를 애타게 기다린다.

가난한 어민들의 사정뿐만 아니라, 강원도 북쪽으로 올라가면 실향민이 많고, 함경도 쪽에서 월남한 사람도 많기 때문이다. 누가 이 아픔의 현장을 기록하게 될까.

실향민에 대해서는 이곳 인구분포도를 보면 실상을 알 수 있다. 사천면을 예로 들면 사천면 총 인구의 80퍼센트가 토박이들이고, 나머지 10-20퍼센트가 외지인이라고 한다. 그중 대부분은 이북에서 피난 온 사람들이고, 또한 외지인이라 하지만 실상은 삼십 년 넘게 여기서 살아온 사람들이 대부분이라서 타향이라기보단 고향이라 하는 게 더 자연스럽다. 그러면서도 이곳 사람들은 아직 북에 두고 온 친척들을 그리워하는 경우가 많다. 이 아픔은 누가 쓸 것인가.

분단의 아픔은 아직도 남아 있다. 전국 219.7킬로미터에 걸쳐 둘러쳐져 있는 대(對) 간첩용 해안 철조망은 먼저 실향민들 가슴에 얽혀 있다. 낮에는 피서객들이 들끓고, 저녁 무렵에는 군인들이 '흔적선'(적의 침입 유무를 알기 위해서 낮에 찍힌 발자국을 지우는 선)을 긋고, 밤에는 초소마다 기관총을 걸어놓는 요상한 나라. 밤에는 해안 2마일 이내에선 야간 어로작업을 금지시키고, 까딱 잘못하면 군 당국에 끌려가 혼쭐이 나는 신기한 나라. 아직 전쟁은 끝나지 않았다.

아픔을 대변해줄 작가가 적은 마당에 그나마 주문진 시인 강세환이 반갑다.

아버지는 이토록 뱃놈이다
아버지 함경도 사투리는 여직 변함이 없고

덕장 밑에서 명태 배때기를 가르고 있는 어머니와
말없는 누이의 젊음이 바닷바람에 젖는다
1·4후퇴 때 피난민이 되어
한 많은 피난민이 되어
한이란 한은 몽땅 북쪽 고향에 두고
아버지는 오늘도 뱃놈이다
값싼 소주에 얼굴이 붉어진 저 남자
저 남자의 손에서 퍼덕이는 생선을 보며
나는 또 하릴없이 뱃놈의 아들이 되어
바다로 나서야 한다
아아, 집 없는 세상
바다가 시커먼 내장을 드러내고 있다
나의 애비여

_강세환, 「교향리 수용소」

말술을 드는 그의 시에는 아픔에 절인 경월소주 냄새가 난다. 동해안에 운명을 담았던 뱃사람들의 지겨운 운명에 주인공의 운명이 비끄러매어져 있다.

다른 시에서도 바다에 몸을 맡긴 사람들의 운명이 드러나는 바, 어머니는 아침 동틀 무렵에 "아버지의 잠바를 걸치고/ 잠든 우리들 머리맡을 지나/ 돈 벌러 어판장에 나가" 겨울 내내 바다를 상대로 허기진 살림을 꾸려나가기도 하고, 아버지는 저녁 해질 무렵 "술집에 가서 소주를 마시고/ 나와 동생에게 막국수를 삶아주"고 겨울 내내 바다를 등진 채 낡은 그물만 손질한다(「겨울바다」). 그리고 시인은 고깃배가 돌아올 때까지 점심시간이면 6학년 누나들이 퍼주는 옥수수죽을 받으려고 빈 도시락을 들고 가마솥 앞에 줄지어 서 있기도 한다(「거진국민학교」). 나이가 들어서는 일당 천 원에 고용된 막노동판에서 막국수를 먹으며 항만도로를 건설하기도 하고(「현장사무소」), 중학교에 진학하지 못한 산골 아이들을 가르치기도 한다(「대기새마을중학교」).

이토록 가난하기에 진정 아름다운 가족의 운명사를 끌어안은 그는 "사람에 대한 신뢰의 기반이 생기면 끝까지 그리고 추호의 의구심 없이 지지와 믿음을 보내는 질은 인간적 아름다움을 지니고 있다"(박세현, 「발문」)고 하는데, 그 아름다움은 저리도 눈부시게 빛나는 바다에서 배웠을까.

언젠가 강세환 형을 만나 동해안 출신 작가들이 고향의 아픔을 써야 하지 않느냐는 등의 질문을 해본 적이 있다. 이에 강 형은 그 큰 황소 눈을 끄덕이면서 기대해봄 직한 다짐을 꺼냈다.

"더 많은 작품이 나올 거야. 그렇지 않아도 선배 작가 한 분이 거기 얘기를 소설로 꾸미고 있어. 조금만 기다려봐. 우리가 고향 땅을 등질 수 있나."

미역마냥 시푸른 '새벽들'

강원도 토박이들의 모임인 '새벽들'에 기대를 걸지 않을 수 없다.

강릉 지역 문화지인 《새벽들》을 2집까지 출판했다. 두 권의 무크지(잡지와 단행본의 성격을 가진 부정기적인 간행물)를 통해 이 지역의 삶을 드러낸 시인으로 주목되는 작가는 김영현, 김영욱 두 시인이다.

김영현은 어민의 정서를 드러내고, 김영욱은 태백산맥 언저리에 자리 잡은 농민들의 삶을 시로 형상화하고 있다.

잠깐 김영현의 시를 살펴보자. 조금 길지만 꼼꼼히 읽어보시기 바란다.

오 년 전 리어카를 끌고 어판장에 내가 소속된 곳이 부두노조 제2분소
였다. 내가 들어갔을 때는 그래도 쉰도 넘는 식구였는데,
사 년 전엔 서른 남짓했다.
삼 년 전엔 스물 남짓했다.
작년엔 열둘이 남드만

어판장에 풀풀 날리던 비린내도 해풍에 밀려 썰렁한 소금기뿐이다.
시끌벅적 몸싸움 고기싸움 후한 인심도 없다. 겨울 준비하는 바람까지
도 판장 바닥에서 눌어붙은 고기를 닮아 비쩍 말랐다. 닷새 전 분소 옆
꼽세기 파는 집 바람에 세워둔 리어카를 수리하여 작정했다.

나흘 전엔 그래도 어판장을 지켰다.
그제도 어판장을 지키며 망설였다.
어제는 끝내 어상자를 뜯어내고 그 위에 포장을 씌웠다. 오늘은 자근다
리 근처에 돼지족발 단무지 몇 쪽 놓고 포장마차를 시작했다.

개업인사차 반장이 날 찾아와
막소주에 단무지 한 쪽을 질끈 씹었다.

_김영현, 「흉어」

하루가 다르게 사라져가는 영세 어민의 모습, 조금 길지만 전문을 인용해보았다. 이외에도 시인 김영현은 신라 천변의 오염을 지적하고 있는 「오염」, 사라져가는 머구리(잠수부)들의 일상을 그린 「두읍씨」, 바다에만 누워 있는 병신 고기 광어를 의인화한 「광어」 등을 통해 소금내와 비린내가 풀풀 날리는 어촌의 풍경을 생생하게 전달하고 있다.

강원도 지역의 얘기를 담고 있는 '새벽들' 모임이 중요한 까닭은, 지극히도 보수적이라는 동해안 지역의 패배의식을 일깨우는 옹골찬 글들이 모여 있기 때문이다.

사실 보수적이라는 강릉 지역 주민들도 사회의 구조적인 모순을 해결하려 한 많은 체험을 지니고 있다. 1919년 일제의 무자비한 무단통치에 항거하여 일어난 3·1운동 당시 강릉에서는 4월 2일과 4일, 7일에 감리교 시위, 남대천 농민 시위, 강릉청년회 시위 등 연 인원 천여 명에 가까운 대규모 항일투쟁이 전개되었다. 당시 감리교 시위나 청년회 시위는 평화적 시위였으나 남대천에서 일어났던 농민 시위는 농기구를 총동원한 위협적인 시위였다. 1929년에는 신간회 운동과 연결된 강릉농업학교 항일투쟁이 있었다. 이들은 모두 '허균의 후예'라는 것을 증명이라도 하려는 듯 치열하게 싸웠다고 한다.

역사적 체험이 있음에도 불구하고 해방 후의 계속된 독재체제에서 그 역사적 체험을 되살리지 못한 사실은 뜨거운 각성을 요구하는 것이다. 그런 면에서 최근 각종 문화운동, 사회운동의 전개는 소중한 발전이라 하지 않을 수 없다.

어느덧 밀물 드는 황혼 녘도 지나고 칠흑 같이 어두운 밤이다. 갈매빛이었던 바다는 이미 잿빛 띤 암청색으로 바뀌었다.

"저 봐, 저 수평선 끝에 오징어 배들이 집어등을 켜놓고 있지? 밤새 노동하는 사람들이 있는기라. 저 사람들 덕에 많은 사람들이 놀구 지낼 수 있지."

김진계 할아버지가 가리키는 먼 바다 끝에 반딧불만 한 불빛을 발하는 집어등이 점점이 반짝이고 있는 참에, 사천 해수욕장의 벌거벗은 웃음소리와 노랫소리는 할아버지네 집 마루까지 바닷바람에 실려오고 있었다.

"별이 쏟아지는 해변으로 가요/ 젊음이 넘치는 해변으로 가요/ 달콤한 사랑을 속삭여봐요."

낭만스러운 이곳을 다만 휴양지로만 알지 말고, 실향민의 아픔과 노동의 의미가 쌓인 '삶의 교실'이란 사실을 한 번쯤 되새겨봄이 어떨까.

소주처럼 맑은 동해 바다. 바다는 이곳 사람을 외로움 속에 버려두지 않는 듯싶다. 원고를 다듬으며 하얗게 밤을 지새우다 바라본 새벽 햇살을 보니 더욱 그랬다.

부챗살처럼 눈 아리게 펼쳐지는 새벽 햇살이 고른 숨결 궁글고 있는 어촌의 낮은 슬레이트 지붕을 따스하게 어루만지며 떠오르고 있는 참에, 나는 어촌의 어두운 처지를 극복하려고 애쓰는 이들을 그리며 허균에게 편지를 썼다. 이곳에는 수많은 허균들이 있다.

대숲 좋은 산길
늙은 소나무 포근히 겹싸인 언덕배기

오대산 줄기에서 뻗어나온 산줄기 끝

동해 바다 보이는 나지막한 동산,

교산(蛟山)이 자네를 낳았군

버려진 집터에 무릎 꿇으니 눈에 선하이

설움 젖은 눈썹으로 옥빛 대님 풀고

바다까지 이어진 뿌연 안개숲

젖은 흙탕길 따라 철퍽철퍽 떠나는 뒷모습

역모 꾸몄다 해서

얽어맨 오랏줄 부끄러워 않았던 꺾인 국화꽃

가끔 바람결에 쇠고랑 부딪치는 소리

대숲 청아한 단소 소리 울리는 빈 하늘에

번쩍, 한줄기 번개로 내려 꽂히는 허균(許筠) 자네

시퍼렇게

상투 풀어 헤친 사람아

_김응교, 「번개」, 『씨앗/통조림』(지만지, 2014)

(1991)

2008년 | 제주도

19 제주도, 오키나와, 타이완을 누가 위로하는가

현기영 「순이삼촌」, 김석범 『화산도』

찡깡 밭 일구고

감귤도 우리 둘이 가꿔봐요

정말로 그대가 외롭다고 느껴진다면

떠나요 제주도 푸른 밤 하늘 아래로

"떠나요~ 둘이서~ 모든 것 훌훌 버리고"로 시작되는 옛 노래 〈제주도 푸른 밤〉을 요즘 성시경이 다시 부르고 있다. 파도 소리 달콤한 낙원 제주도 푸른 밤, 나 역시 즐겨 부르는 노래다. 그러나 제주도는 편히 즐길 수만은 없는 비극의 유토피아다. 낙원의 이면에는 상상도 못할 지옥의 비극이 있었다. 사람들은 이 비극을 잘 모르거나 알면서도 외면한다.

제주도에는 아직도 4월 3일 주민 전체가 제사를 지내는 마을이 있다. 4월 3일 무렵에 왜 많은 사람들이 한꺼번에 죽었을까.

1948년 5월 5일, 왼쪽 두 번째부터 군정장관인 딘 소장과 유해진 제주지사, 맨스필드 제주군정장관. 오른쪽부터 김익렬 9연대장, 조병옥 경무부장 등이 제주비행장에서 만났다. 이날 강경 진압을 주장하는 조병옥과 대화를 강조했던 김익렬 사이에 설전이 오갔다.

7년 7개월

|

태평양전쟁 말기 제주도는 일본군 6만여 명이 주둔했던 전략기지였다. 해방 이후 기대와는 달리 실직난, 생필품 부족, 콜레라에 의한 희생, 극심한 흉년 등의 악재가 겹쳤고, 일제 때 순사였던 이들이 군정경찰로 변하는 것에 제주도민들의 불만은 터질 지경이었다.

1947년 3·1절 오후 2시 50분경, 관덕정 앞에서 기마 경관의 말굽에 어린 소년이 치이는 사건이 발생했다. 기마 경관이 아이가 다쳤는데도 그냥 나아가자 흥분한 군중이 돌을 던지기 시작했고, 놀란 경찰이 발포하여 여섯 명이 사망한다. 이 사건으로 연행된 사람들 중 경찰서에서 세 명이 고문으로 죽는 사건이 발생했다. 이후 경찰과 주민 사이에 끊임없이 충돌이 벌어졌다.

1948년 4월 3일 자정.

무장 항쟁의 신호탄인 봉화가 각 오름에서 붉게 타올랐다. 새벽 2시 350명의 무장대가 12개 경찰지서와 서북청년단의 숙사 등 우익단체들을 공격하면서 무장봉기가 시작됐다. 미군정은 초기에 경찰과 서북청년단의 힘으로 막고자 했다. 그러나 사태가 수습되지 않자 미군정은 4월 5일 제주도 비상경비사령부를 설치한 후 통행증제를 실시하고, 진압작전을 효율적으로 치르려고 제주 출신의 경찰 대신 육지에서 차출한 1,700여 명의 경찰을 파견하였다.

1948년 5월 1일, 일시 평화협정을 깬 오라리 방화사건이 터진다. 제주읍 외곽 오라리에 서북청년단 및 대동청년단 청년 30여 명이 기습하여 민가 12채를 불태웠다. 이에 마을에서 1.5킬로미터가량 떨어진 민오름 주변에 있던 유격대원 20여 명이 총과 죽창을 들고 청년들을 추적하자, 청년들의 보고를 받은 경찰이 즉각 출동하여 마을 쪽으로 총을 난사했다. 이 과정에서 경찰관 가족과 마을 주민이 한 명씩 희생되었다. 미군과 경찰은 '오라리 방화사건'이 우익청년이 자행한 사건이라는 국방경비대의 진상보고를 묵살하고, 이를 유격대의 소행이라고 조작한다. 인민유격대는 5·10선거가 다가오자 공세를 강화하여 경찰, 우익청년단체 인사들을 살해했고, 각종 시설을 파괴했다. 도민들도 5·10선거를 거부하기 위한 투쟁에 동참하기 시작하였다.

9월 초부터 다시 무차별적인 초토화 작전이 전개되기 시작하였다. 모두 불사르고, 모두 죽이고, 모두 약탈하는 '삼광'(三光), 불태워 없애고, 죽여 없애고, 굶겨 없애는 '삼진'(三盡)이라는 끔찍한 대량학살 작전이 전개되었다. 특히 제주도 출동을 거부한 국군 14연대의 여·순 봉기가 진압된 10월 하순 이후에는 유격대와의 연결을 차단한다는 명분으로 중산간 지역을 중심으로 대량학살이 연일 이어졌다.

11월 17일 제주도에 계엄령이 선포되었다. 9연대 송요찬 연대장은 해안선으로부터 5킬로미터 이상 들어간 중산간 지대를 통행하는 자는 폭도로 간주해 총살하겠다는 포고문을 발표했다. 주민들은 해안으로 내려와 살 수밖에 없었다. 그러나 주거지를 옮기기는 그리 쉽지 않았다. 주민들이 어찌하든 이때부터 중산간 마을에 대한 대대적인 초토화 작전이 전개되었다. 미군 정보보고서조차 "9연대는 마을 주민에 대한 '대량학살 계획'(program of mass slaughter)을 채택했다"고 적고 있다.

1949년 육·해·공군의 연합작전으로 대토벌을 더욱 강화하였다. 3월 12일부터 4월 12일까지 한 달 동안 유재흥 부대는 2,345명의 인민유격대를 살해하거나 상해를 입혔고 1,608명의 민간인을 살해했으며, 동시에 3,600여 명의 유격대 동조자를 생포하였다. 이제 유격대 세력은 거의 붕괴되었다. 1949년 4월 9일 이승만은 제주도를 방문하여 폭동이 종식되었다고 선언했다. 5월 10일 재선거가 성공리에 치러졌다. 6월 무장대 총책 이덕구의 사살로 무장대는 사실상 궤멸되었다. 잔여 무장대들의 공세도 있었으나 그 세력은 미미하였다.

1954년 9월 21일, 한라산 금족(禁足) 지역이 전면 개방되었다. 이로써 1947년 3·1절 발포사건과 1948년 4·3 무장봉기로 촉발되었던 제주4·3 사건은 7년 7개월 만에 실로 막을 내리게 되었다. 그러나 이 비극은 아직도 끝나지 않았다.

제주도, 오키나와, 타이완

올해 2월에 사고로 다리가 골절되고 후방십자인대가 끊어진 내가 깁스를 풀고 절뚝이며 무리해서 제주도까지 간 이유는 이번 4·3 기념행사가 60주년을 맞았고, 올해 2008년이 단독정부 60주년이 되는 해이기 때문이다. '제주4·3 60주년 국제문학심포지엄'에서 나는 「폭력의 기억, 오키나와」라는 제목으로 발제를 했다. 이 모임에서 소설가 현기영 선생님을 비롯한 제주도 작가들, 영화 〈비정성시〉(감독 허우 샤오이엔, 1989)의 원작자인 타이완의 소설가 란 뽀 쩌우, 오키나와 사상가 가와미츠 신이치[川満信一] 시인, 그리고 베트남의 국민 시인 탄타오 선생과 함께 지내면서 많은 생각을 했다. 우리는 한 호텔에서 사흘을 지내면서 아시아 평화를 위해 작가가 해야 할 일을 토론했다. 오키나와에서 온 한 연구자는 발굴되고 있는 유해를 보며 울먹이며 말했다.

"이 활주로, 이 학살 장소에 국제적인 제주평화학교를 세워야 합니다. 일본과 아시아의 청소년들이 모여서 평화를 이야기하고, 다시는 이런 비극이 어느 나라에서도 일어나지 않도록 상의하는 제주평화학교가 세워져야 합니다."

4월 26일 도쿄 우에노에서 열린 4·3 모임에도 참석했다. 일본에 살고 있는 4·3 관련 연구자, 활동가들이 모여 함께 식사하는 자리였다. 소설가 김석범 선생님은 뒤늦게 인사드리는 게으른 글쟁이를 따뜻이 맞아주셨다. 4·3을 얘기하실 때 그분 눈시울은 금세 젖고 빛이 났다.

제주 정방폭포.

북한 현대사와 김일성에 관한 연구서를 쓴 저자인 와다 하루키[和田春樹, 도쿄대] 교수님은 제주농악 공연을 몰입해서 들으셨다. 간간이 선생님과 대화를 나누었다.

"선생님, 제주도 4·3이나 오키나와 학살이나 타이완 사건이나 모두 같은 사건이지요?"

"김 선생, 맞아요. 나라들 사이에 있는 섬이 가장 피해가 커요. 필요할 때는 영토 확장을 위해 자기 거라고 하다가, 문제가 나면 가장 빨리 버리죠."

세상의 모든 섬은 때로 바둑의 '버린 돌'이 된다

다음날인 4월 27일 일요일 저녁 NHK에서 〈비극의 섬, 제주〉라는 다큐멘터리가 방영되었다. 이 다큐멘터리는 일본에 살고 있는 제주도 출신 두 교포의 삶을 담고 있다. 1945년 무렵 200만 명에 이른 '자이니치'[在日]가 일본의 패전으로 많이 귀국하지만 그중 60만 명은 돌아오지 못하고 일본에 남겨진다. 제주4·3사건이 터지자, 학살을 피해 셀 수 없이 많은 제주도민이 오키나와, 오사카, 도쿄 등지로 밀항했다. 조사에 따르면 일본에 사는 자이니치의 98퍼센트가 남쪽에서 일본으로 간 사람들이다. 즉 자이니치 본적지의 98퍼센트가 남한이다. 1964년 통계를 보면 경상남도가 본적인 자이니치가 25.2퍼센트, 제주도 출신이 14.9퍼센트, 나머지가 전라도와 충청도에서 일본으로 간 사람들이다. 영화 〈박치기 2〉(감독 이즈츠 카즈유키, 2007)에서 보듯이, 일본으로 밀항한 제주도민들은 일본 사회의 밑바닥을 기며 인간으로서 이겨나가기 힘든 역경의 세월을 체험한다. 일본에서 4·3은 아직도 진행형이다.

제주도 사건을 깊이 생각하는 것은 오키나와와 타이완 문제의 해결과도 통한다. 오키나와 사람들은 태평양전쟁 말기에 일본 본토에 의해 집단자살을 강요받았다. 타이완에서는 1947년 2월 28일 이른바 2·28봉기를 하여 국민당에 항거했으나, 돌아온 것은 대학살이었다.

세 섬의 비극을 기억하는 것은 아시아의 평화를 위해 대단히 중요하다. 세 섬에서 이루어졌던 양민학살 사건에는 몇 가지 공통점이 있는데 결국은 국가가 져야 할 책임이다. 세 섬에서 벌어졌던 양민학살은 '국가테러'였다. 이러한 시각에서 2000년 1월 12일 '제주4·3사건 진상규명 및 희생자 명예회복에 관한 특별법'이 만들어지고, 2003년 10월 31일 노무현 대통령이 공식 사과했던 것이다. 현재 4·3의 진상규명이 민간단체와 연구소를 중심으로 이루어지고 있다. 제주도민이 피해자나 가해자를 따지려 하지 않고 진정한 화해를 이루려는 태도는 너무도 아름답다. 제주도민이 원하는 것은 복수의 섬이 아니라 평화의 섬이다.

제주4 ·3 평화기념관에는 좌익무장대에 의해 죽은 사람들의 묘비와 사진들도 전시되어 있었고, 좌익무장대를 방어하기 위해 마을성을 쌓는 사진도 전시되어 있었다. 이 기념관은 한 편만을 나쁘다고 몰아붙이지 않고, 사건의 전말을 객관적으로 전시하고 있다. 고정관념을 버리고 전시물을 본다면 누구도 가해자가 아니라 그 시대의 피해자라는 것을 확인할 수 있다.

4·3 국제인권학술대회에서 철없는 어떤 연구자는 제주4·3을 '항쟁'으로 불러야 한다고 목청 높여 주장했다. 그래야 가해자가 극명하게 드러난다는 것이다. 그러나 제주도 4·3사건은 광주 민주화항쟁과 다르다. 가해자와 피해자, 압제자와 항쟁자가 극히 복잡하게 얽혀 있고, 현재 그 후예들이 함께 살아가는 섬이기 때문이다. 꾸욱 참고 있던 유족 대표는

학술대회가 끝날 무렵 마이크를 잡았다.

"도저히 참을 수 없어서 말씀드립니다. 제발 그런 말을 하지 마세요. 제주도에 더 이상 분란이 없게 해주세요."

현실을 모르고 책만 읽고 역사를 공부하는 것이 얼마나 우매한지 깨닫게 하는 현장이었다. 제주도민은 다시는 좌우익을 구분하지 않고, 모든 이를 피해자로 보고 서로 위로하려고 한다.

기억의 정치학, 화해자

그러나 2008년 당시 한나라당은 제주4·3 위원회 폐지를 추진하고, 재향군인회와 뉴라이트 전국연합 등 극우보수단체들은 제주4·3을 '무장폭동'이라며 우리 사회를 이념논쟁으로 끌고 가려 하고 있다. 아쉽게도 그 대표적인 사람들은 목사들이다.

"목사들이 4·3행사를 얼마나 방해하는지 몰라요. 왜 그럴까?"

제주도 특산물인 흑돼지 갈비를 먹다가 이종형 시인(제주작가회의 총무)이 난데없이 뱉은 말이다. 이 형은 기독교 신자인 내게 푸념하듯 말했다.

2008년 '제주4·3사건 왜곡을 바로잡기 위한 대책위'란 단체는 제주4·3 희생자 14,033명 전원을 '폭도'로 규정하고, 제주4·3평화공원에 대해서도 '폭도공원'이라며 공사 중단을 주장했다. 이선교 목사(현대사포럼 대표), 전광훈 목사(청교도 영성 훈련원장)를 비롯한 목사들이다. 이 목사는 노무현 전 대통령이 제주4·3 희생자와 유족, 도민들에게 사과한 데 대해 '헌법소원'을 냈다가 각하당했으며, 이명박 대통령직인수위원회에 진정서를 보내 4·3 희생자로 선정된 14,033명을 '폭도'로 매도했다. 극우보수단체인 이들은 제주4·3평화공원을 '폭도공원'이라고 불러, 제주 4·3 유족들을 넘어 제주도민 전체를 심각히 모독했다. 이들은 왜 이렇게 상처받은 사람들을 두세 번 죽이는가? 제주도에 머물면서 나는 개신교에 대한 비판을 여러 번 들었다.

"예수쟁이들은 정말 제주도민에게 백배 사죄해도 모자랍니다."
"할머니에게 아버지를 죽인 사람은 기독교인이란 말을 듣고 자랐어요."
"왜 4·3 60주년 행사를 목사 장로들이 나서서 방해합니까?"

식당에서, 택시에서 혹은 회의에서 들었던 이야기다. 전국 각 도의 개신교 인구 비율이 평균 20퍼센트 이상 되는 데 비해 제주도의 개신교 인구가 1989년 기준으로 5퍼센트에 그치는 데는 충분히 그 까닭이 있다.

많은 주민들은 학살의 주체를 첫째는 미국 정부의 조종을 받은 기독교인 이승만 정부로, 둘째는 서북청년단이라고 증언한다. 제주도민의 저항에 직면한 미군정은 3월 7일 계엄령을 선포하고, 3월 14일 서북청년단 등 극우반공 청년단체를 파견하여 파업을 분쇄하였으며, 곧이어 '제주도 총파업 투쟁위원회' 간부와 직장별 주동자 검

1948년 5월 31일, 국회 개원식 날. 서북청년단들이 소련 철수를 주장하는 데모를 하고 있다.

거에 나섰다. 이 과정에서 조병옥 등은 "제주도는 주민의 90퍼센트 이상이 빨갱이"라고 과장된 선전을 계속했다. 서북청년단원에게는 "제주도는 작은 모스크바"라고 집중적으로 교육했다.

서북청년단은 북한의 사회개혁 당시 식민지 시대의 경제적·정치적 기득권을 상실하여 남하한 세력들이 1946년 11월 30일 서울에서 결성한 극우반공단체다. 나는 이분들의 활동을 비판적으로만 보지는 않는다. 단지 서북청년단의 계보는, 부분적으로 1970년대와 80년대 군사독재 시절에 독재정부를 지원한 목사들이며, 그 계열은 한기총으로 이어진다는 사실을 기록하고 싶다. 김지방 기자(국민일보)는 그의 저서 『정치교회』(교양인, 2007)에서, 서북청년단 지도자의 아들로 현재 극우기도회를 주도하고 있는 금란교회 김홍도 목사를 정치목사의 예로 들고 있다.

"제주도민들에게 기독교는 가해자였어"

중학교 시절 은사이신 서성환 목사님(제주도 사랑하는교회)의 말씀이다.

"100년 전 1908년에 한국교회가 처음 선교사를 파송한 곳이 바로 제주도였고, 첫 번째 선교사가 이기풍 목사님이었는데, 제주도에서 기독교는 뿌리내리기가 쉽지 않았어요. 2005년 제주도의 개신교도는 38,183명으로 제주 인구의 7.1퍼센트라고 하네요. 국내 다른 지역에 비해서는 복음화율이 낮은 편이지. 그 까닭은 4·3과도 관계가 있을 겁니다."

서 목사님은 제주도에 가겠다는 나에게 「제주선교 100년, 어제와 오늘과 내일」이라는 파일을 메일로 보내주셨다. 이 문건은 예영커뮤니케이션(2008)에서 책으로 출판되었다. 서 목사님은 이 책에서 왜 개신교가 제주도에서 외면당하고 있는가를 비판적으로 성찰하고 있다. 또한 제주 선교를 위해 타산지석(他山之石)으로 제주도에서 성공한 불교, 천주교 등을 다루고 있다. 그러면서 4·3을 언급한 대목은 중요하다. 서성환 목사는 4·3사건에 대하여, 민주화운동에 대하여 개신교가 외면하고, 지배층의 종교가 되면서 제주도 주민에게서 멀어졌다고 지적한다.

가톨릭교회에서는 해마다 4·3 추모미사를 드리고 여러 행사를 가졌다고 한다. 불교 또한 천도제를 올리는 등 노력을 기울여왔으나, 개신교에서는 연합추모집회나 기도회, 그리고 4·3 입법운동을 거의 하지 않은 것으로 나타난다. 혹자는 가해자와 피해자가 한 교회 안에 있어 그렇다고 하지만, 교회가 말하는 화해의 복음을 생각하면 궁한 변명이 아닐 수 없다. 이 점은 민주화운동에서도 크게 다르지 않다.

교회와 교인들이 이렇게 대처하는 모습이 제주 사람들에게 어떻게 비칠까 하는 것을 곰곰이 생각해보아야 한다. 적어도 그런 모습이 비개신교인이나 무종교를 표방하는 제주 사람들에게 어떤 영향을 미칠 것인가 생각해보면서 그게 선교에 어떻게 작용할지를 따져보아야 한다. 누구를 심판하고 정죄하자는 말이 아니다. 진정으로 이 땅 제주의 아픔과 상처를 어떻게 대하고 있는지, 그것의 치유와 화해를 위해서 자신을 내어놓는 고통을 감내하는지를 스스로에게 묻는 것이다. 특히 불교나 가톨릭교회가 적극적으로 대처하는 모습과 비교된다면 선교에 더 심각한 문제가 될 것이다.

기억하는 작업(memory work)에는 개인의 문제만이 아니라 집단의 문제가 개입된다. 어떤 목적을 위해 '기억'하려는가에는 정치적 판단과 집단적 판단이 개입된다. 성경은 역사를 기억하라고 한다. 예언서는 하나님의 뜻과 사람을 무시하는 인간 독재에 대항하는 예언자들의 기억이며, 그 기록이다. 교회 청년들은 현기영 소설집 『순이삼촌』이나 김석범 역사소설 『화산도』를 읽으며 이 땅의 역사를 위해 무엇을 해야 할지 토론해야 하지 않을까.

일반인들은 역사의 진실을 규명하고 화해하려고 애쓴다. 그러나 교회는 무엇을 하고 있는지. 이 땅의 많은 교회는 현 정권처럼 과거의 '진실'을 잊으라 한다. 진실을 모르니 '화해'도 못한다. 그저 '망각'(忘却)을 국민에게 강요할 뿐이다. 망각에 대한 강요에는 당연히 정치적 선택이 숨어 있다. 망각하려는 이들이 어떻게 '위로'할 수 있겠는가. 저들은 왜 제주4·3의 피해자를 무시하는 한나라당과 권력자 측에만 서려 하는가. 가진 자, 있는 자에 붙어 자기가 일구어온 모든 가치를 포기하는 목회자는 우리를 실망케 한다. 윤동주는 "한점 부끄럼이 없기를" 기도했는데, 이런 목회자는 만점 부끄럼을 '성숙'이란 이름으로 변명한다. 제주도에 화해자(peace-maker)로 예수님이 오셔도 저들은 '좌빨'이라며 그를 십자가에 걸지 않을까. 제주4·3사건은 민족적 기억(national memory)으로 남아야 한다. 그리고 다시는 그런 비극이 일어나지 않도록 '기억'해야 한다.

2008년 4월 6일 일요일 아침, '사랑하는교회'로 가는 택시에서 운전사는 말했다.

"우리 제주도 사람에겐 좌우익이 없어요. 한 집안에 빨갱이도 있고, 경찰이 있는 집안도 있었어요. 이제 우리는 모두 피해자일 뿐이죠. 이제 그 눈물을 다 거두자고 하는데 한나라당에서 우리 제주도 사람을 모두 빨갱이로 모는 겁니다. 이번 선거 보세요. 제주도 사람들은 한나라당 안 찍을 겁니다."

그의 말은 예언처럼 들어맞았다. 4·3 특위 폐지론을 내세우며 제주도를 홀대했던 이명박 정부에 '성난' 제주도민들은 등을 돌렸다. 4월 9일 총선 개표 결과 3개 선거구 모두 한나라당을 꺾었다.

제주 '사랑하는교회'에 가서 예배를 드렸다. 주보 첫 장에는 1963년 8월 28일 노예해방 100주년 기념 평화대행진을 마치면서 워싱턴 D. C. 링컨기념관 계단에서 마틴 루터 킹 목사가 행한 연설인 "나에게는 꿈이 있습니다"의 한 구절이 적혀 있었다. 지금 제주도, 오키나와, 타이완에 필요한 것은 마틴 루터 킹 목사가 연설했던 것처럼 가해자와 피해자가 '진실'을 깨닫고 서로 '화해'하며, '상처받은 위로자'(The wounded healer)로 서로 감싸 안는 풍경일 것이다.

나에게는 꿈이 있습니다.
언젠가 붉은 조지아의 언덕에서
예전의 노예들의 아들들과 예전의 노예 소유주들의 아들들이
식탁에서 함께 앉는 꿈을.

I have a dream,
that one day on the red hills of Georgia,
the sons of former slaves and the sons of former slave owners
will be able to sit down together at the table of brotherhood.

(2008)

1991년 | 사북

20 광산촌 문학, 검은 얼굴

이인휘 『활화산』, 권환 「그대」, 한설야 「탄갱촌」, 박혜강 『검은 화산』, 임길택 「어머니의 하루」, 성희직 「광부」, 파블로 네루다 「커다란 기쁨」

《예감》 10월호

찌린내 나는 골목 끝. 여관방의 텔레비전에서는 밤새 유선방송이 흘러나오고 있다. 율 브린너, 헨리 폰다, 나폴레옹 솔로, 찰슨 브론슨 등이 총출연하는 웨스턴 스타일의 서부극이 끊임없이 펼쳐지고 있다. 서울에서 5시간 걸리는 이곳에 곤한 몸으로 당도한 나는 감기지 않는 눈을 껌벅이며, 이름 모를 사내와 어떤 여인이 끙끙대는 옆방의 육성에 시달리면서 밤을 지새웠다.

1991년 9월 16일 아침, 고한교 아래 냇물은 피멍든 상처처럼 시커멓기만 했다. 수질 오염이 심각해서 태백의 광동댐이나 높은 산에서 물을 끌어들인다는, 죽은 물이 흐르는 땅.

역사(驛舍)는 고요하다. 고한역 건너편의 언덕 위에서 인부 몇 사람이 탄을 기차에 옮기는 작업을 할 뿐. 언덕 위에 트럭이 석탄을 부리면 중간에서 인부들이 곡괭이와 삽으로 석탄을 흘려 내린다. 흘려진 석탄은 인부들을 온통 꺼멓게 덮어버리고 탄차에 실린다.

탄바람만 황량하게 불어쌓는 거리엔 사람이 드물었다. 어디선가 본 듯싶어 어딜까 싶었더니, 밤새 본 유선방송의 서부극 배경과 별다를 바 없지 않은가. 금을 찾아 서부로 서부로 찾아드는 근육질 사내들의 느릿느릿한 걸음걸이가 판치는 마카로니 웨스턴.

세칭 '팔도공화국'이라 하는 고한역.

일확천금은 아니더라도 "일 년 안에 삼천만 원을 모으겠다"는 사내들의 낮은 숨소리가 전국 각지에서 모인다. 반대로, 죽을 수 없어 희망도 없이 살아가는 사람들도 모인다.

여관방 주인과 성희직 시인

|

"요즘 광부들 수입은 어느 정돈가요?"

여관방 주인 고 씨가 광부 일을 한다기에 아침밥을 들자마자 물었다.

"상황에 따라 다르지예. 삼탄(삼척탄좌)이나 동탄(동원탄좌)은 작업도가 높아서 다른 데보단 10만 원 정도 높쉼더. 거긴 만근(근무해야 할 날짜를 하루도 빠지지 않고 일할 경우)을 하면 90만 원 정돈 받는데, 만근을 못하면 70만 원 정도라니…. 태백 지역의 광업소는 삼탄이나 동탄보단 10만 원 정도 떨어저예. 그라고 후산부는 선산부보다 10만 원 정도 덜 받지예. 운탄공(운반공)이나 조차공(보수공사 하는 사람)은 65만 원 정돈 받쉼더."

고아로 자란 자신을 무식하다고 소개한 고 씨(51세)의 말은 몹시 어눌했다. 71년 초에 군에서 제대하고 그때부터 사북에서 막장생활을 했다는 그는 거의 30년간 막장에서 지낸 일등급 선산부였다.

얘기를 나누는 중에 얼굴 살이 통통하게 붙은 그의 아내(나는 그녀를 그냥 '고한댁'이라 부르기로 했다)가 차를 끓여 내왔다. 차를 마시고 오후 1시경에 방으로 돌아왔다. 광부 시인 성희직(35세) 씨를 만나기로 한 시간이기 때문이다.

"경북 영천에서 난 광부 시인. 1986년 4월부터 1990년 11월까지 삼척탄좌 채탄 선산부로 근무, 그해 말 부당 해고됨. 굴하지 않고 평민당사에서 단식농성, 명동성당 앞에서 배밀이 갱목 시위, 광산 노동자의 노동조건 개선을 외치며 투쟁, 그 후 도의원으로 당선."

메모해두었던 사항을 보던 중, 잠시 후 도의원 성희직 시인이 찾아왔다.

두툼한 입술에서 토하는 거침없는 경상도 말투부터 모든 일에 의욕적이라는 첫인상을 주었다. 서글서글한 눈매가 인상적인 그는 만나자마자 진규폐 문제를 들었다.

"진규폐 문제는 정부 차원에서 해결책이 나와야 합니다. 우선 예방책이 있어야죠. 원래는 막장일을 하는 곳엔 물을 뿌려가면서 일을 하고, 통기 갱도에서는 방진 마스크를 착용하도록 돼 있는데, 제대로 하지 않고 있어요. 마스크 필터가 400-500원인데, 회사에선 한 달에 7-8장만 지급하고 있어요. 사실 하루에 한 갠 필요한데 말입니다."

말만 듣다가 문득, 왼손 검지와 중지가 잘려나간 자리가 눈에 들었다. 1990년 12월 평민당사에서 단식농성을 하다가 도끼로 내려쳐 손가락이 날아간 자리다.

"담으론 산재보험이 완전히 보장되어야 합니다. 진폐증에 대한 산재보험 처리가 엉망인데 이건 죽어서 씨커먼 폐를 회사나 병원 앞에 디밀어야 겨우 보상을 받을까 말까 할 정돕니다."

성희직 시인.

진폐증 문제를 사회 문제화시키겠다며 그는 잇대어 말했다.

"문제는 실적에 의해서 임금을 매기는 도급제라는 제도에 있습니다. 돈을 더 벌려고 몸을 아끼지 않는 겁니다. 막장에 들어가면 알겠지만, 한 삽이라도 더 뜨려고 급하게 삽질을 합니다. 그러다 보면 숨이 막히고, 그냥도 숨 막히는 지하이니 아예 마스크도 안 끼고 삽질하는 겁니다. 메탄 가스 등 각종 가스가 나오는데 말입니다."

일한 만큼 돈을 벌 수 있다는 '도급제.' 언뜻 보기에는 합리적인 제도 같으나 실제로는 153가지나 되는 갖가지 방법으로 노동력을 짜내기 위한 사용자 측의 교묘한 수단에 지나지 않는단다. 이 문제는 "완전일당제 실현!"을 외치며 광부 성완희 씨가 자기 몸에 불을 질러 죽었던 1988년의 사태가 증언하고 있다.

어느 정도 말을 나누다가 우선 성희직 시인을 따라다니며 취재를 하기로 작정했다. 먼저 사북에 있는 동원탄좌 노동조합에 함께 가보려고 했다.

광산촌에서는 흔히들 '똥탄'이라 부르는 동원탄좌는 서울 세종문화회관 뒤 동원빌딩과 워커힐 그리고 제주도 워싱턴 호텔, 옥계의 금광, 수십 개의 골프장 등 엄청난 부동산을 가지고 있고, 한국경제계에서는 '현찰동원 능력이 열 손가락 안에 드는 대그룹'으로 알려진 그룹 회사다. 게다가 어제(《경향신문》 1991년 9월 15일자 보도)부터 '동탄'의 노동조합이 쟁의발생 신고를 내고 협상을 준비 중이었기에 취재길은 바쁘기만 했다.

있다면 어용노조뿐

"가보셔야 그게 그겁니다. 노조를 믿는 사람이 없어요. 광산에서 노조라고 있어봐야 회사와 짜고 자기들 잇속만 생각할 뿐이죠. 생각해보세요. 조합원 이천오백 명이 한 달에 오천 원씩만 내도 조합비가 굉장하죠.

그러다 보니깐 돈에 눈이 먼 노조위원장이 뭔 절기행사처럼 회사랑 짜고 적당히 파업을 하는걸요. 우리들두 문제예요. 이삼 년 전 정도만 해두 정신이야 말짱했죠. 근데 이젠 한탕 하는 데만 눈이 벌게 갖구 운동을 팽개친 사람이 많아요. 정신 반푼어치 없지요. 민주노조를 할 만한 데가 없어요."

동원탄좌 노조 사무실을 찾아가려는 나에게 어느 노동자가 귀띔했다. 나이가 지긋한 광부가 몇 마디 더 보탰다.

"광산에 노조가 만들어지게 된 시기는 대략 60년대 촌데, 이후 박 정권은 '국토개발단'이라는 이름으로 부랑자나 전과자들을 강제로 동원해서 무연탄을 원활히 수송하려구 산업철도인 태백선을 개설했구요. 그땐 두 사람만 모여두 노조를 만들었는데 모리배들은 계보를 형성해 광산이 생기는 곳마다 깡패들을 시켜 노조를 만들었답니다. 그 대가로 놈들은 엄청난 조합비를 맘대로 갈취했고 회사를 통해 경찰이나 다른 권력기관한테 보호를 받게 된 거죠. 그만치 뿌리 깊은 어용노조를 몰아낸다는 일은 쉽지 않은 일입니다."

심각한 어용노조 문제, 그중에서도 '광산 프락치'의 문제는 이인휘의 장편소설 『활화산』(1990)에서 심각하게 다루어진 바 있다.

문장이 쉽고 묘사마다 노동 정서가 넘치는 이 소설은 1986년 11월 7일 '박인균 살해 음모사건'이라는 실제 사건을 소설화한 글이다. 이 사건은 1980년 사북항쟁 후 광산에 민주화운동이 서서히 일자 보안사에서 신경을 곤두세우던 차에, 보안사에서 보낸 프락치가 활동가인 박인균을 '미인폭포'로 유인해 다이너마이트를 미끼로 구속하려 했는데, 잘 안 되자 그를 20미터 절벽으로 떨어뜨려 놓고, 그래도 박 씨가 살아나오자 보안사에 끌고 가 모진 고문을 자행했던 사건이다. 소설에서는 '사업자·보안사·어용노조'가 한데 어울려 민주노조를 세우려는 광부들을 탄압하는 논리가 세세하게 드러나고 있다.

어용노조든 아니든 우선은 사무실이라도 직접 찾아 확인해보고 싶었다.

가는 길에 1980년 사북 노동자 대투쟁 때 사업자 측을 보호하는 전경과 대치했던 '안경다리'를 지났다. 안경다리는 2차선 길목밖에 안 되지만 이 길을 막으면 사북의 교통이 두절되는 위치에 있다고 한다.

"그때 문제는 지도부의 문제였어요. 지도부가 조직적으로 파업을 이끌지 못하니깐 노동자들이 과격해진 거죠."

당시 상황을 설명하던 김성곤(동원탄좌 해직 노동자, 28세) 씨와 함께 언덕을 오르던 중에, 김 씨가 선산부로 일했을 때 함께 막장에 있었다는 오십 대의 광부가 반가이 맞이했다. 막장일을 할 때 김 씨의 몸을 곡괭이로 다치게 한 게 아직도 미안하다고 말하면서, 김 씨와 내가 동탄에 간다는

ⓒ 김용교

동원탄좌 올라가는 길목에 놓인 안경다리. 이 길목을 막으면 이 지역 교통이 막히기 때문에 데모 때마다 격전지가 된다.

말에,

"동탄? 쯧쯧, 위원장이 감독 출신인데 당연히 사장 편 아니겠어. 빌어먹을 똥탄! 나도 자네처럼 함께 싸워야 하는데, 마음만 그렇고 행동은 따라가지 않으니 미안허이."

그러면서 아들 같은 김 씨의 손을 어루만졌다.

마음만 그렇고 행동이 따라가지 않는단 말, 그 마지막 말이 광산 노동자의 현실을 보여주는 듯했다. 사실, 광산촌 노동자의 자생성이 많이 식었단 말도 소문만은 아닌 듯하다. 이 지역에 광산 지역 산업재해문제연구소, 전교조 강원지부 정선지회, 태백민주시민회, 성완희 기념사업회 등 많은 단체가 있지만 간판은 많아도 실제의 대중 역량은 그리 강하지 않다는 게 이곳 활동가들의 평이다. 아무튼 집행부를 믿지 않는 광부들 말을 뒤로하고 우선 노조 사무실에 들어갔다.

나 태어나 이 탄광에 광부가 되어
탄 캐고 동발 지기 어언 수십 년—
무엇을 하였느냐 무엇을 바라느냐—
나 죽어 이 탄광에 묻히면 그만이지이

멀리서 몇 사람 안 되는 광부들이 부르는 〈광부의 노래〉가 희미하게 들려왔다. 삑삐익, 핸드마이크 소리. 아마도 사람들이 많이 모이지 않은 듯싶다.

작업복을 입은 집행부 임원들은 짧게 밀어붙인 머리에 빨간 머리띠를 두르고 있었다. 회의가 끝나기를 기다렸다가 만난 김성달 노조위원장의 눈빛은 예상과 달리 그리 만만치는 않았다.

"갑(甲)반부터 준법투쟁에 들어가고 있습니다. 준법투쟁만 해도 회사에 압력이 됩니다. 핵심적인 요구사항은 상여금 100퍼센트 인상이고, 이외에 후생복리비를 4,600원, 도구료를 50퍼센트, 공민비 행사 유급 처리하는 문제 등이 있지요. 이제까지 동탄은 삼탄에 비해 제대로 투쟁해왔습니다. 그 모양새를 계속 이어가야죠."

"여러 우려가 많던데, 위원장님은 어떻게 생각하십니까?"

"글쎄, 집행부가 꾸려진 지 얼마 안 돼서 어찌될지는 모르겠고, 조합원 전체 분위기가 파업을 원하지 않는 거 같습니다. 또 감독들의 의식구조도 문제지요. 하지만 일단은 최선을 다해봐야죠."

그의 눈빛 속에는 '어용이란 말은 있을 수 없을 것'이라는 다짐이 숨어 있는 듯싶었다. 집행부가 작성한 유인물에도 "정부지원 핑계 삼는 관리자는 물러가라!"고 적혀 있는데, 얼마만큼 일을 해낼지.

동원탄좌를 나가는 길에 나는 독신자 아파트로 가서 뜨거운 국밥 한 그릇을 얻어먹을 수 있었다. 내가 취재 온 사람이란 걸 듣고선 이름 모를 노동자가 국밥을 건네주며 씨익 웃어 보였다. 뭔 의미가 담긴 듯한 그 미소 속에 당찬 목소리가 번지는 듯싶었다.

"어용노조가 아니라 '민주노조만이 살 길'이라고 써주시오."

식민시대 광산 노동자

동원탄좌 취재를 마치고 어두운 녘에 여관방으로 다시 돌아왔다.

오늘 취재한 것을 대강 정리하고 부족한 구석을 검토해보았다. 정리하면서 우선 탄광의 역사를 약술해야 한다는 생각이 들었다. 그래서 공책을 꺼내 우리나라 탄광사를 조금 정리해보았다. 무슨 일이든 제일 재미없는 일은 '역사'를 따져 묻는 일이겠지만, 할아버지에서 아버지로, 다시 아버지에서 아들로 이어지는 광부들의 삶 밑바닥에는 비애의 상처가 깔려 있다. 우선 석탄 개발의 역사적 원형을 간단히 옮겨보자.

> 근대적 시설과 장비로 본격적인 채탄을 시작한 조선무연탄주식회사의 설립연도인 1934년을 기점으로 잡는 것이 다수의 의견이다. 그 배경으로는 1911년부터 시작되어 1981년에 잠정적으로 완료된 토지조사사업을 내용으로 한다. 이 사업으로 말미암아 한국농민계층은 급격하게 몰락했고, 몰락한 농민들은 농촌을 떠나 도시나 공단지역, 개항부두, 광산에서 반노예적인 임금노동자가 되거나 혹은 농업노동자까지 종사하기에 이르렀다.
>
> _『석탄 광업의 현실과 노동자의 상태』(늘벗, 1991)

1920년대 광산 노동자들의 실정을 당시 《동아일보》(1929. 7. 19.)는 "새까만 지옥 같은 땅속에서 등불 하나에 목숨을 매달고 그 목숨을 이을 식량을 벌고 있는 광부의 생활"이라 했다.

그 무렵, 잡아들이거나 징용으로 끌려온 조선인 광부들은 거적이나 천막을 깔아 잠을 재우거나, 식품도 곰팡이 낀 대두박이나 형편없이 적은 배급쌀로 연명하게 했다고 한다. 또한 도망도 못 가게 주요 길목에 '도로시마'라는 앞잡이들이 버티고 있다가 심한 매질로 사형(私刑)을 가하기 일쑤였다. 한번은 정상구에서 조선인 근로자 46명이 물통이 터져

갱 내에 갇혔으나 순식간에 일어난 참사로 구조되지 못하고 그대로 매몰되고 말았다(위의 책, 20면).

그럼에도 불구하고 일제는 급증하는 군수 물자를 충당하기 위해 광산 개발에 박차를 가했고, 부족한 인력은 징용 노동자로 보충했다. 이렇게 동원된 조선인 노동자들은 실로 거대한 군사노동수용소에 갇혀 있는 죄인들과 같은 상태였다. 그런 처지에 항거하는 광산 노동자들의 투쟁을 광산 노조의 한 지도자를 표상하여 30년대의 카프 시인 권환은 차갑게 증언한다.

우리는 그대를 이때껏
다만 우리들의 좋은 동무로만 알었더니라
다만 우리들과 같이 괭이 들고 석탄(石炭) 파는 한 광부(鑛夫)만으로 알었더니라

우리들이 일 마치고 모여 자리 한구석에서 ×(적—인용자)들이 어떻게
우리들의 ×××××어 먹는가
또 우리 로동자는 어떻게 어떻게 그들과 싸워야 한다를
차근차근하게 잘 알어듣게 친절하게 말해주는 다만 한 좋은 동무만으로
알었드니라

그래서 일만 마치고 노름과 싸홈밖에 할 줄 모르든 이 광산에
우마 같은 대우도 충실하게 받을 줄밖에 모르든 이 광산에
불평과 ××(투쟁—인용자)의 화×(약—인용자)을 뿌려주며…(인용자

중략)…

××와 끝까지 싸우게 하는 그대를

우리는 다만 한 광부 우리들의 좋은 동무만으로 알었더니라

그러다가 이제야 알았다

그대를 ×들의 손에 빼기고 난 이제야

그대를 다른 많은 용감한 동무들과 같이

×××(유치장—인용자)에 끌려보내고 난 뒤 한 달 된 이제야 알었다

그대도 우리의 가장 믿어야 할 지도자의 한 사람

조선의 ××의 한 사람인 줄은

_권환, 「그대」, 『카프 시인집』(1931)

권환의 「그대」는 광산에서 활동하던 전위가 잡혀가고 난 뒤에야 그가 "땅 밑을 파고 다니는 숨은 지도자의 한 사람/ 조선의 ××(전위—인용자)"의 한 사람인 줄 알았다고 진술하는 광산 노동자의 회상을 통해 전위의 활동과 그 의미를 밝히고 있다. 조합을 만들기도 하고, 퇴폐적인 생활에 젖은 노동자들에게 자본가 계급의 본질과 음모를 일깨워줌으로써 그들을 각성시키는 역할을 했던 주인공의 얘기를 담아 노동자 계급의 필연적 승리라는 낙관적 전망을 시화한 작품이다. 또한 위 시는 권환이 앞서 창작하던 소위 '뼉다귀 시'(윤곤강, 임화의 말)라는 한계를 넘어, 화자의 목소리를 통해 생경한 관념 대신 피와 살과 뼈를 가진 구체적인 노동자의 존재를 느낄 수 있도록 해준다는 점이 주목된다.

식민지 시기에 나온 작품으로 아직도 우리의 심금을 울리는 노래가

있다. 항일 독립군들이 터질 듯한 심정으로 불렀다는, 지금도 여기 목로 주점에서 가끔 들을 수 있는 〈석탄가〉다.

석탄 백탄 타느으은데에
연기도 김도 안 나오고
삼천만 가슴 타느으은데에
혁명의 불길이 타오른다아
에헤데야 에야라난다 뒤여어차아
혁명의 불길이 타오른다아

북한의 탄광사업

이후 남한의 탄광사가 인간막장의 기사로 가득 차 있다면, 북한의 탄광사업은 조국건설을 위한 전초사업이었다. 북한의 선전책자는 흔히 '북조선은 노동자의 천국'이라고 선전하는데, 그들은 많은 직업 중에서 특히 막장에서 일하는 광부를 가장 혁명적인 노력영웅(김웅교, 「북한의 '로동신문'이 소개하는 대중영웅」, 《말》, 1991년 11월호 참조)들로 평가하고 있다.

따라서 광부들의 월급을 가장 높게 책정하는 것으로 알려져 있다.

북한 중공업의 기초사업이 되는 탄광사업은 해방 직후부터 그 기점을 잡는다.

일제가 패망한 직후, 패전국인 일본 대신 남한에는 미군이, 북한에는 소련군이 주둔하게 되었다. 다른 산업과 마찬가지로 일제가 개발하기 시작하여 군수산업의 중요한 부분을 담당했던 남한의 석탄광업은 해방과 더불어 침체기를 맞았다.

이에 반해 북한의 탄광사업은 북조선공산당의 철저한 통제 아래 실시된 것으로 알려져 있다. 당시의 탄광사업을 처음으로 보고한 작품은 한설야의 「탄갱촌」(1946. 8.)이다. 이 단편소설은 해방공간의 창작계에 작가 한설야가 북한 주둔 소련 병사의 고상한 인간성을 다룬 「모자」와 동시에 쓴 작품으로, 해방된 새나라의 구호인 '기술은 모든 것을 결정한다!'는 구호에서 출발하고 있다.

> 탄광공업기술학교 학생들은 개학한 다음날부터 매일 열두시부터 굴속에 들어가서 네 시에 나오기로 되어 있었다. 즉 오전에는 학과를 배우고 오후에는 실지로 채탄하기로 된 것이다.
>
> _한설야, 「탄갱촌」

이렇게 시작되는 「탄갱촌」의 주요 인물은 재수와 성춘 두 사람이다. 특히 재수는 상급학교 진학에 대한 열망과 기술자가 되고자 하는 열망으로 학교에 등록했는데 정작 학교는 자체 건물도 없을 뿐 아니라 오전엔 학과, 오후에는 실습으로 짜여 있지 않겠는가. 게다가 김 선생이라는 이름으로 불리는 이 학교 교장은 "로동자 티가 그대로 남아 있는 이 탄광의 뚱뚱한 교장"을 겸하고 있지 않은가. 노동자 출신 뚱뚱보 교장의 첫마디는 이러했다.

> 진정한 기술, 즉 산 기술은 책에서 배워지는 것이 아니오. 실지에서 닦아져야 그 기술은 제 살이 되고 피가 될 수 있소. 그러나 그렇다고 실지에만 치중하고 학술을 소홀히 해서도 그 기술은 발전 못하오. 그러기 때문에 기술과 실지를 잘 조화하고 통일하는 데서 진정한 기술의 발전이 있을 수 있소. 이런 의미에서 동무들은 이 탄광에서 가장 은혜받은 자리에 있소.
>
> _한설야, 「탄갱촌」

책에서 배움보다 현장에서 배움을 중요시하는 김 교장의 솔선수범하는 자세가 이 작품의 주제를 결정한다. 이런 김 교장에 반해, 일평생 남의 소작인으로 살아온 아버지와 벌써 손에 악마디가 지리만치 고생하는 아내를 가진 젊은 청년 박재수는 지식인 투의 허영심을 버리지 못한다. 이런 소시민 근성은 이곳 탄광 노동자 출신이며 나이 든 학생인 성춘과는 뚜렷한 차이를 지닌다. 그러나 박재수는 변한다. 그가 변하는 곳은 바로 그가 두려워했던 현장에서다. 김 교장의 노련한 지도력으로 불안한 심리를 걷어내고 성숙한 노동 계급성을 취해나가는 학생들의 변화는 흥미진진하기까지 하다.

그만큼 이 작품은 세부묘사가 뛰어나다. 특히 갱 속에서 굉음이 들렸을 때의 장면은 박진감을 보여주는데, 이는 갱 속에서 다이너마이트를 터뜨려 일어난 울림이었다. 놀란 학생들 앞에서 김 교장은 천천히 공포증을 극복하도록 지도한다. 이 과정에 박재수는 자신도 모르게 훌륭한 노동전사로 다시 태어나는 경험을 하는 것이다. 여기서 표상되는 인물은 김 교장이며, 김 교장을 매개로 현장을 통해 작중인물들은 공산주의적 인간형으로 개조되어가는 것이다. 그리고 이 작품 배후에는 '김일성 장군'의 표상이 내내 붙어 있다. 재수가 갱에 들어가는 입구에도 김 장군의 그림은 크게 붙어 있고, 나올 때 다시 본 김 장군의 그림은 재수의 가슴에 더욱 크게 남는다. 그래서 작가는 8·15 기념행사와 김 장군의 초상을 동시에 상기시키며 작품을 끝맺는다. 이렇듯 해방공간에 이미 유일사상 체계를 기반으로 한 주체미학의 태동이 보이고 있다. 사실 김 교장으로 표상되는 완전한 공산주의적 인간상의 전형 뒤에는 김일성 장군의 전형이 깔리도록 작품은 창작되었다. 덧붙여 이 작품 또한 작가의 관념으로 책상에서 쓰인 것이 아니라, "1946년 여름 나는 사동탄광에서 노동자들의 노력투쟁을 견학하였다"(「생활의 교훈」)는 말마따나 현장의 목소리를 그대로 담은 것이다. 북쪽 사람들이 광산 노동자를 꽤나 자랑스럽게 여기는 것처럼 작품화하고 있는데, 정말로 북한 광산 노동자들은 만족하고 있을까.

석탄산업 합리화 정책과 수입광원

산비탈에 몇 개의 황량한 동굴이 빠져버린 눈구멍처럼 음침하게 열려 있고, 그 주변에는 검은 흙과 돌덩이들이 뒹구는 버려진 광산. 이런 폐광의 모습은 광산촌 산기슭에선 쉽게 볼 수 있는 풍경이다. 내가 들어가 본 폐광은 20여 미터만 들어가도 한 치 앞을 볼 수 없는 어둠에다, 물 고인 바닥에 녹슨 철로, 머리가 닿을 만큼 주저앉은 천장, 금방 무너질 듯싶은 동발 틈새로 쉼 없이 물방울이 떨어지고 있었다.

버려진 폐광이 느는 이유는 6공이 들어서면서 시작된 이른바 '석탄산업 합리화 정책' 이후 광원의 수가 점점 줄어들고 있기 때문이란다. 이 정책은 '우량탄광만 지원 양성한다'든가, 아니면 아예 석탄도 수입해다

쓰는 것이 경제적이라는 논리다. 따라서 광부 임금은 5공 말기까지만 해도 "지나가는 개도 돈을 물고 다닌다"는 말이 돌 정도로 평균임금이 모든 산업체 가운데 가장 높았으나 지금은 평균에도 못 미치는 월 60만 원 남짓한 액수에 지나지 않게 되었다. 게다가 하루만 쉬어도 8만 원에서 10만 원까지 감한다고 한다.

지난해(1990년) 석탄산업 합리화로 문을 닫은 강원도 내 폐광업체는 24개 탄광이었으며, 실직 광원은 2,769명이었으나 이들 광원 중 동력자원부에 광산업체 재취업 알선을 신청한 광원은 한 명도 없었다. 직업에 대한 애착은 고사하고, 광원보다는 다른 직종을 찾는 경향이 높다.

사북 지역이 태백보다 임금이 평균 10~15만 원가량 높아 태백에서 넘어오는 광원 수도 적지 않았으며 동원탄좌에서 채탄 선산부로 일하는 김원철(45세) 씨처럼 태백에 가족을 두고 사북에서 하숙을 하는 사람까지 있었다. 그러나 김 씨도 "남은 것은 골병밖에 없다"며 일을 그만둘 생

ⓒ 김응교

군데군데 버려진 폐광은 본래의 자연 상태로 복구되지 않아 산천을 망치고 위험하기까지 하다.

각이라고 말하는 것을 보면 사북, 고한도 태백처럼 되는 것은 시간문제인 것 같다.

이런 판국에 정부는 한때 동남아시아인이나 중국교포 등 값싼 해외 노동력을 수입하는 '수입광부'의 방안을 검토했다. 이 방안은 광산 노조의 강력한 반대에 부딪쳐 거의 포기한 상태지만, 이 일은 광산촌에 대한 정부의 고민을 보여주는 일이기도 했다.

"수입광원을 쓰면 정부나 사업자 입장에서는 광산을 합리화하는 방안이라지만, 실은 첫째 민주노조를 걱정할 필요가 없고, 둘째 한두 해만 일하고 나갈 외국인들의 진폐증에 대한 산재보험을 걱정할 필요가 없다는 점이 끌렸을 거예요."

이곳 사람들의 얘기다. 광부들의 걱정은 좀 더 심각하다.

"외국인 광부들이 오면 그 사람들에 맞추어 우리들 임금도 낮춰 책정할 거구요. 더 걱정되는 건 그들이 여기에 거주하고 나면 순박한 사람들이 살아가는 이 땅이 어떻게 변할는지 모르잖아요."

그만치 여러 문제점을 안고 있는 정부의 정책에 강한 의문을 제기하면서 광부들은 입 모아 말한다.

"합리화라는 이름으로 진행되고 있는 비합리적 석탄산업 합리화를 중단하고 노동 조건의 개선을 통해 사람들이 빠져나가는 것을 막는 것이야말로 부존자원 개발을 계속하면서 지역과 주민을 함께 살리는 길입니다."

죽음의 진·규폐증

버팀목이 무너져 바위가 떨어져 내리고, 벽이 무너지고, 석탄 덩어리가 쏟아지고, 갑자기 물이 쏟아져나오고, 메탄가스가 폭발한다. 그러나 그보다 무서운 적은 일상 속에 있다. 온갖 위험 속에 몸을 맡기고 있는 광부들한테 가장 심각한 것은 진·규폐증이다.

1년 평균 334명의 환자가 생겨나니 하루에 한 명 꼴이다. 5-6년만 일하면 어김없이 찾아오고 10년 정도 지나면 100퍼센트가 걸린다는 '지옥의 병.'

미세한 석탄가루와 흙먼지가 폐세포에 박혀 부드러운 폐를 딱딱하게 굳게 함으로써 생기는 것이 진폐(塵肺)고, 돌가루가 박혀 생기는 것이 규폐(硅肺)다. 폐가 굳어버리면 숨 쉬기가 어려워지면서 폐결핵·기관지병·폐기종·기관지확장증 등의 합병증이 일어나 결국은 쓰러지고 마는 '죽음의 병', 허나 이리도 심각한데 세상엔 '잘 알려져 있지 않은 병'이기도 하다.

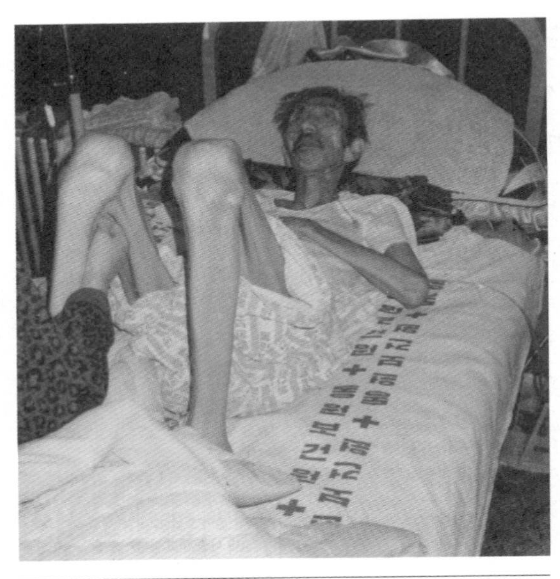

ⓒ 김응교

진폐증에 걸려 자기 힘으로 앉을 수도 없는 김순재 씨.

죽음의 병을 앓고 있는 광부들을 만나기 위해 사북에 있는 동원보건원을 찾았다. 2층은 응급실, 3층은 산재환자실, 4층과 5층 병동은 전체가 '진폐병동'이다.

지붕이 다 낡아버린 층계를 오르면서 성희직 시인은 말했다.

"원진레이온은 서울에서 가까워 그런지는 몰라도 세상에 잘 알려졌죠. 그런데 문제는 단위사업장의 문제로만 끝나는 경우가 많아요. 여기는 더하죠. 진폐증 문제는 가히 전국적인데 언론이나 작가들이 문제 삼지 않아 잘 알려지지 않은 직업병 문젭니다. 이런 병이 있는데도 복지국가 운운하는 건 우스운 일이죠."

방진(防塵) 마스크라는 것이 있으나 중소탄광의 경우에는 제대로 지급되지도 않고, 지급이 된다 하더라도 이틀이면 갈아 끼워야 하는 필터 한 장에 500-700원인데 개인 부담인 데다 무엇보다도 더워서 쓰고 있을 수가 없다. 마스크를 쓰고 있으면 땀띠와 습진이 생기는 것은 물론 1미터 앞이 안 보이는 먼지 구덩이 속에서는 우선 숨이 차서 견디지 못한다.

막장을 벗어나도 탄가루는 산지 사방에서 흩날려 사람들의 폐 속으로 들어와 박힌다. 방진망도 씌우지 않은 저탄장과 버럭더미에서 날아오고, 덮개를 씌우지 않고 달리는 운탄(運炭) 트럭에서 날아오고, 빗물과 함께 길가로 흘러내렸던 탄가루가 날아와 일반 주민들한테까지 진·규폐 증상이 나타나지 말라는 법도 없다. 또한 진폐는 광부들만의 문제가 아니다. 섬유 노동자의 면폐, 철광·금속 노동자의 철폐는 더욱 치명적이다.

한 번 진폐에 걸리면 폐에 고름이 잡혀 결핵이 오고 고혈압과 중풍 그리고 당뇨로까지 이어져 결국은 죽게 되지만, 직접 사인이 진폐가 아니라고 해서 보상금도 안 나온다. 폐에 탄가루가 박혀 콩팥 사이에 암세포가 생겨 죽어도 마찬가지인데, 환자들이 대부분 폐결핵과 폐암과 콩팥암을 겸하고 있다.

병동 한구석에서는 저게 사람인가 싶은 환자가 훅후욱, 숨을 몰아쉬고 있었다.

작년부터 입원해 있는 김순재(62세) 씨. 그의 다리는 새다리처럼 가느다랗게 말라비틀어져 있다. 하도 링거주사를 자주 맞다 보니 혈관이 안 잡혀 쇠스랑처럼 야윈 손가락에 주사바늘을 꽂고 누워 지내기를 2년째, 산소호흡기를 24시간 코에 달고 있어도 언제나 숨이 차오르고 간장과 신장이 나빠져 계속 진땀이 솟으므로 변소만 가려 해도 부인이 부축하며 부채질을 해줘야 한다. 옥동광업소는 물론이고 과천 종합청사의 노동청에까지 똥물을 뿌렸다는 부인 윤학실 씨는 눈물을 삼키며 말했다.

"갑자기 숨이 가쁘고 몸이 아프시다기에 병원에 모셨죠. 15년 광부생활을 하다가 그만둔 지 7년 뒤였어요. 엑스레이를 찍어봤더니 폐가 다 상했다는 거예요. 근데 평균임금을 일당 20,120원으로 계산해서 유족 보상금이 사천사백만 원이래요. 이럴 수가 있어요? 이분은 대위로 제대한 유공잔데, 보상도 허깨비예요. 이럴 수가 있나요?"

1964년 옥동광업소에 입사하여 1979년에 퇴사하여 지내다가 진폐증 증세가 보이기 시작한 때는 퇴사한 지 7년 후란다. 서울의 개인 병원에 있다가 이곳에 온 때는 작년 이맘때. 4년 뒤 1급 종결(일당에 1,300일을 곱해서 보상금으로 받는 장애급수)을 받아 나갔다가 악화되어 다시 들어왔을 때는 진폐 3급을 받았다. 남편의 손발이 되느라 병상 곁에서 새우잠을 잔다는 그녀가 분개하자 김 씨가 어렵게 입을 열었다.

"어, 억울해. …70여만 원에서 한 달에 20만 원은 너무 차, 차이가 커.

…크흐륵 …최, 최고 급여액을 기준으로 올려주지 않, 크흑 -칵!"

말을 마치기도 전에 그는 한 움큼의 가래덩이를 손아귀에 게워냈다.

얼굴살을 푸들푸들 떨고 있는 그의 손을 꼬옥 잡아보았다. 뼈가 그대로 잡혔다. 겨울날 마른 나뭇가지가 이다지도 차고 가늘까. 이게 사람의 손목인가. 차라리 병 고친다는 삼류 부흥사처럼 나도 병을 고칠 수만 있다면, 안타까운 마음뿐이다.

이 병원에서 시체로 나가는 환자가 한 주에 두세 명, 1년에 40명이 넘고 전국적으로는 백 명이 넘는다는데, 병실 한구석에 놓인 텔레비전에서 가수 김완선이 "난 차라리 웃고 있는 삐에로가 좋아"라며 몸을 튕기고 있었다.

근로복지공사 장성병원에는 모두 509명의 광산 노동자들이 입원해 있는데, 진폐 환자만 187명이고 나머지는 대부분 산재 환자들이다. 동해에 200명쯤, 정선에 200명쯤, 문경에 230명쯤. 전국에 진폐증 환자는 엄청나게 많으며 날로 늘어나는 추세다.

이에 대해 지난 9월 3일(1991년 당시), 1년에 한 번 열리는 '전국진폐재해자협회 정기총회'가 태백방송국에서 열렸다. 이 총회에서 결의된 요구조건은, 3급 이상은 일시불로 산재임금을 지불한다, 진폐재해자 회관을 건립한다는 등의 내용이었다.

"휠체어를 끌고 사북시 길을 막아서라도 상여금과 산재보험 문제를 풀어보겠습니다. 우린 태극기를 덮은 시체를 길 위에 깔고서라도 잘못된 노동정책에 항의할 수밖에 없는 겁니다."

힘주어 강조하는 서용식(61세) 환자 대표의 말은 눈시울이 붉어져 있던 내 고개를 떨구게 했다.

탄광 노동자 24시

|

밤길을 걸어 고한 쪽으로 향하는 버스 안에서 나는 눈물 없이 울었다. 누가 볼까 고개를 들고 딴청 피우며 가슴 깊이 울었다. 시커먼 창밖이 눈에 뿌옇게 들었다. 씁쓸한 마음 탓에, 여관방에 들기 전에 고한역 앞에 있는 술집 골목으로 들어갔다.

이인휘의 『활화산』에 보면 광산 프락치를 매수하려고 회사의 중견 간부들이 찾아오는 곳이다. 정말 어떤 사람들이 이런 골목을 찾아오나 보고 싶기도 했지만, 실은 일을 마친 탄광 노동자가 쉬는 모습을 보고 싶었기 때문이다.

경주여인숙, 귀빈장여관, 환상룸싸롱, 국제스탠드바 등 위락 시설이 좁은 골목에 다닥다닥 붙어 있었다. 어떤 곳인가 싶어 슬그머니 들어가 봤다.

"그대 나를 두고 떠나가지 마오. 토요일은 밤이 좋아! 아싸, 앗싸!"

카바레 무대 위에선 삼류 그룹사운드가 뽕짝을 신나게 울려대고, 앞에 선 남녀가 엉켜 서로 더듬으며 춤을 추고 있었다.

몇몇 사내들은 넥타이를 맨 걸로 보아 중간관리인 듯싶었다. 무심코 앉아 무대를 바라보던 그때, 나는 움찔하고 말았다. 여관집의 고한댁 아줌마가 말끔하게 생긴 젊은이와 블루스를 당기지 않는가. 그 젊은이는 한 손으로 고한댁의 둔부를 쓰다듬는 동시에 그녀의 목덜미에 고개를 박고 있었다.

눈이 의심스러운 장면이다. 현란한 조명등 불빛 속에, 막장에서 곡괭이 들고 석탄을 캐고 있을 그녀의 순진한 남편 고 씨의 얼굴이 눈 아리게 겹친다. 나는 눈을 꾸욱 감고 거리로 나왔다. 슬픈 그림이었다.

그만치 탄광 노동자의 가족에게는 어려움이 많다. 사실 여자들이 할 부업이나 쌈짓돈을 벌 공장은 연탄공장 외엔 없다. 이런 실정을 김종성의 연작소설 『탄』(1988)이나, 〈그들도 우리처럼〉이라는 이름으로 박광수 감독이 영화화하기도 한 최인석의 『새떼』(1988) 등은 잘 반영하고 있다. 그러나 광산촌을 배경으로 한 소설의 대부분은 광산촌의 본질적인 문제보다는 광산촌이라는 특수한 배경으로 한국 사회의 모순을 상징하는 작품이 많았다. 『새떼』에서 광산촌은 우리의 어두운 현실을 상징적으로 드러내기 위해 설정된 특수공간일 뿐이다.

이에 반해 광산촌의 본질적인 문제를 깊숙이 제기한 박혜강의 중편소설 『검은 화산』(1989)은 그 치밀함으로 인해 주목된다.

이 소설의 주요 인물은 광산 민주화에 적극적인 정필호와 광업소의 중간관리로 아버지가 규폐증으로 죽은 아픈 기억을 가지고 있는 함요성 부장이다.

이야기는 부민광산 희망갱구에서 원인 모를 불이 일어나는 데서부터 출발한다. 탄광이 토해내는 검은 연기로 말미암아 광산촌은 별의별 흉측한 소문으로 흉흉하다. 사업소에선 불의 원인이 불순분자의 준동이라 하는데 함 부장이 알아본 결과에 의하면 누전일 가능성이 가장 컸다. 갱 안에 있는 광부들을 구하러 들어간 구조반원까지 죽어 나오는 절박한 상황에 사업자 측은 전경을

ⓒ 김응교

함백탄광 가는 길 언덕의 폐가.

통해 광산을 막아버리고, 광산촌 주민들은 자신의 가족이 죽어가는 광산에 들어가겠다며 전경과 투석전을 벌인다. 이때 광부 정필호와 함 부장, 그리고 특종을 잡으려는 기자, 이렇게 세 사람은 목숨을 걸고 갱 안에 들어간다. 그들은 죽어가는 사람들을 하나씩 구해내기 시작한다. 그러나 도저히 숨을 쉴 수 없는 죽음의 순간 앞에서 두 사람은 서로 갈등한다.

"명분과 정당성! 재미있는 이야기군요. 철저한 먹물쟁이의 입에서 흘러나오는 구역질 같은…, 저 기자는 굴을 나가면서 특종을 얻게 되겠지. 부장님은 영웅이라는 단어를 원할 거고."

정필호의 말에 함 부장은 윈도리를 쳤다. 그러나 겨우 살아나왔을 때 정필호가 과격 시위와 공무집행방해로 쇠고랑을 차는 모습 앞에서 함 부장은 자신의 목숨을 구해준 정필호를 외면하고, 전형적인 관리자의 모습으로 표변한다.

이야기를 결말까지 이끌어가는 작가의 논리는 빈틈이 없다. 또한 탄광에 대한 실제 경험과 전문 지식을 토대로 작품의 얼개를 짜고 있으며, 아울러 밀도 있는 문장력이 주제 의식을 확연히 하고 있다.

결국 이 작품은 광산촌을 단순한 배경이 아닌 작품의 심장으로, 그러니까 '막장' 문학 수준까지 한 차원 높게 밀어올린 수작이라 여겨진다.

이사 가는 사람만 많아요
|

광산촌의 문제는 단순히 풍물의 문제가 아니라 죽음이 오가는 '막장'에서 시작된다. 아침저녁으로 제법 서늘한 바람이 부는 이맘때, 황폐화돼 탄가루만 날리는 '죽음의 마을'로 바뀌는 사택지의 모습도 마찬가지다.

1988년부터 실시된 정부의 '석탄산업 합리화' 조치 이후 백여 곳의 탄광이 문을 닫고 인구가 급격히 줄어들고 있는 강원도 태백·정선·고한 등 탄전지대 주민들의 얼굴에는 활기가 사라진 채 어둠만이 짙게 배어 있다.

폐광된 곳은 말할 것도 없고 채탄 중인 탄광의 노동자들마저 점차 탄전지대를 등지면서 태백시의 인구는 1988년 12만 명에서 1991년 9만 명으로 3만 명이 줄었다. 광원 사택이 몰려 있는 화정 등 태백역을 중심으로 서쪽 시가지 반쪽은 거의 텅 비어 공동화 현상을 보이고 있다. 사북시에서 한참 동안 기어오른 해발 1,000미터의 산중턱에 있는 지장산 구사택지도 마찬가지다.

사택촌 입구에 있는 다섯 살짜리 꼬마가 낯선 나를 갸우뚱 올려다보았다. 이름이 구자옥이라 했다.

밤 열두 시
어머니가
을방 가신 아버지를 기다리신다

목욕물 데워놓고
뜨개질 하시며
아버지 발걸음 소리에
귀를 기울이신다

이런 날
어머니의 하루 끝은

아버지가 씻고

주무실 때까지이다.

_임길택, 「어머니의 하루」

아버지가 아니기 때문인지 자옥이는 나를 보고 고개를 도리도리 저으며 석탄이 범벅된 손으로 모래 장난을 치더니, 일제시대 포로수용소 같은 지장산 사택지를 한 장 한 장 사진에 담아내는 나를 뒤뚱뒤뚱 따라오다 다시 주저앉았다.

계곡을 따라 빈민굴처럼 늘어져 있는 슬레이트 지붕들, 폭풍 후 발견된 듯 굴러다니는 사기 그릇, 항아리. 아무도 살지 않는 사택 안에 카메라를 들이대자 요란하게 울어쌓는 놈들은 들고양이 떼거리뿐이다.

건너편 해발 1,100미터인 화전령 계곡의 연탄공장에서 연탄 찍는 소리가 치익 척, 치익 척, 요란하게 들린다.

동네 아줌마들을 만날 수 있었다.

광산 목욕탕에서 "아줌마, 배꼽이 왜 그렇게 씨커매요?" 하면 "우리 아빠가 선산부래요"라고 할 만치 남편의 노동과 함께 살아가는 아줌마들의 항변은 막장의 노동문제만치 심각했다.

"한 달에 수도세가 8천 원인데, 이틀에 한 번 꼴로 그것도 40분 정도만 나오고 딱 끊겨버리는 여기서 어떻게 살란 말이에요. 사북 시내에선 물을 많이 써야 4-5천 원 나온다는데 말이에요."

"정말 여기서 사는 게 지긋지긋해예. 밤엔 정말 전설의 고향이래예. 귀신이 나와도 한참 나올 데 같다니깐예."

"전에는 사택에 들어가려면 2-3년 기다리기가 예사였는데 지금 여긴

"밤엔 정말 전설의 고향이래예."

백여 채 집 가운데 사람이 사는 집은 30여 가구밖에 안 돼요. 게다가 우리 권 양반은 2주 전에 병반(심야 노동 팀) 갔다가 새끼손가락이 부러졌는데 공상(公傷) 처리를 못 받아서 치료도 못 받고 있어요. 그러니 디스크는 말할 필요도 없지요."

현재 남아 있는 사람도 예의 광부처럼 산재보상비나 퇴직금을 못 받은 사람들이거나 병들고 나이 들어 마땅히 갈 곳도 없는 사람들이 태반이다. 삼척광업소에서 일한다는 권 아무개 씨는 5개월 재해를 당했는데도 공상 처리가 되지 않아 재해급여를 받지 못했고, 병원비 5백만 원만 빚지고 가정 파탄까지 일어났다.

탄광지대의 심각한 양상은 잇단 폐광으로 지역경제가 침체되면서 일자리를 잃은 사람들이 크게 늘어났기 때문만은 아니다. 폐광으로 실직자가 늘어났지만, 이곳에서 조업 중인 탄광들은 한결같이 인력 부족에 허덕이고 있다. 게다가 3-4년 사이에 다른 업종의 임금수준이 높아지면서 사람들을 탄광으로 끌어들였던 고임금의 상대적인 장점이 사라진 지 오래됐다.

동원탄좌의 광원 박남권(45세) 씨는 "탄광 일이 힘들더라도 큰돈을 모을 수 있다는 것은 옛말"이라며 "공사판에 나가 푸른 하늘 보며 막일을 해도 하루 3-4만 원은 버는데 누가 툭 하면 무너지는 두 겹 하늘 밑에서 생명을 걸고 탄밥을 먹겠느냐"고 되물었다.

규폐는 무섭지 않다
죽는 것도 무섭지 않다
무서운 일은 오직 살아야 한다는 그것이다
날마다 밤마다 꼬부라지고 가파른 구사택 길을 오르며
무서운 일만 생각하자

_박세현, 「구사택 앞에서」

박세현의 『정선아리랑』(문학과지성사, 1991)은 소멸돼가는 탄광지대인 정선, 사북, 고한 등등 탄광지대의 의미를 젊은 시각으로 되짚으면서 그 땅이 지닌 희생사를 눈물겹게 촘촘히(때로는 감상으로 떨어질 뻔한 작품이 있지만) 그리고 있다. 또한 광부의 삶이 지닌 가난의 족쇄를 형상화한 위 시는 진규폐보다는 산다는 일 자체가 더 무섭다는 엄혹한 진실을 알려준다.

개나 두더지와 다를 바 없어

아침 8시에 동원탄좌 사업소를 다시 찾아갔다.

방우리(작업배치)를 받고 채탄하러 갑(甲)반 광부들이 타고 들어간 광차를 타고, 병(丙)반 일을 마친 광부들이 램프가 달린 안전모를 쓴 채 갱에서 줄지어 나오고 있었다. 껌껌한 굴에 들어갈 땐 다소 초조하여 조용하게 들어갔던 그들. 시린 눈 비비며 나오는 얼굴들은 햇살마저 삼키는 검은 바위 같았다. 누런 이로 벌쭉 웃으며 아침 인사를 교환하는 검은 얼굴들. 그들 중에는 환갑이 지난 분도 있었다. 목욕탕에 수도꼭지가 모자라서 그런지 서둘러 탈의실에 가서 옷 벗고 목욕하는 그 검은 얼굴들을 바라보다가 가슴 속 깊이 성희직 시인의 시 한 편이 잔잔히 울려 번졌다.

비록 가진 것이 없고

배운 것도 적다만

뜨거운 가슴

건강한 몸뚱아리 하나로 시작한

광부라는 이름의 우리들 작업

낮과 밤이 따로 없는 막장에서

그리고 광산촌에서

동료들과 이웃의

피흘림과 죽음을 목격하면서도

여기를

쉽게 떠나지 못함은 왜인가

화약연기 자욱하고

탄먼지 가득한 막장에서

그리고 선탄장에서 역두에서의 바람이 있다면

내 아들딸이 자라는 이곳 광산촌

내 피와 땀이 배인 이 일터가

좀 더 사람 사는 재미가 있고

좀 더 일하는 재미가 있는 직장이 되었다면

나라가 필요해서 탄광이 생겨났고

내가 원해서 광부가 되었기에

부끄럽거나 후회스럽진 않다

그러나 석탄산업 합리화란 그 누구를 위해선가?

지금 석탄업이 사양화라며

달면 삼키고 쓰면 뱉듯이

우리 광부들과

이곳 광산촌 사람들을 외면하지 말고

애정을 가져달라 사용자여

관심을 가져달라 정부 당국이여

_성희직, 「광부 8」

어떤 이는 이런 시가 문학적 형상화 측면에서 다소 질이 떨어진다고들 한다. 잘 다듬어진 작품에 비해 다소 거칠고 미숙하지만, 문학에서 말하는 진정성이란 의미가 무엇인지 한 번만 다시 생각한다면 그 평가는 달라지리라 생각한다.

보선공이 갱내를 보수하고 있다. 측정기사 박준표(30세) 씨에게 얻은 사진이다.

확인한 바에 따르면, 광부들에겐 성희직 시인의 시가 졸라의 장편소설 『제르미날』이나 네루다의 「광부에게 보내는 시」, 고흐의 그림 "광부의 얼굴", 그 어느 예술가의 작품보다 소중한 힘이 되어주고 있었다. 또한 막장을 경험했던 이청리 시인의 『영혼 캐내기』(1988), 이원규 시인의 『빨치산 편지』(1990), 박영희 시인의 『해 뜨는 검은 땅』(1990) 등이 막장의 팽팽한 정서를 전해주고 있다.

그만치 진정스런 시를 품고 숱한 검은 얼굴들과 만나면서, 곡괭이 한 번 안 들고 광산촌 얘기를 쓴다는 자세가 무척 부끄럽게 느껴졌다. 턱도 없이 심각한 글줄이나 써대고, 소재나 얻어 원고지를 채우고 싶지 않아, 단 하루만이라도 막장에 들어가고 싶었다.

우선 취업을 하려 한다며 막장까지 들어가 보려 했다. 요즘 같으면 워낙 노동력이 딸려 하루 정도는 들어갈 수 있지만, 현재 동탄은 쟁의 중이라서 불가능하다고 했다.

사무실에 취재증을 보이고 들어가면 서울의 지하철만치 시설이 잘된 'VIP 관광코스'만 보여준다는 광부들의 얘기에, 나는 아예 하청을 받는 작은 광업소의 갱에 기간과 상관없이 취직하기로 했다.

사실 도착하자마자 여관방 주인인 고 씨에게 막장까지 들어가 보고 싶다고 부탁했다. 고 씨 아저씨도 준비해보겠다고 했다. 그런데 이틀이 지난 오늘 내가 헐렁한 옷을 입고 준비하려 할 때, 아저씨가 마치 다 안다는 듯이 말했다.

"손이 너무 허옇고, 주민등록에 '서울 출신'이라카이 들어가긴 힘들 겁니더. 운동권 학생들이 가끔 온다 아입니꺼."

막장, 땅 밑으로

430미터씩 내려갈 때마다 온도가 1도씩 올라가는 곳. 가장 깊은 곳은

2킬로미터까지 되는 지하.

'장성석공'의 경우 바다 밑으로 300미터까지 파들어가고 있어 평균 온도가 40도 이상이니 움직이기만 해도 땀이 줄줄 흘러내린다. 너무 더워 헬멧을 벗을 수밖에 없어 죽거나 다칠 위험이 더욱 높아지지만, 노보리(탐맥을 찾아다니는 것)를 하다 보면 30도가 넘는 비탈길을 등에 받침목을 진 채로 250미터까지 낮은 포복으로 올라가야 한다. 그만큼 가장 많이 다치는 곳이 허리여서 '디스크'와 '압박골절'에 시달리게 하는 곳. 위험하기 그지없는 채굴 작업, 돌에 깔린 팔을 도끼로 끊어내는 처절한 구조작업(김종성 소설 『검탄』에서)이 진행되는 숨가쁜 땅.

이곳에 오기 며칠 전인 8월 27일(1991년) 경북 문경군 문경읍 봉명광업소 생산 2부 탄광 8갱 1,480미터 지하 막장에서도 광원 두 명이 30톤가량의 탄더미에 깔려 숨진 채 발견된 사건이 《한겨레 신문》(1991. 8. 28.)에 보도되고 있었다.

내친김에, 우선 삼척탄좌에 가서 취재협조를 부탁하자 서울의 노동부에서 협조공문을 받아오란다.

다음으로, '우리 직장 노사화합 나라발전 초석된다'는 표어가 붙어 있는 삼덕탄광 사무실에 들어가 무턱대고 일해보고 싶다고 했다.

코끝부터 얼굴 전체에 시커먼 탄가루가 범벅이 된 그는 곤란하다며 고개를 저었다. 박 아무개(53세) 과장이라는 그에게 계속 조르자, 까만 얼굴에 눈이 유난히 반짝이는 그가 나직하게 얘기했다.

"이것 봐요. 나도 관리직이지만, 노동자 출신이오. 들어가 봤자 하나도 못 쓸 거요. 쓸 맘이 안 날 거요. 우린 개나 두더지란 말이오. 도시락을 삼분지 일 정도 먹으면 탄가루가 까맣게 내려앉아서 젓가락으로 꾹 눌러

걷어내고 먹는 인간들이란 말이오. 나도 광산생활 20년에 남은 건 썩은 진폐뿐이오."

무언가에 뒤통수를 맞은 듯 나는 할 말을 잊었다.

그의 말은 호소력이 있었으나 잠시 후에 만난 차장의 말은 이랬다.

"당신이 들어가다가 돌멩이에라도 다치면 아무도 책임 못 져요. 차라리 국내 제일의 탄광인 삼탄이나 동탄으로 가십시오."

화만 치솟게 만들었다.

답답했다. 함백광업소가 바로 보이는 해발 1,300미터 만항재에서 함백광업소를 찾아갈 힘이 빠진 나는 길을 돌이켰다. 꼭 이 현장을 다시 쓰리란 다짐을 하면서도 화가 치밀었다.

그때 어디선가 꾸우웅 하는 강한 발파소리가 들렸다. 그 산울림 속에 우우우우 동물처럼 포효하는 규폐증 환자의 신음소리와 펑, 펑, 펑, 다이너마이트 폭발처럼 웃어대는 검은 얼굴들의 웃음소리, 그 우렁찬 노랫소리가 쿵쿵 울려오고 있었다.

채탄 작업을 마치고 광차에서 내리는 광부들.

광부의 친구, 파블로 네루다

이렇게 1991년에 내가 본 탄광 지역의 풍경은 지독히도 희망이 없어 보이는 낡고 질은 흑백사진들이었다. 글 한 편을 썼지만 이런 글들은 르포도 아니요, 문학비평도 아니요, 무슨 의미가 있을까 회의가 들었다. 그런데 이렇게 '곁으로' 다가가야 한다는 깨우침을 한 시인이 가르쳐주었다.

2013년 10월 13일, 지하 7백 미터 갱 속에 갇혀 있던 칠레 광부들이 69일 만에 구출된 기적이 큰 화제가 되었다. 무엇보다도 69일간 저 어둠의 굴속에서 칠레 광부들이 견딜 수 있었던 원동력은 끊임없는 기도와 시 낭송이었다는 사실이 내 가슴에 새겨졌다. 33명의 광부들은 지하 대피소에서 파블로 네루다(Pablo Neruda, 1904-1973)의 시를 읽으며 버텼다고 한다.

많은 한국인이 '파블로 네루다' 시인을 "오늘 밤 나는 제일 슬픈 구절들을 쓸 수 있다/ 나는 그녀를 사랑했고 그녀도 나를 때로는 사랑했다"(「오늘 밤 나는 쓸 수 있다」)는 식의 연애시만을 쓴 시인으로 잘못 알고 있다. 물론 일찍이 19살 때 시집 『황혼의 일기』(1923)를 발표하고, 이듬해 『스무 편의 사랑의 시와 한 편의 절망의 노래』로 대중적 인기를 얻었던 시인이기도 하지만, 그의 사랑은 연인에게만 한정할 수 없다. 파블로 네루다는 연인과 노동과 우주를 사랑했던 거대한 사랑의 시인이었다. 지하 갱도에 갇혀 있던 광부들이 읽었던 시는 네루다의 「커다란 기쁨」이었다.

나는 쓴다. 소박한 사람들을 위해
변함없이 이 세상의 바탕을 이루는 것들 - 물이며 달을

학교와 빵과 포도주를
키타나 연장 따위를 갖고 싶어 하는
소박한 사람들을 위해 쓴다.

나는 민중을 위해 시를 쓴다, 그들의
단순한 두 눈 내 시를 비록 읽을 수 없을지라도.
내 삶을 흔들었던 곡조, 한 줄의 시구 그들 귓가에
닿을 날 있으리라.
그러면 농부는 두 눈 들어 하늘을 보리
광부는 돌을 깨며 미소 지으리.
증기 열차 기관사는 이마의 땀을 훔치리.
어부는 파닥거리는 물고기가 두 손을 태울 듯
환히 빛나는 모습 보게 되리.
방금 몸 씻고 깨끗이 차려 입은 기계공은
비누 냄새를 풍기며 내 시를 읽으리.
그리고 아마도 그들 모두 이렇게 이야기하리라.
"그 사람 우리네 친구였구나."

그것으로 충분하다.
그것이야말로 내가 바라는 꽃다발이고 명예다

바라건대 공장이나 탄광 밖에서도
나의 시가 대지에 뿌리를 내려 대기와 일체가 되고

학대받은 사람들의 승리와 결합되기를
바라건대 내가 천천히
금속으로 만들어낸 견고한 시 속에서
상자를 차츰차츰 열 수 있기를
젊은이가 생활을 발견하고
그곳에 마음을 다져넣어
돌풍과 부딪쳐주기를

그 돌풍이야말로 바람 센 고지에서
나의 기쁨이었던 것이다

_파블로 네루다, 「커다란 기쁨」

칠레의 광부들은 수백 년 동안 서구 열강의 억압적 착취 속에 노예처럼 일해온 원주민의 후예들이었다. 곡괭이 하나로 조국 칠레를 일으켜 세운 사람들이었다. 그들의 자존심을 네루다가 세워주었다. 네루다가 노벨상 수상자였기 때문이 아니다. 그의 시가 죽음 앞에 선 광부들에게 친구가 되어 곁으로 다가갔기 때문이다.

노동자의 아들로 태어난 네루다는 광부와 노동자, 어부와 기관사에게 힘이 되는 시를 쓰고 싶어 했다. "소박한 사람을 위해", "민중을 위해" 시를 쓴다고 그는 썼다. 그래서 "공장이나 탄광 밖에서도 대지에 뿌리를 내려 대기와 일체가 되고 학대받은 사람들의 승리와 결합"하는 시를 썼다.

1945년 네루다를 신뢰했던 칠레 북부 탄광 노동자들은 네루다를 상원 의원에 당선시켰다. 파업이 확산되는 어려운 상황에서 네루다는 노동자 '곁에서' 그들의 설움을 대변하는 정치인이 되었다.

1973년에 네루다는 이 세상을 떠났다. 그가 떠난 지 40년이 지났건만 그의 삶과 시를 신뢰하는 광부들은 그의 시를 낭송하며 희망을 갖고 나지막한 소리로 기도했을 것이다. 죽음 앞에서 네루다의 시를 돌아가며 낭송하고 암송하며 어둠을 이겨낸 것이다.

파블로 네루다(1904-1973).

나는 이 책의 네 번째 글 제목을 "우리에게는 김수영이 있다"라고 썼다. 김수영 시가 광부들에게 힘이 될 수 있을까. 만약 우리나라에서 이런 사고가 난다면 광부들은 누구의 시를 낭송할까. 어부들은 누구의 시를 낭송할까. 기관사들은 누구의 시를 낭송할까. 연구실에서 쓴 시들을 낭송할까. 카페에서 쓴 시들을 낭송할까.

칠레 광부들은 말했다. 파블로 네루다는 우리의 친구였다고. 탄광에는 안 갇혀 있다 해도 지금 우리는 거짓의 동굴에 갇혀 있을지도 모른다. '우상의 동굴'(플라톤)에 갇혀 있을지도 모른다. 어둠 속에서 숨막혀 하고 있는 독자들에게, 과연 어떤 작가가 친구가 되어줄 것인가. 한국의 지식인 종교인 작가들은 누구의 친구인가.

(1991)

덧말) 인터넷 유튜브에서 '김응교 도종환'을 검색하면 파블로 네루다 시인에 대해 1분간 오프닝이 나온다.

천년 동안만

김응교 작사·작곡

(1983. 10. 10. 밤)

이 노래는 인터넷 유튜브에서 '김응교 천년 동안만'을 검색하면 들을 수 있다.

천년 동안만

독서는 앉아서 보는 여행이고, 여행은 걸으면서 읽는 독서다

젊은 시절부터 종교와 문학의 가인(佳人)들을 만나면서, 끊임없이 사상을 낳는 자궁(子宮)을 알고 싶었다. 작품이 탄생하는 자궁, 거기는 단순히 박제된 도서관이 아니었다. 그곳은 살림과 죽음의 풍경, 낱낱 인생의 곡절을 품은 판타지의 공간이었다. 그 곡절의 역사를 따라 문학이란 대하(大河)는 멀리 깊게 흐르고 있었다.

문학은 자기가 태어나고 체험을 제공한 자궁에 대한 사랑, 애증 혹은 미움 등의 범벅으로 배출된 자식이다. 놈이 잘생겼든, 문둥이든, 팔불출이든, 갈보든, 나는 그런 핏줄을 낳은 자궁터를 확인하고 싶었다. 대체로 이런 질문 탓이겠지.

작품만 보고 분석하는 것이 과연 타당할까. 텍스트를 생산했던 작가들의 삶을 확인해야 하지 않을까. 그들이 참여했던 조직운동을 이해해야 하지 않을까. 텍스트만을 분석하는 문학 공부는 '반쪽짜리 공부'가 아닐까.

르포라는 장르를 택해 문학의 고향을 찾아나서기 시작했다. 당연히 그 고향을 문학의 눈으로만 볼 수는 없었다. '문화의 눈'으로 만나게 되었다.

나는 교과서에 나온 시, 소설, 희곡만이 문학이라고 생각하지 않는다. 문학이란 사람 사는 이야기이고, 곧 '사람들의 말 나눔'이라고 생각했다. 조금 어렵게 말하면 '이야기(Discourse)가 담긴 예술적 매체'가 문학이라고 생각했다. 그렇다면 사람 사는 '공간'에는 어디나 문학이 있다.

바지런한 작가들은 그런 웃음, 역경들이 뱉어낸 핏덩이들을 '문학사'라는 골짜기에 차곡차곡 쌓고 있었다. 가벼운 구경꾼인 나는 광산에 가서는 겁도 없이 막장에 들어가겠다고 주민등록증을 디밀고 위장취업하려 했었다. 기지촌에서 부엉이마냥 밤낮없이 취재하며 사흘 밤을 꼬박 지새우다가 맥빠진 생살에 링거를 꽂기도 했다. 미군 부대 앞에서 신형 지프를 사진 찍다가 카메라를 달라고 하는 미군 헌병에게, "내가 거리를 찍는데 당신들 차가 왜 하필 그때 도로에 나타났냐"고 오히려 당당하게 말한 적도 있다. 충청도 부여에 가서는 돈이 떨어져(늘 돈은 금방 '떨어진다') 호숫가에서 모기에 뜯겨가며 밤을 새운 적도 있다.

루카치의 말이 맞다. 르포라는 갈래(Genre)는 나름의 한계를 지니고 있다. 절대 객관적일 수는 없는 갈래다. '생생하게 알리기'[報告]였으면 했는데, 늘 삶과 문학이 괴리를 지니거나 둘이 따로 놀아 쓸 때마다 답답하기 이를 데 없었다. 물론 내 깜냥의 한계다.

그래도 삶을 깊이 드러내려면 차라리 소설이란 장르로 써보면 어떨까 싶었고, 문학사로 얘기하자면 아카데미즘의 자장 안에서 평론이나 논문으로 쓰는 게 학술적이고 객관적일 듯싶었다. 그럼에도 르포나 에세이 형식을 고집한 이유는, 양자의 장점을 보완할 수 있는 귀염둥이라는 판단 때문이었다.

이 책은 짧은 기간 안에 쓰인 것이 아니다. 저 모든 풍경이 내가 태어나고, 나를 키운 첫 교실이었다. 바닷가든 기지촌이든 압구정동이든 감옥이든, 나 역시 거기서 자라고 거기서 뒹굴면서 골 패인 이력을 만들어왔다.

저 첫 교실, 통과제의의 고장들을 1983년 대학 3학년 때 지은 〈천년 동안만〉이란 노래를 부르며 답사했다. 젊은 시절부터 써온 말가웃 넘을까 싶은 글을 이제 정리했다. 빚쟁이에게 밀린 빚을 조금 갚은 홀가분함이랄까.

줄기가 쪼개져버린 진달래 피는 나라
싸움이 많아도 우리 땅 걸어갈 거야
천년 동안만 걸어갈 거야

정말 통속적이고 뻔한 이런 노래가 잊힐 '그날'이 오면 이런 기행류는 평양을 넘어 개마고원까지 이어지겠지. 지루한 대화에 응해주신 전국 팔도의 스쳐 지나가는 표정에게 고마운 시늉도 할 수 없어 어쩌지. 어쨌든, 이 글의 주인공은 전적으로 그분들이다.

여기에 실린 글들은 1991년 월간 《예감》의 편집주간 이윤호 선생이 연재를 권유하면서 시작되었다. 결국 이 책을 쓰게 한 사람은 귀한 벗 이윤호 선생이다. 이후 흩어져 있던 글들을 새물결플러스에서 모아주셨다.

시인 고은 선생님의 『1950년대』(향연, 2005)라는 책이 있다. 이 책처럼, 1990년대 초반에 쓴 글들은 고치지 않고 그대로 남기기로 했다.

부담스러울 원고를 받아주신 새물결플러스 김요한 대표님께 감사드린다. 성근 글을 깁고 다듬어주신 최유진 편집자님, 대학원 수업에서 만나 초고를 검토해주신 오영진 선생(한양대)은 이제 동학이다. 오래 기다려주신 정인철 편집자님께도 감사드린다. 정인철 님께 졸저 『그늘-문학과 숨은 신』(새물결플러스, 2012)에 이어 이 책 『곁으로』까지 두 번씩이나 큰 은혜를 입었다.

몇 년 동안 가혹하게 끌고 다닌 낡은 운동화의 닳아버린 밑창. 정처없이 떠도는 모자란 아비의 여행길을 넉넉하게 이해해준 아내 김은실 선생과 아들 재민 재혁에게도 한없이 감사한다.

마지막으로 석 줄 남았구나. 이 글에 등장하는 모든 분들을 생각한다. 모자란 나를 믿고 곁에서 대화해주신 분들이다. 다시 그분들 곁으로 가야겠다.

2015년 7월 10일

김응교 손모아

곁으로

문학의 공간

1쇄발행_ 2015년 8월 31일
2쇄발행_ 2015년 9월 30일

지은이_ 김응교
펴낸이_ 김요한
펴낸곳_ 새물결플러스
편 집_ 왕희광·정인철·최율리·박규준·노재현·최정호·최경환·한바울·유진·권지성
디자인_ 이혜린·서린나·송미현
마케팅_ 이승용
총 무_ 김명화·최혜영
영 상_ 최정호

홈페이지 www.hwpbooks.com
이메일 hwpbooks@hwpbooks.com
출판등록 2008년 8월 21일 제2008-24호
주소 (우) 158-718 서울특별시 양천구 목동동로 233-1(목동) 현대드림타워 1401호
전화 02) 2652-3161
팩스 02) 2652-3191

ISBN 979-11-86409-24-4 03800

책값은 뒤표지에 있습니다.

이 도서의 국립중앙도서관 출판시도서목록(CIP)은 서지정보유통지원시스템 홈페이지(http://seoji.nl.go.kr)와 국가자료공동목록시스템(http://www.nl.go.kr/kolisnet)에서 이용하실 수 있습니다(CIP제어번호: CIP2015022359).